KB212040

부러진 용골

折れた竜骨

요네자와 호노부 지음
최고은 옮김

엘릭시르

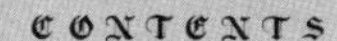

CONTENTS

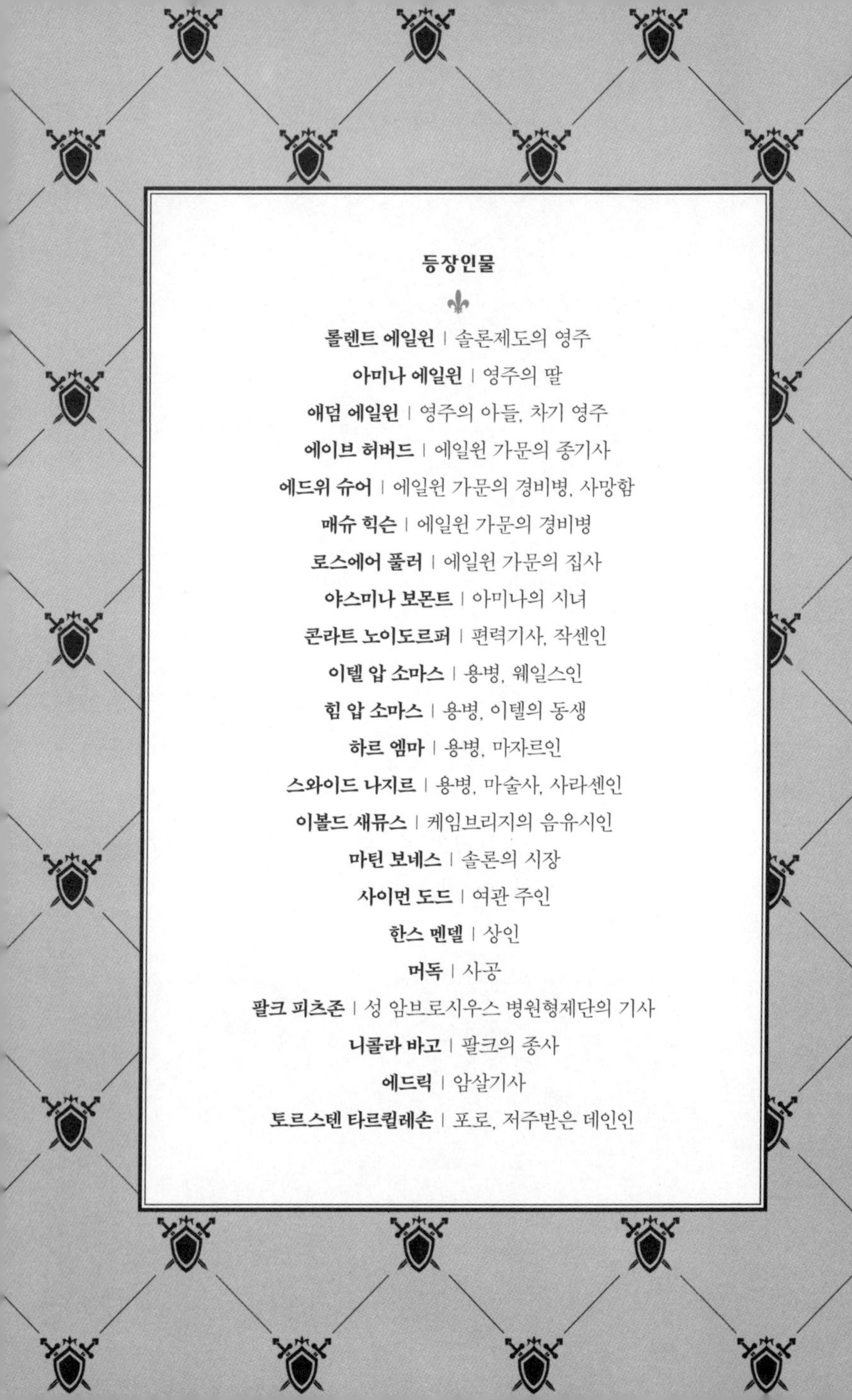

등장인물

롤렌트 에일윈 | 솔론제도의 영주

아미나 에일윈 | 영주의 딸

애덤 에일윈 | 영주의 아들, 차기 영주

에이브 허버드 | 에일윈 가문의 종기사

에드위 슈어 | 에일윈 가문의 경비병, 사망함

매슈 힉슨 | 에일윈 가문의 경비병

로스에어 풀러 | 에일윈 가문의 집사

야스미나 보몬트 | 아미나의 시녀

콘라트 노이도르퍼 | 편력기사, 작센인

이텔 압 소마스 | 용병, 웨일스인

힘 압 소마스 | 용병, 이텔의 동생

하르 엠마 | 용병, 마자르인

스와이드 나지르 | 용병, 마술사, 사라센인

이볼드 새뮤스 | 케임브리지의 음유시인

마틴 보네스 | 솔론의 시장

사이먼 도드 | 여관 주인

한스 멘델 | 상인

머독 | 사공

팔크 피츠존 | 성 암브로시우스 병원형제단의 기사

니콜라 바고 | 팔크의 종사

에드릭 | 암살기사

토르스텐 타르킬레손 | 포로, 저주받은 데인인

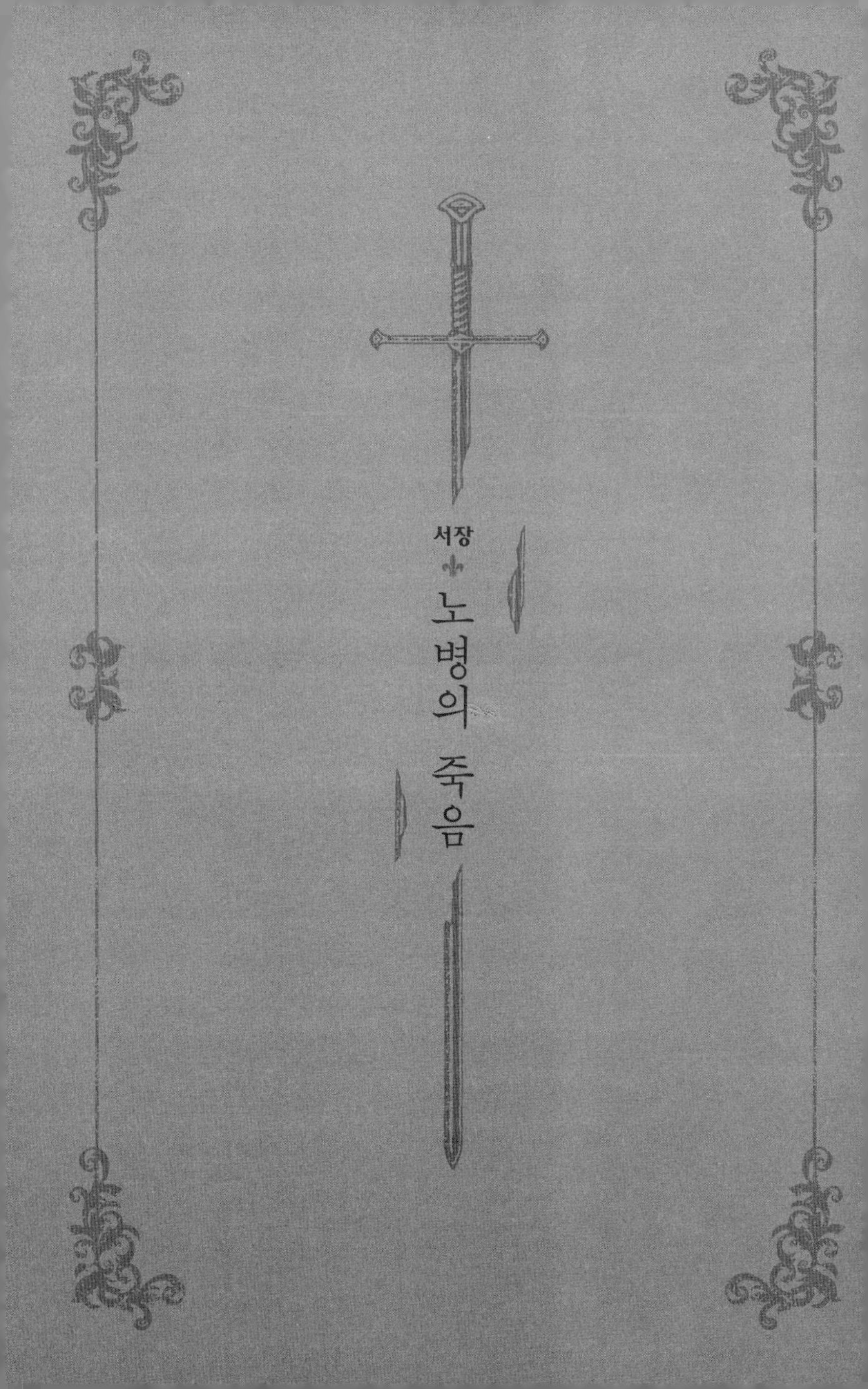

서장

노병의 죽음

1. 영혼에 위험이

브리튼섬 동쪽, 런던에서 출항해 북해의 험한 파도를 헤치고 사흘 밤낮을 가면 섬 두 개가 보인다. 하나는 크고, 다른 하나는 작다. 각각 큰 솔론과 작은 솔론이라 이름 붙은 이 두 개의 섬을 묶어 솔론제도라 부른다. 큰 솔론에는 하나뿐인 항구를 중심으로 도시가 발전했는데, 섬의 이름을 따 '솔론'이라 불린다.

이 황폐한 섬에서 도시의 기반을 닦아 윤택한 항구로 발전시킨 에일윈 가문은 북유럽에 명성이 자자했다. 북해 무역을 장악한 에일윈 가문. 돌이켜보면 그 명성에 커다란 전환점이 된 사건은 어느 늙은 경비병의 죽음이었다.

1190년 10월 어느 날이었다.

머지않아 찾아올 겨울을 예고하듯, 구름이 두껍게 깔리고 한기가 뼛속까지 스며드는 아침이었다. 나는 시녀 야스미나 보몬트를 데리고 아침 일찍 영주관에서 나왔다. 밤새 보초를 서느라 고생한 에드위 슈어에게 따뜻한 벌꿀주를 가져다주기 위해서였다.

하지만 에드위는 있어야 할 영주관 정문 앞에 없었다. 작은 솔론의 검은 바위 위에 쓰러져 있었다. 그는 술을 좋아해서 야간 보초를 설 때면 에일을 1갤런약 3.7리터 정도는 마시곤 했기에, 처음에는 그저 취해서 쓰러진 줄 알았다. 그런데 다가가 흔들어보니 그의 몸은 이미 차갑게 굳어 있었다.

에드위는 솔론제도에 피붙이가 없다. 그는 내 아버지 롤렌트 에일윈을 젊은 시절부터 충실히 섬겨온 종자로, 두 사람은 신분을 뛰어넘은 우정으로 맺어진 사이였다. 그래서 장례식 비용은 아버지가 전부 부담했다. 어릴 적부터 나를 많이 아껴주던 에드위였기에, 그의 죽음은 나를 무척이나 슬프게 했다. 그의 장례식에는 나도 참석하기로 했다. 수도원 예배당의 영안실에 안치된 그는 머리도 희고 팔다리도 앙상해서, 전날 보았던 웃는 얼굴보다 훨씬 늙어 보였다. 나는 성수반에 솔을 담갔다가 희미한 촛불 아래 누운 에드위에게 성수를 뿌렸다.

"급사한 모양이야. 추운 밤에는 흔히 있는 일이지." 성당참사

회원이 하는 말이 들렸다.

하지만 관 뚜껑을 닫으려던 순간, 구름 사이로 새어나온 달빛을 받은 에드위의 시신에서 이변을 발견했다. 뺨이 불그스름하고 입술도 피처럼 붉었던 것이다. 저도 모르게 뒤로 물러나자, 마찬가지로 새빨갛게 변한 손톱이 눈에 들어왔다. 죽은 사람을 본 건 처음이었지만, 이게 정상이 아님은 알 수 있었다.

종기사從騎士 에이브 허버드는 그 모습을 보고 "악마의 소행이 분명합니다"라면서 몸서리쳤다. 담대한 아버지조차 파랗게 질렸을 정도였다. 장례식을 주관한 폴 부원장은 "악마의 이름을 함부로 입에 올렸다가는 영혼에 위험이 닥치네"라며 에이브를 나무랐지만, 그 역시 에드위의 몸에 생긴 이변을 똑바로 바라볼 자신은 없었는지 고개를 돌린 채 어서 관을 닫으라 지시했다. 그리고 죽은 이를 위한 기도를 간략하게 마친 뒤 식을 마무리했다.

기나긴 삶 속에서 에드위가 항상 신에게 충실하지는 않았으리라. 하지만 그는 결코 나쁜 사람이 아니었다. 누가 떠들어댔는지는 알 수 없지만, 에드위에게 일어난 이변은 눈 깜짝할 새에 솔론 거리 구석구석까지 퍼져나갔다. 그가 남몰래 신성모독을 저지른 탓에 벌을 받아 시신에 이변이 일어났다고 말하는 사람도 있었다. 하지만 거기에 동의한 사람은 얼마 없었다. 그가 좋은 사람이었음을 모두 알고 있었기 때문이다.

오히려 널리 퍼진 건 이러한 소문이었다.

"이건 무언가 나쁜 일이 일어날 징조가 아닌가."

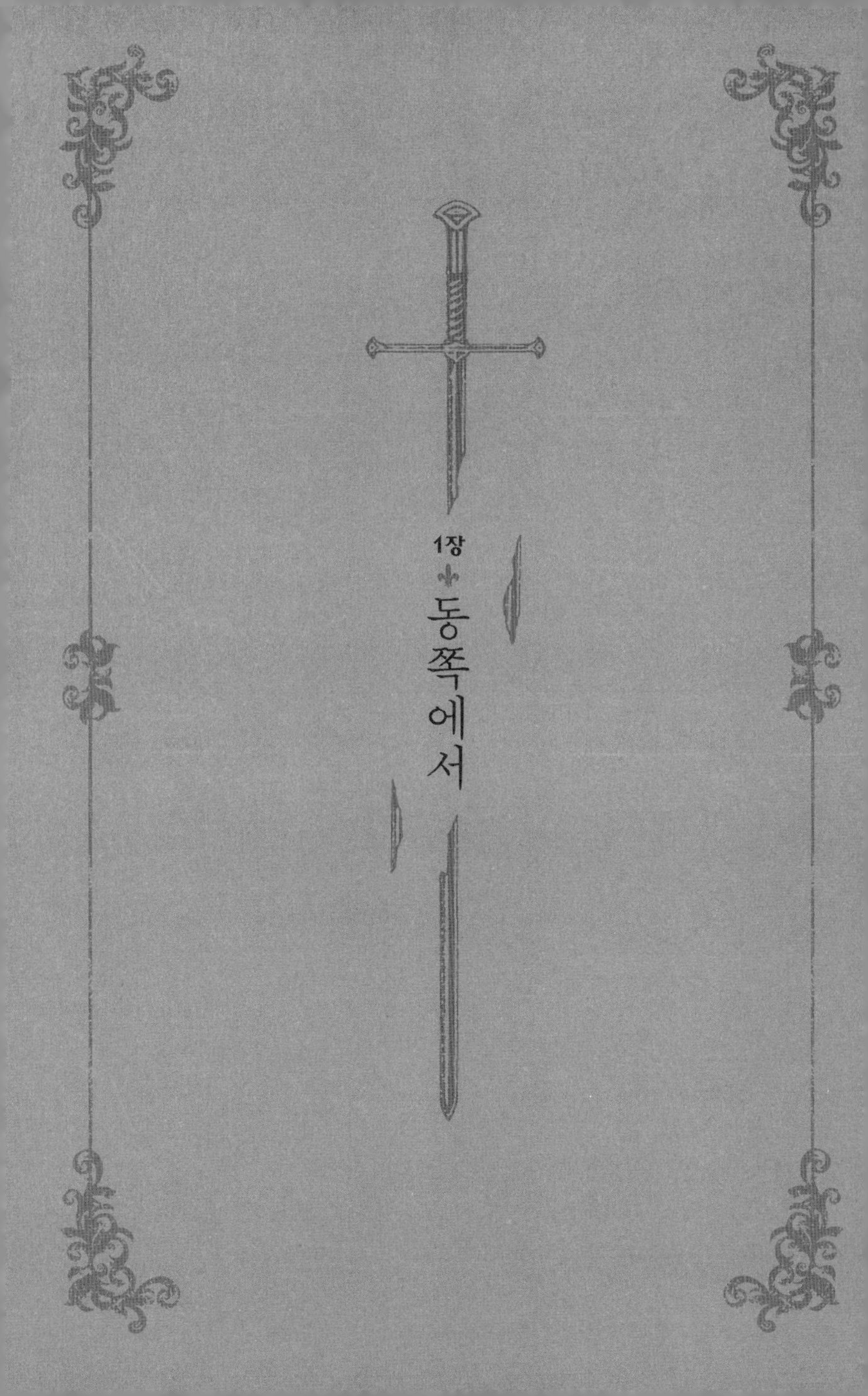

1장 ⚜ 동쪽에서

2. 듣자 하니 예루살렘에서 왔다고 하더군

⚜

11월의 어느 금요일. 나는 내 거처가 있는 작은 솔론에서 큰 솔론의 항구로 나왔다. 샹파뉴◆의 프로뱅에 섰던 큰 장이 파하고, 단골 상인들이 솔론에 들를 때가 되었기 때문이다.

하늘은 맑았지만 바람이 세서 제법 쌀쌀했다. 나는 모직 망토가 날아가지 않도록 붙잡고서, 아는 사람이 없나 주변을 두리번거렸다. 항구는 예상대로 무척 북적거렸다. 솔론항에는 다섯 개의 잔교가 바다를 향해 뻗어 있다. 잔교마다 정박한 배들을 보니 수리중인 여섯번째 잔교를 이용하지 못하는 게 아쉬웠다.

◆ 프랑스 동북부 지방.

짐꾼들은 불어오는 겨울바람은 아랑곳없이 웃통을 벗은 채 기다란 목재며 떡갈나무통, 장정 둘이서 겨우 들 만한 크기에다 금속 장식이 달린 상자 등을 분주히 실어날랐다. 오가는 말은 거칠지만 잔뜩 들떠 있었고, 맨살에서 김이 피어오르는 것처럼 보였다. "자, 지금 막 배에서 내린 상품입니다." 성미 급한 상인은 벌써부터 바닥에 자리를 깔고 목소리를 높이면서, 비단 장갑이며 자수를 놓은 모자, 포도주를 빼곡하게 늘어놓았다. 포도가 자라지 않는 솔론섬에서 포도주는 비싸게 팔린다.

나는 평생을 이 섬에서 살았다. 혼자서도 문제없지만, 시녀 야스미나가 기어코 따라왔다. 야스미나는 북쪽에서 두번째 잔교를 가리키며 말했다.

"아미나 님, 저기 보세요."

여러 척의 배가 오가는 항구에, 한층 거대한 돛을 단 낯익은 코그선◆이 보였다. 뤼베크◆◆의 상인 한스 멘델이 잔교로 내려와 짐을 옮기는 짐꾼들을 바라보았다.

"가자."

야스미나의 대답도 듣지 않고 나는 짐꾼들 사이를 헤치고 발길을 옮겼다.

◆ 12세기부터 15세기까지 북유럽에서 무역에 주로 사용된 선박.

◆◆ 독일 북부의 항구도시.

멘델은 노브고로드에서 레이캬비크까지 전 세계를 항해하는 모험가 타입의 상인이지만, 겉모습은 피둥피둥 살이 쪄서 둔했고 얼굴은 신을 섬기는 수도사보다 자애로워 보였다. 곧 오십 줄에 들어서지만 항상 기운이 넘쳐서 앞으로 이십 년은 거뜬히 뱃사람으로 살 것 같다. 내가 손을 흔들자 한스가 알아채고 다가왔다.

"아미나, 오랜만이야."

언제 들어도 유창한 잉글랜드어다. 상인들은 주로 프랑스어를 쓰는데, 한스는 모국어인 저지低地작센어◆에다가 잉글랜드어까지 한다. 게다가 나에게 지나치게 예의를 차리지 않아서 대하기 편하다.

"오랜만이야. 내가 방해한 걸까?"

"아니, 괜찮아. 비스킷을 사라고 일러두던 참이었어. 구경 왔나?"

"응. 활기찬 항구의 모습을 좋아하거든."

"오늘이 딱 그런 날이지. 한동안 못 뵈었는데, 아버지는 안녕하신가?"

나는 잠깐 망설였다.

"잘 지내시는데, 요새는 작은 솔론에서 잘 나오시질 않아.

◆ 독일 북부 방언 가운데, 엘베강 서쪽 지역에서 주로 사용되는 언어.

방에 틀어박혀 계시는 날이 많고."

"흐음."

한스의 서글서글한 얼굴에 순간 약삭빠른 표정이 떠올랐다 금세 사라졌다. 그는 시원시원하고 배포도 큰 사람이지만, 그것만으로는 자기 배를 소유한 상인이 될 수 없다.

"……영주님도 이제 나이가 있으시니까. 몸이 마음처럼 움직여주지 않는지도 모르지. 아미나가 올해 몇 살이더라?"

"열여섯."

"벌써 그렇게 됐나. 나도 이제 늙은이가 다 됐군. 시대가 이러니 영주님도 생각이 많으시겠어."

"그러시겠지. 별로 걱정은 하지 않지만. 그건 됐고."

나는 그의 배를 보며 웃었다.

"프로뱅에서 열린 큰 장은 어땠어? 괜찮은 물건은 좀 있었어?"

한스는 요란스레 두 팔을 벌렸다.

"있고말고! 베네치아 상인이 근사한 설탕과자를 가져왔어. 시나몬을 듬뿍 넣었는데, 아미나 마음에 꼭 들 거야."

"와아, 멋져라!"

나는 시나몬을 넣은 설탕과자를 좋아했다. 값은 조금 나가지만, 사르르 녹아내리는 듯 달콤하고 신비한 향기가 난다. 그런 건 잉글랜드에서는 찾아볼 수 없다. 그 과자를 보면 솔론섬을 오가는 배들이 얼마나 먼 곳에 다녀왔는지, 그곳에서 또 얼마나 한참 떨어진 나라에서 온 상인과 거래를 했을지 상상하게 된다. 아득한 바다 저편을 그려보게 되는 것이다.

"아미나 님."

야스미나가 조심스레 말을 걸었다. 나는 돌아보며 고개를 끄덕였다.

"살래. 부탁해."

"네."

"그럼 배에 올라가서 검을 찬 남자에게 말하게. 선창에서 꺼내줄 테니."

야스미나는 한스가 시킨 대로 갑판으로 올라갔다. 그 뒷모습을 바라보다, 나는 신이 나 물었다.

"당분간 여기 머물 거지? 프로뱅의 큰 장에 대한 이야기를 꼭 듣고 싶어."

하지만 한스는 미안한 표정으로 쓴웃음을 지었다.

"물과 식량을 보충하면 모레 출항할 예정이야. 눈 내리기 전까지 한 번 더 돌고 성탄절은 뤼베크에서 보내고 싶거든."

"금방 눈이 올 텐데, 멀리는 못 갈걸."

"멀리까지 가는 건 아니고, 런던인데 뭘. 올해 슈롭셔산産 양모가 질이 좋다는 소문을 들었거든. 이미 늦었겠지만 그래도 가보려고."

"런던?"

나는 무심결에 이맛살을 찌푸렸다.

"괜찮을까? 왕이 자리를 비우는 바람에 다시 전쟁이 일어날지도 모른다고 들었는데."

내가 태어났을 때부터 줄곧 계속된 잉글랜드의 왕위 다툼은 리처드 폐하가 왕위에 오르면서 겨우 일단락되었다. 하지만 리처드 폐하는 즉위하자마자 여기저기서 자금을 긁어모아 십자군을 편성하더니, 동방 성지를 향해 떠나버렸다. 지금 잉글랜드에는 왕이 없다. 무슨 일이 일어날지 모른다.

한스는 나의 불안을 아무렇지도 않게 웃어넘겼다.

"왕위 다툼이 제일 심했을 때에도 런던이고 브리스틀이고 갔던 몸이야. 걱정 마시죠, 꼬마 아가씨. 만일 돌아오는 길에 솔론에 들르게 되면 선물이라도 사 올게."

"그런 거 필요 없어. 괜찮은 물건이면 직접 살 테니까."

꼬마 아가씨란 말에 짜증이 난 나는 고개를 홱 돌렸다. 한스는 그런 나를 보고 웃다가, 불현듯 뭔가 생각났는지 진지한 표정으로 말했다.

"그러고 보니 잊어버릴 뻔했군. 아미나, 영주님께 손님이 찾아왔어. 샹파뉴에서 태웠는데, 솔론의 영주님을 꼭 만나뵙고 드릴 말씀이 있다는군."

"아버지를?"

"그렇대. 행색을 보아하니 순례자 같던데, 자기 얘기를 거의 안 하더라고. 뭐하는 사람인지는 모르겠지만 듣자 하니 예루살렘에서 왔다고 하더군."

한스는 그렇게 말하며 고개를 갸웃했다. 곧이곧대로 믿을 수는 없다는 뜻이리라. 나 역시 그렇게 생각했다. 성지 예루살렘은 지금 이교도에게 공격받고 있다고 들었다. 리처드 폐하가 십자군을 이끌고 떠난 것도 바로 그 때문이다. 순례자의 씨가 모조리 마르지는 않았겠지만, 이런 시기에 예루살렘에서 왔다니 미심쩍게 들렸다.

"뭐, 결정은 영주님이 하시겠지. 나는 뱃삯을 받고 그 사람들을 태워줬을 뿐이야. 괜찮으면 먼저 만나봐도 돼."

"그럴까."

예루살렘에서 왔다는 나그네들. 꼭 만나보고 싶다. 아버지를 만나고 싶다니, 내가 길안내를 해줄 수도 있고.

"아직 배에 있어?"

"섬에 도착하면 내리는 게 원칙이잖아. 사이먼네 가게를 알려줬으니 아마 거기 있을 거야."

"알겠어. 순례자 같은 행색이라고 했지?"

"두 명이야. 하나는 이름이 팔크 피츠존이라고 했던가. 함께 있던 일행은 이름은 모르겠지만 꼬맹이였어."

야스미나가 계산을 마치려면 시간이 조금 더 걸릴 듯했다. 나는 혼자 사이먼 도드의 가게로 향했다.

사이먼 도드의 가게는 시내 한가운데, 어시장 광장에 인접해 있다. 솔론 사람들에게는 술과 식사를 팔고, 뭍에서 온 사람들에게는 묵을 곳도 제공한다. 다른 여관도 몇 군데 있지만, 잠자리와 음식 모두 사이먼의 가게가 제일 낫다. 그만큼 숙박료도 비싼데, 한스가 사이먼의 가게를 알려줬다는 걸 보면 예루살렘에서 온 팔크 피츠존의 주머니 사정은 그리 나쁘지 않은 모양이다.

해안가에 상품을 늘어놓은 상인이 있듯이, 시내 광장에도 지저분한 리넨에 상품을 놓고 파는 장터가 생겼다. 사람들은 벌써 물건을 사고팔고 있었다. 항구 근처에서는 상인들끼리 값비싼 상품을 거래하지만, 어시장 광장에서 파는 물건은 그보다 훨씬 저렴하다.

"덴마크에서 들여온 물건입니다. 놋그릇에 나무통, 숟가락도 있어요."

"홈스펀◆ 왔어요. 이번엔 많이 들어왔으니 싸게 드릴게요."

"치즈도 왔어요, 고기도 왔어요. 절인 돼지고기 있어요!"

낯익은 상인들이 호객하는 목소리가 들렸다.

◆ 양털로 만든 굵은 방모사를 사용하여 손으로 짠 거칠고 뻣뻣한 모직물.

광장 여기저기에는 아버지의 병사들이 서서 혼잡한 틈을 타 물건을 훔치는 도둑이나 허가를 받지 않은 장사꾼들이 있는지 눈을 번뜩였다. 그 가운데 몇몇이 날 알아보고 눈에 띄지 않게 살며시 고개를 숙였다.

사이먼의 가게에 들어가려니 다소 마음이 무거워졌다. 사이먼은 병사들과 달리 날 보면 호들갑을 떨며 이것저것 챙겨준다. 그런 대접에 응하는 것도 영주의 딸인 내 역할이라 할 수 있지만, 사이먼은 정도가 지나치다. 세금을 감해달라 청할 작정인지, 아니면 다툼이 일어났을 때 편을 들어달랄 속셈인지는 모르지만, 어쨌든 내 환심을 사면 그만큼 이익이 돌아올 거라고 생각하는 게 빤히 보였다. 무엇보다 말이 많다.

한숨을 쉬며 마음을 다잡은 다음, 육중한 떡갈나무문에 손을 올렸다. 그 순간 느닷없이 문이 안쪽에서 열리는 바람에 문에 손을 대고 있던 나는 비틀거렸다.

"아, 미안합니다."

머리 위로 시원스러운 목소리가 들렸다. 고개를 들자 망토를 걸친 남자가 보였다.

망토는 많이 낡아 회색으로 바랬다. 처음에는 수도사인 줄 알았는데, 허리에 검을 찬 걸 보니 아닌 모양이다. 키가 매우 크고, 볕에 그을린 얼굴은 여행 내내 제대로 씻지 못했는지 지저분하다. 갈색 머리는 어깨에 닿을 만큼 길다. 생긴 지 얼마 안 된 것으로 보이는 턱의 흉터에서 위압감이 느껴졌다. 하지만 신기하게도 온화한 분위기와 옅은 다갈색 눈동자가 서글서글한 인상을 주었다. 겉보기에는 서른쯤 되어 보이지만, 스물다섯이라고 해도 서른다섯이라고 해도 다들 믿을 것 같다.

한눈에 그가 누구인지 알아챘다.

"실례. 솔론제도의 영주 롤렌트 에일윈의 딸 아미나라고 해요. 내가 착각한 게 아니라면 당신이 팔크 피츠존이죠?"

남자는 나를 힐끗 보더니, 곧바로 가슴에 손을 올렸다. 그리고 커다란 몸을 숙여 인사했다.

"네, 제가 팔크 피츠존입니다. 그렇지 않아도 영주님을 뵙기를 청하려던 참이었습니다."

어스름한 가게 안에서 누군가 팔크의 망토 자락을 붙잡았다.

"스승님, 조심하세요."

변성기가 지나지 않아 여자아이 같은 목소리다. 게다가 프랑스어로 말했다.

마법이라도 부린 것처럼 팔크의 뒤에서 또하나의 망토가 나타났다. 나보다 작다. 키는 4피트약 120센티미터쯤 되어 보였는데 망토에 달린 두건을 푹 뒤집어써서 얼굴이 보이지 않았다. 그러고 보니 한스가 두 사람이라고 했다.

아이는 나지막하지만 또렷하게 말했다. 역시 프랑스어다.

"가뜩이나 여자나 어린애한테 잘 속으시면서."

"무슨 소리냐."

"저는 그렇다 쳐도, 툴루즈에서 있던 일 잊어버리셨어요? 본인이 영주 딸이라고 한다고 곧이곧대로 믿으시면 안 되죠."

팔크는 떨떠름한 표정으로 나에게 말했다.

"이 아이는 제 종사從士인 바고인데, 잉글랜드 말을 못 합니다."

바고. 특이한 이름이다. 잉글랜드, 프랑스, 스페인, 그 어느 나라 이름도 아니다. 동방의 낯선 나라에서 쓰는 이름 같다.

제 이야기인 줄 아는 건지, 종사가 한 걸음 앞으로 나왔다. 하지만 여전히 두건을 뒤집어쓴 채 얼굴을 숨기듯 고개를 숙이고 있었다.

"……니콜라 바고입니다."

의심할 법도 하다. 나는 니콜라의 경계심을 누그러뜨리려고 웃으며 말했다.

"그래, 무척 어린 종사구나."

하지만 니콜라는 나에게는 눈길조차 주지 않고 팔크에게 다시 말했다.

"부잣집 아가씨인 건 확실해요. 하지만 영주의 딸인지 아닌지는 모르는 일이죠."

"죄송합니다만, 잠시 기다려주십시오."

팔크는 한숨을 쉬고는 니콜라를 향해 프랑스어로 말했다.

"네 녀석은 아직 관찰력이 부족하구나."

그는 잠시 뜸을 들이더니 말을 이었다.

"아까 이 아가씨가 이름을 댔을 때, 근처에 있던 경비병이 이쪽을 돌아봤다."

"경비병이 어디 있는데요?"

"지금은 양파장수에게 세금을 걷고 있어."

그렇게 말하면서도 팔크의 시선은 전혀 움직이지 않았다.

"그런데 경비병은 잠자코 지나갔다. 이 아가씨 말이 거짓이었다면, 경비병은 반드시 한마디하러 왔거나 상관을 부르러 갔을 게다. 하지만 말없이 넘어갔어. 즉, 이분은 영주의 딸 아미나가 맞고 경비병은 그 사실을 알고 있다는 얘기야."

두건에 가려 표정은 보이지 않았지만, 니콜라는 분한 듯 입을 꾹 다물었다. 팔크는 니콜라의 머리를 툭 쳤다.

"경계심이 많아서 나쁠 건 없다. 하지만 그런 다음에는 관찰하고 논리적으로 사고하거라."

어리석어서 내 말을 곧이곧대로 믿은 것도 아니고, 내 얼굴을 알고 있던 것도 아니다. 팔크는 눈 깜짝할 새에 내 신분을 알아챈 것이다. 이런 사람은 처음 본다. 그리고 그가 말한 '논리'라는 단어가 나의 호기심을 자극했다. 아리스토텔레스

신봉자일까?

그는 다시 내 얼굴을 보며 말했다.

"실례했습니다. 그럼 저희는 영주님께 전할 말씀이 있으니 이만 가보겠습니다."

조금 더 이 사람과 이야기를 나누고 싶었다. 나는 걸음을 옮기려는 팔크에게 말을 걸었다.

"저기, 서둘러야 하는 일인가요?"

그는 걸음을 멈췄다.

"네."

대답하고는 턱을 쓸며 고개를 끄덕였다.

"신속을 요하는 일입니다."

"난처하게 되었네……"

내 말에 팔크가 눈을 부릅뜨며 물었다.

"설마 부재중이십니까?"

"아니. 하지만 오늘은 선약이 있어서 시간이 되실지 모르겠거든요."

"얼마든지 기다리겠습니다."

"그런 문제가 아니라서요. 피츠존 씨, 솔론엔 처음 왔나요? 방문자는 만과◆의 종이 울리기 전에 영주관이 있는 작은 솔

◆ 해가 지기 시작할 때 거행하는 저녁기도. 오후 3시경.

론에서 나가야 해요."

"물론 이곳 법에 따르겠습니다만, 내일이면 늦을지도 모릅니다."

팔크는 덤덤하게 말했지만 나는 그 말에서 무척 불길한 느낌을 받았다. 한스의 말이 사실이라면 방금 섬에 도착했을 텐데, 팔크는 한시라도 빨리 아버지를 만나려 한다. 예삿일이 아닌 모양이다.

"법으로 정해진 건 아니지만. 이야기하고 있는 시간이 아깝네요. 가겠다면, 내가 안내할 테니 따라오도록 해요."

팔크는 "감사합니다"라고만 말했을 뿐, 어째서인지 그 이상은 묻지 않았다.

그새 어시장 광장에 새 상품이 도착한 모양이다.

"자, 청어가 왔어요. 막 들어온 싱싱한 청어 들여가세요!"

바다 냄새가 코를 찔렀다. 상인들이 발트해에서 가져온 절인 청어도 좋지만, 솔론에서는 역시 금방 잡은 싱싱한 청어가 훨씬 저렴하고 인기도 많다. 오늘 저녁상에 청어를 올리는 집이 많겠는데. 무엇보다 오늘은 금요일이니, 율법에 따라 육식을 금해야 한다.

"오늘 들어온 청어는 굵습니다. 만선이에요. 이만한 물건은 앞으로 성탄절까지 못 구합니다!"

어디서 몰려들었나 싶을 만큼 광장은 금세 사람들로 가득 찼다. 땜장이의 아내는 샌들을 신고, 세공장이의 아내는 가죽신을 신고 달려왔다. 마른 바닥을 오가는 수많은 발에 먼지가 피어오른다. 손님을 부르는 소리와 물건을 달라는 소리가 뒤섞여 광장은 한순간 찬바람조차 비집고 들어가지 못할 열기에 휩싸였다.

기회를 놓치지 않고 점포가 없는 상인들도 몰려들었다. 마늘장수와 양파장수가 물건을 넣은 통을 들고 나타났다. 리크◆장수며 닭장수도 왔다.

"마늘 있어요!"

"양파 있어요!"

제각기 목청껏 손님을 부른다. 상인들은 어시장 광장에 각자 '늘 서는 자리'가 있어서, 아무리 붐벼도 서로의 구역을 침범하지 않는다. 내가 사랑하는 솔론의 풍경 중 하나였지만, 지금은 조금 난감하다. 고개를 돌려 팔크를 불렀다.

"시기가 좋지 않네. 놓치지 않도록 조심해요."

물건을 흥정하는 사람들의 목소리에 내 말은 묻히다시피 했다.

"자, 파이 있습니다. 애플파이 들여가세요!"

◆ 대파와 비슷하게 생긴 채소.

작은 솔론에 가려면 광장을 가로질러 직공 거리를 지나는 게 가장 빠르다. 나는 인파를 헤치고 나아갔다. 해진 무명옷을 걸친 사람은 짐꾼의 아내, 리넨 로브를 걸친 사람은 수도원의 주방장이다. 분명 내가 영주의 딸인 걸 알아본 사람도 많을 텐데, 저렴한 청어에 혈안이 되어서 좀처럼 길을 터주지 않았다. 간신히 광장을 빠져나와 직공 거리에 들어서자, 주변에 동냥하는 늙은 걸인이 보여서 은화 한 닢을 주었다. 돌아보자 바로 뒤에 태연자약한 표정을 한 팔크가 있었다.

직공 거리를 지나면 큰 솔론과 작은 솔론을 잇는 나루터까지는 금방이다. 나는 발걸음을 재촉하며 물었다.

"피츠존 씨, 예루살렘에서 왔다고 들었는데, 사실인가요? 전쟁이 격화되고 있다 들었는데."

"아닙니다."

팔크는 짧지만 분명하게 대답했다.

"잘못 아셨습니다."

"예루살렘에서 온 게 아니라고요?"

"아닙니다. 실례했습니다. 제 소개도 하지 않고 길안내를 부탁드렸군요."

마음이 급할 텐데도 팔크는 걸음을 멈추고 가슴에 손을 올렸다.

"저는 트리폴리 백국◆에서 온 성 암브로시우스 병원형제단의 기사입니다."

낯선 이름에 나는 무심코 되물었다.

"성 암브로시우스 병원형제단?"

"잉글랜드까지는 이름이 알려지지 않은 모양입니다. 비록 단원은 많이 줄었지만, 훌륭한 기사들이 모인 기사단입니다."

성 암브로시우스 병원형제단이라는 이름은 물론, 트리폴리 백국도 처음 들었다. 트리폴리는 사라센인의 도시가 아니냐고 물으려 했지만, 팔크는 더는 시간을 지체할 수 없다는 듯 이어진 길을 바라보며 "이 길을 쭉 따라 가면 되겠군요"라고 말하고는 앞장섰다.

나는 바다 저편에서 온 것들은 대부분 좋아한다.

머나먼 동쪽에서 온, 신비롭고 자신감 넘치는 '성 암브로시우스 병원형제단의 기사'라면 두말할 필요도 없고.

3. 오트밀 비스킷

⚜

"작은 솔론으로 가려면 이 나룻배를 타야만 해요. 머독이 큰 솔론 쪽에 있다니 정말 운이 좋았어요."

◆ 12세기 초, 제1차 십자군이 이슬람 세력에게서 빼앗은 트리폴리 일대에 세운 나라.

흔들리는 배 위에서 나는 팔크와 니콜라에게 웃으며 말했다.

솔론은 두 개의 섬으로 이루어져 있다. 광장과 항구, 교회가 있고 사람들이 거주하는 솔론의 번화가가 있는 큰 솔론과, 그 북쪽에 있는 작은 솔론이다. 작은 솔론에서 지내는 사람은 영주인 에일윈 가문 사람들과 하인들뿐이다. 물론 나도 작은 솔론의 영주관에 산다.

바다를 사이에 둔 큰 솔론과 작은 솔론은 고작 150야드약 137미터 정도 떨어져 있을 뿐이다. 아직 해가 저물려면 멀었다. 파도는 낮았고, 머독은 평소처럼 차분하게 노를 저었다.

팔크가 뱃전에서 바다를 들여다보며 말했다.

"여울목이 많아서 뱃길이 험하군요. 이런 바다는 아무나 건널 수 없겠습니다."

"맞아요."

관찰력이 뛰어난 사람이다. 작은 솔론을 찾는 모든 사람이 이 여울목의 존재를 알아채는 건 아니다.

"잘 아시네요. 이렇게 작은 배라도 머독 말고 다른 사람이 몰았다간 금방 좌초되고 말 거예요. 머독의 아버지도 이곳에서 사공으로 일했는데 머독이 이어받았죠."

본인 이야기를 하는데도 머독은 눈길조차 주지 않고 담담하게 나룻배의 노를 저었다. 움푹 팬 뺨에 수염을 기른 머독은 신이 주신 직분에 언제나 충실한 사내다. 일에 임하는 그의 모습에서는 때로는 숭고함마저 느껴진다. 다만 너무 말이 없어서 둘이서 배를 타고 바다를 건널 때면 겸연쩍기도 하다.

큰 솔론의 북단과 작은 솔론의 남단에 각각 나루터가 있다. 여울이 많고 해안선도 험해서 제아무리 머독이라도 나루터 외에는 배를 대지 못한다. 팔크는 두 섬의 나루터를 번갈아 바라보며 말했다.

"대충 알겠습니다. 하지만 나룻배가 한 척밖에 없으면 불편하겠군요. 배가 건너편에 있으면 다시 불러야 하잖습니까."

"그렇긴 하지만, 깃발을 들면 머독이 바로 건너오거든요. 그리 오래 기다려야 하는 것도 아니고요. 지금처럼 급할 때는 불편하지만요."

이야기하다 불현듯 생각이 났다.

"머독, 오늘 아버지에게 손님이 오신다고 들었는데 큰 솔론 쪽에 있었네. 혹시 손님이 벌써 돌아가셨어?"

머독은 말수는 적어도 묻는 말에는 대답해준다. 그는 나지막한 목소리로 귀찮은 듯 짧게 말했다.

"아뇨, 아직 계십니다."

"아, 그렇구나. 꽤 오래 걸리네. 야스미나도 아직 저쪽에 있거든. 만과의 종이 울리기 전에 돌아와야 할 텐데."

그런 다음 나는 팔크를 돌아보며 "아, 야스미나는 내 시녀예요" 하고 설명했다. 그는 고개를 끄덕였다.

"즉, 저녁 종이 치면 사공의 일과가 끝나는 겁니까? 그렇기에 방문객은 그때까지 작은 솔론을 떠나야 하는 거고요. 종이 치고 나면 금세 해가 저물 테니까요."

나는 살며시 웃었다.

"그것도 여러 이유 중 하나겠네요. 머독은 종이 울리면 큰 솔론 나루터에 배를 대고 시내에 있는 집으로 돌아가니까요. 하지만 설령 밤중까지 하늘이 밝다 해도 밤에는 이 해협을 건너지 못해요."

"호오."

"저녁나절부터 다음날 아침까지 물살이 무척 빨라지거든요. 게다가 밤중에는 물이 빠져서 좌초될 확률이 한층 높아져요. 요즘 같은 시기엔 특히 더 그렇고요. 숙련된 뱃사공인 머독도 당해낼 재간이 없을 정도죠. 나뭇잎처럼 북해로 떠내려가든지, 암초에 부딪쳐 배가 산산조각나든지 둘 중 하나예요. 그렇지, 머독?"

"겪어본 적이 없어서 모르겠습니다."

과묵한 뱃사공은 잠시 뜸을 들이다 덧붙였다.

"하지만 아마 아미나 님의 말씀이 맞을 겁니다."

나는 철벽의 수비를 자랑하는 이 지형에 자부심을 가지고 말했다.

"어둠을 틈타 작은 솔론에 숨어들려는 자들이 한 해에 한 두 명은 있었어요. 하지만 이곳 조류에 대해 모르는 자들이다보니, 모두 떠내려갔죠. 밤사이 작은 솔론은 천혜의 요새가 된다 할 수 있어요."

팔크는 고개를 크게 끄덕였다.

"든든하시겠습니다. 하지만 남쪽 말고 다른 쪽은 어떻습니까?"

"북쪽과 서쪽은 깎아지른 절벽이고 동쪽은 암초가 많아요. 바이킹조차 함부로 접근할 수 없을걸요."

"그렇군요. 말씀대로 천혜의 요새입니다."

하지만 팔크는 왠지 그 말을 믿지 않는 것처럼 보였다. 어린 여자애의 말을 믿지 못하는 걸까. 아니면 제 눈으로 확인한 것만 믿는 성격인지도 모른다. 그런 점도 역전의 용사답다.

배가 나루터에 닿았다. 떠내려가지 않도록 머독은 재빨리 밧줄로 배를 동여맸다.

작은 솔론의 나루터에서 영주관까지는 울퉁불퉁한 돌길을 걸어가야 한다. 소금기 섞인 북해의 바람 탓에 이 작은 섬에는 풀조차 제대로 자라지 못한다. 거둬들인 입항세와 시장세에서 일부를 떼어 나루터에서 영주관까지 로마식으로 길을 닦을 수도 있다. 하지만 아버지는 작은 솔론에 길을 내느니, 거기에 사용할 석재와 자금으로 큰 솔론의 도로를 정비하는 편이 낫다고 생각하는 모양이다. 걷는 데 큰 불편은 없지만, 하인들이 곡식이 든 통을 수레로 운반할 때에는 여간 힘든 게 아니라고 한다.

영주관은 솔론에서도 보인다. 회색이 갑갑해 보이는 석조 건물이다. 경비병을 배치할 장소도 적고 아무래도 성이라고 부를 만하지는 않지만 돌벽이 사면을 에워싸고 있다. 솔론에서 석조 건물은 쉽게 찾아볼 수 없다. 솔론제도의 돌은 물러서 건축 자재로 쓰기에는 적절치 않기 때문이다. 대부분의 건축물은 발트해에서 들여온 목재로 만들었다. 귀중한 석재로 만든 건물은 영주관과 요새, 수도원, 일부 창고와 등대뿐이다.

세찬 바람이 불었다.

나는 망토가 날아가지 않도록 붙잡았다. 뒤쪽에서 "아" 하고 짧은 비명이 들렸다.

돌아보자 여전히 두건을 뒤집어쓴 채로 뭔가를 쫓듯 손을 뻗은 니콜라의 모습이 보였다. 갑작스러운 돌풍에 쥐고 있던 물건이 날아간 모양이다. 팔크가 그에게 뭐라고 말했다. 역시 프랑스어다.

"무슨 일이냐, 니콜라."

니콜라는 바람이 불어나가는 방향을 가리키며 말했다.

"날아가버렸어요."

"뭐가 말이냐?"

"아무것도 아닙니다."

"너한테 맡긴 귀중한 물건이 여럿 있지 않느냐. 뭘 잃어버린 거냐?"

"그게…… 오트밀 비스킷이요."

나는 무심코 웃음을 터뜨렸다. 니콜라는 충실한 종사처럼 주인의 뒤를 따랐다. 그런데 설마 팔크 뒤에서 몰래 비스킷을 먹었을 줄이야.

나는 웃었지만, 팔크는 기가 찬 듯했다.

"너도 참 못 말리겠구나. 그새를 못 참고 비스킷을 먹다니."

"그렇게 말씀하시면 서운합니다. 스승님이 배에서 빵을 드시는 동안, 저는 짐 내리는 걸 지켜보았잖아요. 숙소에서도 조금만 기다려달라고 했는데 들어주지 않으셨고요. 제 소임을 다하기 위해 먹을 수 있을 때 먹어두려 한 겁니다."

"긍지 있는 기사는 걸으며 음식을 먹지 않는다."

"거짓말이시죠. 만일 사실이라면 저는 기사가 아니라 다행이군요. 내려가서 주워 오겠습니다. 어디로 떨어졌는지 봤거든요."

"안 된다."

"아직 입도 대지 않았는데요."

"안 돼."

푹 눌러쓴 두건 때문에 니콜라가 어떤 표정을 지었는지는 알 수 없었다.

팔크와 니콜라를 아버지와 만나게 하는 일은 생각보다 쉽지 않았다.

나의 아버지 롤렌트 에일윈은 잉글랜드 왕 리처드 폐하의 가신으로 솔론제도를 다스린다. 집사 로스에어 풀러에게 손님이 찾아왔다고 알리자, 로스에어는 난처한 듯 인상을 찌푸렸다.

"조세 상담이 길어지는 바람에 먼저 온 손님들도 아직 영주님을 접견하지 못했습니다. 그리고 시장도 와 있습니다. 순서대로라면 만과의 종이 울리기 전까지 뵙지 못하실 겁니다."

"일부러 오셨는데 돌아가라 할 수도 없잖아. 이 기사님은 급한 용무로 예루살렘, 아니, 트리폴리 백국에서 오셨다고."

"흐음. 아미나 님이 직접 데려오신 분들인데 이대로 보낼 수도 없군요. 영주님께 한번 여쭤보겠습니다."

오랜 세월 에일윈 가문을 모신 로스에어는 이제 노령에 접어들었지만, 나이에 걸맞은 차분한 느낌을 주지 못했다. 하인들의 우두머리임을 뜻하는 상아 지팡이를 들고는 있지만, 영 어울리지 않는다. 지금도 아버지의 의향을 물으러 조급하게 걸음을 옮겼다. 여윈 팔다리를 부산스럽게 움직이는 특유의 걸음걸이 때문에 더욱 그렇게 보이는지도 모른다. 어쨌든 그가 가버렸으니, 팔크와 니콜라를 어디서 기다리라고 해야 하는지 알 수 없었다. "금방 올 거예요." 하는 수 없이 나는 천장 높은 현관홀에서 두 사람과 함께 기다렸다.

다행히도 로스에어는 얼마 지나지 않아 돌아왔다.

"오래 기다리셨습니다. 시장, 그리고 용병 지원자들과 함께라도 괜찮다면 들어오라 하십니다."

"용병?"

팔크의 눈썹이 꿈틀거렸다.

"이곳 영주님이 용병을 모집하십니까?"

"아, 모르셨습니까. 저는 기사님이라고 하셔서 그것 때문에 오신 줄 알았습니다."

나는 천장을 올려다봤다. 방금은 로스에어가 실수했다. 모르는 사람에게 말할 필요는 없는 일인데. 팔크가 나를 보았다. 켕기는 구석이 있는 것도 아니건만, 나는 변명하듯 말했다.

"열흘쯤 전부터 아버지가 난데없이 용병을 모집하기 시작하셨어요. 물론 두 사람이 용병 지원자가 아니라는 건 잘 알지만요."

"혹시, 어느 나라와 전쟁을 시작하시려는 겁니까?"

"아니요."

나는 단호하게 고개를 저었다. 솔론을 찾는 사람들 사이에 그런 소문이 퍼지기라도 하면 큰일이다. 그래서 뤼베크 상인 한스에게도 아무 말 하지 않았다.

"아버지는 그런 생각은 안 하세요. 단지……"

"단지?"

"이 섬이 공격받는 건 아닐까 염려하시는 모양이에요."

나는 그렇게만 말하고 입을 다물었지만, 팔크의 눈이 더욱 날카로워졌다는 건 알 수 있었다.

"그렇군요……"

팔크는 상처가 난 턱을 쓸며 말했다.

겉보기에 세세한 데까지 집착하는 자처럼 보이지는 않는다. 하지만 방심해선 안 된다.

아버지가 용병을 모으기 시작했을 때, 내 머릿속에서는 두 가지 생각이 떠올랐다.

하나는 노쇠한 아버지가 헛된 두려움에 사로잡힌 게 아닌가 하는 생각. 실제로 잉글랜드 본토라면 몰라도, 솔론은 평화롭다. 북해의 거친 파도와 섬을 둘러싼 암초가 이곳을 지켜준다. 지금 있는 기사와 경비병만으로는 부족하다 여길 만한 일은 전혀 없었다. 그런데 난데없이 용병을 모집하다니, 왠지 심상치 않은 느낌이 들었다. 하지만 곁에서 보기에 아버지는 지극히 제정신이었다.

또다른 생각은, 아버지가 어떤 소식을 접하고 이 섬이 위험해 처했다는 사실을 알게 된 게 아닐까 하는 것이다. 그러나 만일 그게 사실이라 해도, 겨울 태풍이 다가오는 이 계절에 구태여 전쟁을 시작하려는 걸 보면 제대로 된 상대는 아니리라.

동방에서 온 이 기사는 어느 정도나 짐작했을까. 볕에 탄 얼굴에서는 아무것도 읽어낼 수 없었다.

"흐음."

그가 신음했다.

"가급적이면 영주님과 독대하고 싶었는데 어쩔 수 없군요. 촌각을 다투는 일이라 나중으로 미룰 수는 없으니까요. 그럼 부탁드리겠습니다."

"영주님은 작전실에 계십니다. 가만있자……"

로스에어는 주변을 두리번거렸다. 팔크 외에도 안내해야 할 손님이 있는 모양이다. 마침 잘됐다 싶어 얼른 끼어들었다.

"작전실이라고? 그럼 내가 안내하지."

"아미나 님이요? 안 될 말씀입니다. 그건 제가 할 일인데요."

"신경쓰지 말고 다른 일 봐."

나는 말이 끝나기도 전에 발길을 옮겼다. 로스에어는 "하지만, 그러면" 하면서 계속 중얼거리긴 했지만, 무리해서 불러 세우지는 않았다. 이 기사가 아버지에게 무슨 이야기를 할지 꼭 알고 싶었다.

하지만 이 영주관은 꽤나 복잡한 구조로 이루어져 있다. 나는 뒤따라오는 팔크와 니콜라에게 웃으며 말했다.

"잘 따라오세요. 복잡해서 놓치면 큰일이거든요."

회랑을 좌우로 꺾으며, 막다른 곳에 숨겨둔 양 만들어놓은 계단을 올라갔다.

"어느 쪽으로 가는지 전혀 모르겠어요."

니콜라가 중얼거리자 팔크가 대답했다.

"북쪽이다."

"대단하세요."

"아마 맞을 게다."

계단 끝 정면에 작전실이 있다. 외적의 침입에 대비해 이런 복잡한 구조로 만들어놓았다고 한다. 이곳은 원래 전쟁을 좋아하던 내 증조부가 작전을 세우려고 만든 방이다. 피비린내가 나는 듯해서 나는 그다지 좋아하지 않지만, 아버지는 생각할 일이 있으면 항상 이곳을 찾는다. 나는 문을 두드렸다.

"아미나입니다. 손님을 모셔왔습니다" 하고 말하자 아버지가 중후한 목소리로 대답했다.

"들어오너라."

문을 열자, 작전실 안은 평소처럼 엄숙한 분위기로 가득 차 있었다.

작전실의 벽은 수많은 검과 도끼, 망치, 창, 그리고 곤봉으로 장식되어 있다. 하일랜더,◆ 프랑스 용병, 미니스테리알레◆◆의 무기다. 이곳에는 호전적인 증조부가 일평생 전쟁으로 점철된 삶을 살며 얻어낸 전리품들이 보란듯 걸려 있다. 녹슬지 않도록 늘 기름칠해 꼼꼼히 닦아놓은 칼날이 번들거리며 빛났다.

방 한가운데에는 길고 커다란 테이블이 놓여 있다. 아버지는 거기 있었다.

창가에 놓인 의자에 앉아 살짝 허리를 뒤로 젖히고 있다. 키는 그리 크지 않지만 다부진 체격이고, 광대뼈가 튀어나온 투박한 생김새는 딸인 내가 봐도 불굴의 용사처럼 보인다. 젊을 적 아버지는 수많은 전장을 누볐다고 한다. 하지만 내가 아는 아버지는 작은 솔론의 영주관에 머물며 솔론의 발전을 위해 애쓰는 실용주의자일 뿐이다.

아버지는 팔크와 니콜라를 힐끗 보더니, 너무 과하지는 않게 위엄을 갖추어 말했다.

"솔론에 잘 오셨소. 멀리 동방에서 오셨다고. 내가 영주 롤렌트 에일윈이오."

팔크는 정중하게 고개를 숙이고 굵직한 목소리로 이름을

◆ 스코틀랜드 북부 고지에 사는 사람을 가리키는 호칭. 척박한 환경 탓에 거친 것으로 유명했다.
◆◆ 중세 독일에서 비자유민 계급이면서 직위를 얻은 사람. 주로 기사가 되었다.

댔다.

"만나뵙게 되어 영광입니다, 영주님. 트리폴리 백국 성 암브로시우스 병원형제단의 기사 팔크 피츠존이라고 합니다. 이 아이는 종사 니콜라 바고입니다. 예고도 없이 불쑥 찾아온 무례를 용서하십시오."

어느새 니콜라가 두건을 벗었다.

니콜라는 숨을 삼킬 만큼 선명한 빨간 머리를 가지고 있었다. 눈동자는 옅은 잿빛이고, 작은 체구에 걸맞게 생김새도 앳되다. 지금까지 고생이 많았는지, 나이답지 않게 눈빛이 꽤나 싸늘했다. 하지만 찬찬히 뜯어보니 잘생기고 늠름한 소년이다. 영주 앞이라고 예의를 차리는지 얼굴에 표정이 없다. 아이답지 않은 침착한 모습이 앳된 얼굴과 부조화를 이루어서 왠지 서글퍼졌다. 그러나 한편으로 나는 알고 있다. 눈앞의 소년은 아까 비스킷을 몰래 먹으려다 바람에 빼앗긴 장본인이다. 설마 그때도 이런 애늙은이 같은 표정을 짓지는 않았겠지. 지금은 눈 하나 깜짝 안 하지만, 평소에는 분명 이런 표정이 아닐 터였다.

아버지가 미심쩍은 표정으로 물었다.

"잉글랜드어가 유창하시군. 동방은 지금 한창 이교도와의 전쟁으로 흉흉하다고 들었소. 트리폴리 백국에서 왔다는 그대의 말은 믿기가 힘들군."

“그렇게 생각하시는 것도 당연합니다. 제 아버지 길버트는 노르망디 공을 따라 예루살렘으로 떠난 십자군이었습니다. 저는 트리폴리 백국에서 태어나 잉글랜드에는 영지가 없지만, 지금도 아버지의 형제가 링컨셔에 장원을 가지고 있습니다.”

“링컨셔의 피츠존 가문. 들어본 적이 있지. 무턱대고 의심하는 건 아니오만, 성 암브로시우스 병원형제단이란 이름은 처음 듣는지라.”

“병원형제단에 대해 설명하려면 먼저 제 사명을 말씀드려야만 합니다. 들어보고 영주님이 꼭 도와주셨으면 합니다.”

그 순간, 문을 두드리는 소리가 들렸다.

“로스에어입니다. 보네스 시장이 왔습니다. 허버드 공과 용병들도 함께 왔습니다.”

“그대의 사명이 무엇인지 궁금하지만, 조금 뒤로 미뤄야겠소. 오늘은 할일이 많거든.”

아버지는 팔크를 힐끗 보며 미안한 듯 말하고는, 로스에어에게 들여보내라고 지시했다.

먼저 보네스 시장이 들어왔다. 아버지는 앉은 채 매서운 눈빛으로 그를 보았다.

뒤이어 아버지의 종기사 에이브 허버드가 들어왔다. 에이브는 현재 에일윈 가문이 거느린 유일한 종기사로 올해 열여덟 살이다. 아버지의 시중을 드는 한편 검술 실력을 갈고닦아, 왕실과 에일윈가를 충실히 섬기며 기사 서임을 받을 기회를 기다리고 있다.

그가 입구에서 고개를 숙인 뒤, 큰 소리로 말했다.

"분부대로 기량이 뛰어난 용맹한 자들을 데려왔습니다."

에이브는 내가 방에 있는 걸 보고 놀란 듯 눈을 크게 떴다. 나는 오빠가 있지만, 에이브도 친오빠처럼 따랐다. 에이브 역시 나에게 다정하게 대해주지만, 아버지 앞에서는 충실한 종기사로서 행동한다.

에이브의 뒤를 따라 다섯 남녀가 들어왔다. 키가 큰 남자, 작은 남자. 금발 남자, 흑발 남자. 여자도 하나 있다. 그들 모두에게서 불온한 기척을 느낀 것은 비단 용병이기 때문만은 아니리라.

아버지는 이렇게 많은 인원이 올 줄은 미처 예상하지 못했는지, 순간적으로 눈을 크게 뜨며 말을 잇지 못했다. 하지만 금세 침착하게 자리에서 일어나 팔크에게 그랬듯 위엄 있는 태도로 그들을 맞이했다.

소임을 다한 로스에어는 물러갔지만, 나는 나가란 말을 듣지 않았기에 시치미를 떼고 남았다. 아버지가 갑작스레 모집한 용병들도, 동방에서 온 기사도 나의 호기심을 자극했다. 작전실에 있는 사람은 모두 열한 명이었다.

아버지가 살며시 쓴웃음을 지었다.

"자. 이렇게 많은 손님을 맞이하기도 참 오랜만이군. 시간이 얼마 없는 듯한데, 누구 이야기부터 들어볼까."

말을 마친 아버지는 모두의 얼굴을 둘러보다 문득 나를 쳐다봤다. 네가 왜 이 자리에 있느냐고 생각한 것 같았지만, 단념한 듯 아무 말도 하지 않았다.

마침내, 아버지는 시장을 지명했다.

"그럼 보네스, 자네 이야기부터 듣지. 오늘은 무슨 일로 찾아왔나?"

솔론 시장인 마틴 보네스는 잔뼈가 굵은 재봉사다.

눈매는 교만하지만 손끝은 섬세해서, 보네스의 옷은 바느질이 촘촘해 오래간다는 평을 받는다. 상인의 도시 솔론에서 직공으로 시장이 되었다는 사실에 크나큰 자부심을 느끼는지, 아버지를 대하는 태도가 묘하게 도전적이다. 아버지는 잉글랜드의 다른 영주들에 비해 딱히 세금을 많이 걷지도 않고, 갖가지 이유를 대며 일 년 내내 귀찮은 부역을 요구하지도 않는다. 그러니 보네스도 구태여 세게 나올 필요가 없을 텐데, 아무 일도 하지 않으면 시장 자리에서 쫓겨날까 걱정되는 모양이다.

이렇게 많은 사람 앞에서 말하게 될 줄은 예상치 못했겠지만, 보네스는 보란듯 가슴을 펴고 과장된 어조로 운을 뗐다.

"알겠습니다, 영주님. 오늘 찾아뵌 건 다름이 아니라, 일전에 보내신 통지에 대해 여쭙고자 해서입니다. 적의 침공에 대비해 코뮌◆의 구성원은 무기를 준비하라고 하셨습니다만, 새삼스럽게 대체 무슨 일입니까?"

나는 눈을 동그랗게 떴다. 처음 듣는 이야기였다.

"겨울 동안 서약대로 건장한 장정들 중에서 병사를 모집하라는 통지도 보내셨습니다. 저희 서약공동체는 분명히 솔론이 위기에 처하면 무기를 들겠다고 서약했습니다. 전쟁이 가까워지면 자진해 지원하는 이들도 나올 테죠. 하지만 적이라니요? 이제 겨우 리처드 폐하가 잉글랜드를 평정하신 이런 시기에."

"그래. 무기를 드는 건 그대들의 신성한 권리이자 의무이거늘, 자네는 무엇을 의심하는 건가?"

"제 의중을 정확히 헤아리셨군요. 제가 의심하는 건 바로 이겁니다."

흡사 솔론의 시민들 앞에서 연설하듯, 보네스 시장은 두 팔을 벌렸다.

"영주님. 영주님이 소유하신 솔론에 대한 특권을 왕가에 반납하라는 요구가 들어왔다는 소문을 들었습니다. 왕제王弟

◆ 중세 유럽에서 발달한 도시자치단체.

이신 존 전하께서 요구하셨다던데, 그게 사실입니까?"

아버지는 얼굴을 찌푸렸지만, 냉정하게 대답했다.

"모두 반납하라 하시지는 않았지만, 대충 사실이라 생각하면 될 듯하네. 존 전하는 우리 에일윈 가문이 솔론에서 행사하는 특권이 너무 과하다고 생각하시는 모양이더군."

"하지만 영주님은 그러한 요구를 일축하셨다고요."

"물론이네. 내 권리는 선조들께 물려받은 정당한 것일세. 무엇보다 존 전하는 잉글랜드의 왕이 아니시지."

그 말을 듣고 보네스의 목소리에 힘이 들어갔다.

"저희 솔론의 자유민들은 영주님의 어진 통치에 감사하고 있습니다. 하지만 만일 영주님이 존 전하께 맞서 싸울 생각이시라면…… 그러한 사태에 직면했을 때 저희가 기꺼이 영주님의 뜻을 받들 수 있을지는 신중하게 검토해봐야 할 것 같습니다."

나는 그의 속내가 무엇인지 깨달았다. 보네스는 단순히 영주에게 맞서는 시장을 연기하러 온 것이 아니다. 리처드 폐하가 십자군을 이끌고 잉글랜드를 떠난 뒤로, 전하의 아우인 존 전하가 호시탐탐 왕위를 노린다는 건 나도 안다. 잉글랜드는 아직 내전의 상흔이 아물지 않았다. 존 전하가 혼란한 정국을 틈타 왕위를 가로챌 마음을 품는대도 놀랍지는 않다. 하지만 그것은 어디까지나 잉글랜드 본토의 이야기다. 본토에서 떨어진 솔론에까지 불똥이 튈 성싶지는 않지만, 보네스의 생각은 다른가보다.

영지의 백성들이 술렁이는 것도 이해는 간다. 존 전하가 병사를 이끌고 아버지를 치면 솔론도 무사하지는 않을 테니까. 백성들이야 에일윈 가문과 왕제 전하 중 누가 영주가 되건 별반 다르지 않을 텐데, 무기를 준비하라고 통지가 왔으니 불안하기도 하겠지. 하지만 실제로 영주관에서 영주를 앞에 두고 '전쟁이 벌어지면 꼭 당신 편에 선다고 장담할 수는 없다'고 말하다니 보통 배짱이 아니다. 재봉사 보네스는 역시 시장 자리에 앉을 만한 인물이다.

아버지는 보네스를 뚫어지게 쳐다보며 말했다.

"무슨 뜻인지 알겠네. 자네들 입장에서는 충분히 그럴 수 있지. 하지만 보네스, 이것만은 기억하게. 나는 어진 영주가 되고자 애썼지만, 새 영주도 그러리라는 보장은 없어. 더불어 나는 솔론의 백성들을 사랑하지만, 적으로 돌아선 자들까지 사랑할 만큼 성인군자는 못 되네."

"네……"

제아무리 보네스가 배짱이 두둑하다고 해도, 아버지의 매서운 눈빛 앞에서는 말을 잇지 못했다. 하지만 아버지는 금세 표정을 누그러뜨리며 말했다.

"염려 말게. 존 전하가 솔론을 정벌하실 리 없네. 그분이

현재 웨스트민스터에서 유리한 입장에 계신 것도 아니고, 솔론과 관련해 정당한 권리를 갖고 계신 것도 아니니 말이야. 현재로서 나와 전하가 칼을 부딪칠 가능성은 없어."

"그렇습니까?"

예기치 못한 상황에 보네스는 당혹감을 감추지 않았다.

"그럼 무엇을 위한 기별입니까? 영주님이 분부하시면 저희는 무기를 들겠습니다. 하지만 적이 대체 누구입니까? 존 전하가 아니라면, 지금 솔론을 침공하려는 자가 누구란 말입니까?"

아버지는 한숨 섞인 신음을 흘리더니, 다섯 명의 손님을 흘깃 보며 입을 열었다.

"두 이야기가 하나로 이어지는 듯하군. 보네스, 자네에게도 소개하지. 에이브가 데려온 자들은 공격에 대비해 내가 불러 모은 용병들이네."

"용병이라고요?"

보네스는 말을 잇지 못했다. 아버지는 무겁게 고개를 끄덕였다.

"그래. 안타깝지만 현재 우리가 가진 병력만으로는 솔론을 침공하려는 적에 대항할 수 없기 때문이네."

"영주님, 다시 여쭙겠습니다. 영주님이 그토록 두려워하시는, 이 솔론을 침공하려는 적들은 대체 누굽니까?"

그것은 아버지가 용병을 불러모으기 시작한 이래, 내가 기회 있을 때마다 수차례 했던 질문이었다. 아버지는 어떤 때는 대충 얼버무렸고, 어떤 때는 딱 잘라 질문을 일축했다. 하지만 지금 아버지가 시장과 용병들 앞에서 무겁게 입을 뗐다.

"좋네. 언젠가는 자네들도 알아야 할 사실이니, 지금 얘기해두는 편이 좋겠군. 시장, 그리고 제군, 이 솔론을 노리는 적은 바로……"

아버지는 사람들의 얼굴을 둘러보고는 말했다.

"데인인◆이네."

4. 전설의 악귀들

나지막한 웅성거림이 작전실에 퍼지다가 금방 사라졌다. 나는 용병들의 표정을 슬쩍 훔쳐봤다. 어떤 이는 히죽 웃었고 어떤 이는 불쾌한 듯 얼굴을 찌푸렸으며 어떤 이는 태연한 표정을 지었다. 하지만 두려워하는 자는 없었다.

"데인인이라고요!"

보네스 시장은 놀라야 할지 웃어야 할지 모르겠다는 듯

◆ 스칸디나비아 반도 남쪽에 살던 북게르만족.

얼굴을 찌푸리더니, 침을 튀기며 외쳤다.

"외람되지만 영주님, 데인인들의 위협은 이미 케케묵은 옛 이야기입니다. 설마 진심으로 바이킹들이 용머리를 단 배를 타고 솔론을 침공한다고 생각하시는 겁니까?"

데인인. 그들은 무시무시한 항해술로 어떤 사나운 파도도 헤쳐 나가며, 또한 어떤 좁은 강이라도 거슬러오른다. 그렇게 마을을 습격하고, 습격당한 이들이 반격의 태세를 갖출 즈음에는 이미 모습을 감춘 뒤인…… 전설의 악귀들. 하지만 나보다 훨씬 연장자인 보네스에게는 단순한 전설이 아닌 모양이다. 애써 웃어넘기려 했지만 목소리에 밴 두려움까지 숨길 수는 없었다. 아버지는 말했다.

"시장, 자네가 믿고 안 믿고의 문제가 아니야. 나는 분명히 데인인들이 침공해오리라 확신하고, 그 소식을 자네들에게 알려 방어할 태세를 갖추게 하는 것이 영주의 소임이라 생각하기에 이야기했을 따름이네."

"하지만 영주님."

"나는 방어전에 전력을 다하겠네. 자네들은 뜻대로 하게. 하지만 머지않아 시작될 전투에서 무고한 백성들이 말려드는 일은 없기를 바라네."

"……네."

수긍한 눈치는 아니었지만, 보네스는 더이상 아무 말도 하지 않았다. 그가, 더 자세히 말하자면 솔론 백성들이 과연 데인인과의 결전에 대비할지는 모르겠다. 아마 겉으로는 반발하더라도, 결국 영주의 지시에 따르긴 하겠지만.

아버지는 살짝 목소리를 높였다.

“좋아! 그럼 에이브. 용병들을 소개하게. 시장, 모처럼 한자리에 모였으니 자네도 얼굴을 익혀두는 게 좋겠지. 단, 아직 모두 고용할 생각은 없네.”

에이브는 고개를 끄덕이며 한 걸음 앞으로 나오더니, 가슴을 펴고 자신이 골라온 용병들을 자랑스레 소개했다.

“네, 영주님. 여기 있는 세 사람은 모두 제 앞에서 걸출한 능력을 증명했습니다. 전력 측면만 따지면 저는 주저하지 않고 이 세 사람을 추천하겠습니다. 하지만 그전에 드릴 말씀이 있습니다. 여기 계신 노이도르퍼 경은 기사이지 용병이 아닙니다. 솔론의 위기에 대한 소문을 듣고 브레멘에서 달려오셨습니다. 방금 배에서 내리신 것을 모셔왔습니다.”

아닌 게 아니라 에이브가 데려온 다섯 명 중에 유독 차림새가 고급스러운 남자가 있었다. 망토를 여민 브로치에는 사파이어가 박혀 있고, 칼자루에도 뒤엉킨 덩굴 문양이 섬세하게 새겨져 있다. 금발 고수머리에 매서운 생김새, 검은 눈동자에는 자신감이 가득하다. 겉보기에는 젊지만, 어쩌면 서른

이 넘었을지도 모른다. 팔크보다는 호리호리했지만 그렇다고 여위어 보이지는 않았다. 다만 어딘지 모르게 수상쩍은 기운이 느껴졌다.

그가 한 걸음 앞으로 나와 고개를 숙였다.

"기사 콘라트 노이도르퍼, 고명한 에일윈 가문에서 조력자를 구한다는 소문을 듣고 힘이 되고자 달려왔습니다. 저는 부하 셋을 데려왔는데 제각기 검, 창, 석궁을 잘 다룹니다. 더불어 전투에 참가할 수 있는 자 일곱 명도 데려왔습니다. 저 역시 무예에는 다소나마 자신이 있고요. 에일윈을 노리는 적이 누구든 간에, 명예롭게 싸울 것을 맹세합니다."

"집사에게 보고는 받았소. 그대가 브레멘의 기사로군."

"네. 브레멘 남쪽에 영지가 있습니다."

"잉글랜드 말은 어디서 배우셨소?"

"어머니가 잉글랜드 출신이십니다. 그리고 어쩌다보니 이쪽 상인들과 이야기할 일이 많아서 절로 익히게 되더군요."

콘라트는 말을 마치고 씩 웃었다. 자신이 단순히 검을 휘두르고 말 타는 데만 능한 사내가 아님을 암시하려고 구태여 상인과 교류가 있다는 이야기를 꺼낸 것이리라.

"기사님이 도와주신다니 든든하군. 그나저나 독일 땅에까지 솔론의 이름이 알려졌다니, 영광이오."

"멀리까지 소문이 자자합니다."

나도 그 말뜻을 이해하지 못할 만큼 세상물정 모르는 철부지는 아니다. 기사는 약자를 지키기 위해 검을 휘두른다. ……보수를 대가로. 기사 콘라트 노이도르퍼는 솔론이 번영하다는 소문을 듣고 돈이 될 만하다 싶어 한달음에 달려왔으리라. 이상한 일은 아니다. 요컨대 그 역시 기사라는 신분의 용병인 것이다.

그리고 아버지가 찾는 이는 다름 아닌 용병이다. 양자의 이해관계는 일치한다. 아버지는 고개를 끄덕였다.

"좋소. 그대의 조력, 감사히 받아들이겠소."

"기대를 저버리는 일은 없을 겁니다."

다시 고개를 숙이고 나서, 콘라트는 뒤로 물러났다. 에이브가 입을 열었다.

"그럼 용병들을 소개하겠습니다. 이쪽은 웨일스에서 온 이텔 압 소마스. 궁술 실력이 참으로 뛰어납니다."

이텔은 보네스와 콘라트 사이에 서 있었다. 왜소한 체구에 꾀죄죄한 홈스펀 옷을 걸친 이텔은 건장한 체구의 시장과 기사 사이에서 한층 더 초라해 보였다.

하지만 호명을 받고 앞으로 나온 그에게서는 범상치 않은 분위기가 감돌았다.

푸른 눈동자는 두려워하는 기색 없이 영주를 똑바로 바라보고 있다. 검은 머리는 덥수룩했고, 이목구비가 뚜렷한 얼굴 생김새와 얇은 입술은 왠지 매정한 인상을 주었다. 정 많기로 소문난 웨일스인의 이미지와는 전혀 딴판이었다. 키는 작지만 어깨가 떡 벌어졌고, 가슴팍도 단단해 보였다. 활시위를 자주 당겨서인지 오른손에 가죽장갑을 꼈다. 콘라트보다 나이는 많아 보인다. 나이가 들며 인생의 무게가 수수한 얼굴에 아로새겨진 듯한 느낌이 들었다.

"이텔 압 소마스. 맡겨주신다면 제 역할을 다하겠습니다."

"자네도 잉글랜드 말을 할 줄 아는군."

"글로스터셔 장원에 있었습니다."

그가 짤막하게 대답했다.

장원에 있던 남자가 활솜씨를 밑천 삼아 북해의 솔론제도까지 흘러들어오다니, 뭔가 사정이 있는 게 분명하다. 도망친 농노이지 않을까 싶지만, 어쩌면 더 무거운 죄를 지었을지도 모른다.

하지만 아버지는 "흐음" 하고 중얼거리면서 고개를 끄덕였을 뿐, 더는 추궁하려 들지 않았다.

"자네 혼자인가?"

"힘 압 소마스라는 동생이 있습니다. 활솜씨는 저에 미치지 못하지만, 눈이 밝고 머리가 잘 돌아가는 녀석입니다. 제가 많이 믿고 의지합니다."

그는 잠시 뜸을 들이다 말을 이었다.

"동생 녀석에게도 한 사람 몫을 주셨으면 합니다."

아버지는 힐끗 에이브를 보았다. 에이브가 살짝 고개를 끄덕이자, 아버지는 선선히 그 제안을 받아들였다.

"좋네. 하지만 자네 입으로 직접 말해보게. 활솜씨가 뛰어나다고 했지, 얼마나 뛰어난가?"

이텔은 딱히 뽐내는 기색 없이 사실을 말하듯 담담하게 대답했다.

"상대가 움직이지 않는다면, 100야드약 91미터 밖에 있는 자의 머리를 명중시킬 수 있습니다. 조금 움직이더라도 50야드 정도라면 전혀 문제없습니다."

"하지만 상대는 데인인이네. 흔들리는 배에 탄 적은 명중시킬 수 있나?"

"녀석들이 토끼보다 더 깡충깡충 뛰어다닌다면 조금 애는 먹겠죠."

아버지는 생각에 잠겼다. 아마 그만한 활솜씨를 어떻게 활용할지 궁리하는 것이리라. 하지만 에이브는 아버지가 이텔의 실력을 의심한다 생각한 모양인지 나서서 말했다.

"영주님, 한말씀 올리겠습니다. 이텔이 쓰는 활은 저희가 쓰는 것보다 크고 강력합니다. 제가 80야드약 71미터 떨어진 곳에 통을 과녁으로 놓고 시험해봤는데 손쉽게 명중시키더군요. 이텔의 말에 거짓은 없습니다."

하지만 이텔은 그 말을 듣고 처음으로 감정다운 감정을 드러냈다.

"아니! 그 통은 너무 컸소."

고개를 들고 그렇게만 말하고는 이텔은 입을 꾹 다물었다. 아버지는 눈을 가늘게 뜨고 이텔을 바라보았다. 그 눈빛에는 호감이 어려 있었다.

"좋네. 자네 재주는 실전에서 확인해보도록 하지. 에이브, 다음."

"네."

하지만 에이브는 곧바로 다음 용병을 소개하지 않고 어물거렸다.

나머지 사람을 보니 그럴 만도 했다. 하나는 여자고, 또하나는 잔뜩 긴장한 것이 유약해 보이는 남자다. 그리고 마지막은 두건을 뒤집어쓴 남자다. 처음에는 니콜라가 다시 두건을 뒤집어쓴 줄 알았는데, 아니었다. 니콜라는 팔크 옆에서 나른한 표정으로 알아듣지 못하는 잉글랜드 말을 멍하니 듣고 있었다. 그렇다면 이 후드를 쓴 남자도 용병인가본데, 니콜라보다 키가 작다. 흡사 어린아이 같다.

"다음은……"

우왕좌왕하던 에이브의 시선이 여자 위에서 멈췄다.

"하르 엠마. 마자르인◆이라고 합니다."

"마자르인이라고?"

아버지가 의아한 표정으로 되물었다.

"본인이 그렇게 말했나?"

"네. 아마도요. 잉글랜드 말이 거의 통하지 않습니다."

나란히 선 용병들, 그리고 시장의 얼굴에도 난감한 빛이 역력했다. 말이 통하지 않는데 용병으로 쓸 수 있을까. 다양한 사람들이 모이는 솔론에서도 마자르인은 흔치 않고, 그 이전에 여자 용병이라니 금시초문이다.

말은 알아듣지 못해도 자기 이름을 부르는 줄은 아는지 엠마가 한 발짝 앞으로 나왔다.

"하르 엠마."

나는 그녀가 용병이 아니라 다른 특별한 이유로 이곳에 온 줄 알았다. 훤칠한 키에 촘촘하게 직조된 리넨 옷을 입고 가죽 망토를 둘렀다. 망토 앞섶은 브로치가 아니라 끈으로 여몄다. 먼 이국을 연상케 하는 울림을 지닌 이름과는 달리, 걸친 옷가지는 솔론에서도 흔히 찾아볼 수 있는 것이다. 아마 최근에 보네스 시장의 가게에서 구입한 모양이다.

◆ 헝가리의 주류 민족.

밝은 금발머리에는 장식 하나 달지 않았고, 얼굴은 흙먼지를 뒤집어써 꾀죄죄하다. 입술연지를 발랐지만 거의 검은빛에 가까운 어두운 자주색이라 그녀를 아름답게 꾸며주지는 못했다. 게다가 그녀는 자기 이름을 댈 때조차 무심한 표정으로 먼 곳을 바라보고 있었다.

에이브는 마치 변명하듯 엠마를 소개했다.

"여성이 지원하리라고는 상상도 못했거니와 말도 통하지 않아서, 처음에는 뭔가 착오가 있는 줄 알았습니다. 그런데 믿기 어려우실지도 모르지만, 저희는 그녀를 요새에서 쫓아내려다 속수무책으로 당했습니다. 달려들어 막으려고 하면 날쌔게 피하고, 겨우 붙잡았다 싶으면 장정들을 휙 던져버리더군요."

누군가 키득거렸다. 에이브와 기사들을 한심하게 여기고는 비웃은 모양이다. 하지만 나는 웃지 않았다. 에이브는 아버지 휘하의 기사 중 누구보다 열심히 훈련에 임한다. 에이브가 당해내지 못한 상대라면 다른 누가 덤벼도 마찬가지였으리라.

"물론 여성에게 검을 빼들지는 않았습니다. 제 명예를 걸고 모두 맨손으로 덤볐음을 밝혀둡니다. 하지만 공정하게 따지자면, 양쪽이 다 무기를 든 상태였더라도 결과는 같았을 겁니다."

에이브가 용병들을 받은 요새는 큰 솔론에 있다. 평상시에는 네다섯 명이 지키지만, 수비를 강화하라는 아버지의 명령으로 지금은 기사를 포함해 열 명 이상이 주둔하고 있을 터였다. 요컨대 엠마는 그만한 인원을 상대로 대등하게 싸웠다는 말이다. 하지만 정말로 잉글랜드 말을 한 마디도 알아듣지 못하는지, 자기 이야기를 하는데도 그녀의 표정에는 아무런 변화가 없었다.

"마자르인은 동방의 야만족이라 들었습니다. 그 황당무계한 전투 방식을 보니 로마를 파괴한 자들의 후예라 해도 믿겠더군요. 하지만 어쨌든 먹을 것을 주었더니 난동을 부리지는 않았고, 보아하니 본인도 저희가 용병을 구한다는 사실은 아는 모양입니다."

자신들이 형편없이 당했다는 이야기인데도, 에이브는 열띤 목소리로 말했다. 순간의 굴욕보다는 엠마를 놓쳤을 때 발생할 불이익을 두려워하는 눈치였다.

나는 아버지가 어떻게 나올지 흥미진진하게 지켜보았다. 에이브와 병사들을 물리쳤다니, 엠마의 실력에 의심의 여지는 없으리라. 하지만 우리는 그녀가 기독교도인지 아닌지조차 모른다. 아무리 실력이 뛰어나더라도, 아버지가 과연 정체 모를 여자를 전장에 세우려 할까?

하지만 내 걱정은 이내 기우였음이 판명됐다.

"본인이 용병으로 일하겠다면 그렇게 해주게."

대수롭지 않다는 듯 말하는 아버지를 보고 도리어 에이브가 놀랐다.

"허락하신다는 말씀입니까?"

"그러게. 제대로 챙겨주도록 하고."

나는 힐끗 용병들의 표정을 살폈다. 기사 콘라트는 불만스러운 기색이 가득했다. 여자와 어깨를 나란히 하고 싸우다니, 그로서는 상상도 못한 상황이리라. 궁수 이텔도 떨떠름한 표정이었지만, 원래 표정이 어두워서 그렇게 보이는지도 모른다.

아버지는 다시 작전실에 있는 이들을 둘러보았다.

"에이브. 용병은 셋이라 했지?"

"아, 네. 나머지 한 명은……"

에이브는 엠마를 소개했을 때보다 더 머뭇거리며 말을 잇지 못했다. 남은 사람은 심약해 보이는 남자와 두건을 뒤집어쓴 아이뿐이다.

"마지막 용병에 관해서는 특히 영주님의 의향을 여쭙고자 합니다."

그렇게 운을 떼고 나서야 에이브가 말했다.

"스와이드 나지르. ……사라센인입니다."

아버지는 에이브가 우려한 만큼 놀라지 않았다. 콘라트도 이텔도, 팔크도 모두 태연했다. 보네스 시장 혼자만 눈을 부릅떴다.

"사라센인! 어찌 그런……"

스와이드는 두건을 뒤집어쓴 채 한 구절씩 또박또박 끊어 말했다.

"나도 잉글랜드 말은 익숙하지 않다. 하지만 나를 고용하면 너는 승리하리라."

두려울 만큼 가라앉은 그 목소리는 마치 어둠의 속삭임처럼 듣는 이를 섬뜩하게 만들었다.

그런 목소리를 가진 사람도 찾으려면 찾을 수 있다. 노파의 목소리라면 이상할 것도 없다. 하지만 스와이드는 4피트 약 120센티미터쯤 되는 니콜라보다도 키가 작다. 그렇다보니 그 목소리는 한층 불길하게 느껴졌다.

아버지는 천천히 말문을 열었다.

"자네는 전장에서 어떻게 싸우는가? 그리고 무슨 까닭으로 무례하게 얼굴을 가리고 있지?"

잠시 침묵이 이어졌다. 에이브의 얼굴에 초조한 기색이 나타나기 시작할 즈음에야 스와이드는 겨우 입을 뗐다.

"나는 마술을 써서 싸운다. 실례인 줄 알지만 용서하길 바란다. 일찍이 미숙했던 시절 저주를 받아서 그렇다."

"자네는 마술사인가?"

"그래. 연금술사다."

더러 마술사라 자칭하는 자들이 솔론을 찾기도 한다. 하지만 대부분은 곡예사고, 몇몇만 진짜 마술사다. 그래서 마법을 쓴다는 말 자체에는 그리 놀라지 않았다. 하지만 얼굴을 가린 이 남자가 사라센인이고 마술사인데다 저주까지 받았다는 말은 좀처럼 믿기 어려웠다.

아버지는 불쾌한 듯 얼굴을 찡그렸다.

"얼굴도 보이지 않는 자를 사라센의 마술사라고 믿으라는 건가? 나는 보수를 지불할 용의가 있지만, 아무에게나 퍼줄 생각은 없네."

에이브는 스와이드가 무슨 재주를 가졌는지 알고 있을 터였다. 하지만 그는 이텔과 엠마를 추천했을 때와는 달리 침묵을 지켰다. 사라센인의 역성을 들었다 행여 영주의 노여움을 살까 우려하는 것일까.

스와이드는 꿈쩍도 하지 않다가 이내 천천히 오른손을 들었다.

"정 원한다면."

두건을 걷었다.

키에 어울리는, 그리고 쉰 목소리와는 어울리지 않는 사랑스러운 아이가 모습을 드러냈다. 검은 머리는 새둥지처럼 삐죽삐죽 뻗쳤고 눈동자도 까맣다. 탄력이 느껴지는 곱고 까무잡잡한 피부의 소년은 언짢은 듯 입을 앙다물고 있다.

"기독교도 영주여. 더는 저주받은 모습을 드러낼 수 없다. 내 힘은 이 사내에게 증명했다. 확인해라."

스와이드는 그렇게만 말하고 다시 얼굴을 가렸다.

목소리는 늙은이 같지만 체구나 얼굴을 보면 영락없는 어린애다. 그 모습에 아버지조차 말을 잃었고, 에이브는 그제야 머뭇거리는 어조로 설명을 시작했다.

"영주님, 스와이드는 거대한 청동인형을 데리고 있는데, 흡사 살아 있는 것처럼 자유자재로 움직입니다."

"인형이라고?"

"네. 이 청동인형은 거대하지만 번개처럼 빠르고, 힘은 인간과는 비교도 되지 않을 만큼 셉니다. 이런 수상한 마술을 부리는 자를 가까이해서는 안 된다고 생각했지만, 영주님이 전투에서 실력을 발휘할 수 있는 자들은 누구나 상관없다고 하셨기에 데려왔습니다."

"얼마나 거대한가?"

"신장이 10피트약 3미터나 되는 무시무시한 거인입니다."

나는 문득 소박한 의문이 들었다. 그런 거대한 인형이 솔론에 건너왔는데 왜 아무런 소문도 듣지 못했을까. 에이브의 말이 사실이라면 스와이드는 무척 교묘하게 청동인형을 감추었으리라.

"터무니없는 소리!"

누군가 버럭 외쳤다. 보네스 시장이다.

"사라센인? 마술사? 청동인형이라고? 허황된 거짓말입니다, 아직 어린애잖습니까! 독을 마셨거나 병에 걸려 목이 망가졌겠죠. 나쁜 꾀나 부리는 사기꾼입니다. 설마 이런 거짓말에 속아넘어가 이 비루한 사기꾼을 섬에 머물게 하시려는 건 아니겠지요?"

아버지는 넌더리가 난다는 듯 손사래를 쳤다.

"진정하게, 시장. 어린애의 말을 곧이곧대로 믿을 생각은 없네."

"그렇다면……"

"하지만 내 종기사 에이브의 말은 믿을 수 있지. 그가 청동인형을 봤다면 본 것이고, 강력한 힘을 가졌다고 한다면 그런 게야. 그의 이름이 스와이드가 맞는지, 진짜 사라센인인지 그런 건 상관없네. 내가 지금 찾는 건 적을 물리칠 전력이니까."

"진심이십니까?"

보네스의 목소리는 비명에 가까웠다.

"입에 풀칠도 못하고 사는 웨일스인에, 말도 통하지 않는 야만족 여자, 그리고 자칭 사라센인이라는 어린 사기꾼! 이 자들이 솔론의 영주가 모은 용병이라고요!"

보네스는 버럭 외치더니 발길을 돌렸다.

"이만 물러나겠습니다, 영주님. 저는 제 영혼을 위험에 빠뜨리고 싶지 않습니다."

아무도 시장을 만류하지 않았다. 쾅하는 문소리가 작전실 안에 울려퍼졌다. 아버지는 눈길조차 주지 않았다.

"……스와이드라고 했나. 자네 사정은 잘 알았네. 하지만 자네의 보수는 전투가 끝나면 지불하는 걸로 하지. 활약상을 보고 액수를 정하겠네. 식사는 제공하겠지만, 청동인형에게는 필요 없을 테니 일인분이면 되겠지. 물론 자네의 율법을 존중해 돼지고기나 술을 내지 않도록 하라고 일러두겠네. 불복하겠다면 지금 당장 떠나도 좋아."

스와이드는 아무 대꾸도 하지 않았지만, 여전히 자리를 지켰다.

"자네가 데려온 용병은 이게 단가?"

"네, 영주님."

용병은 네 명. 기사와 그 부하가 열한 명. 아버지 밑에는 기사 네 명과 종기사 한 명이 있다. 병사는 다시 모집할 테지만, 현재로서 무장한 이들은 열다섯 명이다. 여차하면 아버지도 직접 출전할 테지. 그리고 오빠 애덤도 있다. 모두 서른일곱 명. 해적 상대로는 차고 넘치는 전력이지만 아버지의 표정은 굳어 있었다.

이내 아버지의 시선이 한 사람에게 향했다. 어울리지 않는 자리에 억지로 끌려온 양 어찌할지 모르겠다는 표정으로 고개를 숙이고 있던 남자다.

"그럼 그 남자는 누군가?"

에이브의 눈이 휘둥그레졌다.

"저는 모르는 사람입니다. 영주님의 손님이신 줄 알았는데……"

팔크의 일행이라고 생각한 모양이다. 막상 나는 용병 중 누군가의 일행인 줄 알았다.

그는 붉은색과 푸른색 체크무늬 윗옷에 만듦새가 엉성한 반바지 차림이었다. 위아래 모두 오래 입었는지 색이 바랬다. 깔끔하게 정리된 갈색 머리는 이발한 지 얼마 되지 않은 것 같다. 나이는 꽤 젊다. 열다섯 정도일까. 지금은 긴장해서 뻣뻣하게 굳었지만, 허리를 꼿꼿하게 펴면 제법 잘생긴 사내로 보이리라.

그가 말했다.

"저어, 뭔가 착오가 있었나봅니다. 저는 이 자리에 있을 주제가 못 됩니다. 집사님이 이 방으로 가보라고 알려주셨는데, 혹시 제가 방을 잘못 찾은 걸까요."

만일 착오가 있었다면 이 청년이 아니라 로스에어의 불찰이겠지. 아버지도 같은 생각인지 다소 표정이 누그러졌다.

"이 섬의 영주를 만나러 왔다면 제대로 찾아왔네. 자네는 누구고 용건은 뭔가?"

"네."

아버지의 허락이 떨어지자 남자의 얼굴에서 긴장이 다소 사라졌다. 그는 맑고 그윽한 목소리로 말했다.

"케임브리지에서 온 이볼드 새뮤스라고 합니다. 리벡◆을 들고 잉글랜드의 각지를 돌며 노래로 생계를 잇고 있습니다. 솔론의 영주님이 울프릭을 찾으신다는 소문을 듣고 간신히 여비를 마련해 찾아왔습니다. 울프릭 새뮤스는 제 아버지입니다. 재작년에 세상을 떴습니다."

"오…… 울프릭."

아버지는 그리운 듯 그 이름을 불렀다.

"그랬는가. 안타깝군. 좋은 목소리를 가진 사람이었는데. 이볼드, 자네도 음유시인인가?"

"네. 저는 아버지 발뒤꿈치에도 못 미치지만요. 하오나 찾으시는 발라드는 제가 물려받았습니다."

아버지는 연신 고개를 끄덕였다. 당장이라도 이볼드의 노래를 듣고 싶은 눈치였다. 하지만 아버지의 일과는 아직 끝나

◆ 중세와 르네상스 초기에 유럽에서 사용된 찰현악기.

지 않았다.

"잘 왔네. 오늘 밤엔 작은 솔론에서 묵게. 객실을 준비하라고 일러두겠네. 하지만 지금은 잠시 기다리게."

이볼드는 순순히 말을 따랐다.

"네, 영주님. 감사드립니다."

아버지는 다시 위엄 있는 태도로 용병들을 둘러보며 말했다.

"내 부름에 응해준 이들은 큰 솔론에서 대기하시오."

잠시 숨을 고르고 다시 말을 잇는다.

"용병 제군, 그리고 콘라트 공. 나는 그대들의 용기를 믿어 의심치 않지만, 계약하기 전에 적에 대해서도 알려야 공정하겠지. 우리의 적 데인인은 몹시 강력하고 수적으로도 우세하오. 그 밖에 내가 아는 사실은 내일 이야기하도록 하지. 그 이야기를 듣고 나서 나와 계약을 맺을지 결정하도록 하시오. 나는 오늘 밤에는 곧 있을 싸움에 대비해 이 방에서 생각을 정리할 작정이오."

그리고 아버지는 손을 들어 문을 가리켰다.

"오늘 밤부터 그대들에게 숙소와 식사를 제공하겠소. 자세한 사항은 집사가 말해줄 테고. 에이브, 수고 많았네. 물러가 보게."

말이 끝나자 용병들과 기사와 아버지의 종기사, 그리고 음유시인이 작전실에서 나갔다.

창문으로 비쳐드는 햇살이 조금씩 붉게 변해간다. 계속 선 채 이야기하던 아버지는 천천히 의자에 앉았다.

"동방에서 온 기사여, 오래 기다렸소. 이제 그대의 이야기를 들어보도록 하지."

5. 성 암브로시우스 병원형제단

오래 기다렸는데도 팔크에게서는 고단한 기색을 찾아볼 수 없었다. 한편 니콜라가 하품을 참는 모습은 분명히 보았다. 모든 대화를 잉글랜드 말로 나눴으니, 한 마디도 이해하지 못하는 니콜라로서는 따분할 만도 하다.

"사명이 있고, 그걸 이루려면 내 도움이 필요하다고."

"네, 영주님."

팔크는 가슴에 손을 올리고 다시 고개를 숙였다.

"저는 한 남자를 쫓아 트리폴리 백국에서 비잔틴제국, 베네치아, 플랑드르, 샹파뉴를 지나왔습니다. 그리고 브루게에서 그 남자가 솔론섬으로 건너갔다는 소문을 듣고 이곳을 찾았습니다."

"한 남자를? 남자 하나 때문에 각지를 전전했다는 말이

오? 그자는 그대의 적인가?"

"네. ……아니, 비단 저 혼자만의 적은 아닙니다. 왜냐하면 저희는 그들을 최후의 한 명까지 절멸하기 위해서만 존재하기 때문입니다."

"저희?"

"성 암브로시우스 병원형제단입니다."

"그 적은?"

"암살기사입니다."

처음 듣는 이름이었다.

하지만 그 말을 들은 순간 오싹한 기운이 등줄기를 타고 올라왔다. 영문은 알 수 없지만 모독적이고 이단적인 무언가가 느껴졌다. 팔크는 아무 감정도 없이 담담하게 말했는데도.

"그자들이 그대의 적인가. 그들을 쫓아 십자군의 진로를 거슬러 이곳까지 왔다고?"

아버지는 관심을 보이며 살며시 몸을 앞으로 기울였다.

"좋소. 만과의 종이 울리려면 아직 시간이 남았으니 그대의 의무에 대해 조금 더 자세히 들려주시오. 동방의 사정을 접할 기회는 그리 많지 않으니."

솔론의 영주로서 동방의 사정을 파악해두려는 마음도 물론 있겠지. 하지만 나는 안다. 아버지는 단순히 그 이야기가 듣고 싶은 것이다. ……바다 저편을 그리는 나의 성정은 아버지에게 물려받은 것이리라.

"네. 원하신다면 기꺼이 말씀드리겠습니다."

팔크는 낭랑한 목소리로 유창하게 이야기를 시작했다.

"저희의 정식 명칭은 '트리폴리의 성 암브로시우스 병원형제단'이라 합니다. 지금으로부터 육십구 년 전 예루살렘 왕 보두앵 폐하를 후견인으로 삼아 창립되어, 트리폴리 백국에서 빈민과 병자를 보살피고 그리스도의 청빈한 기사로서 순례자들을 지키는 임무를 맡았습니다. 형제단의 초대 총장인 루이스 베커가 정한 청빈의 맹세를 신조로 저희는 그곳의 열병과 빈곤, 때로는 도적들과 싸워왔습니다.

하지만 형제단은 이내 그와는 비교도 되지 않는 위협을 발견했습니다. 밤의 어둠과 한낮의 인파 속에 모습을 감추고 다가오는, 살인 기술에 능한 사라센인. 암살자들입니다."

잠시 뜸을 들이다 다시 입을 연다.

"……많은 이가 그들의 손에 목숨을 잃었습니다. 그들은 부자와 가난한 자를 가리지 않고, 선한 자와 악한 자를 가리지 않습니다. 성 암브로시우스 병원형제단은 습격당한 기독교인들을 구하러 살레르노에서 전래된 의술로 전력을 다했습니다. 하지만 대부분의 경우 목숨을 살리지 못했다고 합니다. 놈들은 임무를 완벽하게 처리하는지라, 대다수는 그 자리에서 숨이 끊어지기 때문입니다.

결국 형제단은 암살자에게 당한 이들을 약과 붕대로 구하기보다는, 검으로 암살자를 막아내자고 결의했습니다. 물론 그것도 쉬운 일은 아니었습니다. 사라센 암살자들은 개개인이 뛰어난 기량을 가진 전사인데다, 자기희생을 마다않고 자살행위나 다름없는 싸움에도 기꺼이 몸을 던지는 두렵고 강한 적이었기 때문입니다.

그래도 그뿐이었다면 저희에게도 승산이 있었을 겁니다. 사라센인들이 광신의 칼날을 가졌다면, 저희에게는 신앙의 갑주가 있으니까요. 하지만 그들의 무기는 그뿐만이 아니었습니다. 형제단은 금세 그것을 감지했습니다."

아버지와 나는 한 마디도 하지 않고 팔크의 이야기에 귀를 기울였다. 추위가 한층 더 심해진 것 같았다.

"적들은 무시무시한 마술을 부렸습니다."

"마술?"

"네."

팔크는 작게 고개를 끄덕였다.

"저주받은 살인 마술. 그 마술은 사라센인 사이에서도 금기로 여겨지며, 마술을 쓰는 암살자는 이교도 사이에서도 이단자로 취급받습니다. 대항할 방법이 없었던 형제단은 속수무책으로 당하고 현혹되면서 점차 숫자가 줄어들었습니다. 지금으로부터 약 오십 년 전의 일입니다. 위기에 봉착한 형제단은 정예를 엄선하여 밀명을 내렸습니다. 사라센인의 마술을 연구해 그 비술을 역이용해서 암살자에 대항하라고요. 처음에는 불가능하다 여겼지만, 많은 서책과 현자들의 도움을 받고 조직을 빠져나온 사라센인 암살자를 매수한 끝에 마술 훈련은 수년 만에 성과를 거뒀습니다."

팔크의 표정에 그늘이 드리웠다.

"하지만 지금 생각하면 악마의 덫에 걸려든 것이나 마찬가지였습니다."

고향을 생각하며 상념에 젖었는지 그의 목소리에서 애달픔이 살짝 묻어났다.

"그들은 어느샌가 그 마술에 완전히 매료되었습니다. 물론 처음에는 어디까지나 적을 물리치기 위해 적의 기술을 배운 것에 지나지 않았지요. 하지만 그 힘의 유혹은 너무나 강력했고, 그만큼 매력적이었습니다. 마술을 사용하면 어떠한 정적이든 쉬이 제거할 수 있으니까요.

트리폴리 백국에서 형제단의 기반은 그리 탄탄하지 않았습니다. 기사가 멀리해야 할 정치 암투에 휘말린 그들은 악한 길로 빠져들었지요. 형제단의 세력을 키우기 위해서라며 자기기만에 빠져 그 칼끝을 기독교도에게 돌리게 된 것입니다."

사라센인 암살자에게서 기독교도를 지켜야 할 기사가 어느샌가 사라센인의 마술로 동포를 죽이게 되었다. 그의 말대로 분명 끔찍한 타락이지만…… 있음직한 일이다.

"백국의 중진이 차례차례 목숨을 잃자, 형제단은 분열하기 시작했습니다. 부상자들을 돌보는 데 힘을 쏟던 대다수의 기사들은 암살 마술에 홀린 기사들을 탄핵했습니다. 마술을 배운 기사는 극소수였지만, 그들은 원래 엄선된 정예들이지요. 분열은 이내 피로 피를 씻는 골육상쟁으로 변해갔다고 합니다.

그 암투 속에서 그들은 사악한 마술을 한층 갈고닦았습니다. ……사라센인의 마술을 익힌 기사들은 어느샌가 암살기사라 불리게 되었습니다."

팔크는 말을 이어갔다.

"형제단은 선택의 기로에 섰습니다. 이 싸움을 언제까지 계속할 것인가. 그들을 이미 추방된 자로 간주하고 싸움에서 손을 떼느냐, 혹은 그들을 마지막 한 명까지 남김없이 절멸하느냐. 형제단은 후자를 선택했습니다. 그리고 그 선택은 일찍이 암살기사들이 걸어온 길을 더욱 신중하게 나아가는 것을 뜻합니다.

저희는 암살기사가 남긴 연구 성과를 바탕으로 그들의 마술을 격파할 마술을 개발했고, 하나의 마술로 확립하여 익혔습니다. 같은 실수를 반복할까 두려웠지만, 적의 폭거에 대항하려면 그 수밖에 없었습니다. 그리고 저희가 흘린 피와 그리스도의 이름을 걸고 암살기사의 뿌리를 뽑는 것을 성 암브로시우스 병원형제단의 절대 목적으로 삼았습니다.

오 년 전, 저희는 공격에 박차를 가해 대부분의 암살기사를 붙잡아 처형했습니다. 처참한 싸움이었지만 성과를 거두었지요. 하지만 안타깝게도 저희의 그물은 완벽하지 않았습니다. 견습기사를 포함해 도합 열 명의 암살기사를 놓치고 만 것입니다. 형제단의 아널드 베커 총장님은 제게 그들을 땅 끝까지라도 쫓아가 토벌하라는 명을 내리셨습니다."

"기사 피츠존이여. 요컨대, 그대 역시 기사이자 마술사라는 말이오?"

"그렇습니다."

마술사를 자칭하는 이들은 많다. 수상한 부적을 파는 자도 있는가 하면 궁전에서 영화를 누리는 자도 있다고 들었다. 교회 내부에조차 공공연히 마술사라 불리는 자가 있다. 하지만 기사의 신분으로 마술사를 자칭하는 사람은 팔크 피츠존이 처음이었다. 그가 들려준 동방의 이야기는 곧이곧대로 믿기 힘들었지만, 신기하게도 거짓이라는 생각은 들지 않았다.

아버지도 같은 생각이었는지 고개를 끄덕이며 말했다.

"잘 알았소. 그런 일이 벌어질 수도 있는 법이지, 사실이라면 더없는 불행이고. 하지만……"

아버지가 팔크의 눈을 응시하며 말했다.

"몇 가지 궁금한 점이 있소. 경은 형제단의 적인 암살기사가 이 솔론에 숨어들었다고 생각하는 모양인데 그 까닭을 듣고 싶소."

팔크의 표정이 싸늘해졌다.

"영주님이 에드위 슈어라는 병사를 데리고 계셨다고 들었습니다. 사실입니까?"

에드위의 이름을 들은 아버지의 표정이 굳었다. 10월에 급사한 충실한 노병.

"맞소. 내 부하이자 오랜 벗이었지."

"프로뱅에서 그가 죽었다는 소문을 들었습니다. 밤에 영주관에서 불침번을 서다 죽었는데, 매장되기 전 시신의 입술은 피처럼 붉었고 손톱과 발톱 역시 붉게 물들었다는 소문입니다. 사람들은 그것이 좋은 징조인지 나쁜 징조인지 가늠하지 못했다고 하더군요."

솔론에는 항상 북유럽을 돌아다니는 상인들이 찾아온다. 그리고 그들 대부분은 샹파뉴의 프로뱅에서 열리는 큰 장을 놓치지 않는다. 그러니 솔론의 소문이 프로뱅에 퍼지는 일이야 당연하지만, 내가 좋아하던 에드위의 죽음이 그런 식으로 구설수에 오르다니 기분이 그다지 좋지는 않았다. 아버지 역시 같은 마음이리라. 그러나 팔크는 무정하게 물었다.

"영주님도 에드위 슈어의 장례식에 참석하셨다 들었습니다. 소문이 사실입니까?"

아버지는 괴로움을 견디듯 낮은 목소리로 대답했다.

"모두 사실이오."

팔크는 작게 고개를 끄덕였다.

"그럼 암살기사가 그의 목숨을 앗아간 것이 틀림없습니다."

"에드위가? 터무니없는 소리. 그 친구는 평생 동방의 성지는커녕 사라센인과 관련된 적도 없건만."

아버지는 언성을 높이며 반박했지만, 팔크는 듣는 시늉도 하지 않았다.

"죽은 자의 입술과 손톱이 선홍색으로 물드는 건 암살기사가 쓰는 사라센 마술의 일종인 '하얀 독기'의 가장 대표적인 특징입니다."

뒤이어 이렇게 덧붙였다.

"제 동료도 이 마술에 당했습니다."

"……그렇군."

"짐작건대 죽은 에드위 슈어는 우수한 병사였을 겁니다. 암살기사들은 '하얀 독기'를 즐겨 사용하지 않습니다. 대처법을 알면 손쉽게 막을 수 있고, 막지 못했더라도 시체에 뚜렷한 흔적이 남기 때문입니다. 시체에서 이상흔적이 발견되었다는 소문이 돌면, 유럽 전역에 파견된 형제단은 그 즉시 암살기사의 소행이라는 걸 알게 되고 그들을 추적하지요.

암살기사는 병원형제단을 두려워합니다. 트리폴리의 연구실과 서고를 잃은 지금, 일대일로 맞붙으면 그들에게 승산은 없습니다. 때문에 웬만해서는 눈에 띄는 '하얀 독기'를 사용하지 않습니다.

하지만 '하얀 독기'에도 이점이 있습니다. 특별한 준비 없이 바로 사용할 수 있으며 효과도 즉각 나타난다는 겁니다. 즉 에드위 슈어는 이곳 작은 솔론에 잠입한 암살기사를 발견한 것입니다. 눈과 귀가 밝았을 테고, 아마 검술 실력도 암살기사를 위협할 수준이었겠죠. 암살기사는 정체가 발각될 위험을 감수하고라도 마술로 그를 살해하고 도망칠 수밖에 없었던 겁니다."

그래. 에드위는 강했다. 세련된 검술을 구사하지는 않았지만, 일단 칼을 빼들면 두려워하지 않고 돌진하는 용기를 지녔다. 그런 용기는 나이가 들어서도 꺾이지 않았다. 팔크의 말대로 그런 에드위의 모습에 비열한 살인자는 두려움을 느끼고 비장의 수단을 꺼내들었으리라.

사실이라면 암살기사는 에드위의 원수다.

하지만 아버지는 어느 때든 공정하려 애썼다.

"무슨 말인지 알겠소."

말을 마치고 나서 잠시 침묵을 지키다가, 이내 무겁게 입을 열었다.

"하지만 나는 그대에게 전면적인 협력을 약속할 수는 없소. 그 암살기사가 사악한 자이고, 동방에서 그대의 동료를 해쳤으며 솔론에서 나의 벗을 해쳤다는 건 경의 추측에 불과하지. 물론 나는 경의 의견을 충분히 존중할 생각이오. 그러나 잉글랜드에서 살인을 범한 죄인은 잉글랜드 법으로 다스려야 하오. 나는 영주로서 원칙을 어길 수는 없소."

"영주님의 책무와 특권은 저도 잘 압니다."

팔크는 순순히 대답했다. 그리고 니콜라에게 프랑스어로 말을 걸었다.

"니콜라, 요청장을 다오."

"네."

니콜라는 품에 손을 넣어 가느다란 상자를 꺼냈다. 포도 문양이 섬세하게 조각된 금빛 상자다. 상자 안에는 돌돌 만 양피지가 들어 있었다. 팔크는 그것을 꺼냈다.

"이것은 암살기사의 인도를 요청하는 트리폴리 백작의 요청장입니다."

하지만 아버지는 그것을 받으려 하지 않았다. 건네받는다 한들 아버지는 글을 읽지 못한다. 오히려 팔크가 글을 안다는 사실이 놀랍다. 기사이자 마술사라고 하니, 당연하다면 당연하겠지만.

아버지가 말했다.

"내가 충성을 맹세한 군주는 트리폴리 백작이 아니라 잉글랜드 국왕이오. 물론 백작의 요청은 존중하겠으나, 확답은 줄 수 없지. 그대가 붙잡으면 뜻대로 해도 좋지만, 혹 우리측에서 그 암살기사를 붙잡으면 어쩔 셈이오?"

"그럴 경우에는."

요청장을 니콜라에게 건네고 팔크는 살며시 칼자루에 손을 올렸다.

"제 검과 명예를 걸고 암살기사를 고발하겠습니다."

아버지는 그의 용기를 확인하려는 듯 지그시 바라보았다.

만일 팔크가 솔론 영주가 붙잡은 암살기사를 고발할 경우, 재판이 아닌 결투로 시비를 가리게 되리라. 팔크는 목숨을 건 일대일 승부를 요청하는 것이다.

용감한 사내를 싫어할 사람은 없다. 아버지는 희미하게 미소 지었다.

"알겠소. 하지만 그전에 다시 잘 생각해보는 게 좋을 것이오. 그리고 그대도 알다시피 지금 내 병사들은 전쟁 준비로 정신이 없소."

그것은 팔크를 향한 온정에서 비롯된 말이었으리라. 암살기사 문제는 팔크에게 맡기겠다는 뜻을 내비친 것이다.

하지만 팔크는 고개를 저으며 단호한 어조로 말했다.

"그렇지 않습니다! 영주님, 분명 제 사명은 암살기사를 척결하는 일이긴 합니다. 하지만 제 생각에 영주님은 이 솔론에 필요한 분이십니다. 부디 병사 중 일부는 영주님 곁에 두시길 진언드립니다."

"내 주변에 말인가?"

"그렇습니다."

팔크는 고개를 끄덕이며 말을 이었다.

"암살기사는 영주님을 노리고 있습니다."

"암살기사들은 저희에게 쫓기는 와중에 한없이 타락해갔습니다. 그들 대다수는 금전과 맞바꾸어 의뢰받은 자의 목숨을 빼앗는, 단순한 암살자로 전락했습니다. ……처음에 그들이 적대하던 자들처럼 말입니다."

숨이 턱 막히며 가슴이 쿵쾅거렸다. 에드위의 원수가 아버지까지 노리고 있다니.

"그런 암살기사가 목적도 없이 솔론까지 흘러들어왔을까요? 저는 이 섬의 지형을 보고 확신했습니다. 영주관이 있는 작은 솔론은 조류와 암초에 둘러싸여 쉽게 잠입할 수 없습니다. 그런데도 암살기사는 이 작은 솔론에 들어와 에드위 슈어에게 발각됐습니다. 그 까닭은 너무나도 자명합니다. 암살기사는 작은 솔론에서 누군가를 해할 작정이었던 겁니다."

이해할 시간을 주려는 듯, 팔크는 잠시 뜸을 들이다 다시 말을 이었다.

"암살기사는 언제나 고용주에게 막대한 보수를 요구합니다. 그러니 표적은 이 작은 솔론에 사는 자이고, 거금을 들여서라도 제거하고 싶은 인물이라 봐야 할 것입니다. 과연 작은 솔론에 영주님보다 더 중한 인물이 있을까요?"

"잠시만요."

이제까지 잠자코 있었지만, 이 발언은 묵과할 수가 없었다. 아버지가 날카롭게 나를 쏘아보았지만 나는 개의치 않고 끼어들어 부르짖듯 말했다.

"에드위가 죽은 지 벌써 한 달이 되어가요. 만일 암살기사의 표적이 아버지였다면 어째서 지금까지 아무 일도 없었죠? 이게 당신의 적이 아버지를 노리는 게 아니라는 증거가 아니면 무엇일까요?"

팔크는 곧장 대답했다.

"지당한 말씀입니다. 하지만 암살기사는 신중합니다. 첫 잠입이 실패로 끝나자 시간을 들여 용의주도하게 전략을 짜고 있는지도 모릅니다. 혹은…… 방금 용병들과 나누신 대화를 들으니 혹시나 하는 생각이 들더군요. 암살기사는 일이 터지기를 기다리는지도 모릅니다."

데인인의 습격을 뜻하는 것이다.

"암살기사가 데인인과 공모한다는 뜻인가요?"

"저는 데인인에 대해서는 아무것도 모릅니다. 하지만 이 섬에 크나큰 위기가 닥치려는 이때, 암살기사가 영주 주변을 맴돈다는 사실을 단순히 우연이라 치부할 수만은 없습니다."

다시 반박하려는 나를 아버지가 말렸다.

"아미나, 그쯤 해라. 피츠존 경의 말도 수긍이 간다. 솔론을 함락시키는 가장 유효한 전략은 전쟁이 시작되기 전에 나를 제거하는 것이니 말이다."

"영주님, 부디 몸조심하십시오. 적은 강력합니다."

팔크는 잠시 말을 고르는 듯했다.

"영주님은 무척 공정하신 분인 것 같습니다. 그러니 저도 숨김없이 말씀드리겠습니다. 올해 6월, 튀르키예의 실리시아에서 신성로마제국 황제 프리드리히 폐하가 불의의 사고로 서거하셨습니다."

아버지는 웬일로 동요하는 기색을 보였다.

"독일 황제가 서거했다고? 그게 사실이오?"

"네."

프리드리히 황제의 붕어! 그것이 무엇을 뜻하는지는 나도 알 수 있었다. 잉글랜드 국왕 리처드 폐하도 참전한 십자군, 그 진영의 한 축인 신성로마제국군이 황제를 잃었으니 퇴각하겠지.

하지만 지금 팔크 피츠존이 그 이야기를 꺼낸 까닭은 따로 있다. 아버지는 침통한 목소리로 말했다.

"……그대는 그것이 암살기사의 소행이라 생각하시오?"

"아니요. 단언할 수는 없습니다. 제가 말씀드릴 수 있는 건 암살기사가 프리드리히 폐하를 노린다는 보고가 들어왔다는 것과, 그 소식을 접한 동료가 튀르키예로 급파되었으나 그 역시 소식이 끊겼다는 점…… 그후 프리드리히 폐하가 살레프 강에 빠져 붕어하셨다는 것뿐입니다."

아버지는 팔크의 말에 거짓과 과장이 없는지 꿰뚫어보려는 듯, 얼마간 지그시 그를 쳐다보았다. 아버지는 수많은 사람을 이렇게 감정해왔다. 정면으로 그 눈빛을 받고도 당당한 자는 많지 않다. 하지만 팔크는 그런 이들 중 하나였다. 이내 아버지는 작게 한숨을 내쉬었다.

"……알겠소. 그대의 말을 믿고 경계를 강화하도록 하지. 내일 당장 큰 솔론의 병력 일부를 이곳으로 옮기겠소."

"귀담아들어주셔서 감사합니다."

말은 그렇게 했지만, 나는 팔크의 속마음을 짐작할 수 있었다.

병력을 강화하는 것만으로는 부족하다고 생각하는 게 분명했다.

볼일을 마치고 떠나려는 그에게 아버지가 물었다.

"피츠존 경, 그대는 그 암살기사의 이름을 알고 있소?"

대답을 기대하지 않는다는 투였다. 하지만 팔크는 짤막하게 대답했다.

"에드릭입니다."

"어떤 자인가?"

"유감스럽게도 머리색과 눈동자 색이 저와 같습니다."

말을 마친 팔크는 망토를 휘날리며 작전실을 나갔다.

6. 어두운 숲속

⚜

큰 솔론의 수도원에서 울리는 만과의 종소리가 바람에 실려왔다. 하루의 끝을 알리는 종소리는 여느 때와 다름없이 쓸쓸히 울려퍼졌다.

머독이 잔교에 서서 사람들을 서둘러 배에 태우는 동안, 보네스 시장이 내 곁으로 다가와 속삭였다.

"아미나 님, 말은 그렇게 했어도 저는 영주님이 현명하게 처신하시리라 믿습니다. 하지만 그 에이브라는 애송이 종기사는 영 못 미덥습니다. 그 어린애가 사라센인이라는 건 둘째 치더라도, 저주받은 마술사라니요!"

나는 가급적 시장과 언쟁을 벌이지 않으려 애썼다. 왜냐하면 내 말은 곧 에일윈 가문의 말이 되기 때문이다. 하지만 에이브를 험담하는 것을 가만히 듣고 있을 수는 없었다.

"에이브는 자기 소임에 충실해요. 아버지도 공을 세울 기회만 있으면 당장 내일이라도 기사 서임을 받을 자격이 있는 훌륭한 젊은이라고 칭찬하셨어요."

"아무렴, 그렇겠죠. 저도 그가 게으르다 생각하지는 않습니다. 단지 좀……"

보네스는 어색한 미소를 지으며 말했다.

"저는 신의 권능을 두려워합니다. 하지만 마술은 두려워하지 않습니다. 지금까지 제가 만나본 마술사는 모두 어린애 장난 같은 잔꾀를 부리는 곡예사였으니까요. 콘월 부근에 사는 농노는 속일 수 있을지 몰라도 저희 눈은 못 속입니다. 진짜 마법은 어두운 숲속에만 존재할 뿐, 주님의 축복이 내린 기독교도의 도시에는 감히 들어오지 못합니다. 그건 누구나 아는 사실입니다."

나는 웃음을 참으려 배에 힘을 주어야만 했다. 시장이 그런 말을 꺼낸 까닭은 자명했다. 말과는 달리 보네스는 마술을 두려워하는 것이다. 사시邪視◆나 저주를 접하고 두려워하

◆ 사람이나 물체에 재앙을 가져오는 초자연적인 힘을 가진 눈.

지 않는 사람은 없다. 기독교도의 도시에 신의 가호가 함께한다고 누구나 말하지만, 그 말을 진심으로 믿고 안도하는 건 어리석은 자들뿐이다.

보네스는 나 역시 마법을 두려워한다고 믿고 그런 말을 꺼냈으리라. 나는 미소 지으며 "곧 배가 출발할 거예요"라고만 말했다.

보네스 시장은 진짜 마법은 어두운 숲속에만 존재한다고 했다.

하지만 물론 그렇지 않다. 저주도 마법도, 바로 우리 곁에 있다.

어둠이 사방을 뒤덮자 나는 랜턴을 들고 영주관 서쪽에 있는 낡은 탑에 들어갔다. 65피트약 20미터쯤 되는 이 탑은 원래 감시탑으로 사용하기 위해 세웠다고 들었다. 하지만 내가 태어났을 무렵에는 이미 감옥으로 사용되고 있었다.

탑에 들어가는 문은 오로지 하나뿐이다. 횅댕그렁한 탑 내부에는 빙빙 도는 나선계단이 있는데, 계단 위쪽 끝은 어둠에 파묻혀 보이지 않는다. 수십 년 동안 청소 한번 하지 않은데다, 내가 태어났을 무렵에는 사람의 발길도 거의 끊겼다. 탑 안에는 코를 찌르는 먼지와 곰팡이 냄새가 가득했다. 나는 별빛도 비치지 않는 탑을 희미한 랜턴 불빛에 의지해 올라갔다. 비좁은 돌계단을 오른 지 얼마 되지도 않았건만 아래쪽도 어둠에 묻혀 보이지 않았다.

탑 꼭대기에서는 수평선 너머까지도 보인다. 과거에는 해적의 습격에 대비해 파수병들이 보초를 서기도 했다. 그곳엔 지금도 봉화대가 남아 있다. 하지만 내 목적지는 계단 중간에 있다. 50피트약 15미터 정도 오르면 나오는 작은 방으로, 병사 대기실로 사용됐던 공간이다.

육중한 문에는 녹슨 자물쇠가 달려 있다. 이 자물쇠는 열리지 않는다. 내가 태어나기 전부터 그랬다. 하지만 문에는 쇠창살이 달린 작은 창문이 있다. 밤늦은 시간이었지만 죄수가 깨어 있다는 건 알고 있었다. 나는 랜턴을 발치에 내려놓았다. 그리고 탑의 정적을 깨지 않도록 나직한 목소리로 그를 불렀다.

"토르스텐."

젊고 기운찬 목소리가 금세 대답했다.

"아미나. 아름다운 밤이야."

그의 이름은 토르스텐 타르퀼레손. 데인인이다.

바이킹의 전설은 이미 옛말이 되었지만 데인인은 여전히 뛰어난 뱃사람이자 상인이다. 솔론에도 데인인 상인이 자주 찾아오고, 알고 지내는 사람도 있다. 하지만 토르스텐은 그들과는 다르다. 아니, 다른 누구와도 다르다.

토르스텐은 벌써 이십 년쯤 이 탑에 갇혀 있다. 죄인이 아니라 전쟁 포로로. 살짝 문에서 떨어져 그와 이야기를 나눴다. 나는 이미 오래전부터 습관처럼 마음 내킬 때마다 그를 찾아와 대화를 나누고는 했다.

"오늘 용병들이 왔어. 도움을 준다는 기사도 있었고."

"그래?"

"아버지가 병사들을 모으기 시작했을 때까지만 해도 그럴 리 없다고 생각했거든. 그런데 정말 전쟁이 시작되려나봐."

그럴 만도 하지만, 토르스텐의 목소리는 살짝 들떴다.

"정말 그날이 오다니. 영원히 여기 갇혀 있을 줄 알았는데."

그의 말에 나는 황당해졌다.

"무슨 소리야. 아버지도 나도 수도 없이 말했잖아. 포로로서 서약만 하면 언제든 여기서 꺼내주겠다고. 당신은 자청해서 여기 갇혀 있는 거나 마찬가지야."

토르스텐의 목소리에 웃음기가 배었다.

"알아. 나도 영주님과 너의 배려에 감사하고 있어."

"지금까지 한 번도 서약해야겠다는 마음이 든 적은 없어?"

"실은…… 마음이 흔들렸던 적이 있어."

잠시 말이 끊어졌다.

"벌써 십 년쯤 전인가. 창밖으로 크나르◆가 보이는 거야. 흔히 볼 수 있는 배이긴 하지만, 뱃머리 모양이며 돛 빛깔이

내가 타던 배와 꼭 닮았더라고. 그걸 보니까 갑자기 바다에 나가고 싶어져서 미치는 줄 알았어."

병사 대기실이었던 방에는 작은 창이 하나 있을 뿐이다. 전투시 쉽게 밖을 확인할 수 있고, 탑을 기어오르는 적에게 돌과 뜨거운 물을 퍼붓기 쉽도록 낮은 위치에 자그맣게 만들어둔 창이다. 그 창으로 그는 작은 솔론과 북해, 그리고 드넓은 하늘만 바라보았다. 나는 말했다.

"처음 듣는 이야기인데."

"네게 말했다가는 어서 서약하라고 들들 볶아댔을 테니까."

그의 말이 맞다.

아버지는 토르스텐을 이대로 가둬두기를 원치 않았다. 그래서 그에게 명예로운 전사로서 기회를 주었다. 향후 솔론의 에일윈 가문에 칼을 겨누지 않을 것. 정식으로 배상금을 치르기 전까지는 전 주군 밑으로 돌아가지 않을 것. 이 두 가지만 서약하면 풀어주겠다고 말했다. 결코 어려운 조건은 아니었다. 그러나 토르스텐은 받아들이지 않았다.

그다음 아버지는 솔론에서 도망치지 않는다고 서약하면 탑에서 내보내주겠다고 제안했다. 작은 솔론이 아니라 솔론

◆ 바이킹이 타는 대형 상선.

제도에서 벗어나지 말라는 뜻이다. 받아들이면 그는 솔론 시내에서 지내면서 일을 할 수도 있고 술을 즐길 수도 있었다. 하지만 토르스텐은 이렇게 말했다.

"당신의 호의는 고맙게 생각합니다. 하지만 이곳에서 나가면 나는 헤엄쳐서라도 덴마크로 돌아갈 생각입니다. 그리운 피오르로."

아무리 아버지라도 서약을 거부한 포로를 풀어줄 수는 없었다.

그로부터 오랜 세월이 지난 지금, 데인인의 군대가 솔론제도를 향해 진격하고 있다.

"당신 고집이 통했나봐. 만일 데인인들이 공격해오면 당신은 곧장 무기를 들고 우리를 죽이려 하겠지. 서약하지 않은 당신에게 신의를 지킬 의무는 없으니까."

"그런 소리 마."

심술이 지나쳤나보다. 토르스텐의 목소리가 침울해졌다.

"난 그저 내 주군에게 돌아가고 싶을 따름이야. 이곳 사람들과 싸우려고 서약을 거부한 게 아니라고."

"알아. 미안해."

"괜찮아……"

문 저편에서 한숨소리가 들렸다.

"아미나, 부디 조심해. 그들은 강하거든. 전투가 시작되면 반드시 안전한 곳으로 피신해."

"그럴게."

초가 거의 다 탔다. 이제 가봐야 한다. 내가 이따금 그를 만나러 온다는 건 아버지도 모른다. 이 비밀스러운 교유를 아는 사람은 내 시녀 야스미나뿐이다. 오늘처럼 혼자 오는 날도 많다.

나는 바닥에 놓은 랜턴을 들었다.

"그럼 다음에 봐. 아버지가 이기길 바라지만, 당신의 운명이 좋은 쪽으로 향하기를 빌게."

"고마워. 승리의 영광이 있기를, 그리고 너에게 신의 축복이 함께하길."

순간 랜턴이 철창 너머를 비추었다.

어둠 속에 나타난 토르스텐은 처음 만난 날처럼 젊고 건장한 청년의 모습이었다.

토르스텐 타르퀼레손은 저주받았다.

그는 잠들지도 죽지도 못한다. 먹고 마시는 기쁨도 박탈당했다. 아픔을 느끼지도 못한다고 한다. 예전에 아버지가 들려준 이야기다. 칼로 베고 찔러도 피를 흘리기는커녕, 목을 베지 않는 한 멈추지 않고 움직이는 저주받은 데인인. 그것이 그의 정체다.

그는 늙지 않는다. 손톱도 머리칼도 자라지 않는다. 음식도 물도 필요로 하지 않는다. 내가 태어나기 전부터 작은 솔론의 탑에 갇혀 있다. 어쩌면 최후의 심판이 내리는 날까지 그럴 것이다.

보네스 시장은 진짜 마법은 어두운 숲속에만 존재한다고 했다.

하지만 물론 그렇지 않다. 저주도 마법도 분명 존재하며, 바로 우리 곁에 있다.

7. 신의 집을 불태운다

서쪽 탑을 나와 녹슨 철문에 자물쇠를 채웠다. 바닷바람을 맞으며 밤하늘을 올려다보니, 맑고 차가운 만월의 빛을 받아 우뚝 서 있는 영주관의 새까만 모습이 보였다. 피리 소리처럼 윙윙대는 바람소리가 들렸지만, 사면의 벽에 가로막혀 그리 춥지 않았다.

영주관에 들어가 내 방으로 향했다. 복도는 희미한 달빛조차 들어오지 않아 어둡다. 그 어둠 속에서 랜턴 불빛을 발견했다. 누군가 내 방 앞에 있었다.

“야스미나?”

나는 시녀의 이름을 불렀다. 야스미나가 시킬 일이 없는지 물어보러 온 줄 알았기 때문이다. 평소에는 하인들 숙소에 있을 늦은 시간이다. 시킬 일이 없는지 묻기에도, 일을 시키기에도 적절치 않은 시간이었지만 야스미나 말고는 딱히 떠오르는 사람이 없었다.

그랬기 때문에 랜턴을 든 사람이 쉰 목소리로 "밖에 계셨습니까. 그런 줄도 모르고 한참 불렀습니다" 하고 대답했을 때에는 놀라서 움찔했다.

침입자인 줄 알고 놀란 건 아니다. 작은 솔론은 천혜의 요새다. 목소리를 듣자마자 그곳에 있는 사람이 집사 로스에어풀러라는 건 알았다. 내가 당황한 건 토르스텐과 은밀하게 만난다는 사실을 모두에게 비밀로 하고 있기 때문이다. 내가 어릴 적부터 그와 문 너머로 이야기를 나눴다는 사실을 아는 사람은 야스미나뿐이다. 그 비밀이 들통나지는 않았을까 마음 졸이며 대답했다.

"그래. 잠깐 밤바람 좀 쐤어."

"그러셨군요. 건강 해치지 않도록 조심하십시오."

로스에어는 딱히 미심쩍어하는 것 같지 않았다. 나는 내심 가슴을 쓸어내리며 물었다.

"무슨 일인데?"

"네. 영주님이 부르십니다."

"아버지가?"

놀라서 새된 목소리가 튀어나왔다. 한밤에 아버지가 나를 부른 적은 지금까지 단 한 번도 없었기 때문이다.

"내일 아침이 아니고 지금?"

하지만 로스에어는 아버지의 명을 그리 이상하게 여기지 않는 눈치였다.

"네. 오늘 밤 안으로 꼭 하실 말씀이 있으시답니다. 빨리 가보시는 게 좋겠습니다. 중요한 이야기인가봅니다."

지금 아버지가 나에게 해야 할 중요한 이야기. 짐작 가는 데가 한두 개가 아니었다. 나는 고개를 끄덕였다.

"알았어."

"그럼 전 이만 물러가겠습니다."

로스에어는 발길을 돌려 어두운 복도로 사라졌다.

그 뒷모습이 사라지자 나는 아버지의 침실로 향했다. 그곳에 있으리라 생각했으니까. 하지만 몇 걸음 옮기지 않아 착각이었음을 깨달았다.

아버지는 작전실에 있다. 아까 용병들이 있는 자리에서 오늘 밤 그곳에서 생각을 정리한다고 했다. 게다가 아버지의 침실은 로스에어가 걸어간 쪽에 있다. 아버지가 침실에 있다면 로스에어는 같이 가겠다고 말했으리라.

로브 앞섶을 여미며, 나는 작전실로 걸음을 옮겼다.

작전실의 육중한 문 밖으로는 실내의 빛이 새어나오지 않는다. 아버지가 그곳에 있는지 확인할 방법은 없었지만, 일단 문을 두드렸다.

"들어오너라."

아버지는 누구인지 묻지도 않고 대답했다. 나는 문을 열었다.

세 갈래로 뻗은 지지대 위에 얹힌 불꽃이 붉게 타오르고 있다.

나는 벽면 가득히 무기가 걸린 이 작전실이 예전부터 거북했다. 어둠 속에서 일렁이는 화톳불에 비친 검과 둔기는 마치 지금까지 빨아들인 피가 금방이라도 뚝뚝 떨어질 것처럼 으스스했다. 아버지는 긴 테이블 끝, 방 안쪽에서 태피스트리를 등지고 영주의 특권인 등받이가 있는 의자에 앉은 채 테이블에 팔꿈치를 올리고 있었다.

아버지 앞에는 지도가 펼쳐져 있었다. 솔론제도의 지도다. 그 위에 조약돌 몇 개를 올려두었다. 수비진을 짜고 있었나. 아버지는 셔츠 위에 끝단을 모피로 장식하고 금실로 수를 놓은 쉬르코◆를 걸치고 있었다. 나는 침을 꿀꺽 삼키며 물었다.

◆ 중세 서양에서 윗옷 위에 걸치던 헐렁한 겉옷.

"로스에어에게 절 찾으셨다 들었습니다. 하실 말씀이 있다고요."

"으흠."

아버지는 그렇게만 말하고 입을 다물었다.

야심한 시간에 불러낸 적도 처음이거니와, 이토록 주저하는 아버지의 모습도 일찍이 본 적이 없다. 내가 아는 아버지, 솔론의 영주 롤렌트 에일윈은 항상 강단 있는 분이었다. 그런 아버지가 망설이다니, 그만큼 중요한 일이리라. 나는 가만히 서서 아버지의 말을 기다렸다.

간신히 무거운 입을 여나 했더니, 아버지는 본론으로 들어가기가 망설여진다는 듯 물었다.

"네 나이가 올해 몇이지?"

나는 당혹스러워하며 대답했다.

"열여섯입니다."

"그래, 이제 책임을 져야 하는 나이가 됐구나."

"기꺼이 제 의무를 다하겠으니, 망설이지 말고 말씀해주세요."

아버지는 고개를 끄덕였다.

"넌 자랑스러운 딸이다. 에일윈 가문의 이름을 짊어질 자격이 있어. 여자인 너에게 피비린내나는 옛이야기를 들려줄 생각은 없었는데, 지금 돌이켜보니 내가 잘못 판단했더구나.

아미나, 너도 의아하게 생각했겠지. 왜 솔론이 데인인의 표적이 됐는지."

내가 예상한 이야기였다. 아버지가 진실을 이야기해주신다면 나도 애매하게 얼버무려서는 안 된다. 내 생각을 확실히 말하자.

"솔직히 지금도 믿기 어렵습니다. 그리고 데인인이 침략한다고 해도, 파도가 잠잠한 여름을 택하지 않을까요?"

아버지의 입가에 미소가 번졌다.

"그래. 하지만 적은 평범한 데인인이 아니다. 서쪽 탑에 있는 죄수를 기억하느냐?"

기억할뿐더러, 방금 그와 이야기를 나누고 온 참이다. 나는 고개를 살짝 끄덕였다.

"저주받은 데인인 말씀이죠."

"그래. 그리고 저주받은 건 그 혼자만이 아니다. 지금 우리가 대비해야 할 적은 그의 동족들이다."

아버지는 내 낯빛을 보고 말했다.

"놀라지 않은 모양이구나."

그건 아니었다. 내심 무척이나 놀랐다. 저주받은 데인인이 토르스텐 혼자가 아니라니. 그런 생각은 해본 적도 없었다.

하지만 듣고 보니 납득이 가는 구석이 있다. 젊은 시절 아버지는 어쩌다 토르스텐과 싸우게 되었을까. 어릴 적부터 줄

곧 품었던 의문 속에서, 나는 어렴풋이 에일윈 가문과 저주받은 데인인의 악연을 알아채고 있던 게 아닐까. 입에서 나온 내 목소리는 여전히 침착했다.

"가르쳐주세요. 저주받은 데인인은 대체 어떤 자들인가요? 그들은 왜 솔론을 노리는 거죠?"

아버지가 천천히 고개를 저었다.

"그들이 누구인지는 나도 모른다. 너도 알지 모르겠다만, 그들은 모든 안식에서 멀어진 자들이지. 죽음조차 허락되지 않는 저주가 대체 무엇인지, 무슨 죄를 저질러 그런 가혹한 벌을 받았는지, 일개 전사에 불과한 나로서는 알 도리가 없다. 하지만 두번째 의문에는 답해줄 수 있겠구나. 그들이 이 솔론을 노리는 건, 이 섬이 원래 그들의 땅이었기 때문이다."

이번에는 나도 숨을 삼켰다.

"그러면 증조부님이……"

"그래. 1106년, 내 조부님 로버트 에일윈이 그들을 이 섬에서 몰아냈다. 그리고 솔론을 잉글랜드 왕가에 헌상해 그 통치권을 일임받으면서 에일윈 가문이 영주 자리에 앉았지."

악명 높은 로버트 에일윈. 증조부는 솔론을 지배하면서 잉글랜드와 웨일스에서 긁어모은 농노, 때로는 노예를 동원해 도시 솔론을 건설했다. 원래는 큰 솔론에 있어야 할 영주관이 해협 너머 작은 솔론에 세워진 건 증조부가 일평생 백성의 반란을 두려워한 까닭이라 들었다. 그런데 그가 개척하기 전에 이미 솔론에 원주민이 있었다니.

"저주받은 데인인들은 잃어버린 땅을 되찾고 우리에게 복수하려 한다. 에일윈 가문과 그 백성들이 솔론에 있는 한, 그들은 불사의 몸으로 몇 번이고 이 섬을 침략하겠지."

그 말을 듣고 깨달은 사실이 있다.

"이전에도 그들이 침략한 적이 있군요. 아버지는 그때 서쪽 탑의 포로를 붙잡으셨고요."

"그래. 하지만 전장은 솔론이 아니었다.

네 조부가 건재하셨던 무렵, 한 노인이 찾아왔다. 룬의 비술을 익힌 수도사였는데, 저주받은 데인인들의 침략을 예언했지. 우리는 그 말을 믿었다. 네 증조부가 하신 일을 생각하면 이상할 것도 없었으니까 말이다.

소식을 일찍 접한 덕에 방책을 세울 수 있었다. 그들은 솔론과 더불어 에일윈 가문을 노리지. 내가 자진해 미끼가 되어 싸움에 걸맞은 땅으로 그들을 유인했단다. 결전의 땅은 홀란트 북쪽 바덴해에 위치한 텍설섬이었지. 그 무렵 솔론에는 지금보다 훨씬 강력한 사병 군단이 주둔해 있었어."

옛일이 떠올랐는지, 아버지는 잠시 말을 멈췄다.

"고된 싸움이었다. 많은 기사와 병사들이 목숨을 잃었지. 이 아비도 위험한 고비를 여러 차례 넘겼고 말이야. 그러나 마침내 간신히 승리를 얻어냈단다. 주께서 주신 승리에 영광 있으라. 저주받은 데인인들은 바다로 사라졌다. 포로를 붙잡은 건 바로 그때였고."

그리고 아버지는 한숨을 쉬었다.

"전투가 끝나자 나는 군을 해산했다. 병사들에게 줄 급료를 솔론의 발전을 위해 써야 한다고 생각해서였지. 그 결단에 후회는 없다."

"아버지는 데인인이 돌아오지 않을 거라 여기셨군요."

"전투가 끝났을 때 수도사가 말하더구나. 텍설섬에 수도원을 짓고 종을 헌납하면, 그 맑은 소리가 바덴해에 울려퍼지는 한 그들이 눈을 뜨는 날은 오지 않으리라고. 나는 그의 말을 따랐다. 텍설의 수도원은 번영했고, 종소리도 끊이지 않았지. 이 평화가 영원하리라 생각했다."

"하지만 그들은 돌아왔잖아요. 신을 섬기는 수도사가 거짓을 고한 건가요?"

"그건 아니다. 그는 진정 성인이었어."

성인이 룬 마술을 사용할까. 그 점은 미심쩍었지만, 그가 솔론을 구해준 은인임은 분명했다.

아버지는 잠시 말을 끊었다.

"……지난달이었다. 그래, 에드위가 죽고 얼마 지나지 않은 어느 날이었지. 텍설에서 전령이 왔어. 무장한 패거리가 텍설을 습격해 수도원을 파괴하고 종을 바다 밑에 가라앉혔다더구나. 지금 유럽이 병들긴 했다. 무법자들이 왕의 숲에 숨어 신의 집을 불태운다. 솔론처럼 평온한 곳은 드물지. 그러나 아무리 하늘과 지상의 법을 두려워하지 않는다 해도, 아무 보화도 없는 텍설의 수도원을 습격할 아둔한 자들이 과연 있을까."

저주받은 데인인을 봉인했던 텍설의 종이 바다에 가라앉았다. 그 결과 그들이 되살아났고 다시 이 솔론을 침략하려는 거라면, 종을 가라앉힌 자들의 의도는 불 보듯 뻔하다.

"데인인이 솔론을 침략하도록 누군가가 일을 꾸몄다고 생각하시는군요."

아버지는 눈을 가늘게 뜨며 나를 보았다.

"너는 참 총명한 아이야. 그래, 솔론에는 적이 있다. 적은 솔론을 멸하려 저주받은 데인인을 봉인에서 해방한 게 분명해."

"그게 누구죠?"

"모른다. 알아보는 중이지."

솔론을 노리는 자. 내 머릿속에 떠오르는 사람은 하나밖에 없다. 잉글랜드 국왕 리처드 폐하의 아우.

"존 전하."

하지만 아버지는 신중했다.

"아직 모르는 일이다. 다만 존 전하께 텍설섬까지 병력을 파견할 힘이 있는지는 의문스럽구나. 솔론이 멸망하면 기뻐하는 자들도 있고. 한자동맹 상인들 중에는 솔론이 바다에 가라앉아야 저희가 장사하기 편하다고 생각하는 자들도 있을 테니 말이다."

한자동맹의 중심 도시라면 뤼베크나 함부르크다. 설마하니 신흥 상인들이 이런 엄청난 일을 벌였을까 싶지만, 그들이 존 전하보다 재력이 뛰어나고 텍설섬과도 가까이 있다는 사실만은 분명했다.

"동방에서 온 기사의 말을 믿은 것도, 지금이 나를 암살하기에 더할 나위 없는 적기이기 때문이다. 한쪽에서는 죽음의 군단을 솔론으로 보내고, 다른 쪽에서는 사라센인의 마술로 나를 죽인다. 이 작전이 모두 성공하면 솔론은 맥없이 무너지겠지."

그게 사실이라면 우리의 적은 정말 두려운 상대일 것이다. 에일윈 가문과 저주받은 데인인의 악연을 알고, 무장한 사내들을 텍설섬에 보내 봉인을 없앴다. 그리고 동방의 트리폴리 백국에서 도망쳐 온 암살기사를 고용해 아버지를 노린다. 풍부한 자금과 뛰어난 견문을 모두 갖추지 않고서는 성사시킬 수 없는 일이다.

동요한 내 속내를 꿰뚫어본 듯, 아버지는 단호하게 말했다.

"하지만 적의 정체를 밝혀내는 건 나중으로 미뤄야겠다. 지금은 눈앞에 닥친 위협을 막아야 할 때니까. 용병은 결코 충분하지 않아. 힘든 싸움이 될 게다."

"아버지는 저주받은 데인인이 지금 당장 쳐들어오리라 생각하시나요? 종소리가 사라졌다 해도 그들이 돌아오지 않을 수도 있고, 혹은 몇 달이나 몇 년 후의 일일지도 모르잖아요."

"아니, 그들은 이미 왔다."

아버지는 품에서 단검을 꺼냈다. 화롯불을 받아 푸른 보석이 빛났다. 아콰마린이 박힌 황금 단검. 아버지는 그것을 테이블 위에 놓았다.

"우리에게 적만 있는 건 아니다. 아군도 있지. 오랜 세월이 지나 텍설섬의 종소리가 더이상 울려퍼지지 않을 때, 저주받은 데인인이 부활해 솔론에 재앙을 가져오려 하면 경고의 표시로 이 단검을 에일윈 가문의 당주에게 보낸다. 지난날 맺은 약속이야. 하지만 수백 년 후의 일이라고 생각했다. 설마 내가 직접 이걸 받게 될 줄이야."

"앞서 말씀하신 그 룬 마술을 부리는 수도사인가요?"

"아니다. 그는 이미 신의 부름을 받았지. 또다른 든든한 아군이다. 솔론의 수호자라고 해두자. 언젠가 네게도 소개하는 날이 올 게다"

다시 단검을 품에 넣고 아버지는 나를 똑바로 바라보았다.

"이 일은 에일윈 가문을 이을 적자에게만 가르쳐줄 작정이었다. 그러나 전투가 시작되면 나와 애덤의 목숨을 보장할 수 없으니 말이다. 아미나, 넌 총명한 아이니 설령 아비와 오라비가 모두 전사하더라도 가문을 잘 꾸려나가리라 믿는다. 무슨 일이 생기면 로스에어와 상의하거라."

"약한 말씀 마세요!"

나도 모르게 언성이 높아졌다.

"지금 말씀하신 바로는 저주받은 데인인을 물리치더라도 솔론의 위기가 끝났다 할 수 없잖아요. 아버지는 솔론의 기둥이십니다. 아직 돌아가시면 안 된다고요!"

아버지는 웃었다. 한없이 자애로운 미소였다.

"물론이다, 내 딸아. 애덤은 아직 솔론을 맡을 재목이 못돼. 전투가 벌어져도 자중하겠다고 약속하마. 그러나 전장에서는 무슨 일이 일어날지 모르는 법이지 않느냐. 내가 너에게 이 이야기를 한 건 만일에 대비하기 위해서임을 알아두거라. 내 이야기는 끝났다. 자, 방으로 돌아가 푹 쉬려무나. ……감기 조심하고."

하지만 그날 밤, 나는 쉬이 잠을 이루지 못했다.

저주받은 데인인.

로버트 에일윈의 정복.

텍설섬의 종.

아콰마린이 박힌 황금 단검.

여러 생각이 머릿속에서 맴돌아서, 동틀 무렵까지 나는 좀처럼 잠을 이루지 못했다.

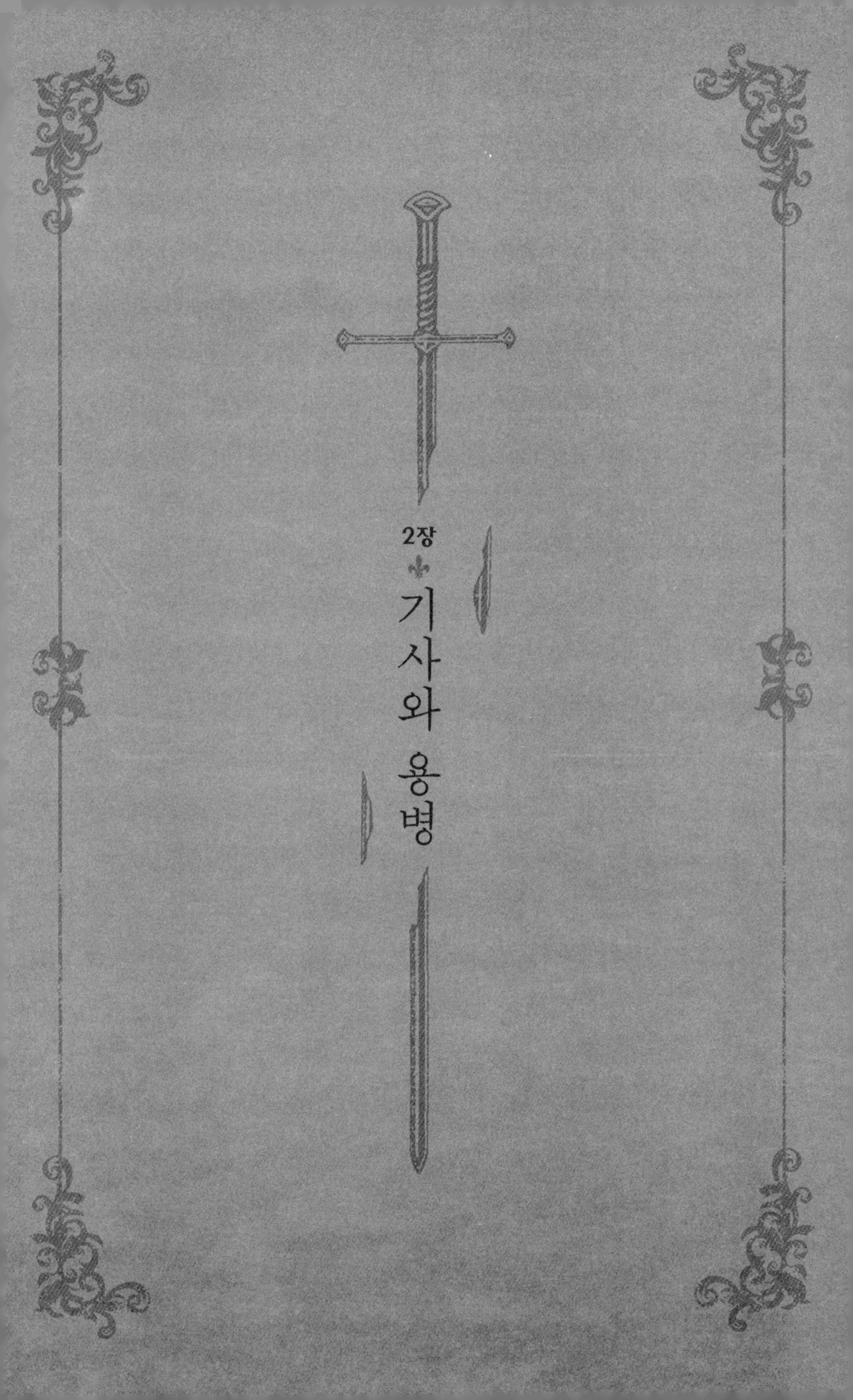

2장

기사와 용병

8. 영웅은 죽었다

찬과讚課◆의 종소리가 들린다.

날씨를 살피러 영주관 밖으로 나가자 동풍이 내 뺨을 어루만졌다. 섬뜩할 만큼 시린 바람이었다. 뭔가 불길한 일이 일어날 것 같다는 예감이 들었다. 마음이 무거워질 정도로 우중충한 하늘이었다.

평소처럼 빵과 채소수프로 아침식사를 마쳤는데, 야스미나가 말을 걸었다.

"아미나 님. 뭔가 이상합니다."

시녀 중에서 제일 어린 야스미나는 실수를 마음에 담아두

◆ 오전 7시 이후.

지 않는 대범한 아이다. 주근깨가 도드라지긴 하지만 예쁘장하게 생겼고, 표정도 다양해서 보고 있노라면 기분이 좋아진다. 중요한 일을 맡기기에는 좀 부족하지만, 곁에 있는 것만으로도 마음이 온화해진다. 지금도 의아하다는 표정으로 고개를 갸웃거린다.

"뭐가?"

"실은, 영주님이 아직 일어나지 않으셨습니다."

야스미나로서는 아주 중요한 일이라 여기지는 않았을 것이다. 평소 아버지는 일찍 일어나지만 예외인 날도 더러 있었다. 큰 연회가 열린 다음날 아침에는 미사가 끝났음을 알리는 종소리◆가 울려도 일어나지 못하곤 했고.

그렇게 생각하려 했지만, 오늘 아침의 동풍이 떠올라 갑자기 불안해졌다.

"그래? 내가 가볼게."

"아미나 님이 직접 가시려고요?"

야스미나가 놀란 얼굴로 물었다. 그렇게까지 할 줄은 예상하지 못했으리라. 공연히 소란을 피웠다고 생각했는지 송구스럽다는 표정을 지었다. 하지만 야스미나에게 마음 쓸 겨를이 없었다.

◆ 오전 9시 10분경.

어머니가 돌아가시고 나서 에일윈 가문의 열쇠뭉치는 내가 물려받았다. 새언니에게 줄까 싶기도 했지만, 애덤 오빠 일가는 큰 솔론에 살아서 지금은 열쇠를 달라고 요구하지 않는다. 영주관에 있을 때는 항상 허리춤에 열쇠를 달고 다닌다. 나는 아버지의 침실로 향했다.

하지만 열쇠는 필요 없었다. 침실 문을 두드려도 대답이 없자, 나는 떡갈나무문을 살짝 밀었다. 문은 순순히 열렸다. 나는 성큼성큼 방안으로 들어가 벨벳 캐노피가 달린 침대로 다가갔다. 침대는 가지런히 정돈되어 있었다.

나는 뒤돌아 야스미나에게 말했다.

"로스에어를 찾아 하인들을 모두 소집해. 아버지를 찾아야 해."

"아, 네."

"그리고 매슈도 불러와."

매슈 힉슨은 이 영주관에 머무르는 유일한 경비병이다. 원래는 에드위 슈어의 자리였으나, 그가 죽고 나서는 매슈가 그 자리를 물려받았다. 피둥피둥 살찐 게으름뱅이지만 일단 검은 가지고 있다.

하인들에게 영주관을 샅샅이 뒤지라고 일러두고, 나는 매슈를 데리고 잔교로 향했다. 동풍은 여전히 세차게 불었고, 시린 공기가 살을 에었다. 해가 저물기 전에 머독은 큰 솔론으로 건너가 집으로 돌아간다. 그리고 해가 뜨면 작은 솔론에 배를 댄다. 아버지가 새벽에 큰 솔론으로 건너가서 여기 없는 건지도 모른다는 생각이 들었다.

배는 작은 솔론 쪽에 있었다. 잔교 옆에 머독이 비바람을 피하는 오두막이 있다. 머독은 이른아침부터 찾아온 나를 보고 웬일이냐는 표정을 지었다.

"안녕하십니까. 큰 솔론으로 건너가시겠습니까?"

"아니, 묻고 싶은 게 있어서."

"쇤네한테 말씀입니까?"

"오늘 아침에 아버지가 솔론으로 건너가셨지?"

머독은 허망하리만치 쉽게 내 희망을 짓밟았다.

"아닙니다. 건너간 사람은 아무도 없습니다."

그렇다면 역시 아버지는 작은 솔론 어딘가에 있는 것이다.

어디일까 생각하다 마침내 한 장소가 떠올랐다. 왜 지금까지 깨닫지 못했을까. 어젯밤 아버지는 작전실에 있었다. 밤새 거기 있었던 게 아닐까. 일단 작전실에 가봐야겠다. 나는 매슈를 다그쳐 영주관으로 달려갔다.

영주관 현관에서 로스에어와 야스미나가 불안한 얼굴로 안절부절못하고 있었다.

"아미나 님, 영주님은 아직……"

"작전실이야. 날 따라와."

나는 체면도 잊고 다급히 걸음을 옮겼다. 동쪽에서 불어온 바람, 그리고 동방에서 온 기사의 경고. 심장이 미친듯이 쿵쾅거렸다.

계단을 올라가 작전실 문을 밀었다. 이곳 역시 문이 열려 있다.

"아미나 님."

로스에어가 나를 불렀다.

"조심하십시오."

"갑자기 왜 그런 소리를 해?"

그는 늙수그레한 얼굴을 찡그리며 코를 벌름거렸다.

"……피 냄새가 납니다."

그 말을 듣고 나 역시 냄새를 눈치챘다. 하지만 주저할 틈이 없다. 나는 단숨에 문을 열었다.

예상대로 아버지는 작전실에 있었다.

아마포로 짠 태피스트리를 등지고 의자에 앉아 있다. 어젯밤에 보았던 대로.

"아버지."

나도 모르게 아버지를 불렀다.

아버지는 의자에 고정되어 있었다.

가슴에 깊이 박힌 장검이 아버지를 의자 등받이에 못박아 놓았다.

그제야 상황을 파악한 야스미나가 쥐어짜듯 비명을 내질렀다.

모험가이자 용감한 바다의 기사였던 솔론의 영주. 북해의 지배자이자 위대한 상인, 그리고 내 아버지인 롤렌트 에일윈. 영웅은 죽었다.

큰 솔론으로 전령을 셋 보냈다. 장례식 절차를 논의하기 위해 수도원으로 한 명, 오빠에게 비보를 알리기 위해 초소로도 한 명. 병원형제단의 기사를 부르러 사이먼의 여관으로 보냈다.

영주관의 모든 사람이 청천벽력 같은 아버지의 죽음을 받아들이지 못하는 듯했다. 하지만 그럼에도 불구하고 조금씩 슬픔과 공포가 관내를 잠식해갔다. 야스미나는 흐느꼈다. 나는 입술을 깨문 채 아무 말도 하지 않았다. 정신을 차려보니, 꽉 쥔 주먹이 핏기 없이 새하얗게 변해 있었다. 손을 펴려 했지만, 너무 힘이 들어간 탓에 꿈쩍도 하지 않았다. 하는 수 없이 이로 손가락을 하나씩 폈다.

숨막히는 침묵이 지배하는 영주관에 처음으로 도착한 이는 오빠, 애덤 에일윈이었다.

급보를 듣고 옷을 갈아입을 새도 없이 달려왔는지, 퀼트옷 위에 망토도 걸치지 않았다. 아버지의 유해를 본 그는 하나 마나 한 소리를 했다.

"돌아가셨군."

두 살 터울의 애덤은 어릴 적 소문난 겁쟁이였다. 오빠면서도 다툼이 생기면 번번이 누이동생인 나를 당해내지 못해 어머니한테 울며 매달리고는 했다. 고난과 역경을 담대하게 이겨낼 재목도 아니었거니와, 사려 깊거나 경건하지도 않았다. 하지만 그는 성장했다. 검은 곱슬머리와 검은 눈동자에서는 강인한 아버지의 그림자를 조금이나마 엿볼 수 있다. 체구도 듬직해져서 지금은 에일윈 가문 휘하의 어느 기사보다 훤칠한 청년이다. 게다가 용감해졌다. ……그렇게 믿고 싶다.

잠시 묵도를 올린 다음 애덤이 물었다.

"누구 짓이냐?"

"모르겠어. 하지만 어제 아버지를 노리는 암살자가 있다는 경고를 받았어."

"뭐라고? 난 처음 듣는 소린데. 왜 알리지 않았지?"

애덤은 언성을 높이더니, 안절부절못하며 실내를 이리저리 돌아다녔다.

"젠장, 이게 대체 무슨 일이야. 아버지를 노린 자가 있었다니."

그는 굳은 얼굴로 중얼거렸다. 영주이자 병사들과 용병들의 지휘관인 아버지가 돌아가신 지금, 솔론을 노리는 적에게 이보다 더 절호의 기회는 없겠지. 애덤 역시 그 사실을 잘 알 터다.

애덤은 이내 고개를 들고 말했다.

"아미나, 아버지 일은 정말 애석하구나. 하지만 나는 돌아가보지 않으면 안 돼."

이제 이 섬에서 유일한 지휘관은 애덤이니까, 해야 할 일이 산더미 같을 것이다.

"여기 일은 걱정 말고 가봐."

"원래는 솔론의 병사를 모두 동원해 아버지를 해친 암살자를 찾아내야겠지만, 지금으로서는 어려울 것 같아. 하지만 에이브라도 보내마."

나는 고개를 저었다.

"괜찮으니까, 오빠는 오빠가 해야 할 일을 하도록 해."

"살인자가 돌아다니게 둘 수는 없어."

애덤의 얼굴이 분노로 일그러졌다.

"아버지의 원수도 갚아야 하고!"

나는 그제야 깨달았다. 아버지가 돌아가셨으니 이제 애덤이 솔론의 영주다. 내가 아는 것을 빠짐없이 이야기해야 한다.

"오빠, 잘 들어. 아버지를 죽인 자는 머나먼 동방에 있는 트리폴리 백국에서 온 암살기사야. 아버지는 어제 그 암살자를 뒤쫓아온 기사와 말씀을 나누셨어."

애덤은 이맛살을 찌푸렸다.

"트리폴리 백국? 처음 듣는군. 믿을 수 있는 사람이야?"

"아버지는 믿으셨고, 나도 믿어. 오늘 아침 아버지가 돌아가신 걸 발견하고 바로 그 기사를 불렀어. 그는 암살자의 정체를 알거든. 나는 그에게 아버지의 원수를 찾아달라고 청할 생각이야."

"설령 그의 말이 사실이더라도, 영주의 죽음에 관련된 사안을 이국에서 온 자에게 맡길 수는 없다. 솔론은 에일윈 가문의 영지야. 법을 지키는 건 우리의 의무고."

"알아. 하지만 지금은 한 명의 병력도 아쉬운 때잖아. 용병들과는 아직 정식으로 계약을 맺지 않았으니, 아버지의 죽음을 알면 그들은 달아날지도 몰라."

애덤의 미덕 중 하나를 꼽으라면 권세욕이 그리 없다는 점이다. 그는 나를 물끄러미 바라보다 감정이 담기지 않은 목소리로 말했다.

"……네 말이 옳아. 알았다, 아미나. 살인자를 찾는 건 너한테 맡기겠다. 이국의 기사에게 청하든 다르게 해결하든, 네 뜻대로 해. 난 병사들을 통솔하마."

말을 마친 애덤은 발길을 돌려 나가려다, 문득 고개를 돌려 아버지를 보았다. 그가 아버지의 시신을 향해 뭐라 말하는 것 같았지만 내게는 들리지 않았다.

9. 이들 중 누군가가

애덤이 떠나고 얼마 지나지 않아 로스에어가 팔크와 니콜라를 데리고 왔다.

나는 작전실을 나가 복도에 서 있었다. 팔크의 눈과 입가에는 무시무시한 긴장감이 서려 있었다. 그 뒤를 따르는 니콜라 역시 오늘 아침에는 어제처럼 지루해하는 기색은 찾아볼 수 없었다. 그는 자기 키만한 지게를 짊어지고 있었다.

팔크는 내 앞에서 걸음을 멈추고 짤막하게 말했다.

"명복을 빕니다."

그 한마디로, 그가 나를 위로하거나 격려해주지 않으리라는 걸 알 수 있었다. 그는 자신의 적과 싸워야만 한다. 아버지의 죽음은 그 과정의 일부에 불과하다. 이미 아는 사실이지만 역시 조금은 괴로웠다. 나는 살며시 허벅지를 꼬집으며 말을 짜냈다.

"당신의 경고를 무용지물로 만들어버렸네요. 우리 에일윈 가문의 영지에서 살인사건이 일어난 이상, 그것을 해결하는 것도 우리가 할 일이지요. 하지만 지금 우리는 살인범 하나를 쫓으려 병력을 동원할 만한 처지가 못 됩니다. ……정식 후계자인 애덤의 허락을 받았어요. 기사 피츠존, 부디 아버지를 해한 살인자를 붙잡아주세요."

나는 떨리는 목소리로 말했다. 하지만 팔크는 고개를 끄덕이지 않았다.

"그리 말씀해주시니 황송합니다만, 아직은 찾아낸 것이 없습니다. 영주님을 해한 자가 암살기사 에드릭이라면 저는 그를 끝까지 쫓아 죗값을 치르게 하겠습니다. 하지만 그렇지 않을 가능성도 생각해야 합니다."

딴에는 냉정한 척했지만, 나는 역시 동요하고 있었다. 팔크의 말을 듣기 전까지 아버지를 죽인 자가 암살기사가 아닐지도 모른다는 가능성은 생각해보지도 않은 것이다. 하지만.

"아버지는 간밤에 변을 당하셨어요. 밤중에 이곳 작은 솔론에 잠입하기란 불가능하다는 건 아시죠? 당신 말처럼 이교도의 마술이라도 쓰지 않는다면 말이에요."

"아미나 님."

팔크는 끈기 있게 나를 타일렀다.

"제가 아는 건 모두 말씀드리죠. 하지만 진실한 자는 알지 못하는 일에 대해 언급하지 않습니다."

지당한 말이다. 마음을 가라앉히고 침착해야 한다. 나는 크게 숨을 들이마셨다. 안간힘을 다해 떨리는 목소리를 진정시켰다.

"……알겠어요. 당신의 적이 저지른 짓이 아니라면, 분명 당신에게 도움을 청할 수는 없겠지요. 그걸 밝혀내기 위해서라도 당신이 아버지의 죽음을 조사하는 것을 허락합니다."

"온 힘을 다하겠습니다. 영주님은 작전실에 계십니까?"

"네. 직접 확인하세요."

나는 문을 열었다.

아직도 피 냄새가 코를 찔렀다. 잠시 문을 닫아놓은 동안 무슨 일이 생기지 않았을까 기대했지만, 아버지도 작전실도 모두 서글프리만치 달라진 점이 없었다.

아버지의 시신을 본 순간, 나는 결의에 찼던 팔크의 눈빛이 잠시 달라졌음을 깨달았다. 찰나에 불과했지만 팔크가 아버지의 죽음을 슬퍼하며 애도했다는 것을 금세 읽어낼 수 있었다. 하지만 그는 순식간에 매서운 표정으로 돌아와 말했다.

"이 섬은 수색하셨습니까? 살인자가 어딘가에 숨어 있지는 않은지."

의표를 찔렸다.

"아뇨…… 아직 아무 조치도 하지 않았어요."

"그럼 당장 철저하게 수색하십시오. 적을 찾아내는 것뿐 아니라, 어젯밤과 달라진 점은 없는지 남김없이 조사해야 합니다. 그리고 반드시 여러 명이 한 조를 짜 수색해야 한다는 점을 잊지 마십시오. 살인자와 단둘이 마주치는 상황만은 피해야 합니다."

"살인자가 아직 이 섬 안에 있다고 생각하나요?"

"그럴 가능성은 거의 없다고 봐야겠죠. 하지만 아무리 노련한 살인자라도 우연한 실패는 피할 수 없습니다. 영주님의 반격으로 부상을 입었을지도 모르고, 뭔가에 발목을 붙잡혔을 수도 있습니다. 그런 점을 고려하면 찾아볼 만한 가치는 있죠."

나는 고개를 끄덕이고, 아직 자리를 떠나지 않은 로스에어에게 지시했다.

"들었지? 하인들을 몇 명씩 짝지어서 섬 안을 수색하게 해. 적을 발견하면 섣불리 덤비지 말고 큰 소리로 사람을 부르라고 일러두고. 수상한 자를 발견하면 은밀히 나에게 알려줘."

"네, 당장 그렇게 지시하겠습니다."

잰걸음으로 자리를 뜨려던 로스에어를 팔크가 불러 세웠다.

"혹시 적을 발견하면 3야드약 2.7미터 이내로는 접근하지 말라고 일러두시오."

로스에어는 적이 동방의 마술을 익힌 암살기사일지도 모른다는 사실을 알지 못한다. 그래서 팔크의 경고가 무엇을 뜻하는지 모를 터였으나, 내가 고개를 끄덕이자 분부대로 하겠다고 대답했다.

팔크가 다시 작전실을 둘러보았다.

"그럼 아미나 님은 여기서 기다리십시오."

"아뇨, 나도 봐야겠어요."

바다 건너 땅에 대한 호기심에서 한 말은 아니다. 이방의 기사가 힘써주는 상황에서, 에일윈 가문의 일원으로서 슬픔과 공포에 빠져 도망칠 수는 없다. 이것만은 양보할 수 없었다. 내 마음을 알아주었는지 팔크는 구태여 말리지는 않았다.

"원한다면 그렇게 하셔도 됩니다. 하지만 가급적 물건에 손대지 마십시오. 저희 일은 섬세함을 요하거든요."

그러더니 내 대답도 듣지 않고 프랑스어로 말했다.

"니콜라, 시작하자."

니콜라는 고개를 끄덕였다.

아버지의 시신부터 조사할 줄 알았는데, 두 사람은 실내에 한 발짝 들여놓더니 걸음을 멈추고 어제도 들어왔던 작전실 구석구석을 살폈다.

작전실 문은 하나고, 방은 안쪽으로 길쭉한 구조다. 한가운데에는 방 모양처럼 기다란 테이블이 자리했고, 그 양쪽으로 등받이가 없는 긴 의자가 놓여 있다. 방 가장 안쪽에는 아버지의 의자가 있고, 그곳에 가슴을 찔려 숨진 아버지의 시신이 있다.

테이블 위로 촛대와 솔론의 지도가 보였다. 어젯밤 방을 나오기 전에 봤던 대로 지도 위에는 조약돌이 놓여 있었다.

양쪽 벽에는 장검, 단검, 도끼, 철퇴, 곤봉, 창 등의 무기가 쇠못으로 고정되어 있었다. 안쪽 벽에 창문이 여러 개 나 있는데, 늘 그랬듯이 그 창들로 아침햇살과 바닷바람이 들어왔다. 태피스트리가 바람에 흔들렸다.

"니콜라, 넓이가 얼마나 되지?"

"입구를 기준으로 너비가 7야드약 6.4미터, 안쪽까지 길이가 16야드약 14.6미터입니다. 높이는 3야드 반약 3.2미터쯤 되어 보이는군요."

"그렇군."

두 사람은 신중하게 걸음을 옮겼다. 정적을 중시하는 수도사처럼 소리 없이 걸었고, 아무것도 놓치지 않겠다는 듯 시선을 한곳에 고정하지 않으며 끊임없이 주변을 살폈다.

방해할 생각은 없었다. 하지만 그들의 뒤를 따라 작전실에 들어갔다가, 나는 죽은 아버지의 얼굴을 가까이서 보고 말았다. 어젯밤에는 한없이 위엄에 차 있었는데, 지금의 아버지는 어찌나 늙어 보이는지! 살짝 벌어진 입에서 고통스러운 신음이 흘러나올 것만 같다. 부릅뜬 두 눈은 흐리멍덩했다. 터져 나오는 오열을 억지로 참으려 하자 정신이 혼미해졌다. 나는 힘없이 테이블에 기대고 말았다. 그대로 주저앉으려는 나를 누군가가 옆에서 부축해주었다. 니콜라였다.

니콜라는 아무 말도 하지 않았다. 내가 프랑스어를 알아듣지 못한다고 생각하는 것이겠지. 나는 어찌어찌 마음을 추슬렀다. 내가 마음을 다잡은 걸 확인한 니콜라는 내가 고맙다는 말을 하기도 전에 팔크 곁으로 돌아갔다.

팔크는 아버지의 시신을 살펴보고 있었다. 팔과 손가락, 목, 그리고 가슴에서 흘러나와 굳은 피를 만져댔다. 그가 일하는 방식일 수도 있고, 어쩌면 동방에서는 응당 거치는 절차인지도 모른다. 그럼에도 불구하고 내 눈에는 마구잡이로 고인의 몸을 건드리는 그의 손길이 모독적으로 비쳤다. 도가 지나치다 싶으면 자식 된 도리로 제지해야겠다고 생각했다.

다행히도 팔크는 시신을 너무 집요하게 손대지는 않았다. 곧 니콜라를 향해 말했다.

"죽은 지 꽤 지났다. 조과朝課◆의 종이 울리기 전후로 이미 숨이 멎었어."

"캄캄한 어둠 속에서 살해된 건가요?"

"어젯밤은 보름달이 떴다. 이 방에는 창문이 있고, 테이블에는 촛대도 있지. 초가 짧아진 걸 보았느냐? 아무도 끄지 않아서 끝까지 타들어간 거지."

팔크는 아버지의 시신에서 조금 물러나더니, 굵은 목을 갸웃거렸다.

"그나저나 이 쉬르코는 무척 호화롭구나. 금실로 자수를 놓

◆ 오전 1시 30분경.

다니. 가장자리에 달린 건 무슨 털이지?"

"다람쥐 털이 아닐까요?"

"얼토당토않은 소리. 영주의 옷에 다람쥐 털을 쓰겠느냐. ……하지만 왜 이런 옷을 입고 있었을까."

한편 니콜라는 열심히 바닥을 훑어보았다.

"출혈량은 그리 많지 않았나보네요."

"검을 뽑지 않았기 때문이지. 봐라. 바닥의 피는 대부분 칼끝에서 흘러 떨어진 것이고, 칼자루 쪽에는 핏자국을 찾아볼 수 없지 않으냐."

"뽑아서 다시 한번 찌를 생각은 없었던 걸까요? 그랬다면 살인자도 피를 뒤집어썼겠지만……"

"한 번으로 족하다 생각했을 테고, 실제로 즉사했을 거다."

두 사람은 아버지의 가슴에 박힌 검을 바라보며 말했다. 칼자루는 무척 소박했다. 솔론의 기사들이 쓰는 검보다 짤막하고, 칼자루 쪽으로 갈수록 조금씩 굵어지는 모양새를 보아하니 요즘 만든 것은 아닌 듯했다.

"이 검은, 역시 그렇게 된 거로군."

"그렇다고 봅니다. 저곳에 아무것도 안 걸린 못이 있어요."

니콜라가 가리켜서 나도 벽을 쳐다보았다. 숱한 전리품들이 장식된 가운데 빈자리 하나가 명확히 눈에 띈다. 팔크는 고개를 끄덕이더니 내게 물었다.

"아미나 님, 이 검을 보신 적이 있습니까?"

두 사람은 아버지를 찌른 검이 이곳 벽에 걸려 있던 물건이라 생각하는 것이다. 하지만 나는 고개를 저을 수밖에 없었다.

"모르겠어요. 이 방에는 검이 너무 많아서요."

"이 방에 있던 검인지는 아직 알 수 없습니다."

"봤을지도 모르겠다는 말밖에 드릴 수 없겠네요. 하지만 평소에 이곳 청소를 담당하던 하인이라면 알지도 몰라요."

"그럼 나중에 이야기를 들어보죠."

그런 다음 팔크는 엄숙한 목소리로 니콜라에게 명령했다.

"마법을 추적할 테니 준비하거라."

니콜라는 고개를 끄덕이며 조심스레 지게를 내려놓았다.

그가 지게에서 꺼낸 물건은 독특한 랜턴이었다. 사면이 유리인데, 검댕을 입힌 것처럼 새까맣다. 저래선 빛이 나오지 못할 텐데. 니콜라는 이어서 부싯돌을 꺼내 불을 붙였다. 미심쩍은 얼굴로 지켜보는 나를 향해 팔크가 설명했다.

"지금 니콜라가 준비하는 건 저희가 사용하는 마술의 일종입니다. 암살기사가 쓰는 마술의 본질이 무엇인지 아는 이는 아직 없습니다. 하지만 그들의 마술이 망자에게 어떠한 흔적을 남긴다는 점은 밝혀졌지요. 이를테면 눈에 보이지 않는 얼룩 같은 것입니다. 저희가 쓰는 마술은 가공한 유리를 통해 빛을 비춤으로써, 망자에게 달라붙은 얼룩을 뚜렷하게 드러내죠."

"그 마법에 이름이 있나요?"

"그냥 '리터Ritter◆의 어두운 빛'이라고만 부릅니다."

니콜라는 랜턴에 불을 붙였다. 하지만 예상대로 검은 유리는 빛을 투과시키지 않았다. 팔크가 랜턴 위에 손을 뻗어 뭔가를 뿌리는 시늉을 세 번 반복했다. 뜻밖에도 그의 손가락은 길고 섬세해서 도저히 검을 휘두르는 기사의 손처럼 보이지 않았다. 동작에도 세련된 인상이 묻어났다.

불현듯 지금까지 보았던 자칭 마술사들이 떠올랐다. 사기꾼은 무언가를 보여주기 전에 짐짓 엄숙한 표정으로 신비로운 주문을 외워 보는 이의 호기심을 자극한다. 반면 소수의 진짜 마술사들은 긴 사설을 늘어놓지도, 보는 이를 애태우지도 않고 흔쾌히 자신의 재주를 선보인다. 팔크 역시 거창한 의식을 늘어놓지 않았다. 그저 빛을 발하지 않는 랜턴 위에서 손을 흔든 다음 랜턴을 아버지 위로 가져갔을 뿐이다.

감탄을 흘리지 않은 것이 신기할 정도다. 진짜 마법이 눈앞에 펼쳐졌다.

눈에 보이지 않는 불꽃이 비추기라도 한 듯, 아버지의 가

◆ '기사騎士'를 뜻하는 독일어.

슴에 기묘한 빛이 나타났다. 빛을 발하며 서서히 퍼져나가는 녹색 얼룩. 팔크가 중얼거렸다.

"틀림없군요. 이것이 바로 암살기사가 희생자에게 마술을 건 증거입니다."

"암살기사가 직접 아버지에게 마술을 걸었나요?"

"그건 정확히 말씀드리기 어렵습니다. 그들의 마술 중에는 나무막대기를 독사로 바꾸어 목표물을 해하는 것이 있습니다. 이 경우 희생자를 죽이는 건 뱀이지 암살기사는 아니죠. 그러나 마법으로 만든 뱀은 시신에 마법의 흔적을 남깁니다. ……이를테면 가해자가 뒤집어쓴 피해자의 피라고 할 수 있죠. 다만 평범한 살인사건에서는 가해자가 피를 뒤집어쓰는 반면, 마법의 흔적은 희생자에게 남습니다."

랜턴을 치우자 녹색 얼룩은 다시 사라졌다. 니콜라가 작게 속삭였다.

"스승님, 녹색이란 건……"

"그래, 맞다."

보아하니 저 랜턴을 비춰 나타나는 빛의 색깔로 마술의 종류를 판별하는 모양이다. 아버지의 가슴에 떠오른 녹색 빛을 본 팔크와 니콜라의 얼굴에 노기가 어렸다. 팔크는 격앙된 감정을 억누른 듯한 목소리로 명령했다.

"손발에 남은 흔적을 조사할 거다. '레 보Les Baux의 가루'를 준비해."

"네."

이어서 니콜라는 무두질한 가죽으로 만든 주머니를 꺼냈다. 주머니는 그가 걸친 두건 망토처럼 낡고 꾀죄죄했다.

"여기 있습니다."

가죽주머니 안에는 고급 보릿가루 같은 고운 가루가 들어 있었다. 아니, 보릿가루보다 훨씬 곱다. 팔크는 가루를 손바닥에 올려놓은 다음 아버지 주변에 뿌렸다. 창문에서 들어오는 햇살을 받은 가루가 은빛으로 빛났다.

아버지의 가슴을 찌른 칼의 자루가 은빛 가루를 빨아들였다. 그것만으로도 신기한데, 팔크가 가루를 후 불자 기묘한 흔적이 나타났다. 칼자루를 쥐었던 손의 자국이 나타난 것이다.

"이건……"

나는 이번에야말로 감탄을 흘렸다.

한편 니콜라는 냉정하게 그 자국을 살펴보았다.

"손자국이 나왔네요. 살인자는 이 검을 쥐고 영주를 찔렀습니다. ……하지만 그건 이미 밝혀진 사실이 아닙니까?"

"더 자세히 보거라. 암살기사와 싸우려면 사소한 것도 놓쳐서는 안 된다. 그 밖에 알아낼 게 없는지 살펴보고 생각하려무나."

팔크의 채근에 니콜라는 더욱 유심히 살펴보았지만, 딱히 짚이는 것이 없는지 고개를 갸웃거릴 따름이었다. 이내 팔크가 엄하게 말했다.

"칼자루 오른쪽에 손바닥 자국이 있고, 왼쪽에 다섯 손가락 자국이 있다. 살인자는 이 검을 오른손으로 잡았다는 얘기다."

"……면목 없습니다."

"다음에는 놓치지 마라."

이어서 은빛 가루를 바닥에도 뿌렸다. 얇게 뿌려진 가루에 숨을 불어넣자, 돌바닥에 어지러이 찍힌 발자국들이 모습을 드러냈다.

"이거다."

팔크가 바닥에 남은 발자국 하나를 가리키며 말했다. 니콜라가 주저앉아 그 발자국을 뚫어져라 보았다.

"왼발에 체중을 실어 지탱하면서 오른발을 내디뎠습니다. 오른손에 든 검으로 찔렀으니 자연스레 이런 자세가 나왔겠죠."

발자국의 윤곽은 어렴풋해서 신발의 크기와 모양까지는 알 수 없었다. 팔크는 생각났다는 듯 나를 향해 설명했다.

"저희의 마술은 이처럼 누가 만든 것이든 간에 찍힌 지 얼마 되지 않은 손자국이나 발자국을 찾아낼 수 있습니다. 여기 어지러이 찍힌 발자국, 이건 아마 아미나 님이 영주님을 발견하고 황급히 달려오셨을 때 생긴 발자국일 겁니다. 그리고 이쪽이 영주님을 살해한 자의 발자국입니다. 지금부터 이 발자국을 추적할 겁니다."

팔크와 니콜라는 살인자의 발자국을 하나씩 찾아냈다.

작전실 문 앞에는 다른 발자국이 너무 많아서 어느 것이 살인자의 발자국인지 구별하는 데 애를 먹었다. 하지만 계단에 남은 발자국은 얼마 없어서 조사하기 수월했다. 하인들은 주로 주방 근처의 동쪽 계단을 이용하고 서쪽 계단으로는 거의 다니지 않기 때문이다. 어젯밤에는 용병들이 지나갔고, 오늘 아침에는 나와 로스에어가 아버지를 찾으러 뛰어올라오긴 했지만.

살인자의 발자국은 복잡하게 얽힌 회랑을 지나 눈에 띄지 않는 계단 그늘에 자리한 자그마한 쪽문까지 이어졌다. 이 쪽문을 이용하는 사람은 거의 없다. 팔크는 물론이거니와 몸집이 작은 니콜라도 몸을 굽히지 않으면 지나다닐 수 없었다.

걸쇠가 풀린 쪽문을 꼼꼼히 관찰하고 찾아낸 발자국을 한참 살펴본 뒤, 팔크는 천천히 고개를 들어 침착한 목소리로 말했다.

"지금까지 알아낸 사실을 보고드리겠습니다. 살인자는 이 쪽문을 통해 영주관에 침입했습니다. 어젯밤에는 바람이 거셌고, 보름이라 달빛이 환했으며, 비는 내리지 않았습니다.

아침 일찍 전갈을 받고 이곳으로 오는 도중에 살펴봤는데, 길은 물론 건물에도 젖었던 흔적은 없었지요.

살인자는 어떤 방법으로 불빛을 소지했을 테지만, 그게 무엇인지 지금으로서는 알 수 없습니다. 문에 걸쇠가 걸려 있었겠지만 큰 문제가 되지는 않았을 겁니다. 이 문은 낡고 썩어서 틈이 생겼으니까요. 칼이나 가늘고 단단한 나뭇가지가 있으면 어렵지 않게 밖에서 문을 딸 수 있습니다. 억지로 비틀어 연 흔적은 찾을 수 없습니다."

나는 그 사실을 알고 있었다. 영주관에 있는 모두가 알고 있다. 이 쪽문은 수리하지 않으면 무용지물이다. 하지만 아무도 나서지 않았다. 암초와 조류 덕에 지금까지 작은 솔론은 안전했기 때문이다.

"그런 다음 살인자는 망설임 없이 작전실로 향했습니다."

팔크는 설명하면서 실제로 그 길을 따라가, 작전실 앞에서 걸음을 멈췄다.

"여기서 한 번 걸음을 멈췄습니다. 아마 실내 분위기를 살폈겠죠. 살인자는 영주님이 실내에 계신 걸 확인하고 문을 열었습니다."

문을 연다. 팔크의 보폭이 다소 커졌다.

"발자국은 살인자가 멈춰 섰다는 사실을 가리키고 있습니다. 놀랍게도, 이 살인자는 영주님께 인사를 올린 것 같습니다. 그리고 잠시 이야기를 나누다 자연스럽게 벽으로 다가갔습니다."

팔크는 검과 도끼, 철퇴가 걸린 벽 앞으로 다가가 섰다.

"그때부터 살인자의 태도가 돌변했습니다. 여기서부터 살인자가 내달렸다는 사실이 발자국을 통해 확연히 드러납니다. 이 시점에 그는 무기를 들고 있었습니다. 그것이 이 벽에 걸린 무기였다면, 검을 들자마자 달려들었을 겁니다. 영주님은 살인자 쪽을 보고 있었습니다. 영주님의 발자국은 어지럽게 찍혔지만, 뒤돌아본 흔적은 없으니까요. 당연히 그의 동작을 눈치챘을 겁니다.

허를 찔린 영주님은 제대로 반격조차 못했습니다. 검을 차고 있기는 했으나 실내에서 재빨리 빼들기에 적합한 검은 아니었지요. 칼자루에 영주님의 손자국이 남아 있긴 하지만 검을 뽑지는 못했던 겁니다."

과거 아버지는 용감한 전사이자 모험가였다. 검을 다루는 기술도 훌륭했다. 하지만 솔론의 영주 자리에 오르고 나서는 작은 솔론에 머무르며 권위를 유지해야 했다. 예전만큼 기민하게 움직일 수는 없었으리라. 무엇보다도 리처드 폐하가 하사한 아버지의 검은 호화롭긴 해도 너무 길어서 휘두르기 어려웠다. 아마 전장이었다면 그 검이 아니라 손에 익은 검을 사용했을 텐데.

"영주님은 뒤로 몇 걸음 물러났습니다. 그리고 의자에 부딪쳐 주저앉듯 쓰러진 순간, 정면에서 들어온 살인자의 검에 찔린 겁니다. 몸의 균형이 무너진 상태였기에 영주님을 죽음으로 몰아넣은 일격은 대각선 방향에서 날아왔을 겁니다. ……시각은 조과의 종이 울린 시각 전후로 추정됩니다."

아버지의 시신이 의자 등받이에 고정된 건 순전히 우연의 산물이었던 걸까. 하지만 최소한 위엄을 지켰다 생각할 수 있으니 바닥에 쓰러져 돌아가신 것보다는 나을지도 모르겠다.

나는 고개를 끄덕였다.

"잘 알겠어요. 그대의 마술은 정말이지 놀랍군요."

그리고 일부러 턱을 치켜들며 강한 어조로 말했다.

"그럼 이제 암살기사 에드릭을 붙잡아줘요."

하지만 예상과는 달리 팔크는 부정했다.

"아미나 님, 영주님을 찌른 건 암살기사가 아닙니다."

"하지만 아까는!"

분명히 그 불길한 녹색 빛을 보고 동방의 마술이 사용된 흔적이라 말하지 않았나. 그렇게 따지려는데 팔크가 나를 제지하며 말했다.

"암살기사가 사용한 마술의 종류가 무엇인지는 압니다. 이번에 쓰인 건 '강제된 신조'라 불리는 사악한 마술입니다."

"강제된 신조……?"

"네. 암살기사의 마술은 모두 사람을 해하는 것이지만, 이건 그중에서도 가장 비겁한 술수입니다. 이 마술은 암살기사가 점찍은 인간의 피를 입수하는 데서 시작됩니다. 그 피를 은으로 만든 단검에 발라, 납그릇에 채운 포도주에 담급니다. 그러면 피의 주인은 가엾게도 암살기사의 앞잡이…… 미니언minion이 되지요."

"조종당한다는 뜻인가요?"

"그렇습니다. 하지만 그뿐만이 아닙니다."

입에 올리는 것조차 꺼려지는지, 팔크는 주저하다 말을 이었다.

"이를테면 기사가 말에서 내리면 모름지기 말을 돌보듯, 수도사가 종소리를 들으면 예배당에서 기도를 올리듯, 농부가 가을이 되면 농작물을 수확하듯…… '강제된 신조'의 희생자인 미니언은 살인을 마땅히 자신이 해야 할 일로 인식하고, 제 지식과 역량을 총동원해 표적을 죽입니다. 그리고 그 일을 잊어버리죠."

믿을 수 없는 이야기였다. 눈앞에 아버지의 시신이 없었다면 믿지 못했으리라.

"그런 악마 같은 마술이 있다니요."

"존재합니다. 사전 준비와 고도의 마술적 지식이 필요하지만, 암살기사 본인은 직접 손을 더럽히지 않을 수 있죠. 동방에서는 기독교도가 같은 기독교도를 해치게 하는 데 사용했습니다."

팔크는 살며시 시선을 돌렸다.

"에드릭은 누군가를 조종해 영주님을 살해했습니다. 그리고 조종된 자가 누구인지, 후보로 꼽을 만한 사람도 몇 명 알고 있습니다."

그건 나도 짐작이 갔다.

"어젯밤, 영주님은 '오늘 밤에는 곧 있을 싸움에 대비해 이 방에서 생각을 정리할 작정'이라고 말씀하셨지요. 미니언은 그 사실을 알고 있었습니다. 때문에 그 문을 통해 영주관 안으로 들어온 다음 영주님의 침실이 아니라 이 작전실을 찾아온 겁니다. 아미나 님, 하나 여쭙겠습니다. 어젯밤 영주님이 이 방에 계신다는 사실을 하인들도 알았습니까?"

하인들에게 확인하지 않았으니 단언할 수는 없다. 하지만 그럴 가능성은 없다고 봐도 무방했다.

"내 앞에서 아버지가 그런 이야기를 하신 일은 없어요. 집사 로스에어는 알았을 거예요. 하지만 다른 사람들은 아무도 몰랐을 것 같네요. 밤이면 모두 고용인 숙소로 돌아가니까요."

"필시 그럴 겁니다. 하인들이 알았다면 밤새 작전을 짜느라 고생하시는 영주님을 생각해 마실 것이나 랜턴을 가져다드렸을 테니까요. 하지만 이 테이블에서는 그런 것들을 찾아볼 수 없습니다. 집사가 알면서도 지시를 내리지 않은 건, 영주님이 하인들에게는 알리지 말라고 분부하셨기 때문이겠죠. 그렇다면 현시점에서 의심스러운 인물은 모두 여덟 사람입니다."

여덟 사람. 누구인지는 분명했다.

먼저 나, 아미나 에일윈.

집사 로스에어 풀러.

종기사 에이브 허버드도 그 자리에 있었다.

그리고.

작센인 기사 콘라트 노이도르퍼.

웨일스인 궁수 이텔 압 소마스.

마자르인 전사 하르 엠마.

사라센인 마술사 스와이드 나지르.

잉글랜드인 음유시인 이볼드 새뮤스.

마틴 보네스 시장도 알고 있었을지는 모르겠으나, 그는 도중에 성을 내며 나가버렸다. 어쨌든 셈에 포함되지는 않는다.

이들 중 누군가가 아버지를 죽였다.

하지만, 대체 누가?

"영주님의 죽음을 안 용병들이 떠나지 않았기를 바랄 따름입니다. 미니언이 된 자는 표적을 제거하고 나서도 마술에서 풀려나지 못하거든요. 그것은 미니언에게도 저주입니다. 끔찍한 마술은 조금씩 희생자의 목숨을 갉아먹습니다. 빠르면 두 주, 늦어도 석 달 안에는 목숨을 잃게 되죠. 그 저주를 풀어 마술의 희생자를 구제하는 것은 병원형제단에 속한 저희의 의무입니다."

하지만 아버지를 직접 해친 건 그 사람이다. 그자를 붙잡았을 때, 나는 복수심을 억누를 수 있을까? 에일윈의 이름으로 죽음을 언도하지 않을 수 있을까?

모르겠다.

10. 시편을 노래하며

⚜

수도원에서는 폴 부원장이 친히 달려왔다. 소매 없는 검은 상의 밑에 염색하지 않은 수도복을 입은 시토회◆의 '백의白衣 수사'다. 영주관에도 예배당과 그곳에 상주하는 요한 사제가 있지만, 장례식이나 결혼식이 있을 때는 수도원의 도움을 받는 것이 에일윈 가문의 관례였다.

폴 부원장은 아버지의 시신 앞에서 짤막하게 기도를 올린

◆ 1098년 베네딕트회의 수사 성 로베르 드 몰렘이 프랑스 시토에서 창설한 수도회. 12세기부터 13세기에 전성기를 이루었다.

다음, 침통한 표정으로 입을 열었다.

"저희 솔론 수도원은 경건한 신도 롤렌트 에일윈의 갑작스러운 죽음에 심심한 애도의 뜻을 표하는 바입니다. 영주님은 생전에 우리 수도원에 큰 힘이 되어주셨죠. 걱정 마십시오. 장례식과 매장은 저희가 성심껏 돕겠습니다. 영주님은 예배당에 안치되실 테고, 수사들은 그분을 위해 시편을 노래하며 기릴 겁니다."

생각해보니 아버지는 많은 이에게 자비를 베풀며 살아왔음에도, 종부성사조차 받지 못하고 세상을 떠났다. 아버지의 영혼을 구원하려면 분명 더 많은 기도가 필요하리라.

"수사님, 부탁드립니다. 부디 아버지를 위해 장례미사를 봉헌해주세요."

그리고 영적 평온을 유지하는 일만큼 수도원 살림을 중요하게 여기는 폴 부원장의 비위를 맞추려고 한마디 덧붙였다.

"에일윈 가문에서도 수도원에 후원을 아끼지 않겠습니다."

잠시 상의한 끝에, 오늘 밤에는 수도원에서 기도를 올리고 장례식과 매장은 내일 진행하기로 했다. 아버지는 수도원 안에 묻힐 것이다. 성직자가 아니었던 아버지의 묘지로는 좀 과분하다 싶은 곳이다. 장례식 일정에 관해서는 애덤과 상의해야 하지만, 분명 마다하지는 않으리라.

"그럼 일단 이곳 예배당에 시신을 안치하죠. 향유를 발라야겠네요. 요한 사제에게는 제가 말해두겠습니다. 관이 도착하면 수도원으로 옮겨 전야식을 치러야겠군요."

말을 마친 폴 부원장은 젊은 수사들을 불러 아버지의 시신을 운반했다. 돌아보니 팔크의 표정이 다소 어두웠다. 아직 조사하고 싶은 게 남았는지도 모른다. 하지만 장례식을 주관하는 수사들에게 참견하지는 않았다.

아버지의 시신이 예배당으로 옮겨지자, 작전실에는 핏자국과 냄새만 남았다.

교회에서는 가까운 이의 죽음을 지나치게 슬퍼해서는 안 된다고 가르친다. 죽음은 항상 삶을 에워싸고 있다. 최후의 심판 날이 오면 아버지는 무덤에서 일어나, 새 생명을 얻어 주님을 영접하리라.

그들이 떠나고 나서, 나는 팔크에게 물었다.

"수사들이 장례 절차를 도와줄 거예요. 두 분은 앞으로 어쩔 작정인가요?"

그는 곧바로 대답했다.

"이 섬을 수색하려면 시간이 조금 걸릴 겁니다. 하지만 계절이 계절이니만큼 낮이 짧지요. 당장이라도 일곱 명을 찾아가 이야기를 하나라도 더 들어봐야 합니다. 모두의 이야기를 듣고 곰곰이 생각해보면 미니언이 누구인지 밝혀지겠죠."

"용병들을 여기로 불러올 수도 있어요."

"아뇨. 아직 정식으로 계약하지 않았으니 오지 않을지도 모릅니다. 그리고 그들의 상황을 제가 직접 파악하고 싶기도 하고요. 그럼 나중에 뵙겠습니다."

팔크는 그렇게 말하고 몸을 돌렸다.

"잠깐만요."

내가 불러 세우자, 그는 의아한 표정으로 돌아보았다.

"무슨 하실 말씀이라도?"

"나도 갈게요. 두 분이 동방에서 온 기사라 밝힌다고 해서 용병들이 순순히 대화에 응하리란 보장은 없어요. 그보다는 아버지를 잃은 딸로서 정당한 권리를 가진 내가 사건에 대해 물으면 더욱 진실에 가까워지지 않겠어요?"

팔크의 표정에 당혹스러운 기색이 어렸다. 옆에 있던 니콜라는 알아듣지도 못할 텐데 나를 물끄러미 바라보았다.

"하지만……"

"에일윈 가문의 협력이 필요할 거예요. 내 말이 틀렸나요?"

여전히 마음을 정하지 못하고 망설이는 팔크의 소매를 니콜라가 잡아당기더니 프랑스어로 물었다.

"스승님, 혹시 같이 가겠다는 겁니까?"

"그래. 그러는 편이 쉽게 이야기를 들을 수 있을 거라고 하는구나."

"옳은 말이죠."

팔크는 한숨을 쉬었다.

"그건 그렇지만, 에드릭이 우리 움직임을 알아채고 선수를 칠 위험도 있다. 협력자가 표적이 되는 경우도 많지. 지킬 수 있겠느냐?"

팔크는 내가 걱정돼 선뜻 동행을 허락하지 못하는 것이다. 하지만 니콜라는 대수롭지 않다는 듯 말했다.

"별일 없을 거예요. 데려가세요. 슬픔에 젖기보다 싸우는 길을 택했다면, 뜻대로 하게 해줘야죠."

그것이 바로 내가 바라던 일이다.

"지킬 수 있겠느냐?"

"……뭐, 죽지 않을 정도로는 애써볼게요."

어중간한 대답에 팔크는 얼굴을 찌푸렸지만, 돌아보며 나에게 말했다.

"알겠습니다. 도움을 받아들이죠. 니콜라가 호위를 맡을 겁니다. 아무튼 일각이 아쉬운 상황입니다. 가시죠."

겉으로 봐서는 니콜라는 무기를 가지고 있지 않다. 가지고 있다 해도 단검이 고작일 테고, 심지어 아직 어린애다. 하지만 마음만은 기뻤다.

뒷일은 집사 로스에어에게 맡겼다. 작은 솔론의 수색을 지휘하는 일이며 장례식 준비며, 해야 할 일이 많다. 로스에어에게 무거운 짐을 지운 것 같아 미안하긴 하지만 솔직히 그리 미덥지는 않다. 그래도 내 결심은 흔들리지 않았다.

밖으로 나가자 큰 솔론의 수도원이 보였다. 야트막한 언덕 위에 솟은 하얀 종루에서 미사 시작을 알리는 종소리◆가 들렸다. 아마 폴 부원장과 동행한 수사들은 미사에 참석하지 못했으리라.

영주관에서 나와 잔교로 향하는 짧은 시간 동안 나는 질문했다.

"일곱 명의 이야기를 듣는다고 했죠. 그것만 가지고 미니언을 찾아낼 수 있나요?"

"장담할 수는 없습니다."

팔크는 굳은 목소리로 대답했다.

"하지만 거기서 시작하는 수밖에 없습니다. 저희의 마술로 미니언을 직접 찾아내지는 못하니까요."

"미니언은 아버지를 죽였잖아요. 거짓말을 하지는 않을까요?"

"사람은 누구나 거짓말을 합니다. 성유물聖遺物을 걸고 한 맹세라 하더라도, 그것이 거짓이 아니라 단언할 수는 없지요. 하지만 '영주님을 죽였기 때문에 거짓말을 하는' 사람은 없습

◆ 오전 8시 20분경.

니다. 미니언은 그 사실을 잊었으니까요."

그 부분이 다소 믿기 어려웠다.

"잊어버린다니…… 그런 일이 실제로 가능한가요?"

팔크는 나를 힐끗 보았다.

"믿지 못하시는 것도 당연합니다. 그러면 예시를 하나 들어보죠. 아미나 님, 어제 걸인에게 은화를 적선한 일을 기억하십니까?"

"네?"

그의 말대로 나는 솔론 시내에서 걸인이 보이면 가급적 뭐라도 건네곤 한다. 가난한 자를 돕는 일은 내 영혼을 구제하는 일이며, 영주 가문의 사람으로서 당연한 의무이기도 하니까. 하지만 어제도 그랬던가? 너무 일상적으로 행하는 일이라 어제도 그랬느냐는 물음에 선뜻 대답할 수가 없었다.

"걸인이 있었다면 뭔가 나눠줬겠죠."

"어디서 적선했는지 기억하십니까?"

"아뇨……"

"그럼 어제 저희와 만나기 전후에 무슨 일을 했는지는 기억하시는지요?"

그 물음에는 대답할 수 있다.

"항구에서 뤼베크의 상인 한스를 만났어요. 아버지를 뵙길 청하는 사람이 있단 얘기를 듣고 사이먼의 가게로 갔죠.

그곳에서 두 사람을 만나 어시장 광장에서 직공 거리를 지나 머독의 배로…… 다음은 알죠?"

팔크는 부지런히 걸으며 말했다.

"아미나 님은 평소에도 자주 자선을 베푸시는 듯합니다. 딱히 그래야겠다고 의식하지 않고도 자연스럽게 베풀고 계시겠죠. 해서, 어제 한 행동을 하나씩 떠올려봐도 누군가에게 적선을 베풀었던 일은 기억 못하시는 겁니다. '강제된 신조'도 그와 비슷한 개념입니다. 만일 우리가 금세 미니언을 알아내더라도 그자는 분명 모르는 일이라며 잡아뗄 겁니다. 실제로도 모르는 일일 테고요. 미니언은 다른 사실을 감추기 위해 거짓말을 하는 일은 있어도, 살인을 감추기 위해 거짓말을 하지는 않는다는 겁니다."

잔교에 도착했지만 나룻배는 없었다. 머독이 수사들을 태우고 건너편 큰 솔론으로 간 것이다. 나는 나루터에서 작은 깃발을 올렸다. 이쪽으로 오라는 신호다.

아직 묻고 싶은 게 많았다.

"그렇게만 들어서는 잘 모르겠어요. 암살기사의 마술은 사람을 살인자로 바꾸어놓는다고 했죠. 하지만 살인자에도 종류가 있잖아요. 감정에 휩쓸려 살인을 저지르는 자가 있는 반면, 사악한 계획을 세우는 자도 있죠. 목적만 달성하면 상관없다는 자도 있고, 살인을 저지른 뒤에도 발각되지 않으려 은

폐하는 자도……"

솔론섬의 재판은 우리 에일윈가에서 주관한다. 내가 직접 재판정에 선 적은 없지만, 각양각색의 살인자들 이야기는 많이 들었다. 설마 자신이 이런 일에 관련될 줄은 몰랐지만.

"미니언이 된 자들은 자아를 잊은 채 자기 의지와는 상관없이 살인을 저지르는 건가요?"

팔크는 대답하기를 주저하다 이내 나지막한 목소리로 말했다.

"암살기사의 악행은 상세히 들을수록 불쾌해질 뿐입니다. 모르시는 편이 좋습니다."

"기사 피츠존, 이건 나에게는 아버지의 원수를 갚는 싸움이기도 해요. 내가 알아야 할 일은 설사 불쾌하다 해도 들을 각오가 되어 있습니다."

단호하게 말하자, 팔크가 눈을 휘둥그레 떴다.

"……지당한 말씀입니다. 아무래도 제가 아미나 님을 과소평가했나봅니다. 사과드립니다. 그렇다면 저희 성 암브로시우스 병원형제단이 지금까지 겪은 일을 사례로 들어 설명하겠습니다."

"단순한 사례부터 말씀드리죠. 안티오키아의 어느 상인이 살인을 저질렀습니다. 그는 백주대낮에 장터에서 사람들이 지켜보는 가운데 단검을 빼들어 동료 상인을 찔렀습니다. 상인은 피범벅이 된 단검을 칼집에 넣은 뒤 아무 일도 없었다는 듯이 태연하게 다시 장사를 하려 했다고 합니다.

이 경우, 미니언이었던 상인은 아무런 은폐 공작도 펼치지 않았습니다. 우리 성 암브로시우스 병원형제단에서는 그가 조종당했을 뿐이라 변호했지만, 끝내 처형됐고요. 유력한 상인 두 명이 순식간에 사라진 겁니다. 암살기사의 의뢰인이 노리던 결과대로였죠."

나는 입을 다물고 다음 이야기를 재촉했다.

"더욱 복잡한 사례도 있습니다. 언제 어디서 일어난 사건인지는 밝힐 수 없습니다만, 어느 족장의 차남이 살해된 일입니다. 우둔한 장남과 달리 차남은 능력이 뛰어났고, 그 때문에 아버지인 족장이 후계자 문제로 고심하던 중에 일어난 사건이었습니다. 관련자는 장남과 차남, 그리고 장남의 어머니인 첫째 부인, 차남의 어머니인 둘째 부인뿐이었습니다.

첫째 부인이 차남의 목숨을 노린다는 사실은 누구나 알고 있었습니다. 그런 만큼 차남은 신변에 주의를 기울였고, 믿을 수 있는 병사와 튼튼한 자물쇠로 둘러싸인 저택 깊숙한 곳에서 아버지가 후계자를 결정할 날을 기다리고 있었지요.

하지만 차남은 그 저택 깊은 곳에서 살해되었습니다. 차남의 어머니, 둘째 부인은 실성한 끝에 혼절해서 간호까지 받아야 하는 상태가 되었고요.

현장을 조사한 동료의 보고에 의하면 '리터의 어두운 빛'에 녹색 반응이 보였다고 합니다. 차남은 '강제된 신조'의 표적이 되어 살해된 겁니다. 현장은 온통 피해자의 피로 엉망이었기에, 암살기사에게 조종된 미니언의 옷에 그 피가 묻었으리라는 점에는 의심의 여지가 없었습니다. 하지만 피 묻은 옷은 발견되지 않았고, 형제단의 마술을 동원하고도 조사는 난항을 겪었습니다."

팔크는 잠시 말을 멈췄다가, 새삼스레 내게서 눈을 돌리면서 뒷말을 이었다.

"결국 밝혀진 미니언은 둘째 부인이었습니다. 아무 의심도 받지 않고 저택에 드나들 수 있던 유일한 인물을 미니언으로 택한 겁니다. 지극히 타당한 선택이라 봐야겠죠."

"요컨대…… 어머니가 자식을 죽였다는 말인가요?"

"그렇습니다. 그녀는 사전에 칼을 훔쳤다가 저택에 들어가 아들을 죽인 뒤, 피를 씻어내기 위해 아무도 없는 저택에서 거품을 듬뿍 내서 몸을 씻은 것입니다."

"그럼 슬픔을 이기지 못하고 실성한 것도 모두 연기였던 거네요."

"아닙니다!"

팔크가 단호하게 부정했다.

"그게 중요하다는 말씀입니다! 둘째 부인은 진심으로 아들의 죽음을 슬퍼했습니다. 아까도 말씀드렸다시피, 그녀는 자신이 저지른 짓을 잊어버린 거지요. 진실을 밝혀낸 저희는 그 사실을 족장에게 보고해야만 했습니다. 친아들을 죽인 범인으로 고발당한 어머니는 견디지 못하고 실성했고, 머지않아 사망했습니다. 사람들은 그녀가 미치는 바람에 병들어 죽었다고 여겼지만, 저희가 받은 보고는 달랐습니다. 마술 '강제된 신조'가 몸을 잠식해 죽음에 이른 겁니다. 저희의 처치가 한발 늦은 것이죠.

여기서 끝이 아니었습니다. 암살기사를 고용한 사람은 바로 누구나 예상했듯 첫째 부인이었습니다. 하지만 둘째 부인의 죽음을 목격한 그녀는 공포에 사로잡혔지요. 제대로 먹지도 마시지도 못하고 신에게 용서를 구하며 참회를 반복하다가 끝내 탑에서 몸을 던졌습니다. 자신이 저지른 죄를 견디지 못했다기보다는, 암살기사와 손을 잡은 것을 두려워한 듯 보였다고 기록에 적혀 있었습니다. 두 부인과 아들을 잃은 족장 역시 병석에 누웠고, 얼마 지나지 않아 세상을 떠났고요."

잠깐의 침묵이 흐르고 나서 팔크는 이를 악물며 명료한 목소리로 말했다.

"이 사건은 성 암브로시우스 병원형제단에게 쓰라린 패배였습니다. 저희는 살인을 막지 못했고 살인에서 파생된 또다른 죽음도 막지 못했을뿐더러, 암살기사조차 붙잡지 못했습니다. 하지만 이러한 실패로부터 가르침도 얻었습니다.

그 가르침은 다음과 같습니다. 미니언은 조종당하지만, 생각할 힘까지 빼앗기지는 않는다. 범행 계획을 세우고, 상황에 적합한 최선의 방법을 선택할 수 있다. 그중에는 자신이 살인자라는 사실을 들키지 않도록 위장하는 자들도 존재한다."

"둘째 부인이 피를 씻어낸 것처럼 말이죠? 하지만 안티오키아 사건은 달랐잖아요. 상인은 자신이 살인자임을 숨기려 하지 않았어요. 그 차이는 어디에서 비롯되는 건가요?"

"마술을 걸 때 암살기사가 결정합니다. 희생자의 신선한 피를 넣은 포도주에 대고 '너는 그 남자를 죽여야 한다'라고만 명령할 수도 있고, '그 남자를 죽여야 한다, 그러나 아무에게도 들켜서는 안 된다'라고 명령할 수도 있죠. 그에 따라 달라지는 겁니다.

미니언이 결코 취하지 않는 행동도 있습니다. 살인을 다른 사람에게 위탁하는 것입니다. 미니언은 자신이 당연히 해야 할 일이라 생각하고 표적을 죽이기 때문에, 그 임무를 다른 사람에게 맡기지 않습니다."

"제 의지도 아닌데 스스로 방법을 궁리해 살인자가 되는 거군요…… 이번에는 어떻죠? 마술의 희생자는 살인을 은폐하려 하나요?"

"그럴 가능성이 높습니다."

팔크는 고개를 끄덕였다.

"어젯밤 영주님이 작전실에 계셨다는 사실은 암살기사가 아니라 미니언이 알아낸 사실입니다. 미니언은 그 지식을 바탕으로 영주님을 습격할 계획을 세웠죠.

또한 영주님을 찌른 검을 빼지 않고 그대로 두었습니다. 사람을 찌른 검을 뽑으면 피가 튀기 때문이죠. 그걸 피하기 위해 검을 그대로 꽂아둔 겁니다. 한마디로 미니언은 살인을 은폐하려 하고 있습니다. 보다 엄밀히 말하자면, 암살기사에게 사건을 은폐해야 한다고 명령받은 거죠."

암살기사의 마술은 믿을 수 없을 만큼 비겁하다. 이야기하는 팔크의 얼굴에 때때로 노기가 서리는 것도 당연하다.

"이번 사건에서 확인할 수 있는 또하나의 특징은, 미니언이 자신의 무기가 아니라 작전실에 있던 검을 사용했다는 점입니다. 용병은 평소 자기 무기에 세심한 주의를 기울이는 법입니다. 만일 그것으로 영주님을 해쳤다면, 자기 자신이 제일 먼저 '내가 모르는 새에 이 무기를 사용한 적이 있다'는 사실을 깨닫게 되겠죠. 사람을 베거나 찌르면 무기에 흔적이 남으니까요. 그런 사태를 우려해 작전실에 있던 무기를 사용하는 방법을 궁리해낸 겁니다."

"한마디로, 미니언은 자기가 사람을 죽였을지도 모른다는 상상조차 못한다는 건가요?"

"물론입니다. 잊어버렸으니까요. 다만 얼빠진 사람을 미니언으로 선택했을 경우, 은폐 공작 역시 허점이 많을 공산이 큽니다. 그럴 경우엔 미니언 스스로가 이상하게 여길 수도 있겠지만요."

이 정도면 아버지를 해친 마술은 대략 파악했다고 생각한다. 그렇다면.

"미니언이 아니라 단언할 수 있는 사람은 누군가요?"

한참이 지나서야 대답이 돌아왔다.

"……몇 가지 알아낸 사실이 있긴 합니다. 하지만 아직 전부 말씀드릴 수는 없습니다. 그러니 확실하게 밝혀진 것부터 말씀드리죠. 어젯밤 내내 다른 사람과 함께 있던 사람이나 감금되어 있던 사람은 미니언이 아닙니다."

그쯤은 나도 안다.

불만이 얼굴에 좀 드러났는지, 팔크는 내키지 않는 표정으로 덧붙였다.

"또한 '강제된 신조'를 교사하기 위해서는 상대의 피가 필요합니다. 암살기사는 훔친 피가 아직 신선할 때 마술을 걸어야만 하지요. 그리고 마술이 일단 시작되면 저주는 희생자를 조금씩 갉아먹습니다…… 항상 그런 것은 아니지만, 대체로 지난 석 달 동안 한 번도 피를 흘리지 않은 자는 미니언 후보에서 제외됩니다."

"피를 훔친다고요? 어떻게 그럴 수 있죠?"

"가능합니다. 아주 쉽죠. 암살기사가 사용하는 마술 중에는 등에를 조종하는 주술도 있습니다. 목표물에게 등에를 보내 피를 빨게 하는 것이죠."

그럼 등에에게 피를 빨리지 않은 자는 제외된다…… 하지만 지난 석 달 사이에 등에에게 물린 적이 있느냐는 물음에 제대로 대답할 수 있는 자가 얼마나 될까?

"그리고 여기 있는 니콜라 역시 제외됩니다. 암살기사는 피를 넣은 포도주에 대고 자신의 언어로 명령을 내립니다. 하지만 에드릭이 구사할 수 있는 언어는 잉글랜드 말과 아라비아 말 둘뿐이죠. 니콜라는 두 언어 모두 이해하지 못하고요.

그리고 저 또한 마찬가지입니다. 저희는 암살기사의 마술을 격파할 수단을 얼마든지 가지고 있기 때문입니다. 예를 들어 방금 말씀드린 등에, 독사, 그리고 전갈 등 사역마의 접근을 막는 부적이 있죠. 정면으로 제 피를 훔치러 오더라도, 성 암브로시우스 병원형제단의 정기사와 암살기사가 대치했을 때 어느 한쪽이 살아남은 예는 지금까지 한 번도 없었습니다. 저와 에드릭이 모두 살아 있다면 저희가 맞붙은 적은 없다고 봐야겠죠."

나는 일곱 명의 얼굴을 떠올렸다.

작센인 콘라트는 유창한 잉글랜드어를 구사했다. 웨일스인 이텔도 마찬가지다. 사라센인 스와이드는 잉글랜드어는 더듬거렸지만, 아라비아어는 문제없이 구사하겠지.

"……그럼 마자르인인 하르 엠마도 제외해야겠네요. 그녀는 잉글랜드어를 모르잖아요."

하지만 팔크는 냉담하게 대답했다.

"알아듣지 못하는 척했을 수도 있고, 아라비아어는 알아들을지도 모릅니다. 앞으로 조사해봐야죠."

나는 고개를 끄덕였다.

하지만 여전히 의문은 남는다. 팔크는 밤에는 이곳 작은 솔론으로 건너올 수 없다고 했던 내 말을 기억하고 있을까?

머독이 잔교에 배를 댔다. 아침에는 아직 조류가 빨라서 노를 젓는 손놀림도 신중했다.

느닷없이 니콜라가 냅다 뛰었다. 바위 쪽으로 내려가 지상에 내려앉은 바닷새를 손으로 쫓더니, 발밑을 내려다보며 날카로운 목소리로 외쳤다.

"스승님, 이것 보세요!"

팔크가 곧장 달려갔다. 나도 뒤를 좇았다.

셋이서 니콜라의 발치를 보았다. 움푹한 바위 구멍 안으로 부스러진 무언가가 보였다. 흡사 가루를 뭉쳐놓은 덩어리

같다. 바닷새는 이걸 쪼아먹고 있던 걸까. 음식처럼 보이기는 했다.

"이건…… 비스킷이구나."

그 말을 듣고서야 선원들이 저장식으로 가지고 다니는 비스킷이라는 걸 깨달았다.

"네. 어제 바람에 날아가버린 제 비스킷이에요."

듣고 보니 생각이 났다. 어제 니콜라는 얌전히 팔크를 쫓아오나 했더니 몰래 숨어서 비스킷을 먹었더랬다. 그 일로 팔크에게 꾸지람을 들었고. 떨어뜨린 비스킷에 아직도 미련을 버리지 못했다니 어린애 같다고 생각했는데, 두 사람 말을 들어보니 그게 아닌 모양이다.

"누가 밟았군."

"네. 밟혀서 부스러졌어요."

분명히 비스킷이 부스러져 있었다. 새가 부리로 쪼아서 난 자국과는 확연히 다르다. 두 사람의 말대로 사람이, 그게 아니더라도 커다란 무언가가 밟고 지나간 듯하다. 이만큼 부스러졌으면 바람에 날아갈 법도 한데, 바위 구멍에 떨어진 덕에 아직까지 남아 있었나보다.

팔크가 중얼거렸다.

"시장이나 용병들은 우리보다 먼저 도착했다. 그리고 돌아갈 때는 다 같이 갔고. 외따로 이런 곳까지 온 사람은 없었어."

팔크는 다시 한번 비스킷 파편을 살펴보다가 손으로 집어 들었다. 천천히 문질러 잘게 부수더니, 놀랍게도 혀로 핥았다.

"스승님, 바닥에 떨어진 걸 주워먹으면 안 됩니다."

니콜라의 말을 무시하고 팔크는 느닷없이 손을 내밀었다.

"니콜라. 아직 남은 게 있지? 비스킷을 이리 줘봐라."

"네? 제 비스킷을요?"

"난 가진 게 없다."

"귀한 식량인데."

"잔말 말고 내놓으래도."

단호한 명령에 니콜라는 못마땅한 표정으로 주머니에 손을 넣었다. 비스킷을 받아든 팔크는 이리저리 뒤집어보며 물었다.

"마른 비스킷이구나. 어제 떨어뜨린 비스킷도 그랬느냐?"

"물론이죠. 축축하면 뭉그러지잖아요. 그래서 일부러 가죽 주머니에 넣어 보관하는 거고요."

"이런 일에는 신중하구나."

놀리듯 말하더니 팔크는 비스킷을 바닥에 떨어뜨렸다. 무슨 생각일까 싶어 잠자코 지켜보는데 그가 아주 천천히 비스킷을 짓밟았다. 니콜라가 작게 한탄하는 소리가 들렸다.

"어찌 생각하느냐?"

"먹기는 글렀네요."

"눈으로 보기만 해선 안 된다. 직접 만져보거라."

부루퉁한 표정을 지으면서도 니콜라는 팔크의 말대로 주저앉아 두 개의 비스킷 파편을 각각 집어들었다가 이내 고개를 끄덕였다.

"아…… 알겠어요. 이쪽은 젖었네요."

니콜라는 바닷새가 쪼아먹던 비스킷을 손으로 가리키며 말했다. 그리고 팔크가 그랬던 것처럼 조각을 혀에 갖다댔다.

"……짜요."

팔크는 고개를 들어 주변을 둘러보았다.

"어젯밤에는 비가 내리지 않았지?"

"네."

"파도도 여기까지 밀려오지는 않고."

분명히 비스킷이 떨어진 곳은 물가 근처지만 물이 튈 만큼 가깝지는 않다.

어느샌가 머독의 배가 잔교에 도착했다. 나는 궁금증을 견디지 못하고 물었다.

"그 비스킷이 어쨌다는 거죠? 그게 그렇게 중요한가요?"

그들이 무슨 생각을 하는지는 대충 짐작이 갔다. 미니언이 비스킷을 밟았으리라 추측하는 것이리라. 하지만 그게 뭐 어쨌다는 건가? 고작 발자국 하나에 지나지 않는데. 게다가 발자국이라면 영주관 안에서도 수없이 찾아내지 않았는가.

"중요합니다."

해명하는 기색도 없이 팔크는 단호하게 말했다.

"현시점에서는 무엇보다 중요합니다. 나중에 설명해드리겠습니다."

큰 솔론으로 건너가는 나룻배 안에서 팔크가 머독에게 물었다.

"오늘 아침, 작은 솔론으로 사람들을 태워다줬지? 우리와 수사들 말고 또 태워준 사람이 있나?"

머독은 그리 대화에 응하고 싶지는 않은 듯했지만, 묻는 말에는 답했다.

"애덤 나리를 모셔다드렸습니다. 그분 말고는 없습니다."

"그럼 그 가운데 영주관으로 향하는 길에서 벗어난 자가 있는가?"

영주관과 선착장을 잇는 길은 정비해놓지는 않았지만 거치적거리는 작은 돌들은 옆으로 치워놓았다. 비스킷이 떨어진 곳은 그 길에서 적어도 20야드약 18미터는 벗어나 있었다.

"없었습니다."

"그런가."

그는 오랫동안 뱃사공으로 일했다. 아버지도 수천 번은 족히 태웠으리라. 그리고 관이 도착하면 아버지의 시신 역시 그가 운반하겠지.

큰 솔론의 선착장에 배를 대고 나서 머독이 먼저 나에게 말을 걸었다.

"아미나 님, 상심이 크시겠습니다. 그런 좋은 영주님은 두 번 다시 모시지 못할 겁니다. 쇤네 같은 천것이 그런 분에게 조금이나마 도움이 되었다는 것만으로도 평생 이 일을 해온 보람이 있습니다."

나는 이를 악물었다. 머독의 진심어린 말이 복수에 불타는 내 가슴을 찔렀다.

그러나 아직은 눈물을 흘릴 때가 아니다. 그전에 해야 할 일이 많다.

11. 자살자와 이교도

큰 솔론의 선착장에서 시내까지는 조금 걸어야 한다. 돌을 치워놓았을 뿐인 단순한 길이 시내로 이어졌고, 그 끝에 직공 거리에 있는 목조 가옥들이 보인다. 그 길을 걷다가 팔크가 중간에 걸음을 멈췄다.

"아미나 님, 용병들을 만나기 전에 솔론제도의 지리에 대해 가르쳐주시겠습니까? 직접 발로 뛰어 확인하고 싶지만 아무래도 한시가 급한 상황이니."

팔크와 니콜라는 바로 어제 들어온 배로 도착한 참이다. 섬의 지리에 대해 알 턱이 없다.

"그러죠."

나는 숨을 깊게 들이마셨다. 바다 내음을 머금은 11월의 시린 바람이 폐를 가득 채웠다. 태어나서 지금까지 줄곧 맡아온 냄새다.

"솔론제도는 북쪽의 작은 솔론과 남쪽의 큰 솔론으로 이루어져 있어요. 지금 건너온 150야드의 해협을 건너는 것 말고는 작은 솔론에 들어갈 방법은 없어요. 왜냐면 작은 솔론의 북쪽과 서쪽 해안은 깎아지른 절벽이고, 동쪽은 암초가 많아 배가 섣불리 접근할 수 없거든요. 북해에서 직접 이 해협으로 진입하는 것도 어렵다고 봐요. 암초가 많아서 배가 지나갈 수 없으니까요.

큰 솔론은 북쪽에 있는 작은 솔론보다 열 배는 더 커요. 섬은 북쪽으로 올라갈수록 좁아지는 삼각형 비슷한 모양이고요. 어제 두 사람이 도착한 항구는 섬 남동쪽에 있어요. 남동쪽에는 작은 만이 있어서 항구가 자리하기에는 최적의 환경이거든요. 도시는 항구를 중심으로 발전해서, 남동쪽에서 동쪽 해안선을 따라 북쪽으로 길게 뻗어 있죠. 시의 북쪽, 지금 보이는 직공 거리 앞에는 대단치는 않지만 작은 문이 있고요. 시내 건물과 뒤섞여 있어서 어제는 알아채지 못했을 거예요. 법적으로는 그 문까지가 솔론이에요. 옛날에는 문에도 보초가 서서 밤중에 해협에 접근하는 자들을 막았답니다.

서쪽으로는 도시가 발달하지 않은 건 그쪽에 언덕이 많기 때문이에요. 그중 한 언덕 꼭대기에 세운 요새에는 병사들과 기사들이 주둔하고 있죠. 다른 언덕에는……"

나는 오른쪽으로 보이는 하얀 건물을 가리켰다.

"보다시피 수도원이 있어요. 시토파 수도원이고 주변에 작은 밭과 과수원이 있죠. 하지만 이 섬에는 항상 바닷바람이 세게 불어서 열매가 잘 자라지 않는다고 수사님들이 늘 볼멘소리를 하더라고요.

요새와 수도원을 제외한 섬 서쪽은 거의 사람의 손길이 닿지 않은 황야예요. 거기서 나는 풀로 먹일 수 있을 정도로만 양과 소를 키우죠. 들짐승도 있지만 사람이나 가축을 해쳤다는 소리는 한 번도 들어본 적이 없어요.

큰 솔론도 남동쪽에서 동쪽 해안선까지만 배를 댈 수 있고, 서쪽에서 남쪽으로는 절벽이라 접근할 수 없어요. 섬 남쪽에는 자그마한 숲하고 자살자와 이교도, 외국인들이 묻힌 묘지 말고는 아무것도 없고요.

솔론은 풍요롭지만 작은 곳이에요. 이 계절에도 동이 틀 때 길을 나서면 저녁노을이 지기 전에 섬을 한 바퀴 둘러볼 수 있죠."

이 두 섬에 대해서는 우리집 앞마당처럼 구석구석까지 훤히 알고 있다. 이곳은 내 세계의 전부니까. 그리고 팔크 이전에도 나에게 이 섬에 대해 물은 사람들이 있었고. 솔론제도의 모습을 완전히 설명해준 다음, 또 궁금한 점이 있느냐고 물었다.

이야기만 듣고 낯선 지역을 이해하기란 어렵다. 팔크는 잠시 말없이 생각에 잠겼다가 이내 낮은 목소리로 말했다.

"한마디로 그런 거군요. 솔론을 노리는 적은……"

그는 거기까지 말하다 말을 삼켰다.

나는 다음으로 이어질 말을 알고 있었다. 솔론을 노리는 적은 항구를 통하든 해안선을 통하든 동쪽에서 들어올 수밖에 없다. 그리고 섬 북쪽으로 진격해, 천연 해자인 150야드 너비 해협을 건너지 않으면 영주관에 진입할 수 없다. 이렇게 말하기는 좀 그렇지만, 솔론시는 에일윈 가문을 지키는 방패나 마찬가지다. 저주받은 데인인에게서 섬을 빼앗은 초대 당주 로버트 에일윈의 전략이리라.

나 역시 묻고 싶은 게 있었다.

"하나 확인하고 싶은 것이 있어요."

"말씀하시죠."

"나는 살인자를 붙잡아서 재판에 회부해야만 해요. 하지만…… 당신들은 이 섬에서 누구를 찾아 누구를 붙잡을 작정이죠?"

그들의 적은 형제단을 배신한 암살기사다.

하지만 아버지를 해친 건 암살기사에게 조종당했다고는 하나 미니언이란 별개의 인물이다.

팔크는 암살기사를 토벌하겠다고 거듭 말했지만, 한편으로 미니언의 저주를 푸는 것도 자신의 의무라 말한다. 두 마리 토끼를 쫓으려는 자는 모두 놓치기 마련이다. 그는 어느 쪽을 찾으려는 것일까. 그의 대답에 따라 앞으로 내가 고민해야 할 사항도 달라지리라.

"미니언입니다."

팔크는 서슴없이 대답했다.

"저주에 걸린 그의 목숨을 구하기 위해서라고 했죠?"

"물론 그것이 가장 큰 이유입니다. 하지만 그것만은 아닙니다. 미니언을 밝혀내는 것이 암살기사를 찾는 방법이기 때문입니다.

암살기사 에드릭이 아직 이 섬에 있을 가능성은 거의 없다고 봐야 합니다. 그는 '강제된 신조'로 미니언을 만들었습니다. 더는 이곳에 남을 이유가 없죠. 아니, 만일 웨일스나 작센에서 미니언을 만들었다면 애당초 솔론에 오지 않았을 공산도 있습니다. 구태여 이곳에 머물고 있다면 암살의 성사 여부를 확인하기 위해서겠지만, 이 솔론에서 작정하고 몸을 숨긴 자를 찾아내기란 쉽지 않을 겁니다. 어느 쪽이든 단서가 없다고 봐야죠."

잉글랜드의 다른 도시나 마을이라면 상황이 달랐을지도 모른다. 나는 다른 지역에 가본 적이 없지만, 외지인의 출입이 적어서 나그네는 눈에 띄지 않을 수가 없다고 들었다. 하지만 솔론은 다르다. 언제나 새로운 사람들이 들렀다 떠난다. 팔크의 말대로 에드릭이 작정하고 숨었다면 쉽게 찾아낼 수 없으리라.

"하지만 미니언을 발견하면 이야기가 달라집니다. 마술을 건 자와 마술에 걸린 자 사이에는 한 조각의 빵을 반으로 나눈 듯 일종의 연결고리가 생기기 때문이죠. 미니언을 산 채로 붙잡을 수 있다면, 술자의 위치도 파악할 수 있게 됩니다. 미니언과 암살기사는 마술의 실로 연결되어 있으니까요. 이 실을 눈에 보이게 하는 건 쉽지 않습니다만, 시간을 들이면 불가능한 일은 아닙니다."

"그럴 수 있으면 얼마나 좋을까요."

"네, 미니언을 찾는 게 암살기사에게 도달하는 가장 빠른 지름길입니다. 하지만 서둘러야만 합니다. 미니언이 마술에 걸린 지 며칠이 지났는지 모르니까요. 만일 몇 주 전에 마술에 걸렸다면 미니언은 당장 오늘에라도 목숨을 잃을 수 있습니다."

그 이야기를 들으니 더는 지체할 수 없었다. 나는 시내로 들어가는 길이 아니라 서쪽으로 펼쳐진 언덕을 가리켰다.

"그럼 이쪽으로 가죠. 요새에 도착하려면 황야를 가로지르는 게 가장 빨라요."

황야에는 길이 없다. 키 작은 풀이 바닷바람을 맞아 흔들린다. 봄이면 꽃으로 뒤덮이는 언덕도 지금은 본격적인 겨울을 앞두고 칙칙한 색으로 물들어 황량하다. 군데군데 드러난 검은 바위는 날카로운 단면을 드러낸 채 갈라져 있었다.

언덕을 올라가면 요새가 보인다. 길을 잃을 염려는 없지만 일단 내가 앞장섰다. 마른 풀을 밟으며 걸어가는데 등뒤에서 기사와 종자가 나누는 대화가 들렸다.

"니콜라, '강제된 신조'를 보는 건 처음이지?"

"그렇다고 봐야죠. 이야기는 많이 들었지만."

"침착하구나."

"제가 할 수 있는 일이 없으니까요."

자조 섞인 말 같았지만, 니콜라의 목소리는 담담해서 단순히 사실을 말하는 것처럼 들렸다. 팔크가 물음을 던졌다.

"왜 그렇게 생각하느냐?"

"그거야…… 적이 누군지도 모르잖아요. 그리고…… 뭐라고 해야 하지."

한참 뜸을 들여서, 다음 말이 나오기까지 잠시 시간이 걸렸다. 니콜라는 자신의 생각을 정리하는 것 같았다.

"그저 예일 뿐입니다만. 만일 이텔 압 소마스가 미니언이라고 가정하죠. 어젯밤에 영주님을 죽였으려면 바다를 건너야만 했습니다. 그런데 만일 이텔이 웨일스에서 켈트의 비술을 익혀서, 물위를 걸을 수 있는 신비한 연고를 발에 발랐다면 어떻게 하시겠어요?

이텔에게 아무리 이야기를 들어봤자, 저는 켈트의 연고 같은 건 모르니 그를 의심할 수가 없습니다. 이텔이 마법사라 생각하지는 않지만, 적어도 스와이드 나지르는 자칭 마술사예요. 누가 어떤 마술을 사용했는지도 모르는데, 제 지식의 범위 내에서 어떻게 미니언을 알아낼 수 있겠습니까."

그들의 사명은 암살기사를 근절하는 것이다. 니콜라의 말은 적을 앞에 두고 겁먹었다 이해해도 이상하지 않다. 하지만 팔크는 분노하기는커녕 고개를 끄덕이며 조용히 말했다.

"정확하게 파악하고 있구나. 일단 합격이다."

"그러니까 이번에는 충실히 짐꾼 노릇이나 할게요."

"하지만 잘못 생각한 점도 있다."

니콜라는 작게 항의하는 듯한 소리를 냈다.

"일단 들어보거라."

타이르듯 말하는 팔크의 태도에서는 묘한 자상함이 묻어 나왔다. 수사가 견습수사에게 기도하는 방법을 가르치는 것처럼, 기사는 어린 종자에게 말했다.

"분명 네 생각이 옳다. 암살기사의 수법은 대략 파악하고 있지만, 이번에 우리가 찾아내야 할 것은 암살기사가 아니지. 늘 하던 대로 생각해서는 통하지 않는다는 점까지는 잘 짚었다.

하지만 그건 너는 물론 나에게도 해당되는 일이다. 병원형제단의 누구든 마찬가지야. 우리는 어느 정도는 마술에 통달했지. 사라센인의 마술은 물론, 유대의 카발라 마술과 그리스의 고대 연금술도 배웠으니 말이다. 하지만 네가 말한 켈트의 드루이드 마술은 글쎄, 자신이 없구나. 룬 마술에 대해서는 문외한이라 해야겠지. 세상은 넓다. 설령 하르 엠마가 마자르인의 마술을 사용한다고 치자. 나는 그런 마술이 존재하는지조차 모른다."

뒤쪽에서 두 사람은 한참을 말이 없었다. 팔크는 침묵으로 니콜라에게 생각할 시간을 주는 것이다. 내 눈에는 그렇게 보였다.

마침내 니콜라가 입을 열었다.

"모든 마술을 알지 못하는 한, 스승님도 누가 미니언인지 찾아내는 건 불가능하다 말씀하시는 겁니까?"

"아니다."

팔크는 결연한 목소리로 단호하게 말했다.

"설령 누군가가 마술사라 해도, 또 누가 어떠한 마술을 사용했다 하더라도 미니언이 바로 그자라는 것, 혹은 그자가 아니라는 것을 입증하는 근거를 찾아내야 한다는 얘기다."

"그런 근거가 존재할까요?"

"미니언의 인격을 바꿔버리는 것이 아니라, 본래 인격을 유지한 채 살인을 그가 해야 할 일이라 세뇌하는 '강제된 신조'의 특성을 곰곰이 생각해보거라."

"음……"

"어제 아미나 님은 걸인에게 은화를 적선했지만 그 사실을 기억하지 못했지. 그럼 왜 아미나 님은 금화를 주지는 않았을까?"

그것은 조언이었다. 앞서 걷는 내 눈에는 그들의 얼굴이 보이지 않았지만, 니콜라의 눈이 반짝 빛나는 모습을 본 것 같았다.

"걸인에게 금화를 주는 건 자연스러운 일이 아니니까요. 그렇군요, 그럼 스승님, 예를 들어 날붙이를 사용하지 못한다는 계율에 구속된 수도사는……"

"그래."

"설령 사람을 죽인다는 사실을 당연하게 받아들이더라도 날붙이가 아니라 다른 무기를 찾겠군요. 그 어떤 마법에 정통하다 해도, 이번 사건의 무기가 검인 이상 수도사는 미니언 후보에서 제외되고요!"

하지만 순간 기쁨에 찼던 니콜라의 목소리는 금세 침통해졌다.

"미니언 후보는 모두 여덟 명⋯⋯ 어떤 마술을 사용했는가와 상관없이 그들 모두에게서 미니언이 아닐 조건을 발견할 수 있을까요?"

그가 무엇을 걱정하는지 나도 알 수 있었다. 팔크가 말하는 조건은 너무나도 엄격하다. 불가능하다는 생각이 들 정도다.

팔크의 대답 역시 낙관적이지는 않았다.

"어렵지. 하지만 해야만 한다. 암살기사와의 싸움은 항상 고되고 힘들지. 하지만 나는 그 싸움에서 여러 번 승리했고, 너 역시 경험해봤을 터. 불가능하다고 포기할 이유는 없다."

"⋯⋯스승님 말씀이 맞아요. 리옹에서 있었던 일에 비하면 나은 편이죠."

"그리고 만일 누군가가 마법을 사용했다는 사실을 알아내면 기회를 봐서 반드시 너에게도 알려주마. 그러니 내가 진실에 도달할 수 있다면, 원리적으로는 너에게도 가능하다고 봐야겠지. 물론 짐을 옮기는 것도 네 중요한 임무지만, 그렇다고 해서 보는 일을 소홀히 해서는 안 된다. 모든 것을 유심히 관찰하고 깊이 생각하거라."

팔크의 이어지는 말은 니콜라에게 주는 가르침이라기보다는 자기 자신에게 하는 말 같았다.

"아무것도 놓치지 않는다면 진실을 밝혀낼 수 있다. 이성과 논리는 마술을 격파할 수 있다. 반드시. 그 말을 믿거라."

물론 실제로는 눈에 보이는 모든 것을 유심히 관찰해도 진실을 얻지 못하는 경우도 존재하리라. 성서를 아무리 열심히 읽어도 신약성서 없이 구약성서만 읽는다면 결코 그리스도의 가르침을 깨치지 못하는 것처럼. 그렇기에 팔크의 말은 사실 기도나 다름없었다. 그는 모든 필요한 것을 볼 수 있도록, 그리고 그 참된 의미를 파악할 수 있도록 기도하는 것이다.

그렇다면, 나도 기도하겠다. 그들이 승리하기를. 신의 가호가 있기를. 그리고 나의 복수가 완수되기를.

12. 팔각기둥 모양의 감시탑

⚜

솔론제도에는 성이 없다. 작은 솔론에는 영주관밖에 없고, 기본적인 방어 체제는 갖췄지만 성에 있는 것은 아니다. 있는 건 요새뿐이다. 그곳에는 언제나 에이브 허버드가 있다.

솔론 요새는 귀중한 석재를 아낌없이 쏟아부어 만들었다.

빈틈없이 쌓은 석벽은 두껍고 높다. 문은 철재와 못으로 단단하게 보강했고, 안에 걸린 두툼한 빗장은 든든했다. 요새의 네 모서리에 탑은 없지만 먼바다까지 훤히 보이는 팔각기둥 모양의 감시탑이 있고, 그와는 별개로 급한 소식을 알리기 위한 종루도 있다. 견고한 요새지만 에일윈 가문이 이곳에 살았던 적은 없다. 작은 솔론의 암초가 요새보다 훨씬 든든한 방벽이라 생각한 까닭인지도 모른다.

지금은 평소보다 많은 십여 명의 병사가 주둔하고 있다. 그래도 요새에는 아직 빈방이 남아 있을 터다. 이 요새는 솔론에 훨씬 많은 병사가 필요하던 시절에 세워졌다고 들었다.

애덤도 이곳에 있을 줄 알았는데, 일단 돌아왔다가 금방 다시 떠났다고 한다. 아버지의 죽음을 공표하지 않은 채 지낼 수는 없다. 해가 저물기 전에 백성들 앞에서 발표하고, 후계자인 그가 새 영주가 되었음을 선언해야 한다.

에이브를 찾아 요새 안으로 들어가자 안뜰에서 엄한 목소리가 들렸다.

"그걸로는 안 돼! 곤봉이 아니라 손으로 친다는 생각으로 다리에 힘을 주고 들어오라고!"

사람들이 뭔가를 에워싸고 있었다. 에일윈 가문에서 고용한 병사도 있고, 시내에서 보았던 젊은 남자도 섞여 있다. 근처에 있는 병사를 불러 무슨 일이냐고 묻자 무척 황송해하며 자초지종을 가르쳐주었다.

"에이브 님이 병사로 지원한 젊은이들을 훈련시키고 계십니다. 아무리 힘이 좋아도 무기를 제대로 다루지 못하면 쓸모가 없으니까요."

둥그렇게 둘러싸고 있긴 해도 그리 사람이 몰린 건 아니라서, 사람들 사이로 에이브와 다른 남자의 모습이 보였다. 옷감을 파는 제프의 아들인 건 알겠는데, 이름은 기억나지 않는다. 탁한 눈에 붉은 얼굴이 한눈에도 험상궂어 보였고, 머리도 잔뜩 헝클어졌다. 팔이며 가슴, 몸 구석구석에 힘이 넘치는 듯 보였지만, 손에 든 곤봉을 아래로 떨구고 어깨를 들썩이며 숨을 헐떡대기만 했다. 반대편에서 버들가지 같은 가느다란 막대기를 쥔 에이브가 다시 한번 엄한 목소리로 외쳤다.

"벌써 지쳤나? 이 정도로 나가떨어져서는 머릿수도 못 채운다. 평소 위세는 모두 허세였나? 힘자랑을 그렇게 해대더니, 싸구려 에일만 마시다보니 힘이 다 빠진 거냐?"

"빌어먹을!"

제프의 아들이 버럭 소리치며 곤봉을 휘둘렀다. 분노와 굴욕으로 눈을 번뜩이며 모든 체중을 실어 내리친다.

"좋아, 바로 그거야."

혼신의 일격을 가볍게 피하며 에이브가 말했다. 그리고 그 말을 듣지 못했는지 계속 달려들려는 남자의 곤봉을 받아넘기곤, 막대기를 채찍처럼 휘둘러 헛발을 내디딘 그의 등을 후려쳤다.

"기술이 없으면 적어도 기백은 보여야지. 일단 합격이다. 가서 무기와 갑옷을 받아. 다음!"

말을 마치고 주변을 둘러보는 에이브의 이마에는 땀방울이 맺혀 있었지만 아직 숨이 찬 기색은 찾아볼 수 없었다. "오호." 옆에 있던 팔크가 감탄사를 흘렸다.

"실력이 출중하네요."

니콜라가 프랑스어로 중얼거렸다. 그의 말대로 아직 종기사인데도 에이브의 실력은 뛰어나다. 에일윈 가문의 다른 기사들은 일부러 그 사실을 가볍게 여기려 들지만. 그러나 팔크와 니콜라는 에이브의 숨은 노력을 칭찬하려고 그 말을 꺼낸 것이 아니었다.

"스승님. 허를 찔리기는 했지만, 영주님은 검을 뽑을 틈도 없이 당했습니다. 미니언은 상당한 실력자가 아닐까요?"

팔크는 신중하게 대답했다.

"그럴 수도 있지. 하지만 영주님의 실력이 어느 정도였는지 모르니, 어쩌면 나이프를 든 하인도 범행이 가능했을 수 있다."

"그래도 나이프로 가슴을 꿰뚫을 수는 없잖아요. 그만큼 검을 다루어봤거나……"

"괴력을 가진 자여야겠지. 하지만 미니언이 검 실력이 출중한 자라고 가정했을 때, 제외할 수 있는 후보가 있느냐?"

기분 탓인지 모르지만 니콜라는 자랑스러운 표정으로 말했다.

"스와이드 나지르를 잊으시면 안 됩니다. 그는……"

팔크가 코웃음을 쳤다.

"체구가 작고 자칭 마술사니까 검을 자유롭게 다루지 못할 거라고? 비슷한 신장에 종사인 너 역시 그런 이유로 제외할 테냐?"

그 말을 들은 니콜라는 입을 다물었다.

제프의 아들은 등을 문지르며 원 밖으로 나갔다.

"다음 사람, 준비하도록."

에이브가 주변을 둘러보며 외쳤다.

하지만 나서는 자는 아무도 없었다. 겁먹은 눈치는 아니다. 사람들은 어느샌가 나를 보고 있었다. 그제야 에이브도 내가 온 걸 알아챘다.

"아미나 님……"

에이브는 굳은 표정으로 말문이 막힌 듯 말을 잇지 못했다. 그 모습을 보고, 그가 이미 아버지의 죽음을 알고 있음을 알아챘다.

"애덤 님께 얘기 들었습니다."

우리는 안뜰 구석 그늘진 곳에서 이야기를 나누었다.

"아직도 믿기지가 않습니다. 설마 영주님이 그런 변을 당하실 줄이야. 누구에게나 존경받는 강한 분이셨습니다."

"나도 믿고 싶지 않아."

"앞으로 어쩔 작정이십니까?"

그 물음은 여러 방향으로 해석할 수 있었다.

우선은 요새의 책임자를 교체할 생각이냐는 뜻으로도 들리고, 아니면 에이브 자신의 처지가 달라질 것이냐는 뜻으로도 들린다. 하지만 어느 쪽이든 내가 대답할 수 있는 문제가 아니었다.

"애덤이 잘 알아서 할 거야."

그도 그럴 법하지만 에이브의 표정은 그다지 밝지 않았다.

"여기도 오랜만에 와보네."

에이브의 시선을 피하고 싶어서 나는 주변을 둘러보았다.

문에 두 명의 보초가 서 있고, 둘러보니 감시탑에도 한 명이 서 있다. 하지만 다들 창을 벽에 세워놓고 나른한 표정을 짓고 있었다. 보초를 서지 않는 병사들 역시 마찬가지였다. 대놓고 게으름을 피우지는 않았지만 살기어린 긴장감 같은 건 느껴지지 않았다.

"훨씬 긴장된 분위기일 줄 알았어."

"아무리 영주님의 분부라고는 하나, 적이 당장 쳐들어온다는 얘기를 들어도 실감이 나지는 않을 겁니다. 모집에 지원한 병사들도 단순히 겨울을 맞이해 수입이 짭짤한 벌이라 생각하는 듯합니다. 엄하게 일러두기는 했습니다만…… 아무리 강력한 활이라도 계속 시위를 당긴 채로 둘 수는 없으니까요."

적이 언제 올지도 모르는데 계속 경계하면서 버티다보면 싸우기도 전에 지치기 마련이다. 에이브는 그렇게 말하고 싶은 것이리라.

"하지만 보초는 교대로 종일 세워둡니다. 지금으로서는 수상한 낌새는 아직 없습니다."

"그래. 다행이네."

에이브는 내가 이곳에 온 이유를 묻지 않았다. 그 나름의 배려이리라. 에이브는 어느 때든 기사의 예법을 잊지 않지만, 예의범절에 어긋나지 않는 범위 내에서는 늘 다정하게 대해준다.

내가 먼저 용건을 꺼냈다.

"에이브. 난 애덤에게 권리를 위임받아 아버지를 해친 살인자를 찾고 있어. 이 사람들하고 같이."

나는 팔크와 니콜라를 소개했다.

"동방의 트리폴리 백국에서 암살자를 쫓아 이곳까지 온

기사야."

팔크는 앞으로 나와 가슴에 손을 얹었다.

"팔크 피츠존일세. 앞으로 잘 부탁하네. 뒤에 있는 아이는 종사 니콜라일세."

"롤렌트 님의 종기사 에이브 허버드입니다. 어제도 뵈었죠."

트리폴리 백국이니 암살자니 하는 말에 당황한 기색을 보였지만, 에이브는 정중하게 인사했다. 팔크는 일 초의 시간도 낭비하지 않았다.

"단도직입적으로 말하지. 자네한테 묻고 싶은 것이 있는데 도와주겠나?"

"저한테 말입니까?"

에이브는 나를 보았다. 그 시선이 무엇을 뜻하는지는 알고 있었다.

"기사 피츠존을 도와줘. 네가 살인자를 붙잡을 실마리를 알고 있을지도 몰라."

"그러면 이 기사님이 쫓는 암살자가 설마……?"

"맞아. 그자가 아버지를 해쳤어."

팔크가 이야기한 '강제된 신조'의 법칙에 따르면, 암살기사 에드릭이 직접 아버지를 해쳤다고 할 수는 없다. 하지만 자세히 설명할 필요는 없으리라.

드디어 사정을 파악한 듯, 에이브는 여느 때처럼 고지식하다 싶을 만큼 의연한 태도로 돌아왔다.

"……알겠습니다. 피츠존 경, 영주님의 원수를 갚는 데 도움이 된다면 무엇이든 물어보십시오."

팔크는 요새의 문을 돌아보았다. 보초가 두 명 서 있다.

"보초는 하루종일 세워놓는다고 하던데, 밤에도 그런가?"

"네. 감시탑에 한 명, 문에 두 명입니다. 밤에 불침번을 서는 건 춥고 고된 일이라 급료를 더 얹어주고 있습니다."

지금도 보초를 서는 남자는 털가죽을 두르고 있다. 북해를 건너 솔론섬으로 불어오는 바람은 시리도록 차다.

"그렇군. 그럼 미안하네만 어제 보초를 선 이들을 불러주게."

"밤에는 2교대로 근무합니다. 첫째 조는 깨어 있지만, 둘째 조는 조금 전 1시과◆에 잠자리에 들었습니다."

"그들에게는 미안하네만, 살인자를 놓칠 수는 없네."

팔크가 단호한 어조로 말하자, 에이브도 한층 긴장에 찬 얼굴로 곁에 있던 남자에게 명령했다.

"서둘러 어젯밤 보초를 섰던 병사들을 데려와라."

이윽고 여섯 명의 병사가 안뜰에 나타났다. 모두 예전부터

◆ 오전 8시경.

에일윈 가문을 모셔온 자들이라 낯이 익다.

그들은 아버지에게 고용된 몸으로, 평소에는 시내와 항구에서 불량배들을 상대하는 한편 시장세를 징수하는 일도 맡는다. 데인인과의 싸움은 그들의 직분이 아니기에, 아버지는 지원한 자들에게만 별도로 급료를 지급하고 나머지는 요새에 배치했다. 자유민이지만 기사는 아니다.

잠자리에 든 지 얼마 되지 않았다는 둘째 조겠지. 몇몇이 원망스럽다는 표정으로 고개를 숙이고 있었다.

"영주님이 암살당하셨다. 여기 계신 기사님은 아미나 님의 청으로 살인자를 수색하는 중이시니, 질문에 아는 대로 대답해드려라."

에이브의 말이 끝나자마자 사람들의 표정이 달라졌다. 놀라움, 슬픔, 분노. "정말입니까?" "대체 언제?" 웅성거림이 번졌다. 팔크는 그들이 진정될 때까지 기다렸다 질문을 던졌다.

"살인자 혹은 공범이 간밤에 이 근처에 숨어 있었을지도 모른다. 보초를 서는 동안 수상한 자를 보지 못했는가?"

그들은 하나같이 고개를 저었다.

"그렇군……"

팔크는 그렇게 중얼거리다가, 문득 생각난 듯이 물었다.

"아, 혹시 밤중에 외출한 자가 있으면 뭔가 목격한 게 있는지 묻고 싶네. 요새에서 나간 사람은 없나?"

병사들은 서로 얼굴을 마주보았다. 이내 한 남자가 머뭇거리며 대답했다.

"어젯밤 밖에 나간 사람은 없었습니다."

"정말인가?"

"네."

에이브가 한마디 거들었다.

"솔직히, 여기 병사들이 한시도 맡은 자리를 떠나지 않는 충실한 자들이라고까지 말할 수는 없습니다. 또한 영주님도 과도한 충정은 바라지 않으셨고요. 가끔 술을 마시러 몰래 시내에 나간 적도 있긴 합니다. 하지만 지금은 곧 있을 싸움에 대비하라는 영주님의 명령이 내려진 상태입니다. 제 이름을 걸고 말씀드립니다만, 외출한 사람은 아무도 없습니다."

"병사들을 의심하는 게 아니라, 오히려 밖에 나간 사람이 있으면 도움이 될 것 같아 물은 거라네. 감시병이 보지 못한 것을 보았을 가능성이 있으니 말이야."

"기대에 부응하지 못해 유감입니다. 저는 조과의 종이 울릴 때까지는 깨어 있었고, 제가 잠자리에 들기 전에 믿을 만한 자에게 감독을 맡겼습니다."

팔크가 병사들을 훑어보며 물었다.

"그런가?"

그러자 병사 하나가 앞으로 나섰다. 눈밑이 거무스름했다.

"만과의 종이 울리고 에이브 님이 큰 솔론의 선착장에 도착하신 후로 저는 그분과 쭉 함께 있었습니다. 에이브 님의 말씀은 틀림없는 사실입니다."

팔크는 고개를 끄덕였다.

"알았네. 번거롭게 해서 미안하군."

"아닙니다. 기사님, 살인자를 붙잡는 데 조금이라도 도움이 된다면 뭐든 말씀하십시오. ……솔론을 지키는 데 전념해야 하니 많은 도움을 드리지는 못하겠지만, 그 점은 양해해주시길 부탁드립니다."

"이곳 지휘를 맡았나보군. 종기사가 짊어지기에는 무거운 짐이야."

처음으로 에이브가 나이에 걸맞게 쑥스러운 표정을 보였다.

"지휘는 애덤 님이 맡으셨습니다. 그분이 자리를 비우셨을 때는 기사 페트라스 경이 책임을 대신하시고요. 제 역할은 그저 병사들을 감독하는 것입니다."

"그리 비하하지 않아도 되네. 자네의 실력은 똑똑히 보았어. 흠잡을 데 없더군. 게다가 신임이 두텁지 않으면 맡길 수 없는 자리지."

"영주님께는 큰 은혜를 입었습니다."

침묵이 내려앉았지만 팔크는 개의치 않고 말을 이었다.

"용병들의 이야기도 들어보고 싶네. 지금 어디 있는가?"

"용병들에게 말입니까?"

의아하게 여긴 모양이지만, 에이브는 딱히 반문하지 않고 곧바로 가르쳐주었다.

"노이도르퍼 경과 부하들은 이 요새 뒤편에 있는 낡은 병영으로 안내했습니다. 이텔은 버트의 가게에서 신세를 지고 있고, 스와이드는 거대한 청동인형이 있으니 항구에 있는 군용창고를 하나 내어주었습니다. 엠마는 어디서 그런 돈이 났는지 사이먼네 가게에 짐을 풀었더군요."

"고맙네."

팔크가 인사를 한 다음 발길을 돌렸고, 나도 그 뒤를 따랐다. 떠나려던 찰나, 뒤에서 주저하듯 부르는 소리가 들렸다.

"저기, 아미나 님."

"무슨 일이지?"

돌아보자 평소에는 고민하는 기색을 드러내지 않는 에이브가 수심 가득한 표정으로 어물거리고 있었다.

"저기, 이런 시국에 말씀드리기 송구스럽습니다만……"

"상관없으니 말해봐."

"네…… 괜찮다면 기회를 봐서 애덤 님께 전해주십시오. 저 에이브 허버드는 변함없이 충성을 다해 새 영주님을 섬기길 원한다고요."

말을 마친 에이브는 마치 죄라도 지은 사람처럼 어두운 표정으로 한숨을 내쉬었다.

"죄송합니다. 살인자가 하루라도 빨리 붙잡히기를 빌겠습니다."

요새를 나서자 니콜라가 달려왔다. 어느 틈에 사라졌던 거람.

니콜라는 간략하게 보고했다.

"요새로 출입하는 통로는 정문뿐입니다. 뒷문은 없고, 창문도 찾아볼 수 없네요."

"수고했다."

그들은 뒷문으로 드나든 사람이 있을지도 모른다고 생각한 모양이다. 에이브의 증언을 믿지 않은 건가 싶었지만, 생각해보니 니콜라는 잉글랜드어를 알아듣지 못한다. 어쨌든 에이브의 증언은 사실이었다.

나는 가슴을 쓸어내리며, 궁금했던 점을 물었다.

"아까 좀 묘한 질문을 했잖아요? 밖에 나간 사람이 있으면 도움이 될 것 같다고요."

"거짓말은 아닙니다. 보초가 밖을 돌아다녔다면 뭔가 봤을지도 모른다고 생각했습니다."

그렇게 대답하고 나서, 팔크는 입가에 살며시 미소를 머금었다.

"그들은 영주님을 존경하는 듯합니다. 조종당했다고는 하나, 살인자로 의심받는다면 화가 나기보다는 슬프겠죠."

"……그렇네요."

"그리고 단순히 드나든 사람이 없었느냐고 물으면, 외부인의 출입은 기억해도 동료의 출입은 쉽게 잊어버리고 말죠. 요새에 주둔하는 병사가 밖을 드나들었느냐고 똑똑히 짚어주지 않으면 올바른 답을 얻을 수 없습니다."

그리고 그는 요새를 돌아보았다.

"에이브는 실력과 열의를 겸비한 청년인 것 같던데요."

"맞아요."

"슬슬 서임을 받아야 할 나이로군요."

저도 모르게 한숨이 나왔다.

"비록 말은 꺼내지 않지만, 에이브 역시 서임받을 날을 손꼽아 기다리고 있어요. 허버드 가문은 지난번 왕위 다툼에 휘말려 장원의 대부분을 잃었거든요."

"왕의 조카와 모드 황후의 싸움 말입니까?"

"네."

선왕으로부터 왕위를 물려받은 모드 황후와, 교황에게 왕으로 인정받은 왕의 조카 스티븐의 왕위 다툼은 잉글랜드에 깊은 상흔을 남겼다. 많은 기사와 귀족이 하루가 멀다 하고 진영을 바꾸었고, 정세를 잘못 읽어 영지를 잃은 자도 한둘이 아니었다. 소규모이기는 해도 장원을 보존할 수 있었던 허버드가는 그나마 운이 좋았다고 할 수 있으리라.

"기사가 되면 정식으로 혼례를 올릴 수 있어요. 약혼자인 이웃 영주의 딸이 기다리고 있죠. 두 장원이 하나가 되면 허버드 가문도 과거의 권세를 되찾을 수 있을 거예요. 아버지는 이번 데인인과의 결전이 일단락되면 서임하겠다고 약속하셨지만……"

에이브는 내 아버지를 섬기는 종기사였고, 그를 기사에 서임하겠노라 약속한 사람도 아버지였다. 과연 애덤이 아버지만큼 에이브에게 마음을 써줄까.

떠나기 전에 에이브가 한 말은 애덤에게 자기 이야기를 잘 해달라는 소리다. 다른 기사들은 훈련을 게을리하지 않고 솜씨를 갈고닦으며 병사들에게도 존경받는 에이브를 눈엣가시처럼 여겼다. 만일 애덤 역시 마찬가지라면, 영주를 모시는 수행 기간을 처음부터 다시 시작해야 할 상황에 처할지도 모른다. 최악의 경우에는, 서임은커녕 아무 보상도 받지 못하고 에일윈 가문을 떠나야 할 수도 있고. 에이브가 그런 사태를 우려하는 건 당연했다.

"그로서는 영주님이 돌아가시는 바람에 곤경에 처했겠군요. 하지만……"

"알아요."

나는 팔크의 말을 가로막았다.

아버지의 죽음은 에이브에게 불이익만 줄 뿐이다. 그러나 아버지를 해친 건 동방의 마술이다. 일반적인 논리는 통하지 않는다.

하지만 에이브는 좋은 사람이다. 그의 노력이 보상받기를 바란다.

13. 기묘한 촛대

요새 뒤편의 병영은 오랜 세월 방치되어 있었다.

나무로 된 벽과 지붕은 북해의 바람을 끊임없이 맞은 탓에 많이 낡았다. 여름이면 건물 틈으로 억센 잡초가 자라나지만, 지금은 모두 시들어서 한층 황폐한 분위기였다.

병영이 요새 밖에 있는 데는 사연이 있다. 내 증조부 로버트 에일윈이 끌어모은 병사 중 아직 믿을 수 없는 신참들을 수용하려 임시방편으로 지은 건물이라 들었다.

어릴 적에는 몰래 이곳을 놀이터 삼아 애덤과 종종 뛰어놀곤 했다. 내부는 널찍하지만 빛도 잘 들지 않고 바람만 세차게 부는 건물이었다. 종종 웃으며 머리에 거미줄을 붙이고 돌아갔다가 아버지에게 꾸지람을 듣기도 했다.

"지금은 아무도 없지만 언제 전쟁이 벌어질지 모른다. 솔론을 지켜야 할 에일윈 가문의 아이들이 놀이터로 삼아도 되는 곳이 아니야."

의자나 테이블, 취사도구 등은 고스란히 남아 있던 걸로 기억한다. 콘라트 노이도르퍼의 부하들은 그 물건을 사용하겠지. 하지만 용병들에게는 숙소를 제공했으면서, 기사는 다 쓰러져가는 낡은 병영으로 내몰다니, 아무리 콘라트 일행의 인원이 많다 해도 불공평한 처사처럼 보였다. 콘라트는 불만스럽게 여기지 않을까? 그런 생각을 하며 병영으로 다가가는데, 우리를 보았는지 남자 두 명이 나왔다.

기사의 부하라고 해서 내심 늠름한 용사를 상상했다. 아버지를 대하던 콘라트의 행동거지가 여간 예의바른 것이 아니었기에 그의 병사들도 다들 그럴 줄 알았던 것이다.

하지만 남자들은 허우대만 멀쩡했지, 머리칼은 새둥지처럼 부스스하고 얼굴도 꾀죄죄해서 기실 저잣거리의 무뢰배와 별반 다를 바 없었다. 그들은 무례하게 나를 위아래로 훑어보더니 천박한 웃음을 흘리며 저지작센어로 수군거렸다.

"호오, 이번 계집은 제법 예쁘장한데? 요한 녀석, 이번에는 잘 골랐어."

"네놈 머리는 장식으로 달렸냐? 몸 파는 계집이 사내와 꼬맹이를 달고 오겠어?"

"그냥 덮치면 다 똑같지."

"취미 한번 고약하네. 난 빠진다. 나는 조금 더 풍만한 여자가 좋아. 무엇보다 이런 대낮부터 오입질은 사양이야."

남자들은 우리가 알아듣지 못하는 줄 알고 제멋대로 지껄였다. 유감이지만 나는 잉글랜드어와 프랑스어 말고도 저지 작센어도 대강 알아듣는다. 솔론에는 독일 상인도 많이 오기 때문이다.

한바탕 낄낄대더니 남자들은 기분 나쁜 눈빛으로 나를 보았다.

"저거 봐. 좋은 옷을 걸쳤는데?"

"그러게. 이곳 장사치 딸인가?"

"우리한테 무슨 볼일이라도 있나?"

"글쎄다, 어찌됐든 잉글랜드 말은 못 알아들으니까. 뭔 일이라도 생기면 무슨 뜻인지 몰랐다고 둘러대면 돼."

안내를 부탁할 생각이었으나 그럴 마음이 순식간에 사라졌다.

그들의 말이 진심이라 생각하지는 않는다. 니콜라는 제쳐두고라도, 검을 찬 팔크에게 덤비지는 않으리라. 조금이라도 소란이 일어나면 옆에 있는 요새에서 에이브가 솔론 병사들을 데리고 달려올 테고. 어차피 농으로 하는 소리겠지만, 그렇더라도 참으로 천박한 농담이다. 이런 불한당들에게는 이름을 밝히고 싶지 않다. 북해를 호령하는 에일윈 가문의 용병이 이 모양 이 꼴이라니. 이루 말할 수 없이 서글퍼졌다.

니콜라가 어느샌가 앞으로 나와 남자들과 내 사이를 살며시 가로막았다. 낄낄대며 비웃는 남자들에게 팔크는 싸늘하게 말을 걸었다.

"나는 팔크 피츠존이다. 기사로서 콘라트 노이도르퍼 경에게 만남을 청하러 왔다."

발음은 정확치 않았다. 저지작센어를 완벽하게 구사하지는 못하는 모양이다. 어떤 상황에서도 다양한 언어로 자신을 소개할 수 있도록 익혀둔 정도인가보다.

남자들이 금방 물러서지는 않을 거라 생각했다. 아무리 봐도 기사라고 해서 경의를 표할 인종으로는 보이지 않았기 때문이다.

하지만 예상과 달리 남자들은 시시하다는 표정으로 말했다.

"뭐야. 우리말을 할 줄 아나. 콘라트 님은 안에 계시니 알아서 찾아봐."

말을 마친 남자들은 병영 안으로 다시 들어갔다. 팔크가 나를 돌아보며 설명했다.

"안에 있답니다. 들어가시죠."

병영 안은 생각보다 지저분하지 않았다. 퀴퀴한 냄새가 나기는 했지만 바닥은 깨끗했다. 콘라트 일행을 맞이하기 전에 청소를 해둔 모양이다. 그들이 솔론에 도착한 건 어제였으니, 서둘러 치우느라 구석구석까지 신경을 쓰지는 못했겠지만. 천장에 걸린 거미줄을 보니 대충 사정을 짐작할 수 있었다.

콘라트가 데려온 병사는 모두 열 명으로 기억하는데, 병영에는 방금 만난 두 남자를 포함해 다섯밖에 없었다. 나머지는 시내로 놀러 나간 모양이다. 아직 용병으로 계약하지 않았으니 뭐라 불평할 처지는 아니다. 사내들은 어둠 속에서 번득이는 눈으로 우리를 쳐다보았다. 앞니가 빠진 자도 있고, 뺨에 큰 상처가 난 자도 있다. 그리고 하나같이 꾀죄죄한 몰골이었다.

알아서 찾으라는 말대로, 사내들은 안내해줄 생각이 눈곱만큼도 없는 듯했다. 방이 여러 개 있긴 하지만, 나는 이 병영을 제 손바닥 보듯 훤히 알고 있다. 게다가 문이 닫힌 방은 하나뿐이었기에 헤맬 염려도 없었다. 지휘관의 방이다.

팔크가 문을 두드렸다. 프랑스어로 대답이 돌아왔다.

"무슨 일이냐?"

문을 열었다.

휑한 방안 벽에는 오랫동안 방치되어 너덜너덜해진 태피스트리가 걸려 있었다. 널문을 버팀목으로 올려둔 작은 창문을 통해 흐린 하늘에서 빛이 들어왔다.

콘라트는 나른한 표정으로 긴 의자에 앉아 있었다. 그 앞에는 단검과 촛대, 화폐 등이 너저분하게 널린 테이블이 있다. 어제 걸친 망토는 빈 의자에 아무렇게나 던져놓았다.

독일에서 온 기사는 갑작스러운 방문객을 힐끗 보았다. 어제 나는 작전실에 있었지만, 그와는 한 번도 말을 나누지 않고 구석에 조용히 있었다. 그런데도 콘라트는 내가 누구인지 한눈에 알아본 모양이다. 아버지에게 그랬던 것처럼 자신만만한 미소를 짓더니 테이블 위를 대충 치우며 일어났다.

"이게 누구십니까. 영주관에서 뵌 숙녀분이군요. 이미 아시겠지만, 저는 신성제국의 기사인 콘라트 노이도르퍼라 합니다. 혹시 롤렌트 영주님의……"

쾌활하게 말을 건넸지만 나는 속지 않는다. 그가 불량배들의 우두머리라는 건 이미 알고 있다. 그러나 상대가 예의를 갖춰 인사했으니 나 역시 예의를 갖춰야겠지.

"롤렌트 에일윈의 여식인 아미나 에일윈입니다."

"역시 그러셨군요! 찾아와주셔서 영광입니다. 이곳은 에일윈 가문의 병영이라 들었습니다. 잠자리를 제공해주셔서 감사합니다."

그는 능글맞은 태도로 말했다. 기가 찬 나머지 무심결에 신랄한 대답이 튀어나왔다.

"이곳이 과연 기사님에게 어울리는 잠자리인지 걱정했는데, 막상 둘러보니 마음이 놓이네요. 기사님의 수하들은 예의를 아는 자들이라고 할 수는 없겠더군요."

"평이 박하시군요."

진심으로 받아들이지는 않았는지, 여전히 경박한 투였다.

"제 수하들이 뭔가 결례를 범했습니까? 나중에 단단히 일러두겠습니다. 변변치 않은 녀석들이지만 전장에서는 용감히 싸웁니다. 주신 돈이 아깝다 여기지 않으시리라 장담합니다. 그러니 그 점은 마음놓으십시오."

"정말 그럴까요?"

나는 단호하게 말했다.

"명예가 뭔지도 모르는 자들처럼 보이던데, 과연 목숨을 걸고 싸울지 의심스럽네요."

콘라트가 주먹을 입가에 대더니 소리 죽여 웃었다.

"그건 그렇군요."

그리고 어둑한 그늘에서 눈을 치켜뜨며 나를 보았다. 순간 등줄기가 오싹해졌다. 콘라트의 눈빛은 섬뜩하리만큼 날카로웠다.

"그렇게 생각하시는 것도 당연합니다. 전사로 태어난 것도 아니면서 도끼와 곤봉을 들고 자신과 타인의 피를 돈으로 바꾸는 녀석들입니다. 제대로 된 인간일 리 없죠."

예상대로 콘라트의 수하들은 전사가 아니었다. 물론 성직자 출신일 리도 없다. 노동자 출신이면서 토지도 직공의 기술도 가지지 못해 무기를 든 것이다…… 용병으로 일하지 않을 때는 도적으로 변해 노략질을 하는 무법자들!

"녀석들이 명예로운 싸움을 알지 못한다는 말씀은 귀담아듣죠. 하지만 자긍심은 가지고 있다고 말씀드릴 수 있습니다. 그들은 등을 보이지 않지요. 제가 퇴각하라 명하면 퇴각하겠지만, 그전까지는 피를 흘리며 계속 싸울 겁니다. 처음에만 당당하게 적진에 돌진하고 시간이 지나면 꽁무니를 빼고 달아나는 기사들처럼 행동하지는 않으리라 약속드립니다."

"솔론의 기사를 모욕하는 건가요?"

"천만에요. 잉글랜드의 기사들 얘깁니다. 제 수하들은 그런 기사들과는 다르죠. 왜냐면 혼자 도망친다는 건 동료를 배신하는 행위고, 그런 짓은 그 녀석들에게는 곧 죽음을 의미하니까요. 비록 멍청하기는 해도 전투에는 일가견이 있는 놈들입니다. 그 점은 믿으셔도 됩니다."

"……당신은……"

나는 애써 말을 골랐다.

"그러는 당신은요? 에일윈 가문은 당신의 주군이 아닌데요. 명예롭게 싸워주실 수 있나요?"

그는 다시 웃었다.

"노이도르퍼 가문에는 주군이 없습니다."

군주를 섬기지 않는 기사. 분명히 그런 기사가 있다는 이야기는 들었다. 하지만 직접 만난 건 처음이다.

"편력기사遍歷騎士."

"잉글랜드에서는 그렇게 부르더군요. 장원은 있지만 손바닥만해서 입에 풀칠하기도 힘듭니다. 솔론섬의 에일윈 가문을 위해 분투하면 명성이 올라갈 테고, 그러면 다음 일을 흥정할 때 몸값도 올라갈 테죠. 요즘은 비슷한 처지의 불량배들이 떼로 모여 '신의 전사'를 자칭하는 판국이니, 시기상으로도 더할 나위 없고요. 한마디로, 중요한 전쟁에서 꾀를 부릴 만큼 팔자가 늘어지지 않았다는 뜻입니다."

그의 말은 너무 노골적이었다. 기사라면 거짓으로라도 '솔론의 위기를 구하러 왔다'고 말해야 한다. 무례하다 생각할 수도 있겠으나 신기하게도 그 말에는 진솔함이 느껴졌다.

하지만 그냥 넘어갈 수도 없었다.

"무공을 세우고 싶다면 왜 십자군에 참가하지 않았죠? 당신과 당신의 수하들이 '신의 전사'가 되어 신과 교회를 위해 싸울 좋은 기회잖아요."

"이유는 단순합니다."

콘라트는 간략하게 대답했다.

"존경하는 노인이 십자군에서 직접 겪은 일들을 낱낱이

이야기해줬거든요."

그 말로 충분히 설명했다고 생각하는 모양이다.

일단 지금은 그의 말뜻을 추궁할 때가 아니었다.

"알겠어요. 계약하게 되면 여러분이 활약하기를 기대하죠. 하지만 시내에서 너무 활개를 치고 다녔다간 솔론의 병사들이 가만있지 않을 거예요."

"명심하겠습니다."

"그리고."

나는 말을 끊고 숨을 골랐다.

"당신에게 할 말이 있어요. 제 부친이신 영주 롤렌트 에일윈이 어제 누군가에게 살해됐습니다. 용병 계약은 제 오빠인 애덤과 맺어야 할 거예요."

표정이 변할 거라 생각하며 그를 지켜보았다. 그러나 뜻밖에도 콘라트의 표정은 바뀌지 않았다.

"압니다. 벌써 시내에 소문이 자자하더군요."

그 사실을 알고도 이렇게 태연자약한 건가. 어찌 판단해야 할지 알 수 없었다. 이 편력기사는 지금 일어난 일을 이해하지 못할 만큼 머리가 나쁘거나, 아니면 담이 큰 인물이리라.

콘라트는 살짝 눈을 내리깔았다.

"위대한 분이셨습니다. 저는 롤렌트 영주님을 동경했습니다. 그분의 모험담도 익히 들어 압니다. 수하들에게는 아무

말 하지 않았지만, 사실 이번 일도 롤렌트 님이 고용주라 듣고 지원한 겁니다. 그러니 영주님 일은 정말 안타깝습니다만, 이미 돌아가셨으니 어쩔 수 없죠. 아미나 님께는 심심한 애도의 뜻을 표합니다.

하지만 저희의 제일 큰 목적은 역시 일입니다. 애덤 님이 돈을 내신다면 제 몫을 하겠습니다. 상황이 상황이니만큼 값은 조금 비싸지겠지만요."

거기까지 말하고 나서, 콘라트는 의아하다는 듯 미간을 찌푸렸다.

"영주님의 부고를 전하러 오신 겁니까?"

나는 고개를 저은 뒤, 뒤에 있는 팔크에게 눈짓했다.

팔크는 고개를 끄덕이며 한 발 앞으로 나와 당당하게 말했다.

"노이도르퍼 경, 나는 트리폴리 백국의 기사 팔크 피츠존이라 하오. 아미나 님의 요청으로 영주님을 살해한 자를 찾는 중입니다. 하여 귀하에게 묻고 싶소. ……어젯밤에 귀하는 무엇을 하고 계셨소?"

"피츠존 경, 기사라면 무릇 모욕에는 검으로 맞서는 법. 그건 알고 있을 텐데?"

콘라트는 나를 대할 때와는 달리 싸늘한 목소리로 말했다.

요새에서 팔크는 가급적 에이브의 명예에 상처입히지 않으려 노력했다. 당연히 콘라트에 대해서도 그러리라 생각했다. 하지만 그는 곧바로 용건을 입에 올렸다.

"물론, 귀하의 당연한 권리요."

"그럼 묻지. 살인자를 찾는데 어째서 내가 어젯밤 무엇을 했는지 묻는 거요?"

대답에 따라서는 금방이라도 결투를 신청할 기세였다. 하지만 팔크는 침착하게 대답했다.

"그것은 영주님이 어떤 장소에서 살해됐기 때문이오. 어제 영주님은 그곳에서 밤새 작전을 짜겠다고 말씀하셨소. 살인자는 그 사실을 알고 있었고. 이건 믿을 수 있는 이유에서 도출된 결론이오."

콘라트는 잠시 생각하다 중얼거렸다.

"……작전실이로군. 영주님은 그렇게 말씀하셨어."

"그 사실을 아는 건 그 자리에 있던 자들뿐이오. 귀하가 수하들에게 이야기했다면 상황이 달라지겠지만."

콘라트는 께름칙한 미소를 지었다.

"부하들에게 그날 겪은 일을 시시콜콜 이야기하는 버릇은 없소. 그럴 사이도 아니고. 아무나 붙잡고 물어보시지."

팔크가 니콜라를 돌아보며 프랑스어로 명령했다.

"부하들에게 이야기하지 않았다는구나. 가서 확인하고 오너라."

"네."

니콜라가 방을 나간 뒤에도 팔크는 계속해서 질문을 던졌다.

"그게 사실이라면 귀하의 수하들에게 같은 질문을 할 필요는 없을 터. 하지만 나는 아미나 님께 반드시 살인자를 붙잡겠다고 약조했소. 그러니 귀하의 대답은 꼭 들어야겠소. 어젯밤 해가 저물고 나서 무엇을 하셨소?"

"……별일 없었소."

신중한 대답이 돌아왔다.

"나룻배를 타고 큰 솔론으로 돌아와 젊은 종기사와 함께 요새로 돌아왔소. 이미 날이 저문 뒤였지. 저녁을 먹고 검과 갑주를 손질한 다음 잠자리에 들었소."

"목격한 사람이 있소?"

"수하들은 여럿이서 한 방을 쓰지만, 나는 혼자 방을 쓰고 있소."

"한마디로 귀하의 말을 증명해줄 자는 없다는 소리로군."

"유감이지만 그렇소."

얼굴에 피가 몰렸다. 차분하게 생각해보면, 어젯밤 아무도 그를 보지 못했다는 게 그를 의심할 정당한 이유가 되어주지는 않는다. 그래도 역시 몸이 뻣뻣해졌다.

하지만 팔크는 전혀 개의치 않는 듯했다.

그는 시선을 돌려 테이블 위의 잡동사니를 관찰하다 혼잣말처럼 중얼거렸다.

"좋은 초로군."

듣고 보니 확실히 테이블에 초가 든 나무상자가 놓여 있었다. 원래 여섯 자루가 들었던 것 같지만, 지금은 다섯 자루만 있었다.

그리고 테이블 위에는 촛대가 있었다. 초가 다 타들어간 흔적이 남아 있다. 그나저나 기묘한 촛대다. 바싹 마른 울퉁불퉁한 나무를 가공하지 않고 그대로 촛대로 만든 듯, 외양도 매끄럽지 않은데다 께름칙한 느낌까지 들었다.

콘라트는 표정을 누그러뜨리며 농담처럼 말했다.

"프로뱅에서 들여온 고급품이라 들었소. 놀라셨나? 내 비록 편력기사지만 초 몇 자루 살 돈은 있지."

"초를 판 상인의 이름을 알려주실 수 있겠소?"

"상인?"

그렇게 되묻더니, 콘라트는 생각에 잠겼다.

"음…… 풍채 좋은 게르만인이었소. 젊지는 않았어. 뤼베크에 돌아가면 갑절의 가격으로 팔 수 있는 물건이라 떠벌리던데, 아주 허풍은 아니더군. 어제 영주관에서 돌아오는 길에 샀소."

짐작 가는 이가 있었다.

"혹시 그 상인 이름이 한스 멘델인가요? 어제 입항한 사람 맞죠?"

"그러고 보니 그런 이름이었던 것 같습니다."

하지만 콘라트가 한스에게 초를 산 일이 뭐가 대수란 말인가? 나는 팔크의 옆모습을 힐끗 보았다. 그는 내 눈빛을 알아챘음에도 딱히 설명하려 하지 않고 그대로 이야기를 마무리 지었다.

"나중에도 귀하에게 도움을 청할 일이 있을 거요. 공정하고 정확하게 조사할 것을 약속하겠소."

팔크의 언동은 진의를 파악할 수 없었지만, 그에 비해 니콜라는 눈에 보이는 결과를 가지고 돌아왔다. 병영을 나오자 니콜라가 팔크에게 살며시 다가와 말했다.

"전부는 아니지만, 안에 있던 다섯은 콘라트가 영주님에게 무슨 이야기를 들었는지 전혀 알지 못했습니다. 뿐만 아니라 다른 부하들도 개별적으로 그와 대화를 나누는 일은 없었다고 단언하더군요. 콘라트는 내일 계약한다는 말만 남기고 자기 방으로 들어갔답니다."

"그러냐."

"그리고 이 건물에는 뒷문이 있습니다. 콘라트의 방에서 홀을 지나지 않고 뒷문으로 빠져나갈 수 있습니다."

"최근에 사용한 흔적은 있더냐?"

"잘 모르겠습니다. 하지만 문이 부서지지는 않았습니다."

"알았다."

어젯밤 콘라트를 목격한 사람은 아무도 없다. 하지만 그가 미니언이라는 증거 역시 없다. 무엇보다 콘라트가 범인이라 해도, 암초와 조류로 둘러싸인 작은 솔론에 어떻게 건너갔단 말인가. 팔크의 행동에는 이해할 수 없는 점이 너무 많다. 도저히 가만히 있을 수가 없었다.

"팔크 경, 궁금한 게 있어요."

내 말에 그는 고개를 돌리며 짤막하게 대답했다.

"말씀하시죠."

아마 방해받고 싶지 않은 것이리라. 하지만 그가 일을 확실히 처리하지 않으면 곤란하다.

"당신이 콘라트에게 한 질문은 어젯밤 방에 있었느냐는 것뿐이었어요. 정말 그걸로 충분한가요?"

"분명히 그렇게 묻긴 했습니다만."

그는 나를 돌아보았지만, 평소보다 말이 빨랐다.

"정말 묻고 싶은 건 그게 아니었습니다. 확인해야 할 가장 중요한 사항은 콘라트가 영주님의 동향을 수하들에게 말했는지 여부입니다. 만일 그에게 모든 것을 수하들과 공유하는 습관이 있었다면, 암살기사는 콘라트의 수하를 미니언으로 삼았을지도 모릅니다. 하지만 그렇지 않았죠. 그의 수하를 미니언으로 만들었다 해도, 그자가 영주님이 어디 계신지 알았을 가능성은 전혀 없었다고 봐도 된다는 얘기입니다. 후보가 여덟 명에서 더 늘어나지 않아 다행입니다."

그의 말대로 그건 아주 중요한 일이다. 하지만 그것만으로는 부족하다.

"그러면 당신은 콘라트 본인이 미니언인지 아닌지는 조사해볼 생각이 전혀 없는 건가요?"

니콜라의 보고에 따르면 콘라트가 어젯밤 어디에 있었는지 증언해줄 이는 없다. 더구나 그는 자기 방에서 곧장 밖으로 쉽게 빠져나갈 수 있었다고 한다. 그런데 이 동방의 기사는 그 사실을 그리 중시하지 않는 듯했다.

팔크는 물끄러미 나를 바라보다가 말문을 열었다.

"무슨 뜻인지 알겠습니다. 저희가 조사에 성실하게 임하는지 미심쩍으신 게로군요."

"그게 아니라……"

"아니, 그렇게 생각하시는 것도 당연합니다. 제 생각이 짧았습니다. 안심하십시오. 저는 아까 콘라트와 나눈 대화에서 귀중한 실마리를 얻었으니까요. 하지만 지금은 말씀드릴 수 없습니다."

"이유가 뭐죠!"

나도 모르게 언성이 높아졌다. 하지만 팔크는 딱히 신경 쓰지 않는 듯했다.

"확실한 증거 없이 발설하면 자칫 무고한 누명을 씌우는 꼴이 될 테니까요. 저 개인적으로는 콘라트 노이도르퍼를 함부로 모함할 생각은 없습니다."

팔크는 이러는 시간도 아까운 듯 이야기를 마무리짓더니, 종사에게 지시를 내렸다.

"니콜라, 아미나 님의 곁은 잠시 내가 지킬 테니 너는 항구에 가서 한스 멘델을 만나봐라. 콘라트에게 저녁나절에 여섯 자루의 초를 팔았는지 확인하고 와. 그리고 그 초가 얼마나 오래가는지도 알아보고. 일을 마치면 작은 솔론으로 가거라. 나도 뒤따라가마."

니콜라는 고개를 끄덕이더니 곧장 항구 쪽으로 내달았다. 그런 걸 알아보라고 시키다니, 팔크는 진정 그 초에 뭔가 의미가 있다고 생각하는 걸까?

나도 팔크와 같은 곳에 있었다. 하지만 같은 것을 보았다고 장담할 수는 없다. 만일 그의 눈에만 비치는 무언가가 있다면, 그것은 니콜라가 우려한 대로 마법에 관련된 것일지도 모른다.

그렇다면 팔크가 확실한 증거를 모아 직접 설명해주기 전까지 나는 이 대화의 의미를 이해하지 못하겠지. 답답하지만 지금은 도리가 없다.

14. 찌그러진 집

⚜

우리는 요새에서 언덕을 내려와 시내로 들어섰다. 점차 바다에 가까워지자 북해의 파도 소리가 귓가에 울렸다. 도중에 6시과◆의 종소리가 들렸다.

"다음은 누굴 만날 차례죠?"

"엠마는 저희와 같은 여관에 묵는다 했고, 스와이드가 있는 군용 창고도 쉽게 찾을 수 있을 겁니다. 이텔 압 소마스가 있다는 버트의 가게로 안내해주시겠습니까?"

내색하지는 않았지만, 솔직히 그다지 내키지 않았다. 버트의 가게는 항구에서 멀리 떨어진 하역 거리에 있다. 그곳은 영주의 딸인 나조차 혼자 들어가기는 꺼려지는 외진 곳이라 평소에는 가까이 가지 않는다.

하지만 지금은 기사와 함께이고, 원수를 갚는다는 목적이 있다. 겁을 낼 때가 아니다.

◆ 오전 11시 20분경.

"알았어요. 이쪽이에요."

짐을 싣고 내리는 데 일손이 필요하다보니 솔론에는 힘쓰는 일을 찾는 외지인들이 항상 끊이지 않는다. 그들은 폐자재나 섬에 굴러다니는 돌로 거처를 대충 마련했다. 그런 임시 거처가 어느샌가 하나둘 모여 만들어진 구역이 바로 하역 거리다. 잃을 게 없는데다 성마른 자들이 많아서 유혈 사태가 끊이지 않는다.

이곳 주민들은 시내의 직공들과 사이가 좋지 않다. 솔론을 다스리는 에일윈 가문의 입장에서는 모두 같은 주민이지만, 직공들은 그들을 솔론의 주민이라 생각하지 않고 시정 운영에서 배제하려 한다. 대신 하역 거리에는 나름대로 대표가 있는 모양인데 나는 누구인지 모른다.

바닷가에서 주워 온 쓸모없는 폐목재로 얼기설기 지은 찌그러진 집에, 제대로 손질조차 되지 않은 작은 텃밭. 길가에는 생선뼈와 채소 찌꺼기가 수북했고, 속이 메슥거리는 돼지우리의 악취가 코를 찔렀다. 그나마 날이 추워서 냄새는 덜했다. 나는 얼굴을 찡그렸지만 팔크와 니콜라는 아무렇지도 않아 보였다. 오랜 여행길에서 이런 곳도 많이 보아온 모양이다.

겨울철이 되어 바다가 사나워지고 드나드는 선박이 줄어들자, 자연히 짐꾼들의 일감도 줄어들었다. 프로뱅의 큰 장에서 물건을 들여온 상인의 배는 왔지만, 그들의 상품은 대부분 고가면서 무게는 가벼운 것이라 그리 많은 일손을 필요로 하지 않는다. 대낮인데도 거리에는 따분한 표정의 사내가 어슬렁거리고 있었다. 지저분한 셔츠 밖으로 통나무처럼 굵은 팔을 드러낸 사내들은 어두운 눈빛으로 우리를 빤히 바라보았다. 기분은 그다지 좋지 않았지만 앞길을 가로막는 자는 없었다.

버트의 가게에는 딱 한 번 가봤다. 이전에 큰 싸움이 벌어졌을 때 에이브가 이끄는 경비병들과 함께 달려간 적이 있다. 가게 위치가 기억날지 걱정됐지만 하역 거리는 길을 헤맬 정도로 넓지 않았다.

솔론의 다른 여관과 마찬가지로 버트의 가게 역시 이층 건물이고, 일층은 주점이다. 폐자재로 대충 지은 하역 거리의 다른 집들보다는 벽이며 지붕이며 제대로 세워놓았다. 일반적으로 점심은 9시과◆의 종이 울린 뒤에 먹지만, 하역 거리의 사내들은 벌써 식사를 들고 있었다. 어두침침한 가게 안에서 맥주 냄새와 그보다 훨씬 역한 냄새가 흘러나왔다.

주점의 주인 버트는 머리가 붉고 땅딸막한 사내다. 이름은 전부터 알았지만, 얼굴은 오늘 처음 봤다. 버트는 나를 머리

◆ 오후 1시 20분경.

끝에서 발끝까지 쭉 훑어보더니 성가시다는 듯 말했다.

"여긴 댁 같은 사람이 올 곳이 아니야. 돌아가."

확실히 우리는 이곳에 어울리지 않았다. 오래 있어봤자 가게에 폐만 끼치게 되리라. 용건만 빨리 말하는 게 상책이다.

"당신이 버트인가?"

"아아, 그래, 아가씨."

"난 영주의 딸 아미나 에일윈이다. 이텔 압 소마스라는 웨일스인에게 볼일이 있어 왔어. 여기 묵는다고 들었는데."

버트는 거북한 표정으로 "재수 옴 붙었군" 하고 중얼거렸다.

"이거야 원. 만나봬서 영광입니다, 아미나 님. 하지만 이런 곳을 돌아다니시면 위험합니다. 뒤에 있는 남자가 호위병인 것 같은데, 뭐가 됐든 제 가게에서 소동을 일으키지는 말아주십시오."

"이텔만 만나고 바로 돌아갈 거야."

"이텔이라. 그런 인간이 있었던 것 같기도 한데, 지금은 없습니다."

거짓말이겠지. 성가신 일을 피하기 위해서일까? 아니면 이런 데서는 원래 관에서 찾는 사람이라면 무조건 모른다고 시치미를 떼는 걸까.

"그 사람을 붙잡으러 온 게 아니야. 만나서 물어볼 게 있는 거지."

그렇게 말하며 달랬지만, 버트의 태도는 여전했다.

"아니, 없는 사람을 어쩌란 말입니까."

"그럼 그 사람은 어디 있지?"

"글쎄올시다. 그걸 어찌 알겠습니까."

어쩌면 은화 한 닢을 쥐여줘야 입을 열지도 모른다. 하지만 버트가 욕심이 아니라 의협심에서 입을 다물었다면 외려 역효과만 날 것이다. 어느 쪽이든 매수는 명예로운 이가 할 짓이 못 된다. 나는 답답한 마음에 팔크를 돌아보았다. 그는 고개를 끄덕이며 나를 대신해 앞으로 나서려 했다.

하지만 그 순간, 옆자리에서 혼자 식사를 하던 남자가 벌떡 일어났다.

"이텔 압 소마스는 없습니다만."

단정하게 생긴 젊은 남자다. 본인은 똑바로 서려는 듯했지만, 약간 한쪽으로 기울었다. 머리카락을 어중간하게 길렀는데 뭔가 까닭이 있는 걸까. 그는 살짝 왼발을 끌며 우리에게 다가왔다.

"제가 도움이 될지 모르겠습니다. 저는 힘 압 소마스, 이텔의 동생입니다."

그 말을 듣고 보니, 그가 이텔과 똑같이 머리카락이 검고 눈은 푸르다는 사실을 깨달았다.

힐끗 버트를 보자 아까보다 표정이 더 좋지 않았다. 기껏 감싸줬는데 힘이 먼저 나선 게 마뜩잖아서일까. 아니면 단순히 자기 가게에서 소동을 일으킬까봐 걱정되는 걸까. 내가 자신을 쳐다본다는 사실을 알아챈 듯 "이텔은 없습니다. 말씀드렸잖습니까"라고 중얼거리더니 다른 손님에게 가버렸다.

힘은 이텔보다 웨일스 억양이 강한 잉글랜드어로 말했다.

"형님은 없습니다. 아까 종이 울리기 조금 전 고용주의 부름을 받고, 계약 전에 상의할 일이 있다고 나갔습니다."

그의 말대로 애덤은 용병들에게 알려야 할 일이 있다. 아버지의 죽음. 그리고 적이 평범한 데인인이 아니라, 용병들의 상상을 뛰어넘는 저주받은 데인인이라는 사실이다. 분명 애덤은 앞으로 눈코 뜰 새 없이 바빠질 테니 먼저 용병들과 계약을 확실히 해둘 요량이리라.

"오래 걸린다던가?"

팔크의 물음에 힘은 송구스럽다는 표정으로 대답했다.

"모르겠습니다."

"그렇군, 식사중에 실례했네."

"아닙니다. 다 먹었습니다. 형님에게 손님이 오셨더라고 전하겠습니다."

팔크는 잠시 생각하다 말했다.

"식사가 끝났다니 하는 소린데, 하나 부탁이 있네. 자네와 이텔이 묵는 방을 좀 둘러봤으면 하는데 괜찮겠나?"

이상한 부탁에 당황했는지 힘은 노골적으로 경계하는 기색이 역력했지만 싫다는 소리는 하지 않았다.

"그럼 절 따라오십시오. ……아미나 님께 보여드릴 만한 곳이 못 되니, 여기서 기다리시는 편이 좋을 겁니다."

나는 고개를 젓고 그들의 뒤를 따랐다.

삐걱대는 계단을 올라갔다. 힘의 왼다리는 확실히 휘어 있었다. 평지를 걸을 때에는 약간 절뚝대는 정도지만, 계단을 오르려면 다리를 바깥쪽으로 크게 움직여야 했다.

나는 그의 다리와 곧 맺게 될 용병 계약, 그리고 어제 이텔이 했던 이야기를 떠올렸다. 이텔은 분명히 이렇게 말했다. 눈이 밝고 머리가 잘 돌아가는 녀석이라, 자신이 많이 믿고 의지한다고. 동생 녀석에게도 한 사람 몫을 주셨으면 한다고.

하지만 과연 절름발이 용병이 제 몫을 해낼 수 있을까? 웨일스인들은 피붙이를 무엇보다 소중히 여긴다고 들었다. 몸이 불편한 아우를 위해 이텔이 두 사람 몫을 하려는 걸까. 아니면 힘은 이 다리로도 충분히 싸울 수 있는 걸까. 계단을 올라가는 그의 뒷모습은 호리호리한 것이 척 봐도 강인해 보이지는 않는다. 하지만 윗옷 사이로 슬쩍 보이는 굵은 팔은 용병다운 느낌이 있다.

가게 이층에는 방이 네 개 있었다. 힘이 안내해준 곳은 큰 방이었다.

방에는 짚으로 된 잠자리가 여덟 개 놓여 있다. 비좁은 곳에 모아놓다보니 잠자리끼리 빼곡하게 붙어 있었다. 천장이 낮은 방안은 어두침침한데다 퀴퀴한 냄새까지 났다. 아무리 용병 신분이라고 해도 솔론을 위해 목숨을 걸고 싸울 전사에게 어울리는 환경은 아니다. 나는 말을 꺼냈다.

"힘, 원한다면 이보다 나은 숙소를 마련해줄 수 있는데."

그는 씩 웃으며 대답했다.

"말씀은 감사합니다만, 괜찮습니다. 저희 형제는 이런 환경에 익숙합니다. 마구간만 아니면 어디든 좋습니다."

용병들의 숙소 문제는 에이브가 알아서 처리했을 터였다. 그러니 내가 나서서 참견하는 것도 온당치 않아서 억지로 권하지는 않았다.

방에 아무도 없는 줄 알았는데, 어스름한 구석에서 무언가가 움직였다. 머리가 사방으로 뻗치고 술에 찌들어 얼굴이 불그레한 남자가 우리를 보고 언짢은 듯 머리를 긁적였다. 뭐라 중얼거리는 것 같았지만, 나는 알아듣지 못하는 말이었다. 팔크가 그 남자에게 다가갔다. 뭔가 말을 거는 걸 보며 힘이 중얼거렸다.

"저 남자와는 말이 통하지 않던데, 아가씨의 호위기사님은 잉글랜드어 말고 다른 언어에도 능통하신 모양이군요."

"당신도 마찬가지잖아."

그 말에 힘이 눈을 부릅떴다. 이리 놀랄 줄은 몰랐기에, 살짝 마음이 불편해졌다.

"웨일스 사람이니까 웨일스 말은 할 수 있지 않나."

"그렇지요……"

힘은 시선을 돌렸다. 혹시 힘은 웨일스인이라는 사실을 숨기려 하는 걸까? 이 거리에서는 웨일스인은 물론 사라센인조차 쉽게 찾아볼 수 있고, 이번에 모집한 용병 중에는 마자르인 전사까지 있는데.

팔크는 불그레한 얼굴의 남자와 잠시 이야기를 나누고 돌아와 힘에게 말했다.

"고맙네. 내일 다시 찾아오지."

"뭔가 문제라도 생겼습니까? 형님은 정직한 사람입니다. 혹시 범죄를 저지른 자를 찾고 계신 거라면, 형님은 상관없습니다."

"나도 그렇게 생각하네."

여관을 나가기 전, 힘이 무심코 옆을 돌아보자 머리카락 사이로 가려져 있던 부분이 보였다. 그 순간 나는 그가 머리를 기른 까닭을 깨달았다.

귀가 없었다.

무언가로 잘라낸 듯, 왼쪽 귀가 있던 자리에 끔찍한 흉이 져 있던 것이다. 본의 아니게 그의 비밀을 알고 만 나는 수치스러움에 무심코 눈을 돌렸다. 하지만 나와 같은 것을 본 팔크는 눈썹만 꿈틀할 뿐이었다. 귀가 있던 자리는 금세 머리카락 속으로 모습을 감추었지만 팔크는 여전히 그 위치를 쳐다보았다. 그러다가 등을 돌린 힘을 향해 불쑥 말했다.

"힘, 자네는 전에 고문을 당한 적이 있지?"

고문!

질질 끌리는 다리, 잘려나간 귀. 듣고 보니 정말 고문을 당했는지도 모르겠다. 솔론에서도 할아버지 대에는 빈번하게 일어났다고 한다. 아버지도 필요에 따라 묵인하기도 했다. 달군 쇠꼬챙이, 삐거덕거리는 물레방아, 사람에게 고통을 줄 목적으로만 발명된 도구들…… 나는 고문을 목격한 적은 없다. 지금까지 눈을 돌려왔는데, 설마 오늘 이곳에서 마주하게 될 줄이야.

그는 용병이니 전장에서 부상을 입었다고 생각하는 게 자연스러울지도 모른다. 하지만 악마가 심장을 움켜쥐기라도 한 것처럼 부르르 몸서리치는 힘의 모습을 보니 팔크의 말이 사실임을 알 수 있었다. 뻣뻣하게 굳어 뒤돌아보는 힘의 얼굴에는 두려움과, 궁지에 몰린 짐승 같은 사나움이 드러나 있었다.

"……그걸 알아서 어쩌시려는 겁니까?"

"만일 자네에게 적이 있더라도, 그의 편에 설 생각은 없네."

어둡고 퀴퀴한 버트의 가게 이층에서, 팔크는 꾀죄죄한 옷을 걸친 힘을 향해 귀인을 대하듯 가슴에 손을 얹고 말했다.

"기사의 명예를 걸고 맹세하지. 나는 내 의무를 다하기 위해 용병들에 대해 알아야 해서 묻는 걸세."

한 마디라도 실언했다면 힘은 우리에게 달려들었을지도 모른다. 하지만 그는 몸에서 긴장을 풀었다. 눈빛에는 여전히 경계와 의혹의 빛이 짙게 남아 있었지만.

"허버드 님은 저 역시 형님과 함께 싸우는 전사로 인정해 주셨습니다."

"물론 그 결정을 번복하게 할 생각은 없네. 그 점은 아미나 님도 약속해주실 걸세."

싸우지 못하는 남자가 용병으로서 보수를 받는 건 납득할 수 없다. 그건 사기이며, 주님께 떳떳하지 못한 일이라 여기기 때문이다. 그러나 힘을 보다보니 불현듯 이런 생각이 들었다. 이텔이 힘에게 의지한다면 그것은 함께 싸우는 것이라 할 수 있으며, 그러한 관계를 인정하는 건 공정한 일이리라. 나는 고개를 끄덕였다.

"보증하지."

그러자 힘이 안도의 한숨을 내쉬었다.

"감사합니다. 그럼 말씀드리겠습니다."

그는 살며시 다리를 어루만졌다.

"기사님의 말씀대로 과거 저는 고문을 받았습니다. 어디였는지는 말씀드릴 수 없지만, 억울한 누명을 쓰고 형님과 함께 잉글랜드의 장원 영주에게 붙잡혔지요. 사슴 한 마리를 밀렵했다는 죄목이었습니다. 설령 저희가 죄를 저질렀더라도, 받아야 할 온당한 처벌은 태형입니다. 하지만 그 영주는 유독 웨일스인을 증오했고, 피를 보는 것도 즐겼습니다."

담담한 그의 어조에서 증오나 원망은 느껴지지 않았다.

"저 혼자였다면 그대로 죽었을 겁니다. 하지만 형님은 저보다 용감했지요. 느슨한 밧줄을 풀고 영주를 때려눕힌 다음 도망친 겁니다. ……다리는 그때 부러진 이후로 줄곧 이 모양입니다."

힘은 발치를 내려다보며 혼잣말처럼 중얼거렸다.

"저는 제법 실력 있는 축에 속하는 양치기였습니다. 형님도 뛰어난 직공이었죠. 이제는 두 형제 모두 먹고살 길이 막힌데다 고향에도 돌아갈 수 없는 몸이지만요."

전에 팔크는 사람은 누구나 거짓말을 한다고 했다. 성유물을 걸고 한 맹세라 해도 항상 진실이라는 보장은 없다고. 하지만 내 눈에는 힘이 거짓말을 하는 것처럼 보이지는 않았다.

"힘, 그 영주의 이름을 가르쳐줄 수 있겠어? 에일윈 가문을 위해 싸우는 당신들에게 무언가 해줄 수 있는 일이 있을지도 모르잖아."

하지만 그는 힘없이 미소 지을 뿐이었다.

"감사합니다, 아미나 님. 하지만 피의 대가는 반드시 제 손으로 받아내겠다 결심했습니다."

"방에 있던 또다른 사내는 순례자입니다. 원래는 성직자였다는군요."

버트의 가게에서 나오자, 팔크는 아까 이야기를 나눴던 다른 남자에 대해 말해주었다.

"속俗라틴어◆로 말을 걸었더니 대답해주었습니다. 어젯밤에는 사람이 얼마 없어서 이텔 형제와 그 사내만 묵었다고 합니다. 두 형제 중 누구인지는 모르지만, 밤중에 몇 번이나 드나들어서 제대로 잠을 못 잤다고 하더군요."

"밤중에 숙소를 나갔다는 거예요?"

"정확히는 방을 나갔다고 합니다. 밖에 있던 시간이 얼마나 되는지, 형제 중 어느 한쪽이 줄곧 밖에 있었는지 물어봤지만 잘 모르겠다고 하고요."

나는 생각에 잠겼다. 여관 문이 굳게 잠긴 탓에 이텔이 나가고 싶은데도 못 나갔을 리는 없다. 이런 가게는 볼일을 보려면 밖으로 나가야 하기 때문이다.

팔크는 혼잣말처럼 중얼거렸다.

◆ 민중이 일상언어로 사용하는 라틴어를 문어인 고전 라틴어와 구분해 부르는 명칭.

"……애덤 님이 용병들을 모두 호출하신 모양입니다. 사이먼네 가게에 가도 하르 엠마를 만나지는 못하겠군요."

고개를 들어 하늘을 보자 해가 중천에 떠 있었다. 아버지의 원수를 갚아야 한다. 하지만 내게는 다른 의무도 또 있다.

"팔크 경, 아쉽지만 난 가봐야 해요. 오늘 밤 열리는 전야식을 준비해야 하거든요."

아버지의 장례식은 내일이다. 오늘 밤은 수도원에서 수사들이 철야 기도를 드린다.

팔크는 고개를 끄덕였다.

"알겠습니다. 니콜라도 도착했을 겁니다."

내가 돌아가야 한다는 것을 팔크는 이미 계산에 넣은 모양이다. 그래서 니콜라에게 한스 멘델을 만나고 나서 작은 솔론으로 가라고 명령한 것이다.

하역 거리를 지나 어시장 광장에 들어섰다. 난데없이 귀를 찌르는 커다란 소리가 울려퍼졌다. 트럼펫 소리다.

광장 한가운데에 만들어놓은 단상에서 검은 망토를 걸친 남자가 트럼펫을 불고 있었다. 행인들은 걸음을 멈췄고, 인근 상점에서도 줄줄이 사람들이 몰려나왔다.

검은 망토의 남자는 공시인公示人이다. 그리고 오늘 그가 알려야 할 소식은 단 하나뿐이다.

사람들이 충분히 모이자, 공시인은 트럼펫을 입에서 뗐다.

그리고 숨을 들이마시고 나서 낭랑한 목소리로 말했다.

"알리겠소. 우리 영주, 롤렌트 에일윈 님이 오늘 아침 저택에서 서거하셨소. 장례식은 내일이오!"

낮은 웅성거림이 광장을 가득 채웠다.

발 빠른 사람들은 이미 한발 먼저 소식을 접한 모양이었다.

"소문이 사실이었군."

"사실이었어."

나지막한 속삭임이 들렸다.

공시인이 한번 더 같은 말을 반복했다.

"알리겠소! 우리 영주, 롤렌트 에일윈 님이 오늘 아침 저택에서 서거하셨소. 장례식은 내일이오!"

이번에는 광장 구석구석에서 탄식이 터져나왔다. 여자들의 울음소리. 백성들이 아버지의 죽음을 슬퍼하고 있다.

두런거리는 소리가 들렸다.

"그러면 그 소문도 사실인가."

"그렇겠지."

"소문을 들으니."

"영주님은."

"살해되셨다는데."

누군가 말했다.

"조용, 조용히! 지금은 입을 다물게. ……아미나 님이 여기 계시네."

백성들의 시선이 나에게 집중되었다.

다양한 사람들의 눈이 나를 바라보았다. 갑갑한 침묵이 광장을 지배했다.

이내 내 옆에 있던 노인이 탄식했다.

"오오, 아미나 님. 얼마나 상심이 크십니까."

파문처럼 번져나간 비탄이 순식간에 광장을 잠식했다. 나는 뒤돌아보며 말했다.

"가요."

눈앞의 백성들이 길을 터주었다. 비탄의 목소리는 한층 커졌다. 그 가운데에는 영주의 죽음을 안타까워하는 목소리, 살인자를 증오하는 소리가 섞여 있다.

솔론제도는 하나의 작은 세상이다.

나는 그 세상 너머에 무엇이 있는지 모른다. 내가 아는 건 돛으로 바람을 타고 솔론에 온 상인들이 들려준, 재미있게 각색된 이야기뿐이다.

그렇지만 바깥세상을 모르는 나도 대륙이나 잉글랜드의 어느 도시에서 백성들이 영주의 죽음을 이만큼 슬퍼했다는 이야기는 들은 적이 없다. 아버지의 인생은 헛되지 않았다. 과중한 세금을 부과한 해도 있었고, 백성들의 요구를 매정하게 일축한 적도 있었다. 재판 진행 때문에 분위기가 험악해진

적도 있었다. 그래도 아버지는, 아버지의 통치는 그릇되지 않았다. 백성들은 아버지의 죽음을 애도하고 있다.

나는 아무에게도 들리지 않게 나지막하게 중얼거렸다.

"괜찮아, 괜찮아. 교회에서는 슬퍼하지 말라 가르치셨어. 그리고 난 아버지의 원수를 갚아야 해. 그러니까 지금은 아무렇지도 않아."

광장을 나서 직공 거리에 들어서자, 세번째로 부고를 알리는 공시인의 목소리가 들렸다.

"알리겠소. 우리 영주, 롤렌트 에일윈 님이 오늘 아침 저택에서 서거……"

15. 검은 능직

⚜

니콜라는 작은 솔론의 잔교에서 우리를 기다리고 있었다. 나룻배에서 잔교로 내려서는 나에게 그가 말없이 손을 내밀었다. 니콜라의 손은 자그맣고 따스했다.

팔크가 잔교에 내려서자, 니콜라는 즉각 보고를 시작했다.

"한스 멘델을 만나 이야기를 들어봤습니다. 콘라트의 이야기는 사실입니다. 어제 저녁나절에 초를 팔았고, 만과의 종이 친 다음이었다고 합니다."

"상품을 직접 보았느냐?"

"제 눈으로 확인했습니다. 상자의 형태나 초의 길이, 두께 등으로 미루어 콘라트의 방에 있던 초는 한스가 판 물건이 맞습니다. 아무리 긴 밤이라도 한 자루만 있으면 하룻밤은 끄떡없다고 단언하더군요."

"수고했다."

이야기를 들은 팔크는 나를 앞세워 발길을 옮겼다.

영주관으로 향하는 내내 기사와 종자는 끊임없이 대화를 나눴다.

"애덤 님이 용병들을 소집한 모양이다. 이텔을 만나지 못했어. 하지만 그의 어젯밤 행동을 증명해줄 증인은 만났지. 우리가 묵는 여관도 밤새 자유롭게 드나들 수 있느냐?"

"혹시 모르니 오늘 밤에 확인해보겠습니다."

"아니, 내가 하마. 네 임무는 아미나 님을 지키는 것이다."

"……알겠습니다."

"그리고 이텔의 아우를 주의해서 살피거라."

"이름이 힘이라고 했죠?"

"그래. 고문을 받았다고 하던데, 다리를 저는 게 사실인지 확인하도록 해라."

니콜라는 살짝 얼굴을 찌푸렸다.

"정말 다리를 저는지 확인하라고요? 쉬운 일은 아니군요. 어떻게 해야 합니까?"

니콜라가 팔크에게 보고하는 건 당연하지만, 팔크 역시 니콜라에게 조사한 내용을 이야기해준다. 종사는 기사에게 충성을 맹세했으리라. 그리고 분명 기사 또한 종사를 신뢰하는 것이다.

영주관 지붕에서부터 검은 능직이 드리워져 있다. 부고를 알리는 표시다.

문 앞에 매슈 힉슨이 서 있었다. 게으른 그가 문을 지키는 건 드문 일이다. 아버지의 죽음에 나름대로 책임을 느끼는 것일까. 다가가자 조심스레 말을 걸어왔다.

"집사님이 기다리십니다."

로스에어에게는 작은 솔론을 수색하는 대로 장례식 준비를 하라 일렀다. 장례식 준비는 걱정하지 않는다. 하지만 수색은 그리 기대하지 않았다. 로스에어는 빈말로라도 믿음직한 집사라 하기 어렵기 때문이다. 분명 주인의 갑작스러운 죽음에 당혹스러워하며 쩔쩔매고 있겠지.

하지만 나는 아직 로스에어란 인물을 잘 알지 못했던 모양이다.

로스에어는 동쪽 접객실에서 기다리고 있었다. 꾸벅 고개를 숙이더니, 이야기를 시작했다.

"보고드립니다. 작은 솔론을 샅샅이 수색한 결과, 침입자는 이미 섬을 빠져나간 게 분명합니다. 하지만 그자의 흔적은 발견했습니다.

작전실에 남은 흔적은 아미나 님도 이미 아실 테니 생략하겠습니다.

서쪽 출입문의 걸쇠가 벗겨져 있었습니다. 하인들의 말에 따르면 어제 아침까지만 해도 걸쇠가 잠겨 있었다고 합니다. 그뒤로 하인들 중에 걸쇠에 손을 댄 사람은 없습니다.

영주관의 다른 곳에서 침입자의 흔적을 발견하지는 못했습니다. 아시다시피 이곳을 에워싼 석벽은 높지 않아 뛰어넘을 수 있는 곳은 얼마든지 있으니까요. 하지만 영주관 바깥, 섬 외곽에 흔적이 남아 있었습니다."

로스에어는 침착한 어조로 막힘없이 말을 이었다. 나는 내심 깜짝 놀랐다. 평상시에는 손님 안내도 제대로 하지 못하는 집사다. 재산 관리는 말할 것도 없다. 실질적으로 에일윈 가문의 살림을 돌본 이들은 매년 수입과 지출을 계산하는 회계 담당과 라틴어를 읽고 쓸 수 있는 예배당 전속 사제였다 해도 과언이 아니다.

그러나 영주가 암살된 이 비상 상황에, 로스에어는 어느 때보다 침착했다.

"섬의 남동쪽, 나루터에서 영주관으로 이어지는 길에서 서쪽으로 20야드약 18미터쯤 떨어진 곳에 비스킷이 떨어져 있었고, 누군가가 밟은 듯 부스러져 있었습니다. 영주관에서 일하는 이들과 어젯밤 고용인 숙소에 묵은 음유시인에게도 확인했습니다만, 그 부근에 접근한 사람은 아무도 없었습니다. 더불어 지난 몇 달 동안 비스킷을 떨어뜨렸다는 사람도 없었습니다."

하인들이 작은 솔론을 샅샅이 뒤졌다는 말은 거짓이 아닌 모양이다. 나는 말을 보탰다.

"비스킷을 떨어뜨린 건 여기 있는 니콜라야. 어제 낮에 있었던 일이지. 나도 함께 있었고."

"그렇습니까."

"하지만 누가 그 비스킷을 밟았는지는 알아내지 못했어. 용병이 아닌 건 확인했지만, 하인들도 아니고 나도 아니라면…… 살인자라고 봐야겠지."

하지만 로스에어는 고개를 저었다.

"아직 단언하기는 이릅니다. 아미나 님이 간과하신 점이 있습니다."

"또 누가 있는데?"

"롤렌트 님 본인이십니다."

"아버지가?"

놀란 나머지 얼떨결에 새된 목소리가 나왔다.

"아버지가 밤중에 섬 남단까지 가셨다는 말이야?"

"그렇게 말씀드리지는 않았습니다. 반드시 살인자라고 단언할 수는 없다는 뜻입니다. 비상시에 정확하게 상황을 판단하는 것이 제 의무이기에 드린 말씀입니다."

로스에어의 말도 일리가 있다. 하지만 정말 살인자가 아닌 다른 이가 그곳에 있었을 가능성이 있을까?

"또한 롤렌트 님을 해한 검 말입니다만, 작전실에 걸려 있던 무기가 틀림없습니다. 일찍이 롤렌트 님이 굴복시킨 브르타뉴의 기사에게 얻은 전리품입니다. 제가 드릴 말씀은 이상입니다."

로스에어의 보고는 빠진 부분 없이 꼼꼼했다. 하지만 보고를 통해 얻어낸 실마리는 너무나 적다. 결국 우리에게 주어진 행운은 부스러진 비스킷 하나뿐이다.

"수고했어. 팔크 경, 당신도 할 이야기가 있나요?"

"네."

예의상 물어보았을 뿐인데 뜻밖에도 팔크는 즉각 대답했다.

"있습니다. ……자네에게 묻고 싶은 게 있네. 이 섬에서 더 발견된 것이 없음은 잘 알았어. 그럼 없어진 것이 있나?"

팔크는 잠시 뜸을 들이다 말을 이었다.

"이를테면 칠보 장식이 달린 은반지 같은 것 말이야."

로스에어는 고개를 저었다.

"침입자가 살인뿐 아니라 도둑질까지 저질렀을지도 모른다는 생각에 회계 담당에게 확인해보라 일렀습니다만, 없어진 물건은 없습니다. 아울러 단순한 예시에 이의를 제기하려는 건 아닙니다만, 에일윈 가문에 그런 반지는 없습니다."

그 말로 미루어보면, 로스에어는 에일윈 가문의 모든 재산을 파악하고 있는 듯했다. 그게 아니라면 이렇게 단언할 수는 없을 테니.

"그렇군. 그리고 어젯밤 보초는 섬을 돌아보았나?"

"……아닙니다. 예전 보초는 용감하고 성실한 사내였습니다만, 그가 죽고 나서는 경비가 허술해졌습니다. 만과의 종이 울리고서 얼마간 문지기가 보초를 서고 새벽에는 매슈가 자리를 지킵니다만, 둘 다 문 앞을 떠나지 않았다고 했습니다."

매슈는 그 일조차 더러 게을리하고는 했다. 팔크에게는 부끄러워서 말하지 않았지만, 에일윈가의 기사들은 애덤에게 아부하며 편한 생활을 영위하는 자들이 대부분이라 진정으로 충심을 다하는 기사는 찾아볼 수 없었다. 기사가 그 모양이니 병사 중에서도 제 소임을 소홀히 하는 자들이 점차 늘어갔다. 솔론이 아버지 치하에서 오래도록 평화를 누려온 대가라 할 수 있으리라. 그들은 나와는 거의 이야기를 나누지 않았고, 충실하게 검술 수행에 정진하는 에이브를 비웃었다. 죽은 에드위가 얼마나 귀한 인재였는지 새삼 통감했다.

"보초가 계속 문 앞에만 있었다니, 설령 살인자가 횃불이나 랜턴을 지니고 있었더라도 영주관 정면만 피했다면 들키지 않고 접근하는 것도 가능했겠군."

"송구스럽지만 그렇습니다."

"애당초 살인자는 작은 솔론의 경비가 이만큼 취약할 줄은 몰랐겠지만. 흐음."

팔크는 상처가 있는 턱을 쓸며 잠시 생각에 잠기더니, 이내 머릿속을 정리한 듯 로스에어를 보며 물었다.

"간밤에 이 섬에 있던 사람은 모두 몇 명인가?"

"롤렌트 님, 아미나 님, 하인 여덟 명, 경비병 한 명, 음유시인과 저를 포함해 모두 열세 명입니다."

"영주관이 아니라 작은 솔론에 있던 사람을 묻는 거네."

"압니다. 작은 솔론은 영주의 토지지요. 일반 백성은 용건 없이는 들어오지도 못하고, 당연히 여기서 밤을 보낼 수도 없습니다."

큰 솔론과 작은 솔론을 잇는 수단은 머독의 나룻배뿐이니 몰래 숨어드는 건 불가능하다. 그 점은 팔크도 알고 있을 터다.

"이 댁 하인들은 전용 숙사에서 생활하는 모양인데, 음유시인 이볼드를 포함해 다른 곳에서 밤을 보낸 자는 없나?"

"없을 겁니다. 하지만 간밤에 잠자리를 빠져나간 자가 없다고 단언할 수는 없습니다. 그리고 제 방은 하인 숙사가 아니라 영주관에 있습니다."

"그럼 지금부터 정말 중요한 걸 묻겠네."

팔크는 한층 더 진중한 어조로 물었다.

"자네는 어젯밤 영주님이 작전실에 계신다는 사실을 알고 있던 모양인데. 어찌 알았나?"

로스에어는 눈 하나 깜빡하지 않고 대답했다.

"롤렌트 님이 직접 제 방으로 찾아와 말씀하셨습니다. 작전실에 있을 테니 아미나 님을 불러오라고요."

"그걸 다른 하인들에게 말했나?"

"말하지 않았습니다. 이미 하인들은 숙소로 돌아간 시각이었는지라."

팔크는 턱을 쓸며 연신 고개를 끄덕였다. 그러다가 불쑥 날카로운 눈빛으로 로스에어를 쏘아보았다.

"그나저나 자네는 영주님이 어째서 작전실에 계셨다고 생각하나?"

방어책을 구상하기 위해서.

순간적으로 떠오른 생각은 그것이었다. 테이블 위에는 솔론의 지도가 있었고, 그 위에는 조약돌이 놓여 있었다. 아버지는 병력 배치를 생각해보았던 것이다.

하지만 로스에어는 잠시 생각한 끝에 대답했다.

"제 생각으로는 누군가를 기다리셨던 것 같습니다."

"음, 그렇게 생각하는 까닭은?"

"우선 서쪽 쪽문의 걸쇠가 마음에 걸립니다. 그 문은 낡아서 얇은 나이프를 이용하면 바깥에서 걸쇠를 풀 수도 있습니다. 하지만 그런 흔적은 찾아볼 수 없었습니다. 숙련된 솜씨를 가진 자의 소행일 수도 있지만, 누군가가 미리 안쪽에서 걸쇠를 풀어두었을 공산이 큽니다. 그리고 하인들 중에 걸쇠에 손을 댔다는 자는 없었습니다."

"손님을 안으로 들이려 영주님이 직접 걸쇠를 풀었다는 말인가?"

"안쪽에서 걸쇠를 풀었다면 그 가능성이 가장 크다고 생각합니다. ……그리고 롤렌트 님이 쉬르코를 걸치셨다는 점도 마음에 걸립니다. 셔츠 위에 겉옷을 걸치실 수야 있지만, 홀로 작전을 구상하실 때에 걸치기에 쉬르코는 너무 고급스러운 옷입니다. 에일윈 가문은 윤택하지만, 롤렌트 님은 쓸데없는 겉치레를 싫어하셨습니다."

그건 생각지도 못한 점이었다. 듣고 보니 로스에어의 말이 구구절절 옳다. 팔크는 고개를 돌려 나에게 물었다.

"어떻게 생각하십니까? 아미나 님은 어젯밤 영주님과 말씀을 나누셨다 들었습니다. 아미나 님을 맞으려고 쉬르코를 걸치셨을 수도 있지 않을까요?"

나는 단호하게 고개를 저었다.

"아뇨. 날 만나려고 그런 옷을 입지는 않으셨을 거예요."

"역시 그렇군요."

"역시? 무슨 뜻이에요?"

나는 추궁하듯 물었다. 팔크는 나를 보면서 자세를 고치고는 전에 없이 신중하게 말했다.

"어제부터 이상하다고 생각했습니다. 영주님이 작전실에 계신다는 사실을 미니언이 안 건 영주님 본인이 직접 말씀하셨기 때문입니다. 하지만 영주님은 왜 그런 말씀을 하셨을까요? 말하자면 이런 겁니다. 제가 거리에서 동료와 만났다고 해보죠. 상대가 먼저 묻지도 않았는데 오늘 밤 사이먼의 가게에 묵는다는 말을 굳이 할까요? 만일 그렇게 말했다면……"

"아."

무심결에 목소리가 튀어나왔다.

"그렇네요. 사이먼네 가게로 찾아오라는 뜻으로 이해할 수 있겠어요."

그리고 아버지가 기다린 사람은 내가 아니다. 나는 로스에어에게 전갈을 받고 작전실로 찾아갔으니까. 정작 로스에어 본인은 아버지가 작전실에 있다고 말하지 않았지만, 평소에 늘 그랬듯 깜빡한 것이리라.

팔크는 말했다.

"그 자리에 있던 자들 중에 영주님이 예전부터 알고 지내던 이가 있었을지도 모른다는 생각이 강하게 듭니다. 그 누군가에게 밤에 자신을 찾아오라고 암시하신 게 아닐까요. 그렇게 생각하면 조과의 종이 울릴 때까지 침실이 아니라 작전실에 계셨던 까닭을 설명할 수 있습니다. 고급스러운 쉬르코를 걸치신 까닭도요."

"……기사 피츠존, 그럼 아버지가 기다렸던 누군가가 미니언이란 뜻이군요?"

그러나 팔크는 고개를 저었다.

"꼭 그렇다고 볼 수는 없습니다. 적어도 발자국은 어젯밤 외부에서 침입해 작전실에 들어간 인물이 한 사람임을 보여줍니다. 하지만 영주님이 기다렸던 누군가는 끝내 오지 않았고, 그 대신 미니언이 찾아왔다고 할 수도 있겠죠."

과연 그럴까. 하지만 팔크의 생각이 옳다고 해도, 상식적으로 생각하면 아버지가 기다렸을 인물은 한 사람밖에 없다. ……어젯밤 큰 솔론에 있던 용병들과 기사는 작은 솔론에는 건너올 수 없었으니까.

팔크는 로스에어에게 말했다.

"고맙네. 알고 싶은 건 그뿐이네."

로스에어는 고개를 끄덕인 다음 나를 보았다.

"아미나 님, 이볼드가 꼭 드릴 말씀이 있다기에 홀에서 기다리라고 했습니다. 전야식 준비에 그리 시간이 걸리지는 않을 듯한데, 어찌하시겠습니까?"

아버지의 부름에 응할 수 있던 건 작은 솔론에 묵었던 음유시인 이볼드밖에 없지 않은가! 나는 벌떡 자리에서 일어났다.

"금방 갈게."

방을 나서자 야스미나가 서 있었다.

항상 발랄한 게 유일한 장점인 아이인데, 안색이 무척 나쁘다. 아직 아버지의 죽음을 눈앞에서 목격한 두려움에 휩싸여 있는 것일까. 처음에는 그렇게 생각했는데 보아하니 그게 아닌 모양이다. 그녀가 나와 팔크를 번갈아 쳐다보다가 나지막하게 말했다.

"아미나 님께만 긴히 드릴 말씀이 있습니다."

청하기도 전에 팔크는 알아서 자리를 비켰다. 말을 알아듣지 못하는 니콜라는 잠시 가만히 서 있었지만, 이내 팔크의 손에 이끌려 사라졌다.

나는 주위에 아무도 없는 걸 확인하고 물었다.

"무슨 일이야?"

사람이 없는데도 야스미나는 조심스레 목소리를 죽여 말했다.

그녀가 털어놓은 이야기는 충격적이었다. 과연 아무도 알아서는 안 될 일이었다.

16. 노래를 들려주어야 할 사람

⚜

검고 하얀 타일이 번갈아 깔린 바닥. 높은 천장과 태피스트리. 유달리 커다란 난로와 섬세한 장식이 달린 벽난로. 이 홀은 아버지가 특별한 손님과 만나던 자리이자, 때로 격식 없는 연회를 열던 곳이기도 했다. 이볼드 새뮤스는 그 한가운데에 리벡을 들고 우두커니 서 있었다. 붉고 푸른 체크무늬가 들어간 옷을 입었는데, 먼지가 잔뜩 붙어서 꾀죄죄해 보였다. 하지만 손에 든 리벡은 반질반질하게 닦아서 은은한 빛이 감도는 것 같았다. 이볼드는 나를 보자 바닥에 무릎을 꿇었다.

"아미나 님, 오늘 같은 날에 저 같은 놈이 시간을 뺏어서 송구합니다. 하지만 한시라도 빨리 전해드려야 한다고 생각했습니다."

"괜찮아. 나도 그대에게 묻고 싶은 게 있고."

"저한테 말씀입니까?"

이볼드는 놀란 표정을 지었다.

"저 같은 게 아는 게 있겠습니까마는, 궁금한 게 있으면 뭐든지 말씀하십시오. 아는 대로 성심껏 답하겠습니다. 무슨 일이십니까?"

태도는 공손했지만 할말은 막힘없이 다 했다. 아직 젊지만 많은 마을과 도시, 영주관과 귀족의 성에서 경험을 쌓아왔으리라. 만만하게 봐서는 안 될 사내다. 나는 일부러 매서운 어조로 말했다.

"어젯밤 아버지를 뵈었지?"

이볼드는 허탈할 만큼 순순히 수긍했다.

"네, 뵈었습니다."

그 대답을 듣자 자신의 안색이 변하는 게 느껴졌다.

"작전실로 찾아간 거지. 그리고……"

"아닙니다. 잘못 아셨습니다. 저는 집무실로 찾아갔습니다."

"집무실? 그 방은 작전실이라고 부르는데. 조과의 종이 울릴 무렵에 찾아갔지?"

그는 잠시 생각에 잠겼다가, 몸을 웅크리듯 고개를 숙이며 한층 정중하게 말했다.

"저어, 외람되지만 아미나 님이 뭔가 착각하신 모양입니다. 영주님은 저녁식사가 끝난 직후 저를 부르셨습니다. 주방 구석에서 식사를 하고 있는데, 마고라는 하인이 다가와 영주님이 부르시니 악기를 들고 집무실로 가보라고 하더군요. 하지만 집무실이 어딘지 몰라서, 죄송하게도 집사 로스에어 님에게 안내를 부탁드렸습니다. 저택이 여간 넓고 복잡한 게 아니라서요. 조과의 종이 울리기 훨씬 전이었을 겁니다. 그 무렵에는 숙소에서 자고 있었으니, 종소리는 못 들었습니다."

뒤에서 팔크의 목소리가 들렸다.

"진정하십시오. 영주님이 음유시인을 만나려고 좋은 옷으로 갈아입으셨다 생각하십니까?"

나는 크게 숨을 들이마셨다 내뱉었다. 이볼드가 거짓을 고하는 것 같지는 않았다. 마고와 로스에어에게 물으면 금방 들통날 거짓말을 하지는 않았으리라. 팔크의 말도 일리가 있다. 이볼드가 미니언이 아니라 단언할 수는 없지만, 아버지가 남몰래 불러들인 손님은 아니다. 그건 인정하자.

"……알았어. 좀전 말은 사과하지. 내가 잠깐 착각한 모양이야."

"믿어주셔서 감사합니다."

음유시인은 말을 마치고 바닥에 닿도록 조아렸던 머리를 들었다.

"그럼 제가 말씀드려도 괜찮겠습니까?"

"그러도록 해."

"감사합니다. 실은 제가 드리려던 이야기도 그 일입니다. 저녁식사 직후에 집무실로 찾아뵈었더니 영주님이 이렇게 분부하시더군요."

이볼드의 목소리에서 그때까지 듣는 사람의 안색을 살피는 듯한 지나친 정중함이 사라졌다. 단어 하나하나가 맑게 울려퍼졌다. 그는 이야기를 들려주듯 말을 이었다.

"제 아버지 울프릭은 영주님이 젊은 시절 하신 어떤 모험에 동행했습니다. 영주님은 모종의 이유로 그 모험을 기록해야 한다고 결정하셨지만, 문서로는 남길 수 없다고 생각하셨습니다. 너무나도 끔찍했던 모험이라 신을 섬기는 이에게는 차마 들려줄 수 없었기 때문입니다."

이 영주관에서 글을 쓸 수 있는 이는 예배당 전속 사제뿐이니, 아버지가 글을 쓸 수 있는 사람과 성직자를 동일시했더라도 이상할 건 없다.

"그래서 영주님은 제 아버지를 데려가신 것입니다. 모험은 성공했고, 아버지는 그 모험을 한 편의 발라드로 만들었습니다. 다행히도 영주님은 그 노래를 마음에 들어하셨고, 아버지에게 상으로 은화와 루비 메달을 내리셨습니다."

이볼드의 어조가 점차 운율을 띠기 시작했다.

"아버지는 잉글랜드로 건너갔고, 공연을 하여 대단한 호평을 받았습니다. 하지만 아버지는 단 한 번도 그 노래를 처음부터 끝까지 전부 부르지는 않았습니다. 노래의 정당한 소유권은 에일윈 가문에 있다고 여겼기 때문이죠."

"그게 무슨 뜻이지?"

"제 아버지 울프릭의 노래는 영주님과 저주받은 데인인의 싸움을 담은 곡입니다."

이볼드는 '저주받은 데인인'이라는 말을 입에 올렸다. 아버지의 딸인 나조차 어제까지 서쪽 탑에 있는 토르스텐이 유일하다 생각했는데. 그는 저주받은 데인인에 대해 알고 있다.

"영주님은 당신과 부하들의 무용담이 길이 칭송받아야 한다고 생각하셨습니다. 하여 아버지의 노래는 영웅담이 된 것입니다. 하지만 그와 더불어 저주받은 데인인을 물리칠 전술을 후세에 전해야 한다고도 판단하셨지요. 먼 훗날, 그들이 돌아왔을 때를 대비해 에일윈가의 후예들에게 전술을 남기기 위해, 제 아버지를 시켜 노래를 만들게 하신 겁니다.

어제 영주님은 아버지를 찾은 이유에 대해 이렇게 말씀하셨습니다. 첫째로는 직접 노래를 듣고 먼 옛날의 유물이 되어버린 전술을 떠올리기 위해. 둘째는 울프릭에게 전투를 보여주고 노래에 새로운 장을 더하기 위해. 그리고 마지막 하나는."

이볼드는 말을 끊고 나를 보았다.

"만일 영주님이 세상을 떠나셨을 때, 대를 이어 싸워나갈 운명의 후손들에게 이 노래를 전하기 위해서입니다."

"아버지가…… 그런 말씀을."

"물론 영주님은 먼 훗날의 일이라 생각하셨습니다. 하지만 설령 이번 싸움에서 승리하더라도 언젠가 반드시 저주받은 데인인들이 부활할 거라 보시더군요. 언젠가 그날이 오면, 에일윈 가문의 자손에게 이 노래를 들려주라 분부하셨습니다."

음유시인은 자리에서 일어났다.

"저는 그러겠다고 맹세했습니다. 언젠가 노래를 물려줄 후계자에게도 그렇게 일러두겠다고 맹세했고요. 아미나 님, 애석하지만 영주님은 돌아가셨습니다. 저는 맹세를 지켜야만 합니다."

"잠깐만."

어젯밤, 나는 에일윈 가문이 저주받은 데인인과 영원토록 끝나지 않는 싸움을 계속해야 한다는 사실을 알았다. 우리 일족의 숙명을. 토르스텐 타르퀄레손이 불사의 저주에 걸렸듯 우리 일족도 저주받았다. 아버지는 그 저주에 대항하기 위해 모든 수단을 동원한 것이다.

하지만 이볼드에게 해야 할 말은 따로 있었다.

"무슨 말인지 알겠어. 하지만 싸움은 애덤이 지휘할 거야. 그대가 노래를 들려주어야 할 사람은 내가 아니지."

그제야 이볼드는 제 나이에 걸맞게 수줍은 표정을 지었다. 그는 리벡을 끌어안은 채 말했다.

"저도 그 점을 고려하지 않은 건 아닙니다만…… 영주님은 '에일윈의 이름을 잇는 자손에게'라고 말씀하셨지, '당주에게'나 '아들에게'라고 말씀하지는 않으셨습니다. 그러니 아미나 님께도 들려드려야 한다고 생각했습니다. 저는 미천한 놈이지만 맹세를 저버릴 수는 없으니까요. 제 노래를 들어주시겠습니까?"

젊은 시절 아버지의 모험을 그린 노래라니, 말할 것도 없이 듣고 싶었다. 오늘 밤 전야식을 앞두고 아버지를 추모할 수 있다면 우리의 기도는 더욱 깊고 풍요로워질 테고. 또한 이볼드의 말에도 일리가 있었다. 그 역시 의무를 다해야 한다.

그러면 이제 그에게 물어야 할 것은 하나뿐이다.

"오늘은 할일이 너무 많은데. 노래가 많이 긴가?"

"끝까지 부르면 길지만, 영주님이 전하라 명하신 부분은 그리 길지 않습니다."

나는 작게 한숨을 내쉬었다. 그리고 뒤를 돌아보았다.

팔크와 니콜라는 내 뒤에 말없이 서 있었다. 이볼드와 마찬가지로 그들에게도 다해야 할 의무가 있다. 나가라는 말은 할 수 없었다.

"이볼드, 이 두 사람도 함께 들어도 될까?"

음유시인은 고개를 갸웃거리며 말했다.

"노래를 비밀로 하란 말씀은 없으셨습니다. 아미나 님 뜻대로 따르겠습니다."

우리는 의자에 앉아 발라드를 들을 준비를 했다. 팔크와 니콜라가 나란히 앉고, 나는 이볼드의 앞에 자리를 잡았다.

이볼드는 작은 의자를 가져와 앉은 다음, 리벡을 허벅지 위에 옆으로 눕혔다. 왼손으로 리벡을 잡고, 오른손에는 활을 들었다. 리벡을 이렇게 켜는 사람은 처음 봤다.

"잉글랜드에서는 모두 그렇게 켜?"

"어떻게 말입니까?"

"허벅지 위에 올려놓고 켜느냐는 말이야. 내가 지금까지 봤던 리벡 연주자들은 모두 악기를 턱과 어깨 사이에 놓고 켰거든."

이볼드는 쓴웃음을 지었다.

"대개는 그렇게 연주하지만, 그러면 노래를 부를 수가 없어서요."

"……아."

듣고 보니 당연한 소리였다.

이볼드는 잠시 음을 조율하더니, 이내 자리에서 일어나 우리에게 정중히 고개를 숙였다.

"그럼 분부대로 세번째 장만 들려드리겠습니다. 젊은 기사 롤렌트 에일윈이 일족의 숙명을 따라 저주받은 데인인과의 싸움에 뛰어들었다 쓰디쓴 패배를 맛보고 전우를 잃지만, 불굴의 투지로 다시 싸울 것을 맹세하는 부분부터입니다."

말을 마친 이볼드는 다시 자리에 앉았다.

니콜라가 "어흠" 하고 헛기침을 했다.

생각보다 힘차고 군센 리벡의 선율이 이야기의 시작을 알렸다. 말할 때보다 조금 더 낮은 목소리로 이볼드는 천천히 노래하기 시작했다.

기사 롤렌트, 수많은 동료가 죽어가는 모습을 보았네.
그 크나큰 슬픔을 누가 알리오.
"보거라, 이 광경을.
나의 불굴의 전사들이 이리 허망하게 쓰러질 줄이야!
우리는 수많은 망자를 베었노라.
전우여, 그대는 보았는가. 잘려나간 망자의 팔이 다시 붙고,
떨어진 다리가 제자리를 찾는 광경을.
죽음에서 벗어난 망자를 어찌해야 한다는 말이냐!"
기사 자일스가 말했네.
"전우여, 그대를 위해 한마디하겠네!
절도는 만용을 이기는 법. 망자들의 힘을 산 자가 어찌 당하리오.
우리 군의 용맹함을 의심하려는 건 아니나, 망자와 맞서 승리하기 쉽지 않으니.
전우여, 나 그대에게 충언했건만 그대는 듣지 않았지.
무모한 싸움이 수많은 용사의 목숨을 앗아갔구나!"

기사 롤렌트가 말했네.

"지금도 그대의 말을 들을 수 없네!

무명武名은 숭고한 것이니, 강자의 이름을 듣고 물러설 수는 없는 법.

하지만 이 싸움 공정하게 검을 맞댄들 명예롭지 않도다.

저 망자들을 물리침은 들판의 짐승을 사냥하는 것과 같으니.

여럿이서 짐승을 사냥하는 것은 치욕이 아니지."

신의 은총으로 살아남은 오십 기사를 향해 다음과 같이 말하였네.

"다시 싸움에 임하기 전에 이 말을 명심하라. 셋이서 하나를 상대하라.

망자는 활을 쏘지 못하고, 창을 던지지 못하고, 도끼를 휘두르지 못한다.

용사들이여, 망자를 에워싸 이 무기들로 내리쳐라.

팔다리를 자른들 부질없노라.

망자를 재로 돌아가게 하는 방법은 오로지 목을 베는 것뿐.

최후의 승리는 우리 것.

그러나 전사들이여, 결코 등뒤에서 공격하지는 말지어다.

그것은 비겁한 자의 행동이니."

이렇게 해는 저물고 밤은 깊어갔네.

용사들의 발밑에 쓰러진 하나의 몸 있으니. 그것은 바로 증오스러운 망자들의 왕, 그의 후계자.

물푸레나무 도끼는 반쯤 부러졌고, 곰가죽 망토는 무참하게 핏빛으로 물들었구나.

힘겨운 싸움 한복판에서 종사 에드위는 승리를 거두었고,

검은 왕의 후계자의 가슴을 꿰뚫고 바닥까지 박혔네.

이 얼마나 깊은 저주인가, 망자의 신음소리 그치지 않으니.

기사 자일스가 말했네.

“이교도, 우리 형제들의 원수, 저주받은 망자. 이자를 즉각 화형시켜라.”

기사 롤렌트가 말했네.

“무기를 들고 대항했을 때는 우리의 적이었을지 몰라도, 지금은 잠들었다.

죽음에 농락당하는 애처로운 운명, 그 죽음을 정화하여, 정중히 관에 넣고 묻어주어라.”

롤렌트가 곰가죽 망토를 벗기고 자신의 양가죽 망토를 걸쳐주었지.

그 순간 왕의 후계자가 눈을 떠,

땅에 엎드린 채 낭랑한 목소리로 말했네.

“더러운 옷을 벗기고 기독교도의 옷을 입혀주니.

그 은총으로 내 마음을 되찾았도다!”

신이 기적을 일으키셨도다.

왕의 후계자는 무릎을 꿇고 기사 롤렌트에게 청했네.

"저주받은 내 아버지와 동포들은 죽음에게조차 외면당해 마음을 잃었소.

우리에게는 평안한 휴식조차 허락되지 않으니.

청하건대 나에게 무기를 달라. 그대의 동료로서 제일 낮은 곳에서 싸우겠노라.

잃어버린 목숨마저 바쳐 용맹하게 싸워, 동포들을 짧은 안식으로 인도하리라.

하지만 언젠가 저주를 풀고, 그들에게 진정한 죽음을 선사하리니!"

기사 롤렌트가 말했네.

"왕의 후계자여, 그건 안 될 말이오.

우리에게는 적이지만, 그대에게는 혈육이니.

어찌 죽음을 갈망하는가?"

왕의 후계자가 대답했네.

"이미 죽은 자들에게는 죽음이야말로 신의 은총이오.

바람이 이루어져 저주가 풀리는 날, 신이 우리에게 진정한 죽음을 주시리라.

나 역시 이미 죽은 몸이니!"

마음을 되찾은 왕의 후계자의 굳은 뜻을 알고, 모든 기사가 말했네.

“이 훌륭한 전사에게 무기를 주어라!

그는 우리의 전우이니. 신을 위해 싸우리라.”

기사 롤렌트는 검을 빼 왕의 후계자의 포박을 풀었네.

밤이 지나 먼동이 트기 시작하네.

기사 롤렌트는 다시 말에 올라탔도다.

세 겹의 사슬 갑옷으로 무장하고, 바위처럼 단단한 투구를 썼네.

아름다운 방패를 들고 솔론의 검을 찬 모습.

옆구리에 낀 창에 달린 술이 하얗게 나부끼는구나.

위풍당당한 체구에 날카로운 눈빛.

온몸으로 설욕을 다짐하니, 그 용기 꺼질 줄 모르네.

기사 롤렌트는 돌아보며 말했네.

“제군이여, 다시 싸움이 시작된다.

전우여, 벗이여, 함께 나아가자.

우리 중 겁쟁이는 하나도 없으니.

저주받은 데인인을 쓰러뜨리고, 이 땅의 재앙을 뿌리 뽑으리.

다만 이 말을 명심하라. 셋이서 하나를 상대하라.

저 망자들은 명예롭게 싸워야 할 자들이 아니다.

팔을 베고 다리를 베어도 부질없으니.

오직 목을 베어야만 재로 돌아가리라

오늘 승리가 우리와 함께할 것이니, 용감히 나아가자."
메아리치는 함성. 전사들은 싸움터로 진격했도다.
그 용맹스러운 모습 훗날까지 전해 내려오니
앞으로도 길이 전해지리라.

힘차고 굳세게 시작된 선율은 따스함을 머금으며 끝났다.

시종일관 전장의 피비린내가 났지만, 이볼드의 노래와 선율은 과거 아버지가 겪었던 모험을 생생하게 묘사하고 있었다.

오늘 나는 무작정 살인자를 쫓기만 했다. 에일윈의 피를 잇는 자로서 의무를 다하는 것만 생각했다. 그러나 이볼드의 노래는 내가 억누르며 외면하고, 잘못되었다 생각하며 꾹 삼키고 있던 것을 깨닫게 해주었다.

아버지는 현명했고 확고한 결단력을 갖췄으며 용맹하고 다정한 분이었다. 노래 속 아버지는 용감하지만 무모했고, 다정하지만 치기어린 면이 있었다. 아버지에게는 아버지의 삶이, 성장이 있었던 것이다. 그리고 어젯밤 아버지의 삶은 끝났다. 비열한 마술의 흉수에.

나는 아버지를 사랑했다. 그런 아버지와 이토록 일찍, 이토록 부조리하게 영영 작별해야 하다니. 교회에서는 이렇게 가르친다. 선인善人의 죽음을 슬퍼하지 말라. 천국의 주민이 한 사람 늘어난 것이니. 물론 교회의 가르침을 의심하는 건 아니다. 의심하지는 않지만, 언젠가 올 부활의 날까지 나는 아버지와 만날 수 없지 않은가!

얼굴을 감쌌다.

휑한 홀에 내 울음소리가 번져갔다.

흐느끼는 와중에도, 조용히 자리를 뜨려는 이볼드에게 말을 거는 팔크의 목소리가 귓가에 들렸다.

"훌륭한 연주였네."

"감사합니다. 마음에 들었다면 앞으로도 불러주십시오."

"고려해보겠네. 하지만 지금은 자네에게 묻고 싶은 게 있는데."

"기사님이 저한테 무슨 볼일이신지요?"

노래하는 동안에는 마치 발라드 속 전사처럼 위풍당당하더니, 이볼드는 노래가 끝나자마자 원래대로 돌아와 비굴하리만치 공손한 태도로 물었다.

"아까 아미나 님도 그리 말씀하시던데, 혹시 같은 걸 물어보시려는지요?"

"맞네. 자네한테 묻고 싶은 게 하나 있어."

나를 배려하는지 팔크는 목소리를 낮추고 말했다.

"영주님이 어젯밤 작전실에 계셨다는 걸 아는 하인이 있었는가? 자네가 아는 범위에서 대답해주게. 신중히 생각해보고."

'신중히'라는 조건이 붙어서인지 이볼드는 잠시 뜸을 들이다 대답했다.

"아뇨. 기사님이 무슨 말씀을 하시려는지 알겠습니다. 제가 다른 하인들에게 그 이야기를 했는지 궁금하신 거죠? 저는 말하지 않았습니다. 영주님은 저를 환대해주셨지만, 하인들은 떠돌이 음유시인인 저 같은 건 거들떠보지도 않거든요. 당연한 일입니다. 그리고 믿어주셨으면 합니다만, 아미나 님이 말씀하시기 전까지 영주님이 작전실에서 밤을 보낸다고 하신 사실조차 까맣게 잊고 있었습니다."

"알았네. 그만 가보게나."

이볼드가 홀에서 나가자, 니콜라가 팔크를 향해 물었다.

"저자와 이야기를 나눈 하인이 있는지 알아볼까요?"

"됐다, 너한테는 따로 시킬 일이 있다."

뒤이어, 작게 중얼거리는 목소리가 귀에 닿았다.

"그나저나 저 음유시인도 보통내기가 아니로구나. ……그는 지금 아미나 님에게 필요한 것이 눈물임을 알고 있었던 게야."

17. 골리앗에게 맞서는 다윗

눈곱만큼도 식욕이 없었지만 밤새 전야식을 치르려면 먹

어야 했다. 나는 빵을 입에 넣었다. 일을 하나 끝내고 방으로 돌아와, 야스미나의 시중을 받으며 몸단장을 마쳤을 즈음에는 해가 기울기 시작했다. 곧 만과의 종이 울릴 것이다.

방을 나오자 로스에어가 다가왔다.

“채비는 마치셨습니까?”

“그래. 팔크 경과 니콜라는 어디 있어?”

“작전실에서 확인할 일이 있다고 하셨습니다. 불러올까요?”

“아니. 내가 갈게.”

야스미나를 데리고 작전실로 향했다.

작전실 문 앞에는 니콜라가 대기하고 있었다. 발소리를 들었는지 힐끗 우리를 보더니 방안을 향해 말했다.

“스승님, 아미나 님이 오셨습니다.”

금세 팔크가 밖으로 나왔다.

“오셨습니까. 준비는 다 되셨습니까?”

“준비라고 해봤자 옷만 갈아입으면 되는데요. 그보다 확인할 일이란 게 뭔가요?”

“먼저 이 방의 문을 닫았을 때 바깥에서 말소리가 들리는지 확인했습니다. 문이 두꺼워서 닫아놓으면 크게 소리치지 않는 한 밖으로 새어나오지는 않더군요. 물론 노크했을 때 대답하는 소리 정도는 들립니다만. 또한 빛 역시 새어나오지 않고요."

나는 고개를 끄덕였다.

"두꺼운 문이니까요. 다른 게 또 있나요?"

"이건 무척 중요한 일입니다만."

팔크는 웬일로 뜸을 들였다.

"저는 미니언이 어제 작전실 안에 있던 이들 중 하나라고 확신합니다. 아미나 님도 아시다시피, 서쪽 쪽문을 통해 들어온 살인자의 발자국이 복잡한 회랑을 지나 거의 일직선으로 작전실로 향했기 때문입니다. 한 번이라도 작전실에 가본 적이 있는 자가 아니면 불가능한 일이죠. 더불어 벽에 걸린 검을 흉기로 사용한 것 또한, 자기 검을 뽑지 않고도 작전실에서 손쉽게 무기를 조달할 수 있음을 미니언이 알고 있었다는 사실을 암시합니다.

실제로 안내받아 방안에 들어와서, 영주님이 그곳에서 밤을 보낸다는 이야기를 들은 이들보다 더 수상한 자는 없어 보입니다."

팔크의 사고방식과 검증에는 일리가 있었다. 그 점이 믿음이 갔다.

"확인할 일은 이게 단가요?"

그렇게 묻자 팔크는 잠시 말을 흐렸다.

"아니요, 중요한 검증은 지금부터 시작할 참입니다. 하지만 아미나 님은 보지 않으시는 편이 나을 겁니다."

"마술의 비밀을 엄수해야 하나보죠?"

"그런 건 아닙니다. 보다 상세히 검증하기 위해 니콜라가 미니언 역할을 하기로 했습니다. ……보시면 분명 마음이 불편해지실 겁니다."

아버지의 죽음을 재현한다는 건가. 팔크의 말대로 보고 싶은 광경은 아니다. 하지만 여기서 겁먹은 모습을 보이기는 싫었다. 아까 홀에서 눈물을 흘린 일을 계기로 마음이 약해졌을지도 모른다고 생각하니 두려웠다. 눈을 돌리지 않음으로써 마음이 약해지지 않았다는 것을 확인하고 싶었다.

"난 신경쓰지 말고 진행해요."

내가 그렇게 말할 거라 짐작한 듯, 팔크는 더는 이의를 제기하지 않았다.

"알겠습니다. 그럼 시작하지요."

나는 다시 작전실로 들어가는 팔크의 뒤를 따랐다.

팔크는 아버지의 시신이 있던 방 제일 안쪽, 등받이가 있는 의자 근처에 섰다. 아버지를 찌른 검은 어딘가로 치워버렸는지, 그 자리에는 비슷한 모양이지만 다른 검이 걸려 있었다. 바닥에는 하얀 원 몇 개가 그려져 있었다.

동방의 기사와 그 종사가 프랑스어로 대화를 나누기 시작했다.

"스승님, 이제 시작해도 되겠습니까?"

"준비는 끝났으니 시작하거라."

"네."

문이 닫혔다. 니콜라는 먼저 문을 두드렸다.

팔크가 대답했다.

"누구냐?"

"니콜라입니다."

"들어오거라."

우스꽝스럽게 보였지만, 실제로 미니언이 문을 두드렸다면 아버지는 당연히 누구냐고 물었으리라. 그 상황을 재현하는 것이다.

문을 열고 니콜라가 들어왔다.

니콜라는 바닥에 그려진 원을 밟으며 걸음을 옮겼다. 그렇다는 건 저 원은 마술로 찾아낸 미니언의 발자국을 표시해둔 거겠구나.

바닥의 원을 밟기 위해 니콜라는 평소보다 훨씬 큰 보폭으로 걸음을 내디뎠다. 그런 다음 아버지를 죽인 장검이 걸려 있던 쇠못 아래에서 멈췄다. 바닥에서 못이 박힌 곳까지는 6피트약 182센티미터 정도. 신장 4피트의 니콜라에게는 너무 높다.

힘껏 발돋움한 니콜라의 손끝이 칼자루를 스쳤다. 작전실 벽에는 수많은 무기가 걸려 있다. 장검 밑에 걸린 손도끼가 니콜라에게 방해되긴 했다. 그래도 용케 칼자루를 들어올리자 고정되어 있던 검이 가까스로 못에서 미끄러지며 떨어졌다. 검이 떨어졌을 때 나는 요란한 소리에 대비해 나는 무의식적으로 몸을 뒤로 젖혔다.

하지만 니콜라는 검을 떨어뜨리지 않았다. 그는 자기 키만 한 장검을 공중에서 붙잡았다.

그후에 벌어진 일은 직접 보고도 쉽게 믿을 수 없었다. 검을 잡은 니콜라는 몸을 굽히더니 바닥을 차고 올라, 활시위를 벗어난 화살처럼 튀어나가 순식간에 거리를 좁혔다. 아직 어린애인 니콜라가 성인인 팔크에게 달려드는 모습은 흡사 골리앗에게 맞서는 다윗 같았다. 하지만 다윗이 돌팔매로 도전했다는 점을 고려하면, 검을 든 니콜라의 도전은 훨씬 무모하게 비쳤다.

팔크는 니콜라의 돌격을 피하려 하기보다는, 외려 돌발적인 행동에 놀란 듯 뒷걸음했다. 그러다 뒤에 있는 의자에 부딪쳐 털썩 주저앉았다. 니콜라는 벌써 코앞까지 다가왔다.

칼끝이 번개처럼 팔크의 가슴을 찌른다.

"아!"

무심결에 비명이 터져나왔다.

그것 때문은 아니겠지만, 니콜라의 칼끝이 그 자리에 멈췄다. 어쩌면 팔크의 망토에는 닿았는지도 모른다. 오른팔을 뻗어 칼을 찔러넣은 자세로 멈춘 니콜라. 의자에 앉아 니콜라를 바라보는 팔크.

이것이 어젯밤 이 방에서 일어난 일일까.

이내 팔크가 중얼거렸다.

"진심으로 덤비라 했지, 죽일 기세로 덤비란 말은 하지 않았다."

니콜라가 검을 내렸다.

"조금 일찍 멈출 생각이었는데…… 검이 무거워서 가속도가 붙었습니다. 이런 장검은 영 다루기 힘들어요."

니콜라는 뒤돌아 바닥을 내려다보았다.

"보폭도 맞지 않았어요. 첫걸음을 너무 넓게 떼서 늦어졌어요."

"맞다. 그래도 일곱 걸음이더구나."

"미니언은 여섯 걸음으로 족했을 거예요. 한 걸음 많았어요."

"다시 한번 해보겠느냐. 이번에는 여섯 걸음으로."

"무리입니다. 스승님도 보셨잖아요. 그 이상 보폭을 넓히면 징검다리를 건널 때처럼 움직임이 어색해질 거예요."

억지로 바닥의 발자국에 맞추었는데도 그 속도라니.

어째서 팔크가 니콜라를 나에게 붙여주었는지 알았다. 그는 검을 다루는 데 능한 것이다.

팔크가 물었다.

"직접 해보니 뭔가 느낌이 오는 게 있더냐?"

"지금 떠오른 생각은 아니지만…… 역시 미니언은 영주님이 믿었던 인물인 것 같습니다."

검을 든 채 니콜라는 말을 이었다.

"종기사인 에이브나 기사인 콘라트가 찾아왔다면 방으로 들였겠죠. 하지만 찾아온 사람이 사라센인 스와이드나 웨일스인 이텔, 마자르인에다 여자인 하르 엠마였다면 더욱 경계했을 겁니다. 아예 방에 들이질 않았을 거예요. 지금 같은 상황이 벌어지지는 않았을 겁니다."

"그럴 수 있지. 하지만……"

"압니다. 집사가 영주님은 누군가를 기다리고 있었다고 했죠. 하지만 그게 이텔이나 스와이드였을까요?"

"그 생각은 위험하다."

니콜라의 말을 팔크는 단칼에 부정했다.

"그들은 아니라고 생각할 까닭이 없어. 이텔이었을지도 모른다. 영주님이 비밀리에 이텔과 힘의 복수를 도왔는지도 모르지. 스와이드가 진실로 사라센의 마술사라면 마술에 필요한 도구를 잉글랜드에서 조달하기 힘들었을 테니, 솔론에서 큰 거래를 했을 수도 있다."

하지만 니콜라는 물러서지 않았다.

"그렇지만 애초에 전제 자체가 이상합니다. 영주님이 기다리던 사람은 이볼드 말고도 있을 수 없잖아요. 설마 잊고 계신 건 아니죠? 작은 솔론과 큰 솔론은 밤에는 단절됩니다. 이볼드를 제외하고는 모두 큰 솔론에 있었다고요. 설사 부름을 받았더라도 갈 수 없어요."

그래. 바로 그 점이다.

나는 팔크에게 분명히 가르쳐주었다. 큰 솔론과 작은 솔론 사이를 가로막은 암초와 조류에 대해.

팔크가 물었다.

"그러면 너는 미니언이 어젯밤 작은 솔론에 있던 자라고 생각하느냐?"

"그렇게 생각할 수밖에 없잖습니까."

"하지만 큰 솔론에 있던 자를 범인 후보에서 제외하지 않는 건 비단 나뿐이 아니다."

나를 향해 한 말은 아니었지만, 그렇지 않느냐고 묻는 듯한 기분이 들었다. 팔크는 어디까지 아는 것일까. 침착한 그 옆모습에서는 아무것도 읽어낼 수 없었다.

18. 전야식

⚜

머독이 나룻배를 젓는 사이 만과의 종이 울렸다.

벌써 물살이 세졌는지, 노를 잡은 머독의 표정이 굳어졌다. 나룻배는 평소보다 훨씬 흔들렸다. 잔교에 닿자 안도의 한숨이 흘러나왔다. 천 번도 넘게 탄 배인데도, 탈 때마다 바다의 무서움을 뼈저리게 느낀다.

머독은 튼튼한 밧줄로 배를 붙들어맨 다음, 다가와 물었다.

"저의 오늘 일과는 이걸로 끝났습니다. 내일 아침 일찍 돌아가실 거라면 배를 대령해놓겠습니다."

"아직 모르겠어."

잠시 말문이 막혔다. 예상치 못한 사태가 일어날지도 모른다는 예감이 든 까닭이다.

"그냥 평소대로 오면 늦지는 않을 거야."

"알겠습니다. 그럼……"

고개를 꾸벅 숙인 뒤, 늙은 뱃사공은 솔론 거리를 향해 사라졌다.

잔교에 부딪혀 부서지는 파도가 발치를 적실 것 같다. 먼 바다에서 건너온 11월의 바람은 살을 에는 듯 시려서, 서 있기만 해도 몸이 얼어붙었다. 팔크와 니콜라는 내가 입을 열기를 기다리는 듯했다.

"팔크 경, 오늘은 고생 많았어요. 정의를 위해서도 더럽혀진 우리 가문의 명예를 위해서도, 여러분의 수고가 결실을 맺기를 기도할게요. 만일 급한 볼일이 있거든 수도원으로 사람을 보내세요. 힘닿는 데까지 도울게요."

"배려에 감사드립니다."

팔크는 니콜라를 향해 손짓했다.

"전야식 중에도 니콜라가 아미나 님 곁을 지킬 겁니다. 저도 함께 가고 싶지만, 아직 해야 할 일이 남아서요."

"니콜라가요?"

잉글랜드어는 몰라도 자기 이름은 알아들었나보다. 니콜라는 힐끗 눈을 치켜떴지만, 딱히 할말은 없는 듯했다. 하지만 니콜라도 아침부터 쉬지 않고 일했는데.

"내 안전은 걱정 말아요. 애덤이 병사들을 데리고 올 거니까요."

"솔론의 병사들을 우습게 보는 건 아닙니다만, 그들만으로는 안전하다 할 수 없습니다. 니콜라는 마술에는 풋내기지만 암살기사의 수법을 파악하고 있으며 검술 실력도 쓸 만하니, 애덤 님의 병사보다는 도움이 될 겁니다."

그의 배려는 고마웠지만 한편으로 이상하다는 생각도 들었다.

"당신은 미니언이 아직 누군가를 노린다고 생각하는 거죠? 그래서 나한테 니콜라를 붙이는 거고요. 만일 그런 거라면 지켜야 할 사람은 내가 아니라 애덤이에요. 나는 여자의 몸이니 군을 이끌 입장이 아니죠. 아버지가 돌아가신 지금, 애덤한테 무슨 일이 생기면 솔론을 지킬 장수는 없으니까요."

그러자 팔크는 다갈색 눈동자로 지그시 나를 바라보았다.

"아미나 님, 저희의 사명은 암살기사를 쫓아 척결하는 것입니다."

"알아요."

"아니요, 제 생각에는 아미나 님이 뭔가 오해하시는 것 같습니다."

그는 잠시 말을 멈췄다.

"저희의 사명은 암살기사의 척결입니다. 암살기사에게서 누군가를 지키는 것은 저희 본분이라 할 수 없습니다.

오늘 저는 아미나 님에게 큰 빚을 졌습니다. 아무리 다해야 할 의무라 할지라도, 깊은 슬픔에 빠진 몸으로 제가 사명을 다할 수 있도록 도움을 주셨으니까요. 그 점 깊이 감사드립니다. 다만, 저희에게 협력하는 이는 암살기사에게는 방해물이 됩니다. 저희는 다른 누구보다 아미나 님을 지켜야 합니다. 제게 종사가 둘 있었다면 다른 한 명에게는 애덤 님을 지키라 명했을 테지만, 공교롭게도 지금은 니콜라밖에 없지요."

팔크는 아버지를 지키는 것은 제 사명이 아니었다고 말하는 것이다. 그리고 애덤이 아니라 나를 지키려는 것은, 단순히 내가 자신에게 협력했기 때문이다. 신랄하기 이를 데 없는 말이었다.

……하지만 그의 눈빛은 그렇지 않았다. 나는 이제까지 줄곧 이성적이었던 그 눈빛에 고뇌가 깃든 것을 보았다.

물론 나에게, 아니, 에일윈 가문에 그를 탓할 권리는 없다. 그는 분명히 경고했으니까 아버지의 목숨을 지키는 건 그가 아니라 우리의 의무였다. 나는 작게 한숨을 내쉬었다.

"알았어요. 하지만 전야식이 진행되는 예배당 안까지 데려갈 수는 없어요."

"니콜라는 우수한 종사입니다. 틀림없이 제 소임을 다할 겁니다."

옆에서 당사자인 니콜라가 물었다.

"무슨 문제라도 있습니까?"

"아니다. 다녀오거라."

"만일의 경우에는 쫓아버리기만 하라고 하셨죠?"

"그래. 절대 무리하지 마라. 그리고 예배당에는 들어갈 수 없다고 하는구나."

니콜라는 노골적으로 인상을 찌푸렸다.

"안에 들어가지 않고 무슨 수로 지키라고요?"

"전야식인데 어쩌겠느냐."

"……괜찮을지 모르겠네."

혼잣말처럼 중얼거린 말을 내가 알아들은 건 그다지 바람직한 일이 아니었는지도 모른다. 여하튼 니콜라는 하룻밤 동안 나를 지키는 일을 맡았다.

이제 가야 할 시간이다. 발길을 돌리려는 나를 향해 팔크가 생각났다는 듯 물었다.

"아, 그리고 하나 더. 조과의 종이 울릴 즈음에 전야식장에서 빠져나올 수 있으십니까? 가능하다면 이곳으로 와주십시오."

가슴이 철렁했다.

"여기라면, 이 잔교 말이에요?"

"그렇습니다."

"이유가 뭐죠?"

구구절절 설명할 생각은 없는 듯, 팔크는 예의에 어긋나지 않는 정도로만 적당히 대답했다.

"아마 아미나 님도 대충 짐작하고 계시리라 생각합니다."

태양이 서쪽 언덕 너머로 모습을 감췄다. 긴 하루가 저물어간다.

하지만 곧 찾아올 밤은 안식과 평안을 주지는 못할 터였다.

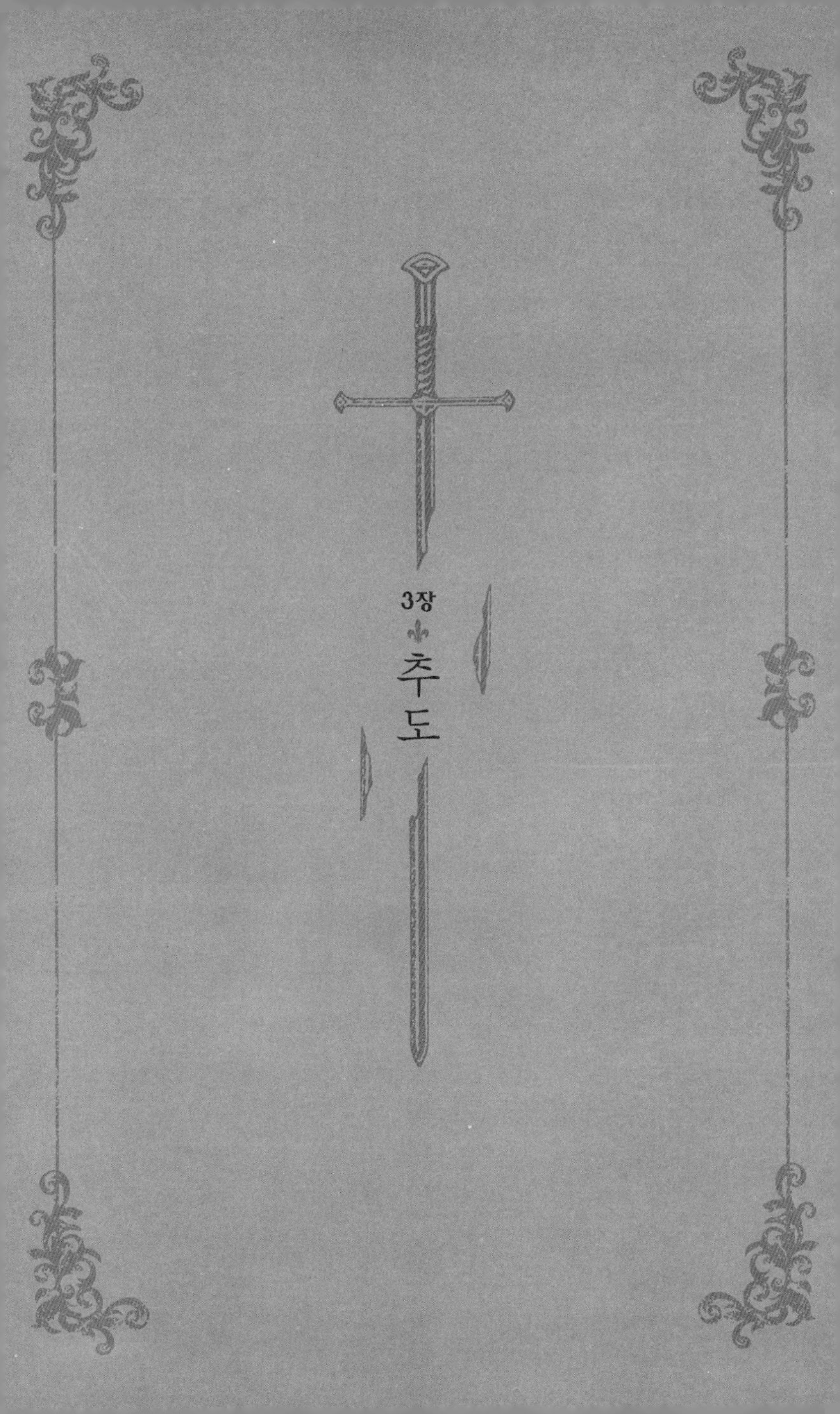

3장 추도

19. 조과의 종이 울리려면 아직 멀었나

작년까지만 해도 장례식 예법조차 제대로 알지 못했지만, 아버지의 전야식은 별 탈 없이 치를 수 있었다. 지난달에 에드위 슈어의 전야식을 경험한 까닭이다.

고요한 예배당 영안실 안에 나지막하고 엄숙한 기도 소리가 흐른다. 이곳에 분노와 복수가 비집고 들어설 공간은 없다. 아버지의 시신에 솔로 성수를 뿌린 뒤 돌바닥에 무릎을 꿇고 기도를 올렸다. 추위를 덜기 위해 곳곳에 놓은 횃불과 화로 불빛을 받아 그림자가 길게 드리웠다. 이곳에는 오빠와 나, 그리고 전야식을 주관하는 수사뿐이다.

매장할 때는 여자들이 서글피 울며 죽은 이를 보내는 것이 예법이다. 나 역시 큰 소리로 곡을 해야 할 것이다. 그러나 오늘 밤은 평온하게 지나간다.

수사들이 철야 기도를 올려준다고 한다. 애덤도 함께할 테고.

하지만 나는 기회를 봐서 예배당에서 빠져나와야 한다. 팔크와 한 약속 때문만은 아니다. 사실 오늘 밤만은 홀로 조용히 아버지와의 이별을 슬퍼하고 싶었지만, 사람들은 장례식에 여자가 나서는 걸 곱게 보지 않는다. 예배당에 들어와 기도를 올리게 해준 것만으로도 수도원측에서는 충분히 배려해준 셈이다. 이제는 내가 알아서 자리를 피해주어야 한다.

마지막으로 아버지의 얼굴을 보았다. 다음에 볼 때 관 뚜껑은 닫혀 있겠지. 아버지의 영혼에 평온이 깃들기를. 그리고 안녕히, 아버지.

떡갈나무문을 열고 예배당에서 나왔다. 휘영청 달이 밝은 밤이었다. 길게 뻗은 회랑에는 기둥과 아치 여러 개가 그림자를 드리우고 있었다. 구름은 없지만 바람이 차다. 가까운 곳에서는 세찬 바람소리가, 멀리서는 우레와 같은 바닷소리가 울려퍼졌다. 귓가에 수사들의 기도 소리가 메아리친다.

기둥 뒤에서 자그마한 그림자가 나타났다. 니콜라다. 눈을 내리깔고 있다.

조금이라도 추위를 견뎌볼 요량인지 횃불 곁에 있었다. 그는 나를 물끄러미 바라보더니 말없이 발길을 돌렸다. 말이 통하지 않는다고 생각하는 것이다. 지금까지 말을 걸지 않았던 건 단지 기회가 없었기 때문이다. 지금이 그 기회겠지. 나는 살며시 프랑스어로 말을 걸었다.

"고마워, 니콜라. 추웠지? 조과의 종이 울리려면 아직 멀었나?"

니콜라는 걸음을 멈추고 어깨 너머로 뒤를 돌아보았다. 놀란 표정도 없이, 지극히 당연하다는 듯 대꾸했다.

"종지기가 오지 않았으니 조금 더 기다리셔야 할 겁니다. 문지기가 현관에 불을 피워놓았습니다. 거기서 기다리시죠."

"그러자."

그런 다음 나는 니콜라를 따라갔다. 그는 쓸데없는 소리는 일절 하지 않고, 한밤의 수도원에 어울리는 조용한 몸놀림으로 나를 불 옆으로 데려갔다.

세 갈래로 뻗은 지지대 위에서 붉은 화톳불이 이글이글 타오르고 있다. 불을 쬐자 몸에서 찬 기운이 빠져나가는 것 같았다. 니콜라가 추울까 걱정했는데, 나도 몸이 얼었던 모양이다. 긴 한숨을 내쉬며 바닥을 내려다보니, 돌바닥에 나와 니콜라의 그림자가 길게 드리워져 있었다.

나는 현관에 놓인 벤치에 앉았다. 니콜라에게도 앉으라고 권했지만, 그는 그저 주변을 살필 뿐이었다.

말이 통한다는 사실을 밝히고 난 뒤라서 침묵이 더욱 무겁게 느껴졌다. 나는 잠시 손을 녹이다 말문을 열었다.

"별일 없었지?"

니콜라는 천천히 손을 비비다 동작을 멈추고 대답했다.

"네. 호위하기 쉬운 곳이라 편했습니다."

"호위하기 쉽다니?"

"벽이 높고, 접근하는 사람을 감시할 수 있는 곳도 있으니까요."

"그렇구나. 너만 믿을게."

다시 대화가 끊겼다.

온기가 돌아온 손을 내렸다. 아직 종은 울리지 않았다.

"……더 일찍 말했어야 했는데."

그렇게 말하자 니콜라는 의아한 표정을 지었다.

"무슨 말씀입니까?"

"내가 프랑스어를 할 수 있다는 거 말이야. 너와 피츠존 경이 무슨 대화를 나눴는지 전부 알아들었거든. 알렸어야 마땅한 일인데 미안해."

"아, 그거요."

니콜라는 짤막하게 대꾸하더니 시큰둥한 얼굴로 고개를 돌렸다.

"스승님이 하시는 이야기가 달라지지는 않았을 겁니다. 그런 걸 신경쓰실 분이 아니거든요."

"네 말이 맞아. 그는 고결한 사람이니까."

그러자 니콜라는 씁쓸한 표정을 지었다. 주인의 이야기를 하는데 종사가 노골적으로 속내를 드러내다니.

"고결…… 맞습니다. 그럴지도 모르죠."

"넌 그렇지 않다고 생각하니?"

"스승님은 품위 없게 행동하지는 않으시니까요."

말을 마치더니 퉁명스레 한마디 덧붙인다.

"그분은 단순해서 비열하게 굴지 못하는 것뿐이에요."

"단순하다고? 그렇게 보이지는 않던데."

그렇게 말하자 어린 종사는 나를 휙 돌아보며 스승의 만행을 고발하는 제자처럼 숨도 쉬지 않고 말했다.

"아뇨, 스승님은 닭 한 마리에 20드니에◆를 달라면 주는 사람이란 말입니다. 아무리 토실토실하게 살찐 닭이라고 해도, 그 가격이 말이 됩니까!"

나는 눈을 휘둥그레 떴다.

대체 뭐라고 대답해야 할까. 나 역시 닭 한 마리에 20드니에를 달라면, 그러려니 하고 값을 치를지도 모른다. 하물며.

"팔크는 동방에서 왔잖아. 닭값을 어떻게 알겠어."

그러자 니콜라는 어처구니가 없다는 듯 고개를 저었다.

◆ 8세기부터 18세기까지 사용된 프랑스 은화.

"닭값은 몰라도 바로 옆에서 토끼를 5드니에에 파는 걸 보면 대충 짐작이 갈 거 아니에요. 제가 비싸다고 충고도 했고요. 그런 일이 한두 번이 아니었다니까요. 스승님이 혼자였다면 이 솔론섬까지 배를 얻어탈 수 있었을까요? 솔론에 도착하고 나서도 사이먼네 여관에 묵을 수나 있었을까요? 만일 혼자 힘으로 가능했더라도 얼마나 뜯겼을지 저로서는 상상이 가질 않네요."

거기까지 말하고는, 저도 말이 과하다 싶었는지 니콜라는 고개를 돌리고 혼잣말처럼 중얼거렸다.

"동방에서는 시중을 드는 사람이 있었을 겁니다. 스승님이 단순한 사람처럼 보이지 않는다면, 사명을 다하기 위해 애썼기 때문일 테죠. 제 생각에 그분은 시를 짓고 마상시합에 출전하고 아름다운 숙녀를 아내로 얻어서 매일 웃으며 즐겁게 사는 편이 어울립니다."

한마디로 팔크는 에드릭을 없애기 위해 그런 평온한 생활을 전부 버렸다는 뜻이리라. 여행으로 단련된 팔크의 몸을 보면 니콜라의 말만큼 고생을 모를 것 같지는 않다. 트리폴리 백국에서 이 솔론까지의 여정은 그리 평탄하지 않았을 것이다. 열 사람이 이 여정을 시작했다 한들 그중에서 몇 명이나 살아남아 목적지에 도착할지 알 수 없는 여로다.

그것이 전부 암살기사를 처단하기 위한 여행이라니. 아무리 명령이라도 너무나 중한 사명이다.

"혹시…… 팔크 경은 그 암살기사에게 개인적인 원한이 있는 거니?"

"성 암브로시우스 병원형제단의 기사는 모두 암살기사에게 개인적 원한이 있다고 들었습니다. 원래 같은 기사단에 소속된 동료였으니 그럴 만도 하죠."

"그게 아니라 팔크 경이 에드릭 개인에게 원한이 있느냐는 소리야."

누군가를 조종해 아버지를 해친 암살기사 에드릭. 팔크는 그에 대해 뭐라고 말했던가.

그래, 분명히 이렇게 말했다. "유감스럽게도 머리색과 눈동자 색이 저와 같습니다"라고.

니콜라는 고개를 갸웃거렸다.

"말해도 될지 모르겠네요. 뭐, 상관없을 것 같지만. 딱히 숨기는 것 같지도 않고요."

"역시 뭔가 사연이 있구나?"

"네. 제 스승님 팔크 피츠존과 에드릭은 형제입니다."

"뭐라고?"

말문이 막혔다.

"스승님이 한 살 많다고 들었습니다. 자세한 얘기는 듣지 못했지만, 예전에는 제법 돈독한 사이였던 모양입니다. 하지만 에드릭은 암살기사가 되어버렸죠. 다른 사람이 아니라 꼭 자기 손으로 처단하겠다는 일념으로 동방에서 이곳까지 온 겁니다."

"동생을 죽이기 위해……?"

니콜라는 고개를 끄덕이더니 살며시 쓴웃음을 지었다.

"지금까지 스승님의 결의는 흔들린 적이 없습니다. 때때로 괴로운 기색을 보인 적은 있지만요. 유럽으로 건너온 형제단원은 스승님 한 분만이 아니니, 정 괴로우면 다른 동료에게 위임해도 될 텐데. 나쁘게 말하면 그런 점이 단순하다고 해야겠죠."

팔크에게 그 나름의 사정이 있다는 건 어렴풋이 짐작했던 일이다. 하지만 설마 숙적인 암살기사와 친동기간일 줄이야. 그러나 혈육끼리 적과 아군으로 나뉘어 다투는 일은 잉글랜드에서도 그리 드문 일은 아니다.

20. 배신자의 아들

⚜

팔크도 그렇지만, 눈앞에 있는 니콜라 바고도 퍽 기묘한 소년이다.

방금 전까지만 해도 말이 통하는지조차 몰랐으면서, 금방 대화를 나누는 데 익숙해져 지금은 태연하게 제 주인에 대해 평하고 있다.

기사의 종사치고 어린 나이는 아니다. 하지만 무기를 든 종사라 하기에는 영 미덥지 못하다. 팔다리가 어찌나 가녀린지 그림자까지 가느다랗다. 허리에 찬 검도 체구에 맞게 작아서, 애덤이 쓰는 장검에 비하면 장난감처럼 보였다. 그런데도 아까 작전실에서 보여준 번개 같은 움직임이라니! 게다가 일렁이는 불꽃이 비추는 성숙한 옆모습은 그리 길지 않은 그의 인생이 결코 평탄하지 않았음을 암시하고 있었다.

"얘, 니콜라."

나는 질문을 꺼냈다.

"팔크 경을 모신 지 오래되었니?"

"네?"

솔론에 도착한 이래, 니콜라는 줄곧 무표정한 모습이었고 놀라지도 당황하지도 않았다. 하지만 지금 니콜라가 처음으로 당혹스러워하는 기색을 보였다.

"저 말입니까?"

"그래, 너 말고 누가 있어."

자신이 화제에 오를 줄은 상상도 못한 모양이다. 금세 평정을 되찾았지만, 목소리에는 의아한 빛이 짙게 배어 있다.

"왜 저 따위가 궁금하신가요? 음, 궁금하시면 말씀드리겠지만요. 그리 오래되지는 않았습니다. 이제 일 년이 조금 넘었으니까요."

"트리폴리 백국에서 함께 온 게 아니구나."

니콜라는 아까 "동방에서는 시중을 드는 사람이 있었을 겁니다"라고 말했다. 동방에서 팔크가 어떻게 살았는지 직접 보지는 못했다는 뜻이다.

"네. 저는 트리폴리 백국과는 아무 상관도 없습니다. 병원형제단과도 관계없고요."

"형제단과도? 하지만 팔크 경의 종사잖아. 네 주인도 그렇게 소개했고."

"자세히 설명하면 길어져서 그런 겁니다. 정확히는 종사가 아니라…… 음, 종사가 맞나? 그냥 따라다니면서 스승님의 짐을 나르고 잔심부름을 할 뿐입니다."

"일개 짐꾼이 주인을 스승이라 부르고, 그렇게 번개같이 검을 휘두른다고?"

미소 지으며 그렇게 말하자, 니콜라는 머리를 긁적이며 하는 수 없다는 듯 입을 열었다.

"검은 아버지에게 배웠습니다. 아버지는 트루아에서 제법 이름이 알려진 결투사였죠."

결투사. 들은 적이 있다.

진실과 거짓을 가리기 위해 종종 결투라는 수단을 택하기도 한다. 어제 팔크도 암살기사를 고발할 필요가 있다면 결투를 택하겠다는 의사를 넌지시 밝히지 않았는가. 입으로 거짓을 말하는 비열한 사내는 무기를 들었을 때에도 비열하게 싸우는 법이다. 그리고 신은 정의의 편에 서신다. 결투는 신성한 재판이며 승자의 말이 곧 진실이다.

하지만 그렇다고 건장한 남자와 허리 구부정한 노인의 결투가 공정하다 할 수는 없다. 고발인의 친족이 대신 싸우는 일도 종종 있다.

그뿐만 아니라 때로는 혈연관계가 없는 제3자를 고용해 대신 싸우게 한다고도 들었다. 돈을 받고 결투를 하는 전사를 바로 결투사라 부른다. 그들은 자신의 육체와 무기에 모든 것을 걸고 싸움으로 보수를 얻는다.

그런 직업이 있다고 들은 적은 있지만, 직접 만나본 적은 없다. 내가 아는 한 솔론에서 결투 재판이 열린 적은 없다.

여하튼 결투사는 기사 계급이 아니다. 일반적으로는 종사가 되기도 어려울 터다. 내 의문을 알아챘는지 니콜라는 조금씩 자기 이야기를 시작했다.

"제 아버지는 트루아의 결투사 중에서도 빼어난 기량을 가지고 있었습니다. 몸집은 그리 크지 않았지만, 무척 신속하고 정확하게 검을 다루어서 무패를 자랑했죠. 옛날 얘기는 거의 하지 않았지만, 아마 프랑스가 아니라 다른 먼 나라 사람이었던 것 같습니다. 아버지의 프랑스어는 조금 독특했고, 바고라는 성도 쉽게 찾아볼 수 없었으니까요. 그런 까닭에 훈련 상대도 없어서 하는 수 없이 저를 상대로 삼을 수밖에 없었습니다. 아버지는 조금 더 커야 쓸 만하겠다고 말했지만, 덕분에 실력이 많이 늘긴 했어요."

그 말대로 니콜라는 어른의 훈련 상대를 맡기에는 너무 어리고 작다.

"팔크 경과도 트루아에서 만났니?"

"네. 이런저런 일이 있었거든요."

"그렇구나. 그럼 여행도 오래했겠구나."

"그럭저럭요."

니콜라가 허리춤에 찬 검에는 처음 보는 무늬가 새겨져 있었고, 망토를 여민 브로치는 덴마크 상인의 장신구와 비슷하다. 그의 말대로 니콜라 바고라는 이름은 프랑스식도 아니거니와, 유럽 각국의 상인이 모이는 솔론제도에서도 들어본 적이 없다.

니콜라는 이렇게 어린데도 기사를 따라 유럽 전역을 여행하고 있다.

"팔크 경과 너의 사명이 얼마나 중한지는 알 것 같아. 하지만……"

내 목소리가 높은 천장에 빨려들어가 사라진다.

"조금 부럽구나."

니콜라는 고개를 갸웃거렸다.

"부러우시다고요?"

"배부른 소리인 줄은 알아."

나는 화톳불을 쳐다보며 말을 이었다.

"나는 이제 어디에도 갈 수 없거든. 이 섬은 유럽 어디로도 통하는데 말이야. 아버지가 돌아가셨으니 어쩔 수 없지만."

"영주님이 돌아가시면 아미나 님이 자유를 잃게 되는 겁니까?"

천진하다 해도 좋을 만큼 소박한 니콜라의 질문에 나는 미소 지었다.

"그렇단다."

다시없을 신비한 밤이었다. 나는 내 속내를 시녀인 야스미나에게조차 내보인 적이 없다. 그런데 어제 만난 어린 종사에게 거리낌 없이 이런 이야기를 하고 있다. 어쩌면 우리가 프랑스어로 대화를 나누고 있기 때문이려나. 태어나 지금까지 써 온 잉글랜드어로는 도저히 비밀을 이야기할 마음이 들지 않을 테니까.

내가 이 섬에서 나갈 방법은 두 가지다.

하나는 혼인. 아버지는 솔론을 더욱 발전시킬 기회를 놓치지 않았다. 나에게는 머틸다라는 언니가 있다. 아버지는 언니를 누구와 결혼시켜야 가장 솔론에 득이 될지 숙고한 끝에, 글로스터 백작의 심복과 혼인을 성사시켰다.

하지만 아버지가 머틸다를 팔아넘긴 건 아니다. 에일윈 가문과 솔론의 이익도 중시했지만, 한편으로는 머틸다의 행복까지 생각해서 내린 결론이었다. 머틸다의 남편은 나이도 그녀와 비슷하고 전도유망하며, 큰 장원을 가진데다 자상한 성품을 지닌 훌륭한 기사였다.

이렇게 머틸다는 솔론을 떠나 글로스터로 갔다. 막내인 나에게도 혼담이 들어왔을 것이다. 분명 아버지의 의중에 사윗감 후보들이 있었겠지.

하지만 아버지는 세상을 떠났다. 에일윈 가문은 애덤이 잇게 된다. 적당한 혼처를 찾는 것은 여간 성가신 일이 아닐 터. 과연 애덤이 공을 들여 내 혼처를 찾으려 할까?

종기사 에이브 허버드는 애덤이 기사 서임을 해줄지 우려하고 있었다. 나 역시 그처럼 앞날을 걱정해야 한다. 아버지는 머틸다의 행복을 최대한 고려했지만, 애덤이 나에게 그런 정성을 쏟을 것 같지는 않다. 남의 일에 공을 들일 인물이 아니니까. 아마 나는 싼값에 팔려가겠지.

하지만 그것로도 감지덕지해야 할 판이다. 만일 애덤이 내 혼처를 찾으려는 노력을 하지 않는다면, 나는 에일윈 가문의 여주인으로 새언니와 곳간 열쇠를 두고 다투며 늙어갈 것이다. 어느 쪽이든 내게 선택권은 없다. 선택은 애덤의 몫이다.

둘 중 어느 쪽도 바라지 않는다면 선택지는 하나뿐이다.

"내가 선택할 수 있는 길은 수녀원에 들어가는 것뿐이야."

나는 그렇게 말하며 웃었다.

솔론에 수녀원은 없다. 수녀가 되면 솔론을 떠나 내가 원하는 지역으로 갈 수 있다. 하지만 그러고 나서는 평생 그곳을 떠날 수 없다. 진심에서 우러나오는 신앙이 없다면 수도원은 감옥에 지나지 않는다. 도피처로 택할 곳이 아니다. 내가 행복한 마음으로 솔론을 나갈 방법은 오늘 아침 영영 사라진 것이다.

내가 프랑스어를 할 수 있는 건 대부분의 상인들이 쓰는 언어이기 때문이다. 잉글랜드의 수도원에 들어갈 거라면 굳이 배울 필요 없는 그 언어로, 나는 혼잣말처럼 중얼거렸다.

"오랫동안 저 바다 너머를 동경해왔거든. 그래서…… 스스로 트루아를 떠난 네가 조금 부러워."

니콜라는 고개를 숙이고 있었다. 타탁 소리를 내며 장작이 타들어갔다.

니콜라가 입을 열었다.

"아미나 님은 부유하니 배를 사시면 어떻습니까?"

"배를 사서 도망치란 뜻이야?"

"헤엄치는 것보다는 낫지 않을까 해서요. 죄송합니다, 사실 잘 모르겠어요. 하긴 배는 혼자 움직일 수 없죠. 다만 하나 오해하신 게 있는데 저는 제 의지로 트루아를 떠난 게 아닙니다."

니콜라는 쓴웃음을 지으며 고개를 들었다.

“쫓겨났죠. 아버지가 암살기사에게 살해당했거든요. ……동쪽에서 온 마술사들 때문에 고생깨나 했습니다.”

그렇게 말하더니 니콜라는 어깨를 으쓱했다.

기묘한 종사라고는 생각했다.

팔크 피츠존의 여행과 싸움은 듣기만 해도 가혹했다. 하지만 그는 완전한 성인이니 그 시련을 견뎌낼 체력과 정신력을 갖추고 있을 터다. 하지만 니콜라는 다르다. 조금 더 부모의 보호를 받아도 되지 않을까. 적어도 고향을 떠나기에는 너무 이르지 않나. 그렇게 생각하기는 했다.

하지만 의아한 점이 있다.

“네 아버지도 그들에게 살해당했다고? 아니, 그보다 왜 그 일로 네가 고향에서 쫓겨나야 했는데?”

“아, 그걸 설명하다가는 날이 샐 거예요.”

니콜라는 말하다 말고 문득 눈을 들어 위를 보았다. 이제 곧 조과의 종이 울릴 때라 생각한 모양이다. 하지만 종루에서는 종소리는커녕 인기척조차 느껴지지 않았다. 그는 단념한 듯 눈을 내리깔더니 천천히 입을 열었다.

“결투 재판에는 여러 규칙이 있습니다. 작년에 트루아의 교회와 영주 사이에 토지 분쟁이 일어났습니다. 토지의 경계에

돌을 놓아두었는데, 누가 그걸 움직인 것 같다고 사제가 이의를 제기한 거예요. 정말 성가신 일이죠.

이 송사에서 아버지는 영주측에 고용됐습니다. 교회측 대전사는 덩치만 큰 얼간이여서 저는 전혀 걱정하지 않았습니다."

추운지 니콜라는 살며시 몸을 틀었다. 화톳불을 등진 그의 표정은 그늘 때문에 잘 보이지 않았다.

"결투 전날 재판관 앞에서 공정하게 싸울 것을 맹세했습니다. 해시계를 설치하고 결투를 시작할 시간을 정했고요. 두 대전사는 제각기 외부와 격리된 장소로 이동해 이튿날 아침에 열릴 결투를 기다렸습니다. 늘 그랬듯이요. 아버지는 항상 정시 조금 전에 결투장에 나타나 반드시 이기고 돌아왔거든요.

하지만 그날은 달랐습니다. 아버지가 오지 않은 거예요. 결투 시간을 어기는 것도 신의를 어기는 행위로 간주되는데, 하물며 도망치는 건 말할 것도 없죠. 소송은 그 자리에서 패소가 확정됐습니다. 서약을 어긴 아버지에게 내려진 벌은 그리 엄하지 않았습니다. 오른팔 하나만 내놓으면 됐으니까요. 관례대로라면 목숨을 빼앗아야 했지만, 트루아의 축제를 앞두고 있어 온정을 베풀어준 거죠."

피고인의 신체 일부를 절단하는 형벌은 그리 어렵지 않게 찾아볼 수 있다. 솔론에서는 아버지의 방침으로 가급적 벌금형을 선고하려 하지만, 그래도 팔꿈치 아래를 잘라내는 형벌은 몇 번 본 적이 있다.

그리고 그들 대부분은 오래 살지 못한다. 죄인 중에 의사에게 적절한 치료를 받을 만큼 유복한 이들은 얼마 없기 때문이다.

"고열에 시달리며 아버지는 말했습니다. 기억이 없다고. 그날 아침에 결투가 열리기로 되어 있던 일도, 재판관 앞에서 서약한 일도 모두 기억하지 못한다고요. 정신을 차려보니 홀로 숲 속 오두막에 있었는데, 이상하다 생각은 했지만 결투에 대해서는 까맣게 몰랐다고 말했습니다."

"술을 너무 마시면 그렇게 된다고 들었어."

입 밖으로 꺼내고 나서, 실언이었는지도 모른다는 생각에 후회했다. 하지만 니콜라의 목소리는 변하지 않았다. 냉정했지만 어딘지 모르게 자포자기한 듯한 냉소가 깃들어 있었다.

"재판관들도 그렇게 말했습니다. 하지만 아버지는 결투 전에는 술을 마시지 않았어요. 설령 정신을 잃을 만큼 술을 마셨더라도, 오두막에 남아 있던 잔에서도 아버지에게서도 술냄새가 전혀 나지 않았던 것은 어떻게 설명해야 하죠? 하지만 트루아 사람들은 아무도 그 까닭을 생각하려 하지 않았어요. 아버지는 배신자로 죽었습니다. 외국인 묘지가 아니라 신성한 교회 묘지에 매장되었다는 걸 그나마 위안으로 삼아야겠죠.

하지만 저는 트루아에 계속 머물 수 없었습니다. 어머니는 저를 낳다 세상을 떠났고, 아버지는 명예롭지 못하게 돌아가셨어요. 저는 배신자의 아들이 되어 마을에서 따돌림을 당했고요. 먹을 것도 구할 수 없어서 더이상 트루아에서는 살 수 없다는 걸 깨달았죠. ……스승님과 만난 건 제가 마을을 나가려던 날이었습니다."

그의 목소리와 장작이 타들어가는 소리만 현관에 울려퍼졌다.

"스승님은 아버지가 결투 전날 머물렀던 오두막을 조사해 잔에 남아 있던 마술의 흔적을 발견했습니다. 물에 저주를 걸어 망각제로 바꾸어버리는 '레테의 물방울'이라는 주술이었죠. 아버지는 그걸 마시고 결투 약속을 잊어버린 거라더군요. 처음에는 믿기 힘들었지만, 아버지가 서약을 잊어버렸다는 게 훨씬 말이 안 됐기에 스승님의 말을 믿었습니다. 그리고 트루아 시내를 안내해서, 아직 시내에 숨어 있던 암살기사를 찾아내……"

"원수를 갚았어?"

하지만 니콜라는 조용히 고개를 저었다.

"아깝게 눈앞에서 놓쳤습니다. 암살기사는 만만한 상대가 아닙니다. 눈 깜짝할 새에 자취를 감추죠. 의뢰인은 분명 원고인 사제였겠지만, 증거를 하나도 찾지 못했습니다. 완벽한 패배죠."

말을 마친 니콜라는 나를 보며 덧붙였다.

"제 아버지를 함정에 빠뜨린 건 에드릭이 아닙니다. 다른 암살기사죠. 그러니 트루아에서 녀석을 처치하지 못한 탓에 영주님이 변을 당하신 건 아닐 겁니다."

나는 그런 생각은 전혀 하지 않았다. 그를 안심시키려 손사래를 쳤다.

"그러면 너도 나와 같구나."

그러자 그는 살짝 눈을 돌렸다.

"제 아버지는 일개 결투사였습니다. 감히 영주님에 비할 바가 아니죠."

그건 아니다.

가족을 생각하는 마음은 모두 같지 않겠는가.

그렇게 말하려 했지만, 그전에 니콜라가 살짝 힘을 주어 말했다.

"하지만 아미나 님의 심정은 헤아릴 수 있을 것 같습니다."

"……그러니?"

"아마도요."

고개를 끄덕이더니, 그는 한층 열띤 어조로 이야기를 시작했다.

"아버지가 죽고 제 인생도 어긋나기 시작했습니다. 저도 트루아를 떠나기 싫었어요. 아버지에게 배울 것도 많았고요.

하지만 죽음은 어쩔 수 없는 일입니다. 싸우다보면 무슨 일이 일어날지 모르니까요. 예정대로 결투를 했더라도 아버지가 반드시 승리했으리란 보장은 없죠. 시대가 시대니만큼, 어느 때 어딘가에서 성사도 받지 못하고 죽는 사람이 있다 한들 이상할 건 없고요. 각오는 되어 있었습니다.

하지만 그런 형태는 아니었습니다. 계략에 빠져 명예롭지 못하게 살해되었는데, 어떻게 순순히 단념할 수 있겠어요. 저는 암살기사에게 받아야 할 빚이 있습니다. 그것만은 꼭 받아낼 작정입니다!"

지금은 한밤중인데다 이곳은 정숙을 중시하는 수도원이고, 게다가 예배당 영안실에서는 철야기도를 드리고 있다. 그런 것을 죄다 잊었는지 니콜라는 언성을 높였다. 하지만 나무랄 생각은 없었다. 그의 말이 맞다. 나 또한 암살기사에게 받아야 할 빚이 있다. 아버지의 목숨과 내 인생을 보상받아야 한다.

또래 소년들처럼 격앙된 모습을 보인 게 창피한지 니콜라는 나지막하게 한숨을 쉬었다. 그리고 나를 바라보았다.

"제가 아미나 님께 드릴 수 있는 말씀은, 원수를 갚기 위해 싸울 생각이라면 뜻대로 하시라는 것뿐입니다. 그러시겠다면 저는 아미나 님을 위해 싸울게요. 저와 아버지의 검을 걸고 맹세합니다."

나는 에일윈 가문의 여식이지만 나를 위해 싸우는 기사는 하나도 없다. 그들은 모두 아버지의 기사였으며, 지금은 오빠의 기사다.

그런데 지금 말씨가 조금 거친 이 소년이 날 위해 싸우겠다고 맹세해준 것이다. 그는 나의 첫 기사다. 기념할 만한 첫 기사니 조금 더 키가 컸으면 좋았겠지만.

그사이에 종지기가 종루에 올라간 모양이다. 희미한 열을 띤 밤공기 사이로 조과의 종이 울려퍼졌다.

21. 겨울의 일곱 밤

어느샌가 짙어진 구름이 밤하늘을 뒤덮었다.

달빛도 지상에는 닿지 않는다. 거리는 어둠에 휩싸여 황량한 광야와 분간이 가지 않았다. 육지와 바다가 분간이 가지 않을 정도로 어두운 밤, 우리는 두건을 푹 뒤집어쓰고 서둘러 걸음을 옮겼다. 니콜라가 든 랜턴이 주변을 비추었지만, 빛이 너무 약해서 금방이라도 어둠에 빨려들 것 같았다. 이런 어두운 밤에는 도적도 나다니지 않겠지. 정체 모를 두려움이 내 다리를 붙들었다. 의지할 데라고는 앞장서 가는 니콜라뿐이었다.

랜턴 불빛을 받아 울타리가 불쑥 모습을 드러냈다. 그제야 나는 어느새 솔론 시내로 들어왔음을 깨달았다. 니콜라가 돌아보며 프랑스어로 말했다.

"길을 모르겠어요. 죄송하지만 여기서부터는 아미나 님이 앞장서주십시오."

그렇게 말하며 랜턴을 건네는 니콜라의 손은 무척 따스했다.

밤이 되면 큰 솔론과 작은 솔론을 가르는 좁은 해협의 물살이 무시무시하게 거세진다. 끊임없이 울려퍼지는 바닷소리가 땅을 뒤흔들었다.

나루터에 작은 불빛이 보인다. 팔크가 먼저 도착해 뱃사공 오두막에서 바람을 피하고 있었다. 랜턴은 처마 끝에 걸어놓았다. 얼굴을 알아볼 정도로 가까이 다가가자 그는 고개를 숙였다.

"이런 늦은 시간에 오시라 해서 죄송합니다. 어쩔 수 없는 상황이라서요."

팔크는 그렇게만 말하고는 니콜라에게 프랑스어로 물었다.

"알아보라는 건은 어찌되었느냐?"

"예상대로입니다."

"흐음, 역시나."

"아, 참고로 말씀드리는데, 아미나 님은 프랑스 말을 알아들으십니다."

"그러냐."

니콜라의 말대로 팔크는 그 이야기를 듣고도 눈 하나 깜짝하지 않았다. 그는 다시 나를 돌아보았다.

"이렇게 오시라 한 건, 두 가지 이유 때문입니다. 하나는 오늘 하루 동안 알아낸 사실을 알려드리기 위해서입니다."

"아버지를 해친 자가 누군지 알아냈나요?"

"아뇨. 아직은 아닙니다. 조사해야 할 자들이 아직 많으니까요."

"그럼 범인 후보에서 제외할 수 있는 사람은 누구죠?"

팔크는 잠시 나를 쳐다보았다.

"현명한 질문입니다만, 그에 대답하는 건 아직 시기상조라 생각합니다. 제가 누구를 의심하고 누구를 의심하지 않는지는 모든 것을 말씀드릴 때까지 덮어두려 합니다."

"왜죠?"

"선인들의 지혜입니다. 불완전한 고발을 수차례 되풀이하다보면 외려 암살기사에게 도망칠 구멍을 만들어주는 것이나 다름없기 때문이죠."

그들의 방식을 비판할 수는 없다. 나는 잠자코 다음 말을 기다렸다.

"사소한 발견은 몇 개 있었습니다만, 오늘 밤 아미나 님께 알려드려야 하는 것은 하나입니다. 그것은 결코 사소한 일이 아니고요."

처마 끝에 걸어놓은 랜턴이 바람에 흔들리자 팔크의 그림자도 같이 흔들렸다. 그는 주저없이 말을 이었다.

"콘라트 노이도르퍼는 도적입니다."

"……네?"

"그 독일인 기사, 콘라트가 도적이라고 말씀드렸습니다."

콘라트. 분명히 바르게 자란 사람처럼은 보이지 않았다. 수하의 용병 역시 미덥지 못한 자들뿐이다. 하지만 그렇다고 영혼까지 타락한 악당처럼 보이지는 않았는데. 설마.

"대체 무슨 근거로 그를 고발하는 거죠?"

절로 목소리에 날이 섰다.

"의아해하실 만도 합니다. 모르는 사람은 꿈에도 상상 못 할 일이니까요. 아미나 님, 콘라트의 방에서 보았던 손바닥 모양의 장식품을 기억하십니까?"

나는 그가 말한 물건을 떠올리려 애썼다. 폐허나 다름없던 병영의 지휘관실. 콘라트가 쓰던 방에서 내가 본 것들을.

"기억해요. 울퉁불퉁한 나무로 만든 기묘하고 투박한 촛대였죠. 그 위에 눌러붙은 촛농이 없었으면 촛대인 줄도 몰랐을 거예요."

"눈썰미가 좋으시군요. 하지만 그 물건을 평하는 데 투박하다는 말은 적절하지 않습니다."

바람과 파도 소리에 묻히지 않도록 팔크는 목소리를 높였다.

"그것은 '도둑의 납촉'. 세례를 받지 못하고 죽은 갓난아이의 손으로 만든 물건입니다."

"……설마."

"아뇨, 콘라트가 직접 묘를 파헤치지는 않았을 겁니다. 과연 어떤 재료로 만든 촛대인지 아는지조차 의심스럽군요. 산파가 사산된 갓난아이를 판다는 얘기도 있고 도굴꾼이 묘를 파헤치는 거라는 얘기도 있지만 모두 소문에 불과합니다. 그리고 그리 중요한 문제도 아니고요.

'도둑의 납촉'이란 이름이 붙었습니다만, 꼭 밀랍으로 만든 초가 아니라도 상관없습니다. 중요한 건 촛대거든요. 정당한 주인이 아닌 사람이 사용하면 평범한 촛대지만, 소유자의 손 안에서는 마법의 도구가 되죠."

"마법…… 사라센의!"

나는 저도 모르게 소리쳤다. 사라센 마술의 도구를 가지고 있다는 건, 콘라트가 암살기사라는 뜻이 아닌가. 팔크는 흥분한 나를 달래듯 말했다.

"아니요, 그건 게르만의 마술입니다. 마녀들이 즐겨 사용한다고 들었습니다만, 어쨌든 암살기사의 마술과는 다른 종류입니다."

저주도 마법도 우리 곁에 분명히 존재한다. 하지만 설마 그

기사가 마법 도구를 가지고 있다니.

"당장은 믿기 어렵지만, 팔크 경이 그렇게 말한다면 틀림없겠죠. 대체 어떤 마술인가요?"

팔크는 턱을 쓸며 말했다.

"불을 붙인 초를 들고 있는 동안, 소유자의 모습을 감춰준다고 합니다."

"모습이 사라지는 거예요?"

"그렇습니다. '도둑의 납촉'이란 이름에 걸맞은 마술이죠."

나는 잠시 생각에 잠겼다.

"도적이라…… 정말 모습을 감출 수 있다면, 살인도 쉽게 저지를 수 있겠군요."

"그렇습니다만, 성급히 결론짓는 것도 좋지 않습니다. '도둑의 납촉'은 소유자의 모습을 감추는 것 외에도 기묘한 효과를 가지고 있으니까요. 한번 불을 켜면 아무리 바람이 세게 불어도, 물을 끼얹어도 꺼지지 않죠. 그리고 심지가 타들어 가는 동안 소유자는 촛대를 내려놓을 수 없다고 합니다. 한마디로 한쪽 손에 촛대를 든 채로 초가 다 탈 때까지 기다리는 수밖에 없는 셈입니다만, 불을 끌 수 있는 유일한 방법이 존재한다더군요."

나는 한숨을 쉬었다.

"분명 그리 바람직한 방법은 아니겠죠."

팔크는 의미심장한 표정으로 입을 다물었다.

"말해줘요."

"그럼 송구스럽지만. ……그 불을 끌 수 있는 건 신선한 모유뿐입니다. 그리고 어젯밤 콘라트의 수하들이 접촉한 창부 중에 모유가 나오는 여자는 없었습니다."

얼굴이 확 달아올랐다. 하지만 노골적으로 표를 내는 게 외려 더 머쓱하다. 나는 태연한 척 대꾸했다.

"그렇군요. '도둑의 납촉' 자체가 갓난아이의 손으로 만들었다고 하니, 딱히 놀랍지도 않네요."

팔크가 창부들에게 이야기를 들을 기회는 오늘 밤밖에 없었을 것이다. 그래서 내 호위를 니콜라에게 맡기고 홀로 시내로 향한 것이리라. 어린 니콜라를 그런 곳에 데려갈 수는 없으니까.

이야기를 듣고 나니, 점심에 콘라트와 만나고 나서 팔크가 계속 초를 신경쓰던 까닭도 알았다. 하지만 여전히 의문은 남았다.

"콘라트가 모습을 감추는 마법의 도구를 가졌다는 건 알았어요. 하지만 그렇다고 도적이라 속단할 수는 없죠."

오늘 밤 처음으로 팔크의 입가에 미소가 번졌다.

"지당한 말씀입니다."

"그렇다면……"

"아까 병영에서 콘라트는 방문객이 저희란 것을 알고 테이블 위에 있던 물건을 재빨리 손안에 숨겼습니다. 혹시 보셨습니까?"

나는 고개를 저었다. 그 방은 어두웠고, 콘라트의 표정에 온 신경이 쏠려 있었기 때문이다.

"제법 행동이 재빨랐습니다만, 저도 눈은 밝은 편입니다. 그때 그가 숨긴 건……"

그게 무엇이었는지 왠지 알 것 같았다.

"뭔지 알겠네요. ……은반지였죠?"

"맞습니다."

팔크는 고개를 끄덕였다.

"그가 숨긴 건 칠보 장식이 달린 은반지였습니다. 저희가 문을 연 순간, 콘라트는 '도둑의 납촉'을 숨길 수도 있었습니다. 하지만 그가 숨긴 건 반지였습니다. 켕기는 구석이 있었기 때문이죠. 문득 그게 장물일지도 모른다는 생각이 들더군요.

그래서 저는 에일윈 가문의 집사에게 그와 비슷한 반지가 있느냐고 물어보았습니다. 하지만 아미나 님도 아시다시피 그 반지는 에일윈 가문의 물건이 아니더군요. 솔론은 전체적으로 부유한 섬이지만 모습을 감출 수 있는 도적이 노릴 만한 곳은 정해져 있죠. 영주관 아니면 시장의 집, 혹은."

팔크는 말을 끊고 내 어깨 너머를 향해 말했다.

"니콜라. 아미나 님이 프랑스어를 알아들으신다니 네가 보고 하거라."

"네."

깊이 눌러쓴 두건 아래에서 니콜라의 목소리가 들렸다.

"아미나 님이 전야식에서 기도를 올리시는 동안 확인했습니다. 솔론 수도원에서 은반지를 포함해 패물 여러 점을 도난당했다고 합니다. 제가 물어볼 때까지 수사들은 도난당한 사실조차 알아채지 못했습니다."

말문이 막혔다. 편력기사 콘라트 노이도르퍼가 도적이고, 도구의 힘을 빌렸다고는 하지만 마술사이기도 하다니. 게다가 불경하게 수도원 재산에 손을 대기까지. 그는 사후에 받을 심판이 두렵지도 않단 말인가.

"도둑질에 그리 오랜 시간이 걸리지는 않았을 겁니다. 더구나 그는 '도둑의 납촉'을 들고 있었으니까요."

팔크가 못박듯이 말했다. 무슨 뜻인지 이해했다. 콘라트는 어젯밤 수도원에 침입해 도둑질을 했다. 하지만 그렇다고 아버지를 해칠 기회가 없었다고 단언할 수는 없다.

"……콘라트 건은 잘 알았어요. 하지만 어찌됐든."

나는 가까스로 말문을 열었다.

"팔크 경, 당신은 중요한 사실을 간과하고 있어요. 거듭 말하지만, 밤사이 큰 솔론과 작은 솔론은 완전히 격리돼요. 아무도 건너갈 수 없다고요. 이 바닷소리가 들리지 않나요?"

나는 별빛조차 찾아볼 수 없는 칠흑 같은 어둠 속에서 울부짖는 바다를 가리켰다.

"사라센인의 비술이나 게르만의 마술을 익혔더라도, 이 바다를 건너지 못하면 아무 의미 없어요."

험한 물살 때문에 작은 솔론은 난공불락의 요새로 알려져 있다.

하지만 철벽의 방어를 내세우는 내 목소리에는 스스로도 알아챌 만큼 힘이 없었다. 그래, 진정 아무도 건널 수 없는 바다라면 팔크가 이 새벽에 나를 이곳으로 불러내지 않았겠지.

팔크가 입을 열었다.

"저는 모든 사실에서 눈을 돌리지 않습니다. 아미나 님도 아시겠지만, 저는 처음부터 그 사실이 문제가 된다고 보지 않았습니다. 아무도 바다를 건널 수 없다는 아미나 님과 뱃사공 머독의 주장을 곧이곧대로 믿지는 않았다는 말씀입니다."

그렇다. 아무리 밤사이 작은 솔론이 철벽의 수비를 자랑한다고 말해도, 팔크는 그렇게 생각하지 않는 듯 보였다. 만일 그가 내 말을 믿었다면 미니언이 작은 솔론에 있었다고 여겼으리라. 하지만 그가 먼저 접촉한 사람은 요새에 있던 에이브, 병영에 있던 콘라트, 하역 거리에 있던 이텔의 아우 힘이다. 작은 솔론에 묵었던 이볼드에게 이야기를 들은 건 전야식 준비를 하러 내가 영주관으로 돌아간 뒤의 일이다.

"이유가 뭐죠?"

내 물음에 팔크는 대수롭지 않다는 듯 대답했다.

"왜냐면 지난달 세상을 떠난 에드위 슈어가 밤에 보초를 섰기 때문입니다."

"아."

"에일윈 가문에서는 밤에도 경계를 게을리하지 않았습니다. 한마디로, 세상 사람들이 '밤사이에는 큰 솔론과 작은 솔론의 해협을 건널 수 없다'고 믿었더라도 당사자인 에일윈 가문 사람들은 그걸 믿지 않았다는 뜻이지요."

그럼 팔크는 솔론에 발을 들여놓기 전, 대륙을 떠나기 전부터 이미 해협을 건너는 게 가능하다 생각했던 건가.

"제 의구심을 확신으로 바꾼 것이 그 오트밀 비스킷이었습니다."

어제 니콜라가 남몰래 먹으려다 바람에 놓친 그 비스킷은 오늘 아침 부스러진 채로 발견되었다.

"니콜라의 부주의에서 비롯된 일이었습니다만, 그 일로 발생한 결과는 진정 행운이었습니다. 부스러진 비스킷이 무엇을 뜻하는지 아미나 님도 이미 아시리라 믿습니다."

"처음에는 비스킷 하나에 집착하는 두 사람을 보고 어처구니가 없었어요. 하지만 그래요, 물론 알아요. 그걸 밟은 자는 바로 미니언이죠."

"다른 어떤 이야기와 조합해봐도 그러한 결론에 도달하게 됩니다. 그게 없었더라도 언젠가는 마술로 침입자의 발자국을 발견했을지 모르지만, 아까운 시간과 비용을 허비했겠죠. 일찍 발견해서 운이 좋았습니다. 그리고 비스킷의 위치와 상태에는 무척 중대한 의미가 있습니다."

부스러진 비스킷은 길에서 대략 20야드 떨어진 위치에 있었다.

"바다를 건너온 자는 언덕에 올랐다가 어둠 속에서 땅에 떨어진 비스킷을 보지 못하고 밟은 것이죠. 그곳은 나루터와 영주관을 잇는 길에서 벗어난 곳이었습니다. 바다를 건너온 자는 나루터를 통해 작은 솔론으로 들어온 게 아닙니다. ……즉, 배가 아니라 두 다리로 건너왔다는 뜻이지요."

한층 강한 바람이 불어왔다.

어둠으로 뒤덮인 하늘을 올려다보며, 팔크는 혼잣말처럼 중얼거렸다.

"바다를 건너는 게 가능하다. 믿기 어렵지만, 그것 말고는 이 상황을 설명할 수가 없습니다. 이 사실은 솔론의 가장 중요한 비밀일 터. 아미나 님 입장에서 먼저 그 비밀을 밝히실 수는 없을 테니 제가 직접 확인하려 합니다."

말을 마친 팔크는 랜턴을 들었다.

울부짖는 바다를 향해 발길을 돌린다. 뒤를 한번 돌아보더니, 그는 다정한 어조로 니콜라에게 말했다.

"다녀오마."

"혹시 바다에 빠지셔도 전 모른 척할 겁니다."

얄밉게 말하는 니콜라를 향해 살짝 미소 지은 뒤, 팔크는 천천히 바다로 걸음을 옮겼다. 해마다 어김없이 도적 여럿의 목숨을 앗아갔던, 큰 솔론과 작은 솔론을 잇는 해협으로.

낮에는 머독이 배를 띄우고 노를 저어 건너는 해협. 조류가 용솟음치는 150야드의 바다를 향해 그는 한 발짝씩 걸어갔다. 손에 든 랜턴은 유리 순도도 높고 불꽃도 활활 타오르는 고급품이었다. 하지만 조금 거리가 멀어졌을 뿐인데 그 불빛은 더없이 불안해 보였다. 금기인 자살을 꿈꾸며 죽음의 바다로 걸어가는 하나의 그림자. 내 눈에 그 광경은 그렇게 비칠 뿐이었다.

팔크가 걸음을 멈췄다. 물가에 도착한 것이다. 그는 우리를 힐끗 돌아보더니, 그대로 바다에 뛰어들었다.

그 순간 나는 손톱이 살을 파고들 정도로 주먹을 꼭 쥐었다.

나는 안다. 앞으로 무슨 일이 일어날지 알고 있다. 그런데도 섬뜩했다. 당사자인 팔크라고 두렵지 않을 리가 없다. 그리고 팔크의 성공을 믿어 의심치 않는다 말했던 니콜라 역시 두려웠으리라.

그 순간이 지나자, 바다 위에서 일렁이는 불빛이 보였다.

빛이 멀어져간다.

조금씩, 조금씩, 작은 솔론을 향해.

난공불락이라 일컬어지는 작은 솔론의 비밀. 팔크는 그것을 간파했다.

이 해협에는 원래 암초가 많다. 흘수◆가 얕은 머독의 나룻배도 조금만 방심하면 암초에 부딪친다. 그 말인즉슨 바닷물이 조금만 더 빠져도 바위가 해수면 위로 얼굴을 드러낸다는 뜻이다.

하지만 간조 때라 해도 암초가 드러나는 일은 없다. 조류는 끊임없이 흐른다. 큰 솔론과 작은 솔론 사이에 바닷길이 생기지는 않는다.

사람들은 그렇게 믿고 있다.

실상은 다르다. 지금 팔크가 바다를 건너는 것처럼.

11월부터 12월까지. 일 년 중 북해의 해수면이 가장 낮아지는 시기다. 이유는 모른다. 북쪽 끝에 사는 용의 소행이라

◆ 배가 물위에 떠 있을 때 물에 잠기는 부분의 수직 거리.

는 설도 있고, 이교도의 여신이 조화를 부렸다는 이야기도 들어봤다. 애당초 평소 수위와 그다지 차이가 나는 것도 아니기에 이렇다 할 변화가 생기지는 않는다.

바다 사이로 길이 나는 건 11월의 보름 전후, 딱 이레뿐이다. 그 이레 동안만은, 조과의 종이 울리고 조수가 빠지면 달빛을 받은 바닷길이 파도 아래에서 모습을 드러낸다.

그 광경을 직접 본 적은 없다. 아버지에게 이야기는 들었지만 직접 목격한 건 오늘이 처음이다. 겨울의 일곱 밤, 작은 솔론의 철통 방어는 무너진다. 길이라고 해도 실상은 여울목에 있는 바위가 물위로 살며시 드러나는 정도라, 바다를 건너려면 바위를 징검다리 삼아 이동해야 한다. 병사들이 우르르 지날 수 있을 만한 길은 아니다. 겨우 몇 사람, 혹은 단 한 사람, 뛰어난 용기를 가진 자만이 건널 수 있다.

이 바닷길에 대해 아는 이는 얼마 없다. 사공인 머독조차 모른다고 들었다.

나와 애덤은 알고 있다. 오랫동안 아버지의 신임을 받으며 경비병으로 일하다 세상을 떠난 에드위도 알고 있었다. 하지만 지금 보초를 서는 매슈가 아는지는 모르겠다.

영지 내 어느 주민이 우연히 이 길을 발견했을 가능성도 거의 없다고 봐야 한다. 겨울날 깊은 밤, 시내에서 떨어진 해협에 섰다가 일곱 밤 동안만, 그것도 조과의 종이 울린 다음 아주 짧은 시간에만 나타나는 바닷길을 우연히 발견한 자는 지금까지 한 사람도 없었을 것이다. 옛날에는 도시 북쪽에 문을 세워서 밤중에 해협 가까이 가는 자를 벌했다. 비밀을 지키기 위해서였지만 지금은 구태여 문을 닫지 않는다. 공연한 의심을 살 필요는 없다는 아버지의 판단이었다.

마음속으로는 진작 알고 있었다. 아버지를 해친 미니언이 이 길을 지나왔다는 것을. 그는 작은 솔론이 아니라 큰 솔론에 있었다. 그렇기에 비스킷이 밟혀 부스러진 것이다. 하지만 나는 그 사실을 애써 부정하려 했다. 믿고 싶지 않았기 때문이다. 방어선이 무너지는 건 일 년 중 고작 일곱 밤뿐이다. 설마 그 짧은 기간이 자객에게 기회를 주었다는 생각은 하고 싶지 않았다.

뒤늦게 후회가 밀려왔다. 살인자가 숨어들어 아버지를 해치는 데는 일곱 밤은커녕 하룻밤으로도 충분했는데.

팔크는 바다를 건너 다시 돌아왔다.

니콜라가 잰걸음으로 다가갔다. 물가에 주저앉아 손을 내민다. 팔크 역시 손을 뻗었다. 두 사람의 손이 하나로 이어진 순간, 팔크는 단숨에 육지로 올라왔다. 니콜라가 물었다.

"밤바다를 걷는 건 어떤 기분인가요?"

"그리 좋지는 않구나. 벼랑 끝을 걷는 기분이었다."

두 사람이 나누는 대화가 들렸다.

랜턴을 손에 든 채, 팔크가 나를 향해 다가왔다.

"보셨다시피 어젯밤 작은 솔론이 고립되어 있지 않았음을 증명했습니다."

"……대단하네요. 이 길의 존재를 알아채다니."

"처음부터 의심이 가긴 했지만, 확신한 건 아미나 님의 말씀 때문이었습니다."

"내 말요?"

이 숨겨진 바닷길은 두말할 필요도 없이 솔론 최대의 비밀 중 하나다. 은연중에라도 그 존재를 암시하는 말은 하지 않았을 터다. 무심결에 목소리에서 동요가 드러났는지, 팔크는 위로하듯 말했다.

"어제 일 말입니다. 나룻배를 타고 바다를 건널 때 아미나 님이 이렇게 말씀하셨지요. 밤중에는 물이 빠져서 좌초당할 확률이 한층 높아진다, 이 시기에는 특히 더 그렇다고요. 낮에도 손을 뻗으면 닿을 깊이에 바위가 있었습니다. 낮에도 그런데 밤에 물이 더 빠지면…… 쉬이 상상이 가더군요."

그런 사소한 말에서 진실을 이끌어내다니. 니콜라는 팔크가 단순하다고 했지만, 역시 그 말에는 동의할 수 없었다.

"지난달 에드위를 살해한 에드릭도 어쩌면 이 바닷길을 통해 작은 솔론을 빠져나갔을지 모릅니다."

그건 아니다. 하지만 구태여 지적할 필요는 없었다.

"애초에 이 길이 항상 생기는 것 같지는 않습니다. 한정된 조건 하에서만 나타나는 현상이겠죠. 개인적으로는 에드릭이 에드위를 해치고 나서 다른 방문객들 틈에 섞일 기회가 올 때까지 작은 솔론 어딘가에 숨어 있었다고 생각합니다. 에드위의 죽음은 병사처럼 보였으니 섬을 수색하지는 않았을 테죠."

나는 단념하고 말을 꺼냈다.

"기사 피츠존. 간곡히 부탁드리겠습니다. 제발 이 비밀을 세상에 알리지 마세요."

"그럴 생각은 없습니다."

방금 전까지 했던 모험을 잊은 듯, 그는 다시 내 앞에 서서 전과 다름없는 침착한 목소리로 말했다.

"저희에게 중요한 건 '어떤 방법으로 바다를 건널 수 있다'는 사실뿐, 구체적인 방법까지는 관심이 없습니다. 이로써 콘라트나 이텔을 미니언 후보에서 제할 수 없게 되었다는 사실을 알아낸 것만으로 충분합니다. 분별없이 비밀을 퍼뜨리는 일은 없으리라 맹세합니다."

동녘 하늘이 조금 희뿌예졌다. 팔크가 별안간 내 눈을 똑바로 쳐다보았다.

"저희는 이렇게 비밀을 파헤쳐왔습니다. 하지만 그 모든 건 암살기사를 척결하기 위해서입니다. 스스로 진실에 도달하는 과정을 수고스럽다 생각하는 건 아닙니다만, 처음부터 솔직하게 말씀해주셨다면 귀중한 시간을 절약할 수 있었겠죠. 이 솔론의 비밀을 굳게 지킨 아미나 님을 비난할 생각은 없습니다. 하지만…… 그 밖에도 저희가 알아야 할 비밀이 있는 건 아닙니까?"

그는 무언가 알고 있는 것일까?

그럴 리 없다. 그 사실을 아는 이는 손에 꼽을 만큼 적다. 팔크는 그 비밀의 징후조차 보지 못했을 터다.

하지만 실제로 그가 솔론의 비밀을 손쉽게 밝혀내는 현장을 목격한 이상, 그에게 진실을 감추는 건 무의미하다는 생각밖에 들지 않았다.

말하자. 일단 마음을 먹었으니 말에서 망설임이 느껴지지 않도록 가슴을 폈다.

"알았어요. 의심했던 건 아니지만, 당신의 능력을 믿고 털어놓도록 하지요."

나는 작은 솔론을 보았다. 하지만 동이 트려면 아직 멀었다. 그곳에 있는 영주관은 어둠에 잠겨 윤곽조차 보이지 않았다.

"영주관 서쪽에 있는 탑에 저주받은 데인인 포로가 있어요. 저주에 걸려 불사의 몸이 된 사람인데 스무 해 동안이나 갇혀 있었죠. 이름은 토르스텐 타르퀼레손. 겉보기에는 스무 살 청년이고 키가 훤칠해요. 입술에 핏기가 없으니 금방 알아볼 거예요."

"포로…… 불사의 몸이라고요?"

"네. 그리고."

이볼드의 발라드를 듣기 전에 야스미나가 말해주었다. 탑의 문이 열린 걸 보고 이상해서 올라가봤다고. 야스미나는 나와 토르스텐이 만나는 걸 도와주는 유일한 인물이다. 그녀가 알아채지 못했다면 나도 한동안은 알아채지 못했겠지.

"어젯밤까지 그곳에 있었다는 건 내가 보증할게요. 오늘 아침, 섬에 수상한 자가 없는지 수색할 때 내 시녀가 알아챈 모양이에요.

토르스텐이 유폐된 감옥 문은 지난 이십 년 동안 단 한 번도 열린 적이 없어요. 그리고…… 지금도 닫혀 있고요. 문도 닫혔고 자물쇠도 그대로인데, 방안에 있던 토르스텐만 사라졌죠. 저주받은 데인인이 어젯밤 밀폐된 감옥에서 감쪽같이 사라진 거예요!"

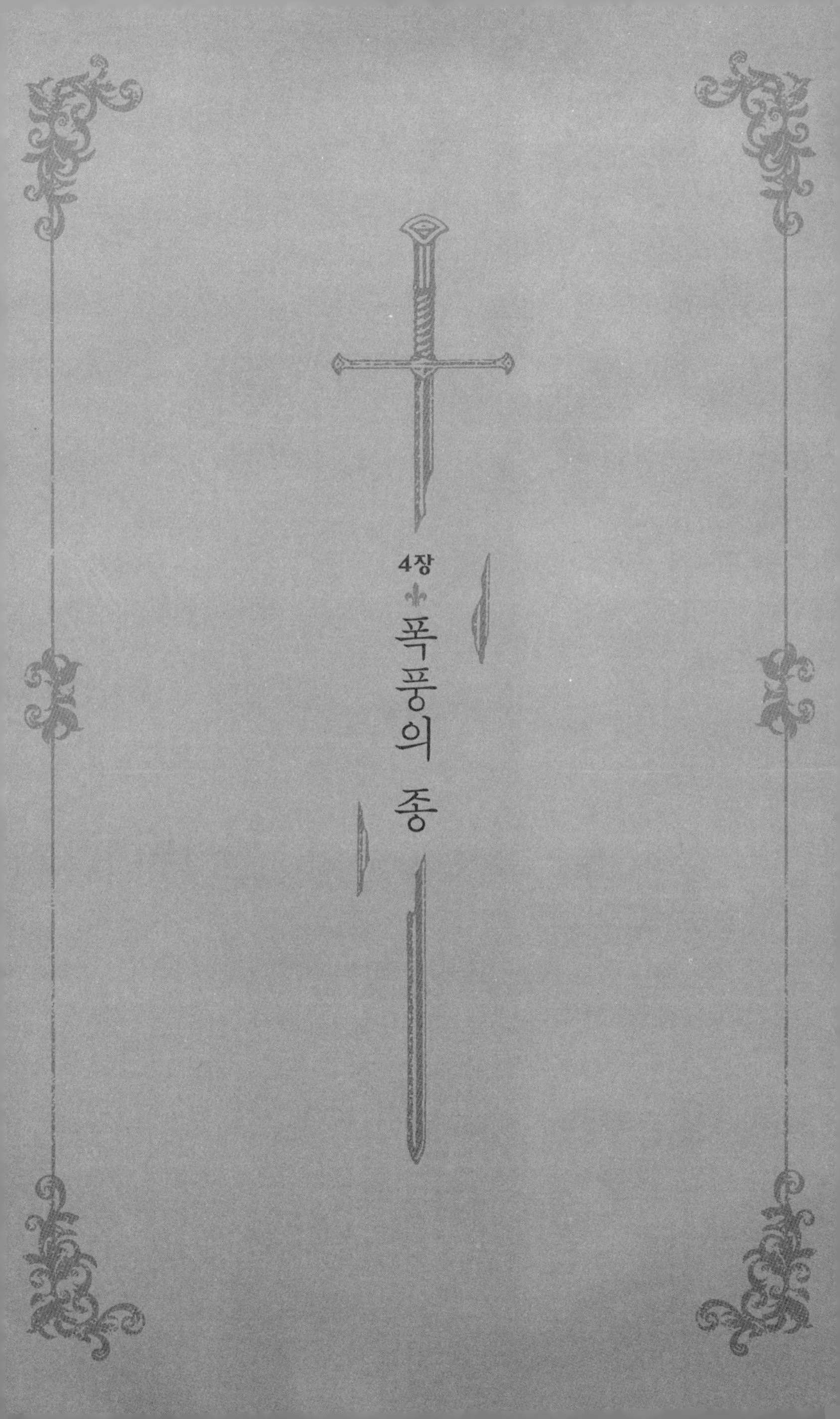

4장 ⚜ 폭풍의 종

22. 소문은 소문일 뿐

큰 솔론에 있는 별저에서 밤을 보내고, 나는 얕은 잠에서 눈을 떴다.

그날, 솔론은 불안한 아침을 맞이했다.

영주의 죽음은 이미 모두가 알고 있었다. 솔론의 백성 중에 애덤이 새로운 영주가 된 것을 진심으로 환영한 이가 과연 얼마나 될까. 사려 깊은 아버지는 솔론의 발전을 위해 갖은 노력을 다했고, 시민들의 서약공동체와 항상 절묘하게 줄다리기를 하며 권리와 의무가 한쪽으로 치우치지 않게 하려 애썼다. 이 균형 감각을 애덤에게 기대할 수 있을까.

수도원에 도둑이 들었다는 소식도 금세 온 섬에 퍼졌다. 부상자는 물론이거니와 수상한 그림자를 목격했다는 자도 없다. 그럼에도 가장 값비싼 패물 몇 개가 홀연히 사라졌다는 것이다. 대체 누가 퍼뜨린 소문인지는 모르지만 나는 그것이 사실임을 알고 있었다. 신앙심이 깊은 이들은 신이 거하는 성소에 대한 모독이라며 분개했다. 그렇지 않더라도, 남들보다 많은 재산을 가진 이들은 해괴한 도둑의 다음 목표가 자기 집이 될까 두려워했다.

저주받은 데인인이 침공한다는 소식은 아직 퍼지지 않았다. 하지만 경비병들은 평소보다 긴장된 얼굴로 감시탑을 지켰고, 병사 모집에 지원한 젊은이들은 이른아침부터 요새로 향했다. 병사뿐 아니라 횃불과 장작도 줄지어 요새로 실려왔다. 애덤이 용병들과 계약했다는 소문도 돌았다.

토르스텐 타르퀼레손에 대한 이야기는 물론 없었다. 그를 아는 이는 거의 없다. 토르스텐이 사라졌다는 사실을 아는 사람은 동방의 기사를 제외하고는 나와 야스미나뿐이다.

그리고 아침부터 내리기 시작한 눈이 솔론에 더 큰 불안을 가져왔다. 심하게 내리지는 않았지만 가는 눈발이 휘몰아치는 바람에 휘날려 10야드약 9미터 앞도 보이지 않았다. 이른 아침 항구에서 나를 보고 뤼베크의 상인 한스 멘델이 달려왔다. 그는 마치 이 눈이 내 탓이라는 양 씩씩대며 말했다.

"아미나, 좀 봐. 이렇게 눈이 일찍 내리는 건 난생처음이야! 오랫동안 뱃사람으로 살다보니 날씨에는 항상 민감한데, 어제까지만 해도 전혀 조짐이 없었거든. 대체 무슨 조화인지 모르겠어. 꼭 우리를 이 섬에 가둬두려는 듯…… 오늘은 런던으로 출항할 예정이었는데 날씨가 이래서는 꼼짝도 할 수 없겠네. 크리스마스 전까지 뤼베크에 돌아갈 수 있을지도 장담 못하겠는걸."

할말을 다 마친 뒤 한스는 그제야 떠올린 듯, 아버지를 잃은 나에게 애도의 말을 건넸다.

모든 배가 옴짝달싹하지 못하는 항구에서도, 한 치 앞조차 보이지 않는 거리에서도, 사람들의 입에 오르내리는 건 현실에 대한 불안과 아버지의 죽음에 관한 불확실한 소문뿐이었다.

애덤이 아버지를 해쳤다는 소문도 내 귀에 들릴 만큼 널리 퍼졌다.

대충 시내 분위기를 살피고 나서, 작은 솔론으로 돌아가지 않고 사이먼 도드의 가게로 향했다. 밤에는 맥주를 한잔 하려는 사내들로 시끌벅적한 사이먼네 가게도 아침에는 조용했다. 안으로 들어서자 커다란 테이블을 혼자 차지하고 앉은 니콜라의 모습이 보였다. 아침식사가 나오기를 기다리는 모양이다.

"팔크 경은?"

"이층에 있는 방에서 검을 손질하고 계십니다. 바닷바람이 세서 녹슬 것 같다고 하시네요. 안내해드릴까요? 조금 있으면 내려오실 것 같은데 어떻게 하실래요?"

니콜라가 신경써주었으나 나는 고개를 저었다.

"아니. 내가 올라갈게."

팔크를 방해하고 싶지 않았지만, 단둘이 할 얘기가 있었다.

가게 이층은 여관이다. 사이먼네 가게에서는 돈만 넉넉히 내면 침대가 있는 일인용 방에 묵을 수 있다. 팔크도 그 방에 묵고 있었다. 도둑맞으면 안 되는 마법 도구들과 신비한 약들을 가지고 있으니 당연하겠지만.

방으로 찾아온 나를 보고도 팔크는 놀라지 않았다.

"하실 말씀이 있나보군요."

보자마자 알아챈 모양이다.

먼저 거리에 파다한 소문에 대해 이야기했다. 나는 아버지의 죽음이 공연한 억측을 불렀다고 설명했다.

"유감이지만 이미 퍼진 소문을 어찌할 수는 없지요."

팔크는 뽑은 검에서 눈을 떼지 않은 채 말했다.

"병원형제단은 암살기사와 그 마술에 대해 딱히 숨기려 하지는 않습니다. 하지만 구태여 퍼뜨리지도 않습니다. 백발백중이라 할 만한 성공률을 자랑하는 암살자의 소문이 퍼지면 천금을 주고서라도 의뢰하겠다는 이들이 줄을 서겠죠. 아미나 님의 판단에 달렸습니다만, 지금은 장례를 무사히 치르는 것이 소문 확산을 막을 유일한 방법이라 사료됩니다."

팔크의 검은 독특했다. 기묘하게 휘었고 폭이 넓은데다 날이 한쪽에만 있다. 마치 솜씨 없는 대장장이가 과하게 벼려서 못쓰게 만든 검 같다. 동방에서는 이런 검을 사용하는 것일까. 이리저리 검을 살펴보던 팔크는 이상이 없는 걸 확인했는지, 부식방지용 기름을 바르기 시작했다.

나는 정성껏 검을 손질하는 그의 손길을 쳐다보며 말했다.

"소문은 소문일 뿐이에요. 내버려두면 위험할지도 모르지만 지금 당장 어쩔 생각은 없어요. 애덤이 들으면 어떻게 나올지 모르지만."

그리고 만일에 대비해 한마디 덧붙였다.

"당신이 지금 당장 미니언의 정체를 밝혀낸다면, 아버지의 죽음에 대해 백성들에게 할말이 늘어나겠네요."

"어려운 부탁을 하시는군요. 신속하고도 정확하게 일을 처리하기란 쉽지 않습니다. 그렇지만 최선을 다하겠습니다."

기름을 다 바른 팔크는 검을 벽에 기대어 세워놓고 고개를 들었다.

"다른 볼일이 있으신 게 아닙니까?"

"맞아요. 당신에게 꼭 묻고 싶은 게 있어요. 보는 눈이 없는 곳에서."

"말씀하십시오."

나는 다소 긴장하며 물었다.

"당신과 암살기사 에드릭이 친동기간이라고 들었어요. 사실인가요?"

니콜라는 팔크가 딱히 이 사실을 비밀에 부치는 건 아니라고 했다. 하지만 직접 확인하지 않고는 견딜 수 없었다.

"니콜라가 말했군요. 주변머리 없는 녀석 같으니."

팔크는 쓴웃음을 짓더니, 진지한 표정으로 고개를 끄덕였다.

"네, 맞습니다. 저와 에드릭 피츠존은 형제입니다. 제가 한 살 형이라는 이야기도 들으셨습니까?"

역시 사실이었나.

"그건 아버지를 해친 범인이 당신 아우란 뜻이군요! 기사 피츠존, 당신도 대가를 치를 의무가 있어요!"

팔크는 아무런 대꾸 없이 나를 지그시 바라보았다.

그 시선을 견디지 못한 나는 곧 먼저 눈을 돌리고 말았다. 그가 에드릭을 쫓아 오랫동안 여행했다는 사실을 알면서 이런 말을 하다니.

이내 그가 입을 열었다.

"법으로 따지면 그렇겠군요. 솔론의 법이 그러기를 요구한다면 따르겠습니다."

"미안해요. 나도 모르게……"

"아닙니다. 이해합니다. 사랑하는 이를 잃고 냉정을 유지하기가 얼마나 어려운지 저도 잘 아니까요. ……하지만 아미나 님, 만일 제가 에드릭의 형이라서 그에게 관대한 처분을 내릴지도 모른다고 의심하시는 거라면, 결코 그런 일은 없을 거라고 말씀드리겠습니다."

실은 내심 그런 우려도 있었다. 서로 적대하며 다투는 형제는 세간에도 그리 드물지 않다. 잉글랜드 국왕 리처드 폐하와 왕제 존 전하만 봐도 그렇다. 하지만 그와 비슷하게, 아니 대부분의 형제는 서로를 위하고 아끼지 않는가. 아무리 암살기사가 성 암브로시우스 병원형제단의 적이라 하더라도, 진정 팔크는 에드릭을 처단할 수 있을까.

"이유가 뭐죠? 당신이 그만큼 사명에 충실하다는 뜻인가요? 육친의 정도 잊어버릴 만큼."

팔크는 잠시 생각에 잠겼다가, 창밖을 바라보며 천천히 말문을 열었다.

"그럼 제 각오를 이해하실 수 있게 옛이야기를 들려드리죠."

"제 아버지는 병원형제단의 기사로 이름은 길버트였습니다. 하지만 사라센 마술과는 연이 없었습니다. 도적의 마수에서 여행자를 지키고, 병들고 다친 이들을 돕는 형제단의 본분에 평생 헌신하신 분이었지요. 공명정대하고 인품도 온화해서 동료들의 신망도 두터웠습니다.

저와 에드릭은 아버지 밑에서 무엇 하나 부족함 없이 자랐습니다. 저는 노래와 시를 즐기는 한편 검술 연습에 매진했지만, 에드릭은 지식욕이 강했습니다. 하지만 형제 사이에 문제는 없었습니다. 서로에게 부족한 부분을 메우며 의좋게 지냈죠. 에드릭은 저에게 라틴어를 가르쳐주었고, 저는 그에게 검술을 가르쳤습니다."

팔크는 내가 아니라 먼 곳을 바라보며 말을 이었다.

"성장하고 나서 저는 아버지의 뒤를 이어 도적 토벌에 종사했습니다. 얼마 지나지 않아 능력을 인정받아 트리폴리 주변을 순찰하는 일개 소대를 이끌게 되었고요. 월요일에 트리폴리를 나와 토요일에 돌아갔죠. 실제로는 적당히 둘러대고 주중에 돌아오는 일도 많았기에 임무 자체는 편했습니다.

에드릭은 마술사의 길을 택했습니다. 마술을 익힌 기사는 오로지 암살기사를 말살하는 일을 사명으로 삼는 사냥꾼과 사라센 마술을 심도 깊게 분석하는 탐구자로 나뉩니다. 물론 에드릭은 탐구자의 길을 택했고요. 그 시절 에드릭이 어떤 공적을 쌓았는지 자세히는 모릅니다만, 다른 이들보다 출세는 빨랐다고 합니다."

형과 아우가 모두 젊은 나이에 높은 지위에 오른 걸 보면 필시 우수한 형제였으리라.

"어느 연말이었습니다. 평소처럼 도시 밖으로 나가 황야를 순찰한 뒤 토요일에 집으로 돌아왔는데 아버지의 죽음을 알리는 흉보가 저를 기다리고 있었습니다. 시신에 나타난 독특한 반점으로 미루어볼 때, 사라센 마술로 살해당했다는 게 자명했습니다. 암살 마술을 쓰는 자들은 사라센인 중에서도 알라무트라는 성채에 거점을 둔 일파입니다. 아버지는 그 무렵 알라무트에 쫓기던 남자를 숨겨주었다 변을 당한 것입니다.

만일 제가 도적을 퇴치한답시고 유세나 떨지 않고 아버지의 신변에 주의를 기울였다면, 그토록 허망하게 가시지는 않았을지도 모릅니다. 그렇게 생각하니 분한 마음을 주체할 수가 없어서, 저는 에드릭에게 모든 분노를 쏟아붓고 말았습니다. 알라무트의 마술에 밝은 너는 집에 있었으면서도 왜 아버지를 지키기는커녕 복수조차 하지 못했느냐고요."

거기까지 말하고 나서 팔크는 조용히 한숨을 내쉬었다.

"그뒤로 에드릭과 사이가 멀어졌습니다. 에드릭이 연구에 몰두한 나머지 집에도 돌아오지 않았기 때문이죠. 거기에다 저도 가정을 꾸리면서, 아우보다는 가족에게 신경을 쓰게 되었고요."

"가족이 있었군요."

오랜 여행을 했다고 해서 가족은 없는 줄 알았다. 팔크는 미소 지으며 말했다.

"아내의 이름은 모니카, 아름답고 마음씨 고운 여자였습니다. 저에게는 과분했죠."

"그럼 설마……"

"그 일도 곧 말씀드리겠습니다."

나는 고개를 끄덕이고 입을 다물었다.

"그로부터 몇 년이 지났습니다. 암살기사를 토벌하기 위해 병원형제단에서는 전력을 다해 대대적인 작전을 세웠지요. 그런데 작전의 표적인 암살기사의 명부에서 에드릭의 이름을 발견한 겁니다.

믿을 수 없다, 뭔가 잘못됐다. 그렇게 생각하는 게 일반적일지도 모릅니다. 하지만 저는 그 순간 벼락을 맞은 듯 그럴 수도 있겠다며 납득하고 말았습니다. 에드릭은 아버지를 지키지 못했던 마술 연구에서 손을 떼고, 보다 실전에 특화된 마술을 찾아 헤매다 암살기사로 타락했구나, 하고……"

"그때부터 에드릭을 처치하겠다고 결심한 거예요?"

팔크는 천천히 고개를 저었다.

"아닙니다. 오히려 당시는 에드릭과 마주칠 가능성이 적은 토벌대로 보내달라고 청했습니다. 타락했어도 아우는 아우, 만나서 제대로 싸울 자신이 없다고 하니 쉽게 다른 부대로 바꿔주더군요. 에드릭 말고도 토벌해야 할 암살기사는 많았으니까요. 그후 저는 전선에 투입되었고, 동료를 잃었지만 늙은 암살기사의 숨통을 이 손으로 끊는 데 성공했습니다. ……하지만 그것이 두번째 운명의 갈림길이 될 줄은 몰랐습니다.

암살기사는 스승 밑에서 마술을 배웁니다. 비밀이 누설되면 그 즉시 둘 다 목숨을 잃게 되기에 스승과 제자 사이의 결속이 유난히 강하지요. 사제관계가 끈끈한 데는 다른 이유가 있다고 주장하는 동지들도 있습니다. 마술을 습득한다는 건 곧 생명을 담보로 하는 일이므로 함께 위기를 헤쳐 나갈 때마다 전우처럼 강한 유대감이 생겨난다고도 합니다만, 결국은 타락한 자들이니 악마의 꼬임에 빠져 남색에 젖는 거라는 뜬소문 같은 이야기를 하는 자도 있습니다.

어찌됐든 스승을 잃은 암살기사의 복수심은 상상을 초월합니다. 그리고 제가 죽인 그자는 에드릭의 스승이었습니다."

"그걸 알았나요?"

"몰랐습니다. 새까맣게 몰랐죠. 하지만 에드릭은 그렇게 생각하지 않았습니다. 제가 배속을 바꿔달라고 청한 일을 알고 있더군요. 아마 내통자가 있었겠죠. 에드릭의 눈에는 제가 일부러 자신의 스승을 노린 것처럼 비쳤을 겁니다.

늦은 밤, 귀가하던 제 앞에 에드릭이 나타났습니다. 만나면 하고 싶은 말이 많았습니다. 간곡히 설득하면 암살기사의 길에서 구제할 수 있으리라는 생각도 했습니다. 하지만 일은 제 생각대로 돌아가지 않았지요. 에드릭은 제 말은 들은 척도 하지 않고 이렇게 말했습니다. 스승님의 목숨값으로 너에게 가장 소중한 사람을 죽였다고.

집에 돌아온 제가 본 것은, 심장을 꿰뚫린 모니카…… 아내의 시체였습니다."

그건 얼마나 오래전 이야기일까. 나는 팔크를 서른 살 정도로 봤지만, 지금 바닥을 물끄러미 쳐다보며 말하는 그는 오십대로도, 혹은 그보다 더 나이든 사람처럼도 보였다.

"그후로도 많은 일이 있었습니다. 정말 여러 일을 겪었죠. 하지만 아미나 님이 알아주셨으면 하는 건 제 아내 모니카와 수많은 동지, 에드릭이 해친 무고한 이들의 영혼에 맹세코, 저는 일말의 망설임도 없이 그를 벨 거라는 사실입니다."

팔크는 그렇게 이야기를 끝마쳤다.

나는 아버지를 잃었고, 니콜라 역시 마찬가지다. 그리고 팔크는 아내와 더불어 동생까지 잃었다고 할 수 있다. 혹은 사명을 위해 나고 자란 트리폴리를 떠났으니 고향마저 잃었다 해야 할지도 모른다. 뭐라고 말을 건네야 할지 도무지 알 수 없었다.

"팔크 경, 당신을 의심한 건 내 불찰이었어요."

그는 미소 짓더니, 아직 아물지 않은 상처가 난 턱을 쓸며 말했다.

"아닙니다. ……옛이야기가 길어졌군요."

"당신은 이제껏 수많은 싸움을 겪어왔겠죠. 턱에 난 그 상처 말고도 많은 부상을 입었을 테고요."

무공을 칭송할 생각으로 한 말이지만, 팔크는 어째서인지 쓴웃음을 지었다.

"다른 건 몰라도 이 턱의 상처는 조금 특별합니다."

"특별하다고요?"

"네. 니콜라에게는 대충 둘러댔지만, 프로뱅 장에서 술을 마시다 정신을 차려보니 어느새 이런 상처가 나 있지 뭡니까. 술에 취해 주정뱅이가 휘두른 나이프에 스치기라도 했나봅니다. 다른 명예로운 상처가 많건만, 하필이면 제일 눈에 띄는 상처가 이거라니. 기사 체면이 말이 아닙니다."

말을 마친 팔크는 음울한 옛 기억을 떨쳐버리듯 유쾌하게 웃었다.

23. 오른손에 쥔 단검

팔크는 채비에 조금 더 시간이 걸린다고 했다. 나는 먼저 일층으로 내려갔다. 꽤 오래 이야기를 나눴다고 생각했는데, 니콜라의 아침식사가 끝나지 않은 걸 보니 그렇지도 않은 모양이다.

니콜라 맞은편에 앉았다. 그러자 니콜라가 먼저 물었다.

"아미나 님, 콘라트는 어쩌실 생각입니까?"

콘라트. 편력기사이면서 감히 수도원 재산에 손을 댄 불경한 도적.

머리가 지끈거렸다. 수도원의 도난사건은 백성들의 불안을 부채질했다. 하지만 뾰족한 수가 없었다.

"고발할 수는 없어. 애덤이라면 그리 조치할지도 모르지만."

"그럼 아직 새 영주님께는 말씀 안 드리셨군요?"

테이블을 움푹 파놓은 곳에 수프가 약간 남아 있었다. 니콜라가 수프에 빵을 적시며 중얼거렸다.

"애당초 스승님은 아미나 님이 고발하지 않으실 거라는 사실을 알고 계셨던 것 같던데. 어떻게 아셨는지……"

니콜라는 수프를 찍은 빵을 입에 넣더니 잠시 입을 다물었다. 이내 꿀꺽 소리가 난 다음 살짝 고개를 끄덕였다.

"알았다. 병력이 줄어드니까 그러시는 거구나."

그렇다.

나는 전쟁에 대해서는 잘 모르지만, 토르스텐 타르퀄레손이 도망친 일부터 시작해 지금 솔론의 하늘에 흩날리는 때 이른 눈까지, 예감이 썩 좋지 않다. 설령 콘라트가 도적이라도, 그와 그의 수하인 열 명의 용병을 놓칠 수는 없다. 언젠가 정의가 이루어질 날도 오겠지만, 지금은 아니다.

하지만 니콜라의 다음 말은 내가 생각한 바와는 전혀 달랐다.

"하기야 이 싸움에서 이겨도 콘라트에게 약탈권이 주어지는 건 아니니까요…… 용병 보수만으로는 부족했겠죠. 뭐, 보수에 조금 더 얹어줬다고 생각하면 그리 화낼 일도 아닙니다."

"쉽게 말하는구나. 피해를 입은 건 다른 곳도 아닌 수도원이야."

"그게 무슨 상관입니까. 실제로 약탈당하는 것보다는 훨씬 낫잖아요."

니콜라는 대수롭지 않다는 듯 말하고 손을 닦았다. 당혹스러웠다. 솔론은 지금까지 약탈당한 적이 없고, 나도 약탈의 실상에 대해 풍문으로조차 들어보지 못했기 때문이다. 니콜라는 아는 것일까.

겸연쩍은 마음에 공연히 가게 안을 둘러보았다. 흩날리는 눈발 때문인지 평소보다 훨씬 어두침침했다. 질 좋은 옷을 걸친 사이먼과 눈이 마주치자, 그는 짐짓 침통한 얼굴로 인사를 건넸다. 키가 크고 호리호리한데다 항상 과장된 표정을 짓고 있는 사내다. 좀 떨어진 다른 테이블에서는 상인으로 보이는 남자 셋이 니콜라와 똑같은 빵을 먹고 있었다. 다른 손님은 없다.

"스승님은 아직 안 끝나셨나보죠."

"내가 갑자기 들이닥쳐서 채비가 늦어졌나봐."

"흐음. 뭐, 금방 오시겠죠."

말을 마친 니콜라는 마지막 빵을 입에 넣었다. 내가 팔크에게 무슨 볼일이 있었는지 묻지도 않았다.

니콜라의 말대로 이내 팔크가 내려왔다. 계단을 내려오다 말고 사이먼에게 뭐라고 짧게 이야기했다. 그런 다음 와서 니콜라 옆에 앉았다.

"아미나 님 앞이라 송구하지만, 일단 식사를 해야겠군요."

그런 말을 들으니 꼭 아침식사를 방해한 것 같아 속이 편치 않았다. 그렇다고 자리를 비켜주자니 그것도 어색해서 그냥 앉아 있었다.

"수도원의 도난사건으로 시내가 시끄러운 모양입니다."

니콜라가 프랑스어로 보고했다.

"아미나 님은 콘라트를 고발하지 않으시겠답니다."

당연하다 생각했는지, 팔크는 살짝 고개를 끄덕였을 뿐 대꾸하지 않았다. 식사를 기다리는 동안, 팔크가 나에게 조사 진행 상황을 알려주었다.

"어젯밤 하르 엠마는 숙소로 돌아오지 않았습니다. 이곳 주인도 엠마가 어디 갔는지 모른다고 하고요."

"엠마가? 이상하네요."

"동감입니다."

엠마는 잉글랜드어를 못하는데다 여자다. 말도 통하지 않는 여자가 하룻밤을 보낼 곳이 이 솔론에 달리 있던가. 무슨 일이라도 당한 건 아닐까. 하지만 생각해보면 엠마는 에이브 허버드와 경비병들도 당해내지 못한 강인한 전사다. 노상강도에게 당했을 리는 없을 것이다.

"짐이 방에 있는 걸 보면 섬을 떠나지는 않았을 겁니다."

"그럼 조만간 나타나겠죠."

"네. 하지만 가급적 빨리 찾아야 합니다."

그렇게 말하더니, 팔크는 불쑥 나를 빤히 쳐다보았다.

"……엠마가 어젯밤만이 아니라, 그전날 밤에도 숙소에 돌아오지 않았기 때문입니다. 주인 말로는 낮에 몇 번 드나들었을 뿐이라는군요."

아버지가 돌아가신 밤이다. 자연스레 표정이 굳어졌다. 이야기를 듣고 있었는지, 사이먼이 옆으로 다가와 짐짓 어두운 목소리로 말했다.

"사실입니다, 아미나 님. 제 직분을 다하기 위해 오는 손님은 내쫓지 않지만, 그 여자는 영 수상쩍다니까요. 애초에 밤에 나돌아다니다니 대체 무슨 꿍꿍이인지 불안해 죽겠습니다. 수도원에 도둑이 들었다는 소문은 들으셨습니까? 제 생각에는 그 여자 소행이 아닌가 싶습니다. 기독교도가 그런 불경한 짓을 할 리는 없잖습니까. 그 여자가 세례를 받았는지 안 받았는지도 모르고요. 당장이라도 애덤 님께 알릴까 했지만, 새로 영주가 된 지 얼마 안 되었으니 한창 바쁘시지 않겠습니까. 확실하지도 않은 일을 가지고 번거롭게 해드릴 순 없다는 생각이 들어 어쩔까 고민하던 중이었습니다. 이렇게 아미나 님이 와주시다니, 신이 도우셨나봅니다. 그러니 부디 제 마음을 헤아려주셨으면 합니다. 저는 결코……"

무슨 말을 하고 싶은지 안다. 장황한 말에 넌더리가 난 나는 사이먼의 말을 잘랐다.

"만일 엠마가 도둑이라 해도 여기에는 불똥이 튀지 않도록 애덤에게 잘 말해둘게."

"부디 부탁드립니다! 아미나 님도 심려가 많으실 텐데, 마음 써주셔서 정말 감사드립니다."

사이먼은 머리를 조아렸다.

자기 가게를 걱정하는 건 당연한 일이니 비난할 일은 못 된다. 하지만 나는 사이먼이 영 마음에 들지 않았다. 제 직분을 다하기 위해 오는 손님은 내쫓지 않는다 했지만 새빨간 거짓말이다. 그가 종종 손님을 내쫓는다는 걸 아니까. 그런데도 엠마를 손님으로 받은 건, 그녀의 씀씀이가 좋았기 때문이겠지. 받을 건 다 받아놓고 조금이라도 미심쩍으면 바로 밀고한다니, 그다지 바람직한 태도라고는 할 수 없다.

"어이쿠, 이 손님의 식사가 아직 나오지 않았군요. 바로 가져오겠습니다. 조금만 기다려주십시오."

말을 마친 사이먼은 종종걸음으로 주방으로 향했다. 내 표정이 썩 좋지 않은 걸 알아챈 걸까. 그의 뒷모습이 사라지자 나는 하던 이야기를 계속했다.

"그럼 오늘은 하르 엠마를 찾는 일부터 시작하려고요?"

"그러고 싶지만 한시가 급해서요. 엠마는 니콜라에게 맡기겠습니다. 눈에 띄는 여자니 본 사람이 있을 겁니다."

니콜라를 보자 고개를 돌리고 딴청을 피우고 있었다. 잉글랜드어 대화는 귀에 들어오지 않는 모양이다.

"니콜라가 엠마를 찾는 동안 작은 솔론을 둘러보려 합니다. 포로 토르스텐이 실종된 건 중대한 사건입니다. 닫힌 감옥에서 사라졌다고 말씀하셨지만, 현장을 직접 보지 않고는 속단할 수 없습니다. 아미나 님의 말씀을 의심하는 건 아니지만, 어쩌면 아무도 모르는 비밀 통로가 있는지도 모르는 일이니까요."

그런 통로는 없다. 그 방은 애당초 병사 대기실이었으니까. 비밀 통로 같은 게 있을 리 없지. 팔크도 직접 보면 깨달을 테지만, 지금 이 자리에서는 잠자코 있기로 했다.

"그러고 나서 바로 스와이드 나지르를 만나려 합니다. 이미 편지를 보내 찾아가겠다고 전했습니다. 이텔 압 소마스에게도 전갈을 보내 항구로 오라고 했고요."

"그럼 엠마만 찾으면 모든 용병에게 이야기를 듣는 셈이군요."

"서둘러야 합니다."

팔크는 말을 끊더니 조심스레 물었다.

"영지 사람들은 영주님이 살해되신 줄 압니까?"

대답이 바로 나오지 않았다.

그 물음이 무엇을 뜻하는지는 자명했다. 백성들이 살인이라고 받아들였을 경우, 살인자는 작은 솔론에 있던 누군가라고 생각하리라. 그들은 겨울의 일곱 밤 동안 솔론의 방어벽이 사라진다는 사실을 모르니까. 하지만 그날 밤, 작은 솔론에 있던 사람은 음유시인 이볼드를 제외하고는 에일윈 가문의 하인들과 나뿐이다. 그중 누군가가 영주를 해쳤다는 소문이 돌면, 솔론의 불안은 한층 커질 것이다.

입 밖으로 나온 목소리는 내가 들어도 힘이 없었다.

"지금으로선 그런 말은 듣지 못했어요."

하지만 단순히 시내를 둘러보던 내 귀에 들리지 않았을 뿐이다. 어제 공시인이 거리에서 아버지의 죽음을 공표한 순간부터 살인이라 수군대는 소리가 들렸다. 어쩌면 백성들은 존재하지도 않는 모략의 냄새를 맡고 내 앞에서 입을 꾹 다물었는지도 모른다.

"정말 한시가 급하군요."

팔크가 다시 말했다.

"……하지만 지금은 식사부터 하겠습니다."

주방에서 빵과 수프 그릇을 든 소녀가 나와 좌우를 두리번거렸다. 생김새는 예쁘장한데 주근깨가 많고 왠지 모르게 눈빛은 게슴츠레한 은발 소녀였다. 팔크가 손을 들어 부르자, 생긋 웃으며 다가와 그릇을 테이블에 내려놓았다. 니콜라에게는 그릇을 내주지 않았으면서 팔크에게는 내준 걸 보니, 아마 사이먼이 그러라고 시킨 모양이다.

"맛있게 드세요!"

눈은 흐리멍덩하지만 목소리에는 기운이 넘쳤다. 못 보던 얼굴인데, 새로 들어온 일꾼일까. 빵은 갓 구워내 향긋했고, 수프에도 양파와 양배추는 물론 청어 토막까지 들어 있다.

"아침부터 생선을 드시네요."

흐물흐물해진 채소 조각만 든 수프를 먹은 니콜라가 혼잣말처럼 중얼거렸다.

"제 수프에는 없던데, 스승님 것에는 생선이 들었어요."

팔크는 대답하지 않았다. 농담이 아니라 정말 원망스러운 듯 말하는 니콜라의 모습에 나는 슬며시 미소를 지었다.

"사이먼이 날 봐서 특별히 신경썼나봐. 아마 다음부터는 네 음식도 잘 나올 거야."

"그러면 좋겠네요."

계속 들여다보면 자기 것이 되기라도 할 거라는 양, 니콜라는 청어를 뚫어져라 바라보았다. 트루아는 내륙지방이니 청어를 볼 기회가 흔치 않았으리라. 아니면 배가 덜 찬 걸까.

"니콜라."

"네."

"혹시나 해서 묻는 건데……"

그 순간이었다.

"이런!"

심장을 틀어잡힌 듯 고통스러운 외침이 터져나왔다.

팔크였다. 오른손으로 목을 잡고 있다. 테이블에는 수프에 적셔 한입 베어 문 빵이 뒹굴고 있었다. 볕에 탄 팔크의 얼굴이 순식간에 흙빛으로 물들었다.

"스승님!"

니콜라가 고함치며 벌떡 일어났다. 팔크는 오른손으로 목을 누른 채 허리춤의 가죽주머니로 왼손을 뻗었다. 손가락이 심한 경련을 일으키고 있었다.

독이다.

어느샌가 나도 일어나 있었다. 하지만 어찌해야 할지 알 수 없었다. 다른 테이블에서 식사를 하던 상인들도 이변을 알아채고 동작을 멈췄다.

팔크가 간신히 목소리를 쥐어짰다.

"쫓아라."

니콜라가 바닥을 차고 펄쩍 뛰어올랐다. 한 손으로 단검을 빼들고 주방으로 달려간다. 눈 깜짝할 사이에 냄비인지 뭔지 뒤집어지는 요란한 소리가 났다. 알아들을 수 없는 노성이 들리더니 연이어 쨍깡대는 소리가 울려퍼졌다. 쇠붙이와 쇠붙이가 부딪치는 소리다. 독살을 꾸민 자가 아직 주방에 있는 모양이다.

뒤돌아보자 새카맣게 변한 팔크의 얼굴이 보였다. 의술에 소양이 없는 나조차 한눈에 알아챌 만큼 위태로운 상태였다. 내가 할 수 있는 일은 없었지만, 가만있을 수도 없어서 나는 테이블 건너편에 있는 그에게 달려가 등을 문질렀다.

"팔크 경, 정신 차려요!"

팔크는 왼손을 부들부들 떨며 허리춤의 가죽주머니를 힘없이 더듬고 있다. 대신 열어주려 황급히 손을 뻗은 찰나, 간신히 팔크의 손이 주머니의 끈을 붙잡았다. 입구를 열어 손을 넣는다.

요란한 소리가 나더니 주방에서 사람이 튀어나왔다. 철퍽, 바닥에 쓰러진 순간 먼지가 부옇게 일었다. 니콜라인 줄 알았는데 아니었다. 아까 팔크에게 식사를 가져다준 소녀다. 대체 무슨 영문인가 싶었는데, 오른손에 쥔 단검의 빛과 살기등등하게 부릅뜬 눈, 악마처럼 무시무시하게 일그러진 얼굴을 보니 상황 파악이 됐다.

상체를 일으켜 재빨리 주변을 둘러보던 소녀의 시선이 괴로워하는 팔크에게 머문다. 이내 나와도 눈이 마주쳤다.

암살자가 씩 웃었다. 몸이 굳어서 손가락 하나 까딱할 수 없었다. 다 틀렸다.

하지만 소녀가 마저 몸을 일으키기도 전에, 니콜라가 달려와 내 앞을 가로막았다. 그가 단검을 가슴께에 들고 날카롭게 말했다.

"죽여도 됩니까?"

팔크는 테이블에 엎드려 괴로운 듯 온몸을 들썩이며 숨을 몰아쉴 뿐이었다. 대답할 수 없는 상황이라는 걸 알고 니콜라가 외쳤다.

"죽이겠습니다!"

하지만 소녀는 니콜라가 호락호락한 상대가 아님을 알아

챈 듯했다.

"이미 늦었어."

그 말을 남기고 소녀는 몸을 틀었다. 바닥을 차고 오르더니 날듯이 문을 향해 달려갔다.

"쳇."

한 박자 늦게 니콜라도 움직였다. 그러나 도저히 따라붙을 수 없을 것 같았다. 소녀가 문을 열려던 순간이었다.

문이 열렸다. 빛과 바람, 눈발이 동시에 실내로 들어왔다.

새하얀 거리를 등지고 두건을 눌러쓴 검은 입술의 여자가 서 있었다. 하르 엠마가 돌아온 것이다.

그녀의 눈에 무엇이 비쳤을까. 테이블에 쓰러진 팔크, 단검을 쥔 니콜라, 아마도 새파랗게 질려 얼어붙은 나. 그리고 소녀는 멈추지 않고 엠마를 향해 달려들었다.

"칼날에 독을 발라놨어!"

니콜라가 외친 프랑스어는 엠마에게 닿았을까.

소녀가 휘두른 단검이 쨍 소리를 내며 튕겨나갔다. 언제 뽑았는지 엠마의 손에도 단검이 들려 있었다.

엠마의 두건에 묻은 눈가루가 흩날렸다.

그 눈가루가 바닥에 떨어지기도 전에 소녀는 연이어 공격했다. 나보다 가녀린 팔로 바람을 가르는 소리를 내며 번개처럼 단검을 휘두른다. 빠르다. 하지만 엠마는 눈도 깜짝하지 않고 단검을 살짝 기울이기만 하며 모든 공격을 막아냈다. 칼을 다루는 움직임이 조금도 위태롭지 않았다. 과연 에이브와 경비병들이 당해내지 못할 법도 하다.

엠마는 상대에게서 눈을 떼지 않은 채 공격을 막으며 나에게 물음을 던지기까지 했다.

"얘, 누구?"

더듬거리는 잉글랜드어. 나는 외쳤다.

"살인자야, 놓치면 안 돼!"

그 말을 듣더니 엠마가 살짝 고개를 끄덕인 것 같았다. 그러고는 단검을 고쳐 쥔다.

소녀는 펄쩍 뛰어 뒤로 물러났다. 문으로 도망칠 수 없다는 걸 깨달은 모양이다. 주방으로 시선을 돌린다. 뒷문으로 달아나려는 것일까. 그러나 니콜라가 나와 팔크를 감싸며 주방 근처에 서 있었다. 엠마보다 수월한 상대라 생각했는지, 소녀는 니콜라에게 칼끝을 들이댔다.

엠마가 슬며시 걸음을 내디뎠다. 순간 니콜라가 소리쳤다.

"움직이지 마요. 내 손으로 처리하겠어!"

그 말을 신호로 소녀가 니콜라를 향해 달려들었다.

날카롭게 숨을 내뱉으며 소녀는 팔을 힘껏 뻗어 찔렀다. 니콜라는 말없이 공격을 튕겨냈다. 고막이 찢어질 것 같은 소리가 났다. 암살자는 겁먹지 않고 다시, 또다시 단검을 휘둘렸다.

니콜라는 상대의 몸을 노리지 않았다. 몸을 돌려 깊숙이 찌르는 소녀의 단검을 슬쩍 피하더니, 상대가 팔을 밀어넣는 틈을 놓치지 않고 손을 노렸다. 내 눈에는 니콜라가 아주 살짝 손목을 움직인 것으로밖에 보이지 않았다. 하지만 "악!" 하는 비명소리와 함께 피가 솟구쳤다. 니콜라의 단검이 소녀의 오른손목을 가른 것이다.

소녀는 한껏 얼굴을 찡그리며 왼손으로 단검을 바꿔들었다. 하지만 그 검을 휘두르지는 못했다. 소녀의 품으로 뛰어든 니콜라가 가슴에 자루가 닿을 정도로 깊숙이 단검을 박았다. 그런데도 소녀는 단검을 쥐고 팔을 움직이려 했다. 니콜라의 다음 행동에 나는 내 눈을 의심했다. 그는 유일한 무기인 단검을 적의 가슴에 꽂은 채, 칼자루를 놓고 빈손으로 상대의 턱을 후려쳤다.

암살자는 한 바퀴 빙 돌더니 천장을 보는 자세로 나동그라졌다. 흘러나온 피가 순식간에 바닥에 고였다.

니콜라의 단검은 적의 몸을 관통할 만큼 길지 않았다.

니콜라는 쓰러진 소녀에게 발길질을 했다. 소녀는 모래주머니처럼 니콜라의 힘이 가해진 만큼만 움직였다. 눈은 증오에 가득차 부릅뜨고 있었지만, 생기는 남아 있지 않았다. 니콜라는 연이어 두세 번 더 발길질을 했다. 망자를 욕되게 하려는 게 아니라 정말 숨이 끊어졌는지 확인하는 것이다. 겨우 암살자의 죽음을 확신했는지, 니콜라의 몸에서 힘이 빠졌다.

"스승님!"

그는 스승을 부르며 뒤돌았다. 나도 팔크를 보았다. 아까까지는 요동치듯 경련했는데, 지금은 꿈쩍도 하지 않는다.

"죽은 거야?"

그에 답하듯 테이블에 엎드려 있던 팔크가 긴 숨을 내쉬었다. 나는 니콜라에게 소리쳤다.

"숨을 쉬어. 살아 있어!"

니콜라는 이마에 튄 소녀의 피를 소매로 훔쳤다.

"늦지 않게 해독하신 모양이네요."

"걱정한 거 아니야?"

"스승님은 이깟 일로 어떻게 되실 분이 아니에요."

말은 그렇게 하지만, 백지장처럼 창백한 얼굴로 몸이 들썩일 만큼 크게 안도의 한숨을 내쉬며 그런 말을 한들 허세로밖에 들리지 않는다.

"역시 독이야?"

니콜라는 고개를 끄덕이며 중얼거렸다.

"네. 방심했어요……"

쉰 목소리가 그 말을 받았다.

"할말이 없구나. 설마 시내에서 기습할 줄은 몰랐다."

팔크의 목소리다. 그가 간신히 몸을 일으켰다. 방금 전까지만 해도 흙빛이었던 얼굴이 지금은 그저 새파랗기만 하다. 두어 번 습한 기침을 쿨럭이더니, 한 마디씩 천천히 말을 이었다.

"내 잘못이다. 죽인 건 어쩔 수 없지."

"만만치 않은 상대였어요. 생포는 불가능했고요."

"잘했다."

팔크가 쥐어짜듯 말하자, 니콜라의 표정이 누그러졌다. 하지만 그도 잠시, 이내 평소의 무표정으로 돌아왔다. 니콜라는 시신 곁에 주저앉아 소녀의 허리띠를 풀더니, 그것으로 소녀의 단검을 둘둘 말았다.

"대, 대체 무슨 일이 일어난 거야. 죽인 거야?"

다른 테이블에 있던 사내들이 상기된 목소리로 물었다. 마침 잘됐다. 나는 공포로 뻣뻣하게 굳은 그들을 향해 명령했다.

"당신들도 똑똑히 봤죠? 나는 영주의 누이동생 아미나 에일윈입니다. 여러분 힘을 빌려야겠어요. 언덕 위에 있는 요새로 가서 에이브 허버드 또는 직무대행인에게 보고하세요. 기사 팔크 피츠존이 사이먼의 가게에서 습격을 받았으니 암살자의 시체를 처리하라고요."

사내들은 고개를 끄덕이더니, 이 자리에서 벗어날 수 있어서 기쁘다는 양 쏜살같이 밖으로 나갔다.

어느샌가 엠마의 모습이 보이지 않았다. 암살자의 공격을 쉽게 막아낸 그녀는 성가신 일을 꺼리는 듯 사람이 몰려들기 전에 모습을 감췄다. 마자르인은 모두 저런 것일까.

시신 곁으로 다가갔다.

아직 어린 소녀다. 나와 비슷한 또래일까. 어쩌면 훨씬 어릴지도 모른다. 하지만 가까이서 보니 제대로 영양을 섭취하지 못했을지도 모른다는 생각이 들 만큼 여윈 몸이었다. 니콜라가 벤 손목도 놀랄 만큼 가녀렸다.

나는 주방을 향해 휙 고개를 돌렸다.

그곳에 또하나의 시신이 있었다. 질 좋은 옷에 흠뻑 피를 묻힌 사이먼 도드. 칼에 목이 찢겨나갔다.

생명을 잃은 눈동자가 빤히 나를 바라본다. 뭐라 항의하듯 입은 활짝 벌어져 있었다.

24. 매끄러운 상아

의자에 앉은 채로 무참하게 살해당한 아버지를 보았을 때조차 용케 버텼는데, 사이먼의 시체를 본 순간 정신을 잃은 모양이다.

"아미나 님, 정신 차리십시오!"

에이브의 부하인 젊은 경비병이 나를 흔들어 깨웠다. 이따금 본 적이 있는 신참 병사다. 내 몸에 손대기가 저어되는지, 손끝으로 조심스레 건드린다.

속이 메스껍고 머리가 어질어질했다. 하지만 무슨 일이 일어났는지는 기억한다. 사이먼이 죽었다.

병사가 에이브를 불렀다. 금세 달려온 에이브는 내 곁에 무릎을 꿇었다.

"아미나 님, 정신이 드십니까?"

"난 괜찮아. 사이먼은…… 팔크 경은?"

나는 머리를 흔들며 몸을 일으켰다. 에이브가 곁에서 부축해주었다.

"사이먼은 이미…… 피츠존 경은 이제 아무렇지도 않다고 합니다."

조금 전 죽을 고비를 넘겼는데도 팔크는 언제 그랬냐는 듯 당당히 니콜라에게 지시를 내리고 있었다. 암살자를 상세히 조사하는 모양이다. 시체에 박힌 자기 단검을 뽑는 니콜라의 모습이 보였다. 피가 콸콸 흘러나오는데도 개의치 않고 암살자의 옷으로 단검을 닦았다.

에이브가 알려주었다.

"솔론에서는 못 보던 얼굴입니다. 아마 뭍에서 왔겠죠. 피츠존 경 말로는 소지품 중에 잉글랜드에서는 볼 수 없는 물건이 있었답니다."

그리고 작은 소리로 덧붙였다.

"솔론에서 일어난 살인사건인데, 피츠존 경에게 맡겨도 괜찮겠습니까?"

에이브의 말대로 문제가 될 수 있는 사안이다. 솔론의 법이 공정하게 집행되도록 하는 것이 에일윈 가문의 의무다. 그렇지만…… 나는 목소리를 낮추어 말했다.

"그냥 둬. 애덤에게는 비밀로 하고."

"알겠습니다."

나는 에이브의 부축을 받아 일어났다. 에이브 말고도 경비병이 두 명 더 있었다. 하지만 마을에서 일어난 살인사건은 처음 접했는지 바닥에 고인 피를 내려다보며 새하얗게 질려 있었다.

"피츠존 경은 저 소녀가 독살을 계획했다고 말씀하셨습니다. 종사에게 소녀를 쫓으라고 명령했는데, 반격하기에 하는 수 없이 처치했다는군요."

"맞아. 나도 봤어. 저들에게 사이먼의 죽음에 대한 책임은 없고, 저 소녀를 죽인 것도 그럴 수밖에 없는 상황이었기 때문이야. 에이브, 부탁인데 가능하면……"

니콜라가 소녀를 죽인 건 틀림없는 사실이다. 이대로라면 팔크 일행은 구금된다. 하지만 그런 일에 시간을 빼앗길 수는 없다.

"저들을 붙잡지 말아줘. 아버지를 해친 범인을 찾기 위해서 저들의 힘이 꼭 필요해. 여기서 저 두 사람을 잡아둔다면 살인자에게만 좋은 일 해주는 꼴이야."

어려운 부탁이라 생각했다. 하지만 에이브는 뜻밖에도 선선히 수긍했다.

"압니다. 피츠존 경이 습격을 받은 것이 사실이라면, 롤렌트 님을 해친 자가 꾸민 계략이겠죠. 그자의 손아귀에서 놀아날 생각은 없습니다."

"……고마워."

어느샌가 에이브는 믿음직한 남자로 성장했다. 감사의 뜻을 전한 뒤, 나는 가게 안을 둘러보았다. 병사들을 부르러 간 상인들은 돌아오지 않았다.

"사이먼에게 아내가 있었지. 소식은 전했어?"

"네, 가게 뒤쪽에 있습니다."

에이브는 머뭇거리며 말했다.

"좋은 아내는 아니라고 생각했습니다만, 남편의 소식을 듣고 무척 충격을 받은 듯합니다. 꼭 넋이 나간 사람 같더군요."

사이먼의 아내는 낭비벽이 심하고 아름다운 여자로, 사이먼보다 나이도 훨씬 어려서 소문이 끊이지 않았다. 하지만 그녀의 심정도 헤아릴 수 있었다. 나도 사이먼을 좋아하는 편은 아니었지만 그렇게 죽어도 되는 사람은 아니었다.

암살자는 팔크의 식사에 독을 넣는 데 거치적거린다는 이유만으로 사이먼을 죽인 게 분명하다.

그렇게 죽어도 되는 사람은 없다. 모든 사람은 사제에게 고해성사를 하고 침대 위에서 죽음을 맞이해야 한다.

"사이먼의 아내가 마음을 추스르면 이렇게 전해줘. 에일윈 가문에서 사이먼의 장례식과 미사를 돕겠다고."

"알겠습니다. 전하겠습니다."

이런 사소한 배려가 조금이라도 그녀의 영혼을 위로해줄 수 있을까. 알 길은 없지만 모른 척할 수는 없었다.

난데없이 날카로운 소리가 들렸다.

"손대지 말게!"

팔크였다. 한 경비병이 테이블에 남아 있던 빵을 집어들려던 참이었다. 경비병은 갑작스러운 질타에 성난 표정으로 대꾸했다.

"이대로 내버려둘 수도 없는 노릇이잖소."

"그 독을 우습게 보면 안 되네. 손에 묻으면 목숨이 위험해질 게야."

경비병은 눈을 휘둥그레 뜨면서 손을 확 떼었다. 독이 퍼지는 모습을 눈앞에서 보았기에, 나는 그 말이 과장이 아님을 알 수 있었다.

"천으로 싸서 불에 던지게. 연기도 들이마시지 않도록 조심해야 해. 수프도 천으로 흡수해 태워버리고."

경비병들은 불안한 표정으로 에이브의 안색을 살폈다. 에이브는 떨떠름한 표정으로 그리하라 명했다.

못마땅한 표정으로 독을 치우는 병사들을 힐끗 보더니 팔크는 나를 향해 고개를 숙였다.

"꼴사나운 모습을 보이고 말았습니다."

"생명에 지장이 없어서 다행이에요. ……설마 그 소녀가 암살기사인가요?"

"아니요. 제가 쫓던 에드릭은 아닙니다. 이걸 보십시오."

팔크가 손짓하자 니콜라가 한 자루의 단검을 내밀었다. 매끄러운 상아를 썼지만 칼집과 자루에 뱀이 새겨진 불길한 물건이었다.

"암살자가 가지고 있던 물건입니다. 사라센인들이 쓰는 카드라는 단검인데, 암살기사가 제자에게 물려줍니다."

"제자? 저렇게 어린 소녀가요?"

"그렇게 볼 수밖에 없습니다. 암살기사가 유럽에서 제자를 들인 전례는 없습니다만, 여자를 제자로 삼는 경우는 종종 있었습니다. 또한 암살기사는 쉽게 모습을 드러내지 않습니다. 제자 역시 마찬가지고요."

"그래서 독을 썼군요. 엠마가 아니었다면 놓쳤을 거예요."

하지만 팔크는 신중하게 말했다.

"계속 그게 마음에 걸렸습니다. 암살자가 사용한 독은 '에밀의 곰팡이'라 불리는 것인데, 맹독이기는 하지만……"

맹독이지만 팔크는 목숨을 건졌다. 암살은 실패로 끝난 것이다.

"당신은 해독제를 가지고 있었잖아요."

"'에밀의 곰팡이'는 수많은 동료의 목숨을 앗아간 독입니다. 그래서 항상 해독제를 가지고 다니죠. 그 사실을 암살기사가 몰랐을 리 없습니다."

"해독제가 있는 걸 알면서도 독을 넣었다고요? 위협일까요?"

"그들에게 위협이란 개념은 없습니다. 움직인 이상 죽이든 죽임을 당하든 둘 중 하나죠."

단언하더니, 팔크는 한 마디씩 확인하듯 또박또박 말했다.

"그리고 제자를 허투루 쓰는 일도 없습니다. 저희가 그렇듯, 암살기사 또한 제자를 키우는 데 엄청난 시간과 비용을 들입니다. 쓸데없이 희생시키지 않죠. ……그런데 이번 습격에서 소녀가 살아 돌아갈 가능성은 없었습니다. 해독이 늦어 제가 죽었더라도 니콜라는 반드시 소녀를 죽였을 테니까요."

"그게 사실이라면 대체 어떻게 된 일이죠?"

"모르겠습니다."

팔크의 입에서 처음으로 모르겠다는 소리가 나왔다.

"억측으로 몇 가지 설명은 가능합니다. 그리고 언젠가 진짜 이유를 아는 날이 오겠죠. 지금은 일단 발로 뛰어야 합니다."

말을 마친 팔크가 한 발짝 내디디려 했다.

니콜라가 그의 소매를 잡아끌었다.

"잠깐만요. 스승님, 이대로 수색을 재개하실 작정입니까?"

팔크는 언짢은 듯 얼굴을 찌푸렸다.

"그렇다. 제자는 죽었지만 에드릭은 아직 붙잡지 못했잖느냐."

"억지 부리지 마세요. 그런 몸으로 무슨…… 아직도 팔다리가 덜덜 떨리는데."

나와 팔크 사이에는 거리가 있었고 가게 안도 워낙 어두워서, 니콜라가 말하기 전까지 알아채지 못했다.

팔크의 손끝은 미세하게 경련하고 있었고, 무릎도 조금씩 떨린다. 그리고 무엇보다 얼굴이 아직도 핏기 없이 새하얗고, 11월인데도 이마가 땀으로 흠뻑 젖었다. 독은 팔크의 생명을 앗아가지는 못했지만 그의 육신에 깊은 상처를 남긴 것이다.

"그런 상태로 비틀거리면서 돌아다니면 거치적거릴 뿐이에요. 지시를 내리세요, 뭐든 할 테니."

팔을 붙잡는 니콜라를 향해 팔크가 미소 지었다.

"말버릇 한번 고약하구나."

"못 배워먹고 컸잖아요."

"녀석, 말은. 하지만 네 말이 맞다. 이 몸으로 돌아다니기는 어렵겠구나."

"맞습니다. 방에서 쉬세요."

하지만 팔크는 고개를 젓더니, 해독제가 든 가죽주머니에 손을 넣었다.

"시간이 얼마 없다. ……너에게는 아직 알려주지 않았구나. 성 암브로시우스 병원형제단에 전해내려오는 비술이 있다."

그가 주머니에서 꺼낸 건 작은 유리병이었다. 지금까지 솔론에서는 본 적이 없는 작은 병이다. 병을 저만큼 작게 가공한 걸 보니, 분명 동방 사라센인의 작품이리라.

"'산중 노인의 비약'이라고 하지. 마시면 아픔과 피로를 모두 잊고 하룻밤 내내 싸울 수 있다."

니콜라는 꺼림칙한 표정을 지었다.

"사라센인의 마술이 얼마나 굉장한지는 저도 압니다. 하지만 세상에 그런 편리한 약이 어디 있습니까. 설령 있다고 해도 왜 지금까지 사용하지 않으신 겁니까?"

"효능은 뛰어나지만 독이 될 수도 있기 때문이다. 자칫하면 죽을 수도 있거든. 그리고 이건 암살기사의 마술에 가깝다. 자주 마시면 동료들의 의심을 산다. 너도 다른 사람에게는 말하지 말거라."

팔크는 병뚜껑을 열었다. 내가 있는 곳까지 달콤하게 숙성된 꽃꿀 향기가 풍겼다.

"약효가 떨어지면 움직이지 못하지만, 하루 정도는 문제없겠지."

"겨우 하루 만에 에드릭을 잡겠다고요?"

"그래. 네 활약도 기대하고 있다."

팔크는 희미하게 미소 짓더니, 병에 든 약을 마셨다.

'산중 노인의 비약'이 정말 아픔과 피로를 없애주는지는 알 수 없다. 어쩌면 그 모든 것이 니콜라를 설득하기 위한 팔크의 거짓말일지도 모른다.

하지만 설령 거짓이더라도 팔크는 암살기사를 쫓는 노력을 소홀히 할 생각은 없는 것이다. 니콜라도 더는 말리지 않았다. 한숨을 쉬더니 바닥에 놓아둔 지게를 짊어졌다.

"효험이 굉장한데요. 그럼 출발하죠."

사이먼의 시신은 수도원으로 옮겨져 장례를 기다리게 된다. 오늘 오후에 아버지가 매장될 테니, 사이먼은 차례가 돌아올 때까지 기다려야 한다.

반면, 암살자가 기독교도인지 아닌지는 알 수 없다. 소녀의 시체는 에이브가 알아서 잘 처리하겠지.

참으로 신기했다. 피가 흥건한 사이먼의 가게에 있을 때는 전혀 느끼지 못했는데, 눈발이 날리는 솔론의 어시장 광장으로 나오자 지독한 피 냄새가 코를 찔렀다.

가게 앞에는 벌써 구경꾼들이 몰려 있었다. 경비병이 달려온 걸 보고 사건의 냄새를 맡았나보다. 하지만 무슨 일이 일어났는지는 아직 아무도 모르는 모양이다. "저기 봐, 아미나님이 나오시네." 밖으로 나온 나를 보고 누군가가 말했다.

사이먼의 참혹한 죽음에 대한 소문은 곧 솔론 전역에 퍼지겠지. 이름 모를 소녀의 죽음도. 솔론이 악덕과 무관한 곳이라 말할 생각은 없다. 기질이 거친 뱃사람들 간의 싸움이 끊이지 않고, 때로는 사망자가 나오기도 한다. 하지만 정당하게 장사하는 상인이 살해되는 일은 거의 없다. 두 사람의 죽음은 솔론을 공포로 몰아넣으리라.

구경꾼 중에는 평소 같았으면 편하게 말을 걸었을 얼굴도 몇몇 보인다. 하지만 나는 사람들의 시선을 피하듯 고개를 숙이고 팔크와 니콜라의 뒤를 따라 광장을 떠났다. 휘몰아치는 눈보라가 내 모습을 감춰주었을 것이다.

걸음을 옮기며 팔크가 말했다.

"아까 하르 엠마가 왔었다고 들었다."

"네. 엠마가 없었으면 암살자가 시내로 도망쳐서 상황이 복잡해졌을 겁니다."

"나는 제대로 보지 못했는데, 네가 보기에 엠마는 어떠하더냐?"

"무척 강했습니다."

니콜라는 한숨을 쉬듯 말했다.

"검술 실력도 대단했지만, 한 걸음도 물러서지 않고 제자리에서 검을 휘두르다니 직접 보고도 믿을 수가 없더군요. 상대가 공격하면 물러서고 물러서면 공격한다, 이게 싸움의 기본 동작 아닙니까? 하지만 엠마는 팔과 손목만으로 막아냈습니다."

"그걸…… 강하다고 표현해야 할지 모르겠구나."

"네. 마치 두려움을 느끼지 못하는 것 같았어요."

잠시 걷다가 니콜라는 불쑥 중얼거렸다.

"붙잡아뒀어야 하는 건데. 제 불찰입니다."

팔크는 말없이 두건 위로 눈이 쌓인 니콜라의 머리를 톡톡 쳤다.

직공 거리에는 인기척이 없었다. 쏟아지는 눈 때문에 안에서 일을 하는 모양이다. 우리는 북문을 빠져나가 나루터로 향했다. 작은 솔론으로 갈 것이다. 사라진 포로의 수수께끼를 밝히기 위해.

큰 솔론 북단과 작은 솔론을 잇는 나루터에는 여느 때처럼 머독이 있었다. 예년보다 심한 추위에 작은 모닥불을 피워 놓고 손을 녹이고 있다. 머독은 눈보라를 헤치고 다가오는 우리를 물끄러미 바라보았지만, 누구인지 알아챌 만큼 가까이 다가가니 놀란 표정을 지었다.

"아미나 님 아니십니까. 이런 날씨에 어쩐 일이십니까?"

"저쪽으로 건너가야겠어. 금방 출발할 수 있지?"

"바로 준비하겠습니다."

아직 나룻배를 탄 사람이 아무도 없었는지, 배는 밧줄에 매여 있었다. 애당초 눈보라가 시야를 가려서 맞은편에서 배를 부르는 깃발을 흔들어도 보이지 않을 정도다. 머독이 밧줄을 푸는 동안 가만히 서서 기다리려니 온몸이 시렸다.

해협에는 높고 거센 파도가 몰아쳤다. 어젯밤 나타났던 바닷길은 흔적도 없이 바다 밑으로 자취를 감추었다.

이내 눈보라 너머로 작은 솔론이 희미하게 보이기 시작했다.

25. 수천 나날을 헤아린 흔적

작은 솔론.

에일윈 가문의 영주관 말고는 아무것도 없는 자그마한 섬.

부지 한구석에는 높은 탑이 서 있다.

오랜 옛날, 아직 데인인들의 위협이 전설이 되기 전에 솔론 제도를 습격하는 해적들을 신속히 발견하기 위해 세운 파수대다. 하지만 시대가 바뀌고 큰 솔론의 요새에 감시탑이 세워지면서 탑은 제 역할을 마쳤다. 돌아가신 아버지가 데인인의 습격을 예고했음에도 불구하고 저 탑에는 아직 병사가 한 명도 배치되지 않았다.

이제 저 탑은 섬을 경비하는 데 쓰지 않는다. 에일윈 가문에서 일하는 하인들 중에도 사실을 아는 자는 거의 없다. 저곳은 감옥이다. 단 한 명의 죄수를 가둬두기 위한.

토르스텐 타르퀼레손은 텍설섬의 결전에서 아버지에게 패한 후로 쭉 저 탑에 갇혀 있었다. 지금까지 수없이 제안한 포로 서약을 모두 거부하고 자유의 몸이 될 기회를 스스로 차버렸다. 그는 제 주군을 기다린다 했다.

그리고 아버지가 돌아가신 바로 그날 밤, 그는 자취를 감췄다. 너무 오래되어 열쇠로도 열릴지 의심스러운 낡은 자물쇠가 달린 철문이 가로막은 밀폐된 방에서. 시녀 야스미나가 그렇게 보고했다.

나도 직접 그 현장을 확인했다. 음유시인 이볼드의 발라드를 들은 뒤, 옷을 갈아입기 전에 나는 야스미나를 데리고 서쪽 탑으로 향했다. 그녀의 말을 의심한 건 아니지만, 이 눈으로 직접 보지 않는 한 믿을 수 없었다. 토르스텐이 도망쳤다는 것도 그랬지만, 그 밀폐된 공간에서 사라졌다는 사실 자체가 믿기 힘들지 않은가. 하지만 철문에 달린 창살 사이로 내가 본 것은 휑한 빈방이었다……

인간은 연기처럼 사라질 수 없다. 그리고 토르스텐은 인간이 아니긴 하다. 죽음조차 허락받지 못한 저주받은 데인인이다. 하지만 그렇다고 철문을 빠져나갈 수는 없을 텐데!

눈보라에 휩싸인 나룻배는 크게 요동쳤고, 손가락과 귀는 얼어붙은 것처럼 차가워졌다. 팔크와 니콜라는 한마디도 하지 않았지만, 안색을 보니 그들 역시 추위에 떠는 듯했다.

하지만 영주관에 들어가 몸을 녹일 시간은 없다. 문 앞에 쭈그려앉아 손을 비비는 매슈의 모습이 보였다. 오늘은 낮 경비 당번인 모양이다. 날 보고 황급히 일어났지만, 그의 태도를 일일이 지적할 마음은 들지 않았다. 자신이 보초를 선 날에 주인이 죽었는데, 며칠이나 지났다고 벌써 태만한 모습을 보이는 건가. 이런 자에게는 무슨 말을 해도 소용없다.

"아미나 님, 지금 마침……"

황급히 변명하려는 매슈의 말을 끊고 명령했다.

"가서 야스미나에게 전해. 잘 마른 걸로 두건이 달린 망토를 준비해 서쪽 탑으로 가져오라고. 나와 기사 피츠존, 니콜라 것까지 세 벌이야. 그리고 꿀이 든 따뜻한 포도주 세 잔도 함께 가져오라고 하고."

질책을 면해서 마음이 놓였는지, 매슈는 씩씩하게 대답하고 영주관으로 들어가려 했다. 팔크가 그의 등에 대고 말을 걸었다.

"자네가 매슈 힉슨인가. 그저께는 많이 놀랐겠군. 선대 영주님을 해친 적은 무시무시한 자야. 자네가 아무리 직무에 충실했더라도 막을 수 없었을 걸세."

매슈는 돌아보며 비굴하게 웃었다.

"기사님이 그렇게 말씀해주시니 마음의 짐을 조금 덜었습니다."

"그저께 밤에는 비가 왔지."

"네, 그러합죠. 이 일도 겨울에는 참 힘듭니다."

팔크는 손을 흔들어 매슈를 보냈다.

물론 그저께 밤은 맑았다. 그런데도 비가 내렸다고 대답한 걸 보면 역시 매슈는 제대로 보초를 서지 않았던 것이다. 자고 있었든지, 어쩌면 아예 바깥에 나오지 않았는지도 모른다. 팔크도 매슈가 충직한 병사인지 의심했던 모양이다. 하지만 내 시선을 알아챈 그는 이렇게 말했다.

"미니언은 작은 솔론에 상륙한 뒤 영주관 정면을 피해 우회했을 겁니다. 보초가 있으리라 예상했겠죠. 지형으로 봐서는 서쪽에서 우회해 들어오면 문 앞에 있는 사람은 아무것도 보지 못합니다. 만일 저자가 직무에 충실했더라도 역시 아무것도 보지 못했을 겁니다."

하지만 만일 매슈가 아니라 에드위였다면 어땠을까. 그는 애주가였지만 우두커니 문 앞에 서 있기만 하는 보초는 아니었다. 항상 성실히 이 주변을 순찰했으니까……

서쪽 탑 앞에 이르렀다.

탑의 재료인 돌은 큰 솔론에서 채굴한 것이다. 큰 솔론의 바위는 하나같이 까맣다. 그런 까닭에 이 탑도 검다. 하지만 가까이서 보니 조금 붉은 기가 도는 것 같다. 토르스텐을 찾아온 건 항상 밤이었고 낮에 이 탑에 가까이 온 적은 없다. 나는 수십 번은 드나들었을 탑이 무슨 빛깔인지 오늘에야 알게 되었다.

군데군데 창이 나 있다. 무질서하게 배치된 것처럼 보이지만 실은 탑 내부의 나선계단을 따라 낸 것이다.

"제법 높군."

탑을 올려다본 팔크의 첫 소감은 평범했다.

"65피트약 20미터예요. 원래는 바다를 감시하려 세운 탑이라 높게 지었어요."

"포로가 갇혀 있던 방의 창문이 여기서 보입니까?"

"아뇨. 반대편으로 가야 보일 거예요."

하지만 낮기는 해도 돌벽이 막고 있으니 바로 반대쪽으로 갈 수는 없다. 일단 문을 나와 돌벽을 돌아서 가는 수밖에 없다.

팔크가 중얼거렸다.

"꽤나 황폐하군요."

돌벽은 일부가 무너졌고, 떡갈나무문에 붙은 철판은 새빨갛게 녹이 슬었다. 버려진 곳이라 해도 에일윈 가문의 건물이다. 볼썽사나운 모습을 보였다는 수치심에 얼굴이 달아올랐지만, 애써 태연한 척 말했다.

"지금은 사용하지 않거든요. 게다가 하인들에게도 가까이 가지 말라고 일러두었고요. 손님이 이런 곳에 올 일도 없으니까요."

"그럼 아무도 이곳에 접근하지 않는다는 말씀입니까?"

"제 발로 찾아오는 사람은 없을 거예요. 하지만 접근하는 사람이 아무도 없다고 단언할 수는 없죠."

팔크는 잠시 생각에 잠겼지만, 바람이 거세지자 하늘을 올려다보더니 "일단 안으로 들어가죠" 하고 말했다.

떡갈나무문은 열려 있었다. 쏟아지는 눈 때문에 해는 보이지 않았지만, 빛이 들어오는 서쪽 탑을 아래서 올려다보는 건 처음이었다.

나선계단은 저 위까지 이어져 있다. 새어들어오는 빛 속에

떠다니는 먼지가 보였다. 돌을 쌓아 만든 탑은 그리 튼튼해 보이지는 않는다. 외부 석벽이 군데군데 무너지기도 해서, 올려다보고 있으려니 금방이라도 무너져내릴 것 같았다.

내가 앞장서 계단을 올라갔다. 올라가자마자 뒤에서 중얼거리는 니콜라의 목소리가 들렸다.

"스승님……"

스승의 몸을 염려하는 모양이었지만 팔크는 대답하지 않았다.

평소에는 랜턴을 들고 올라가는 탑이지만, 지금은 들창으로 쏟아지는 빛을 받으며 올라간다. 나선계단을 몇 번이나 빙빙 돌았을까. 토르스텐이 갇혀 있던 방에 도착했다. 두꺼운 문에 녹슨 자물쇠. 쇠창살이 달린 작은 창문으로 들여다봐도 저주받은 데인인의 모습은 보이지 않았다.

서약을 하지 않았더라도 포로의 몸으로 도주했다는 건 배신이다. 하지만 지금 이렇게 아무도 없는 방을 보니 토르스텐이 사라졌다는 사실이 새삼 사무치며 쓸쓸함이 밀려왔다. 이기적인 바람인 줄은 알지만 아버지가 돌아가신 지금, 그라도 있어줬으면 했다.

뒤따라오는 팔크에게 자리를 내줬다.

"여기가 그 방이에요."

"토르스텐 타르퀼레손은 지난 이십 년 동안 이곳에 갇혀 있었습니까?"

"네."

"홀로 말입니까?"

"그래요."

그는 방안을 들여다보며 중얼거렸다.

"평범한 인간이었다면 견디지 못했을 텐데요. 저주받은 데인인은 마음도 굳센 모양이군요."

아마도 그건 아니다. 저주받은 데인인이라 마음이 굳센 게 아니라, 토르스텐의 마음이 굳센 것이다. 이번에 예상치 못한 사태로 저주받은 데인인들은 본래 예정됐던 것보다 훨씬 일찍 해방됐다. 하지만 만일 백년을 기다려야 했더라도 토르스텐은 묵묵히 그 오랜 세월을 기다렸으리라.

"그럼 이 문을 열어주시겠습니까."

팔크의 요청에 나는 고개를 저었다.

"열쇠는 나에게 없어요. 아버지가 가지고 계셨죠. 그리고…… 열쇠 구멍을 봐요."

열쇠 구멍은 입구의 문에 붙은 금속 장식처럼 붉게 녹슬어 있다.

"이 상태로는 열쇠가 있어도 열릴지 모르겠는걸요."

팔크는 웅크려앉아 열쇠 구멍을 꼼꼼히 살피더니 결론을 내렸다.

"녹과 먼지로 구멍이 막혔습니다. 최근에 열린 적은 없어 보입니다."

이번에는 일어나 문 전체를 조사한다. 니콜라가 말을 걸었다.

"스승님, 뭐하십니까? 기웃거리다 아래로 떨어지면 어쩌려고 그러세요."

"너에게는 스승을 존경하는 마음이 전혀 없구나. 마침 좋은 기회다. 열쇠 구멍을 사용한 흔적이 없는 방에서 어찌 사람이 사라질 수 있는지 생각해보거라."

니콜라는 잠시 뜸을 들이다 대답했다.

"스승님이 무슨 생각을 하시는지 알겠습니다. 경첩을 뜯어내 문을 통째로 떼어냈다고 생각하시는 거죠?"

팔크는 힐끗 니콜라를 보았다.

"그런 생각은 안 했다. 하지만 확인할 필요는 있지."

"살펴보셨습니까?"

"경첩에도 흔적은 없더구나. 이 문은 오랜 세월, 아마도 지난 이십 년 동안 어떤 형태로든 열린 적이 없을 게다."

팔크는 쇠창살 사이로 얼굴을 들이밀다시피 하고 방 구석구석을 살폈다.

"바닥에 못이 떨어져 있군요. 혹시 문 쪽의 벽에 뭐라고 적어놨을지도 모르겠습니다."

"토르스텐은 글자를 못 쓸 거예요."

설령 이십 년이라는 시간이 있었고 불사의 몸이더라도, 배울 기회가 없었는데 어떻게 절로 글자을 깨우치겠는가.

"바깥과 이어진 건 저 들창뿐인가. 일반 창문보다 훨씬 작군요."

"전투가 일어났을 때 화살이 날아들어오지 못하도록 일부러 작게 만들었대요."

"그렇군요……"

신음하듯 말하더니, 그는 문 앞을 떠났다.

"아미나 님, 하나 더 여쭙겠습니다. 이 방에서 없어진 물건은 없습니까?"

팔크의 요청에 나도 창을 들여다봤지만, 애초부터 아무것도 없는 방이었다.

문장이 들어간 너덜너덜한 페넌트◆가 벽에 걸려 있었다.

한때 병사들이 사용하던 의자와 테이블은 이미 사용할 수 없는 상태였지만, 움직인 흔적은 없었다. 물건이라고는 그뿐이다.

"아뇨, 아무것도 없어요."

"알겠습니다. 감사합니다."

◆ 좁고 기다란 삼각기.

다음은 니콜라가 나섰다. 키가 작은 니콜라는 그냥 서서는 창문을 들여다볼 수가 없다. 쇠창살을 잡더니 팔 힘만으로 가뿐하게 몸을 들어올려 안을 들여다봤다.

"어두운 걸 제외하면 일반적인 여관 객실과 별반 다르지 않군요. 침대가 없지만, 저주받은 데인인은 잠을 자지 않는다니 필요 없겠죠."

"여관 객실에는 자물쇠를 채워놓지 않지."

"스승님이 숙박비도 내지 않고 떠나버리는 바람에 주인이 저를 인질로 잡고 가둬둔 적은 있었죠."

니콜라가 이죽거렸지만, 팔크는 대꾸하지 않았다.

"그 밖에 알아낸 건 있느냐?"

"음……"

팔에 힘이 풀렸는지 니콜라는 말하다 말고 쇠창살을 놓았다. 돌계단으로 내려와 옷에다 손을 닦으며 말을 잇는다.

"창살 때문에 보는 데 한계가 있네요. 문 쪽 벽에 뭔가 있을지도 모르겠습니다."

팔크가 아까 했던 말과 똑같았다. 팔크가 나에게 잉글랜드어로 말해서 니콜라는 알아듣지 못한 것이다. 하지만 니콜라가 거기 있을지도 모른다고 생각한 것은 팔크가 말한 것과는 달랐다.

"어쩌면 포로가 이 방에서 나가지 않았는지도 모르죠. 문

쪽 벽에 딱 붙어 있으면 없어진 것처럼 보일 테니까요."

나는 어린애 같은 생각이라고 생각했지만 팔크의 의견은 달랐다.

"나쁘지 않은 답이구나. '출구 없는 방에서 사람이 사라졌다'고 생각하니까 어려워지는 거다. '출구 없는 방에서 사람이 사라진 것처럼 보인다, 하지만 나가지 않았다'고 생각하면 더 간단하지. 그럼 니콜라, 그걸 어떻게 확인할 수 있느냐?"

"창밖에서 방안을 들여다보면 됩니다. 다행히도 이 방은 탑 꼭대기에서 가깝네요. 스승님이 필요하다 말씀하시면 밧줄을 타고 내려와 확인해보겠습니다."

"너는 어찌 생각하느냐?"

"시도할 가치는 있습니다. 설령 포로가 없어도 뭔가 발견할 수 있을지 모르니까요. 게다가…… 저 창이 작기는 해도 저는 들어갈 수 있을지도 모릅니다."

무심코 소리칠 뻔했다. 그런 위험한 짓을 하다니! 오늘은 눈도 내리고, 바람도 평소보다 훨씬 세게 부는 것 같다. 만일 밧줄이 끊어져 65피트 높이에서 떨어지면 목숨을 잃게 된다. 토르스텐이 그런 말도 안 되는 짓을 했을 리 없으니, 니콜라가 위험을 무릅쓸 필요는 없는데.

하지만 무정하게도 팔크는 고개를 끄덕였다.

"좋아. 한번 해보거라."

밧줄은 니콜라의 짐 가방 안에 들어 있었다.

예전에도 경험이 있는지 니콜라는 혼자서도 문제없다며 탑 꼭대기로 올라갔다.

얼마 지나지 않아 창문 너머로 밧줄이 내려왔다. 떨어지지 않도록 몸에 밧줄을 감고 있을 줄 알았는데, 금방 내려온 니콜라는 밧줄을 맨손으로 붙잡기만 했다.

"스승님, 됐습니다."

니콜라는 겁먹은 기색이 전혀 없었고, 팔크 역시 눈 하나 깜짝하지 않았다. 하지만 나는 어느샌가 두 손으로 얼굴을 가리고 있었다. 저 상태에서 자칫 손이 미끄러지기라도 하면 거꾸로 떨어질 건 불 보듯 뻔하다. 가슴이 경종처럼 요란하게 쿵쾅거렸다. 도저히 지켜보고 있을 수가 없다.

"니콜라, 이제 됐잖아. 그만 올라가."

나는 프랑스어로 외쳤다.

"안에 토르스텐은 없지? 위험하니까 올라가."

하지만 니콜라는 살짝 얼굴을 찌푸렸다.

"아직 아무것도 안 했는데요. 아무래도 포로는 없는 것 같지만요."

조금 목소리가 떨렸지만, 두려움이 아니라 추위 탓이리라. 지금 니콜라는 눈에 젖은 망토를 걸친 채 찬바람을 고스란히 맞고 있을 터다. 손이 감각을 잃으면 끝장이다.

"그럼 이제 됐잖아."

"아뇨. 보아하니 역시 들어갈 수 있을 것 같습니다. 영차."

말을 마치고 들창에 손을 댄다. 니콜라가 느닷없이 비명을 질렀다.

"앗, 차가워!"

그리고 손을 놓고 말았다. 나는 놀라서 숨을 들이마시며 저도 모르게 눈을 감았다.

……니콜라는 한 손으로 창문을 붙잡았지만 반대편 손으로는 밧줄을 꼭 쥐고 있다. 알고 있는데도 심장이 쿵쾅거렸다. 니콜라가 손을 망토에 문질러 덥히곤, 다시 창문을 붙잡았다. 이번에는 단단히 몸을 안정시키고 나서 머리를 창문으로 들이밀었다.

"힘들어 보이는구나."

팔크가 말했다. 창문 깊이는 당연히 탑의 석벽 두께와 같다. 벽은 전투에 대비해 두껍게 만들었기에 니콜라는 창문에 꼭 끼었다. 그가 몸을 비틀며 말했다.

"옷을 두껍게 입어서 움직이기 힘드네요. 평소대로 입었으면 훨씬 수월하게 들어갔을 텐데요."

"괜찮은 게냐?"

"단검이 걸려서 그래요. 괜찮습니다."

몸을 꿈틀대는 니콜라를 힐끗 보더니, 팔크가 나에게 물었다.

"사라진 포로는 니콜라보다 야위었습니까?"

나는 세게 고개를 저었다.

"그럴 리가요! 젊은 청년이었지만 전사였어요. 우람한 체구는 아니었지만 니콜라보다는 훨씬 크죠."

"문제는 키가 아니라 어깨 폭과 허리둘레입니다. 그건 어땠습니까?"

랜턴 불빛이 비친 토르스텐의 모습을 떠올리려 했지만 어렴풋했고, 기억 속에서조차 쇠창살에 가려 잘 보이지 않았다. 그러나 이것만은 말할 수 있었다.

"단언하는데 니콜라보다 야위지는 않았어요."

그러자 팔크는 웬일로 변명하듯 짐짓 웃음을 지었다.

"혹시나 해서 여쭌 겁니다. ……하지만 그렇다면 저 창문을 탈출구로 쓰지는 못했겠군요."

"그렇다니까요."

팔크의 얼굴에 곤혹스러운 기색이 번졌다. 팔짱을 낀 채 이맛살을 찌푸리며 나지막하게 신음하더니, 시선을 나에게 돌리며 말문을 열었다.

"……아미나 님, 솔직하게 말씀드리죠. 저는 그 포로가 창문으로 뛰어내렸을 거라 생각했습니다. 평범한 인간이라면 탈출하겠다고 50피트약 15미터도 넘는 탑에서 뛰어내리지는 않을 겁니다. 하지만 토르스텐은 저주받은 데인인이니까요. 이 볼드의 발라드가 사실이라면, 목을 베지 않는 한 결코 죽지 않는 괴물이죠. 이 감옥 구조에 대해 아미나 님이 하신 말씀이 모두 맞다면 탈출로는 저 창문밖에 없습니다. 그렇게 생각했습니다만."

그는 다시 철문 너머를 보았다. 니콜라는 아직도 창문에서 빠져나오려 애쓰고 있었다.

"저 창문은 성인이 빠져나갈 수 있는 크기가 아닙니다. 머리 하나 들어가는 게 고작이죠."

그래. 저 들창으로 토르스텐이 빠져나갔을 리는 없다. 하지만 또다른 출입구인 철문 역시 오랫동안 열린 흔적이 없다.

"생각보다 상황이 복잡하군요……"

그때 가벼운 소리와 함께 니콜라가 방안에 착지했다. 창에 머리부터 들이밀었기에 거꾸로 떨어지는 모양새였지만, 병사들이 바깥 전황을 파악할 수 있도록 창문은 낮은 위치에 나 있었다. 그는 팔로 자세를 잡고 별문제 없이 착지했다. 그리고 한숨을 쉬었다.

"스승님. 문 쪽 벽이 엄청난데요."

"뭔데? 니콜라, 뭐가 엄청나다는 거냐?"

그러자 그가 어깨를 살짝 으쓱했다.

"못으로 긁은 자국이 있어요."

"……그게 다야?"

하지만 팔크는 금세 그 의미를 알아챈 듯했다.

"날짜를 헤아린 것이냐?"

"네."

"세로로 네 개의 선을 긋고, 그 위에 가로로 하나의 선을 그은 것 말이냐?"

"네."

니콜라는 섬뜩한 듯 얼굴을 찌푸렸다.

"벽면 가득히, 위고 아래고 오른쪽이고 왼쪽이고 죄다 그런 자국으로 뒤덮여 있어요. 수천 나날을 헤아린 흔적 같습니다. ……지금까지 못 볼 꼴도 많이 봤다고 생각합니다만, 이건 좀, 꿈에 나올 것 같네요."

팔크는 니콜라에게 비밀 통로가 있지 않은지 찾아보게 했다. 니콜라는 민첩하게 방안을 돌아다니며 벽과 바닥을 두드리더니, 이내 고개를 저었다. 영주 가문의 여식인 나도 이 탑에 비밀 통로가 있다는 이야기는 들은 적이 없다. 팔크는 미심쩍어하는 기색 없이 순순히 납득했다.

"그러면 그런 통로는 없는 모양이죠."

탑을 내려오자 야스미나가 기다리고 있었다.

망토 세 벌에다 따뜻한 포도주까지. 그걸 여자 혼자 가져올 수는 없다. 당연히 누군가의 도움을 받았으려니 생각했는데, 놀랍게도 야스미나는 수레를 끌고 왔다. 조금씩 쌓이기 시작한 눈 위로 바큇자국이 보인다. 왜 수레를 끌고 왔느냐고 물었더니 "토르스텐 님 이야기를 물으실 텐데, 다른 사람이 들어선 안 될 것 같아 혼자 왔습니다"라고 대답했다. 평소에는 둔한 아이건만 오늘은 올바른 판단을 했다.

우리는 포도주로 몸을 녹였다. 야스미나가 눈치 있게 작은 통에 포도주를 가득 담아 온 덕에, 뿔잔에 부어 마음껏 마시면서 숨을 돌렸다.

특히 탑 바깥을 오르락내리락하며 한참이나 겨울 바닷바람에 시달린 니콜라에게는 무척 반가운 선물이었던 모양이다. 그는 힘든 기색은 조금도 내비치지 않았지만, 뿔잔을 보물처럼 품에 안더니 행복한 미소를 지으며 포도주를 꿀꺽꿀꺽 마셨다. 저런 모습은 영락없는 어린애다. 이내 커다랗게 숨을 내쉬더니, 니콜라는 포도주 표면을 지그시 쳐다보았다.

"왜 그래? 포도주가 너무 독하니?"

"아뇨…… 트루아의 포도주가 생각나서요."

솔론은 기후 변화가 심해서 포도가 자라지 못한다. 이건 프랑스에서 들여온 포도주니, 니콜라가 트루아에서 마시던 것과 별반 차이가 없을 것이다. 기분 문제겠지.

팔크는 말없이 첫 잔을 비우더니, 다시 잔의 절반쯤 포도주를 채웠다. 나는 한 잔으로 족했기에 야스미나의 도움을 받아 옷을 갈아입기로 했다. 정확히는 갈아입는 게 아니라 옷 위에 망토를 걸치기만 하면 되니 시중을 받을 것도 없긴 했지만. 무두질한 가죽 망토는 조금 무거워도 이렇게 눈 오는 날에는 더할 나위 없다. 망토를 걸친 다음 니콜라에게 말했다.

"네 망토도 있어. 그 차림으로는 추울 것 같아서."

니콜라의 꾀죄죄한 망토는 한눈에도 얇아 보여서 바람을 막기에는 적절치 않을 것 같았다. 하지만 니콜라는 고개를 저었다.

"아니, 당치도 않습니다."

니콜라가 그런 식으로 말하니 왠지 서운했다.

"그러지 말고. 움직이기 힘들어서 그런 거면 억지로 권하지는 않겠지만."

"그런 건 아닌데요."

"그럼 입어봐."

"저는 언제 검을 휘두를지 모릅니다. 더럽히거나 상하게 할지도 몰라요."

"뭘 그런 걸 신경쓰니. 너만 좋다면 주려고 했어."

한사코 사양하는 것도 결례라 생각했는지 니콜라는 머뭇

거리며 망토를 받았다. 회색 망토를 벗고 가죽 망토를 걸치자마자 그가 눈을 동그랗게 떴다.

"……와."

"따뜻하지?"

믿을 수 없다는 듯 니콜라는 망토 위로 몸 여기저기를 더듬거리더니, 휘둥그레진 눈으로 팔크를 향해 말했다.

"스승님! 이거 굉장해요. 바람이 들어오지 않아요!"

두 잔째 포도주를 음미하듯 천천히 마시던 팔크는 망토를 갈아입은 니콜라를 힐끗 보고 말했다.

"똑같구나."

"네? 아……"

그 말을 듣기 전까지 나도 몰랐다. 니콜라와 내 망토는 모양도 그렇고 바느질선, 크기까지 꼭 같았다. 두 벌 모두 보네스 시장의 가게에서 맞췄으니 당연하지만.

"그럼 잠시 빌리겠습니다."

잔을 비운 팔크는 태연한 표정으로 망토를 갈아입었다. 팔크에게 건넨 망토도 같은 가게에서 맞췄지만, 크기가 달라서 같은 옷처럼 보이지는 않는다. 니콜라가 입은 것은 내 예비용 망토고, 팔크가 입은 건 겨울밤 보초를 설 때 입으라고 아버지가 죽은 에드위를 위해 맞춰준 것이다. 입어줄 사람이 있어서 기쁘다.

팔크가 망토 앞섶을 여미며 말했다.

"그럼 탑 외벽을 확인하죠. 뭔가 단서가 있으면 좋겠습니다만…… 야스미나라고 했나. 자네도 따라오게."

석벽 건너편으로 가는 길에 팔크가 야스미나에게 물었다.

"자네가 포로가 사라진 걸 발견했다고 들었네."

"네."

"어제 집사가 섬을 수색하라 지시했을 때인가?"

"그렇습니다."

야스미나는 쓸데없는 소리는 하지 않고 사실만 대답했다. 평소에는 훨씬 발랄하게 말하지만, 지금은 도저히 그럴 기분이 아니겠지.

팔크 또한 완곡한 화법을 쓰지 않고 차례차례 질문을 던졌다.

"어째서 이 탑을 살펴봐야겠다는 생각을 했나?"

"로스에어 님이 구석구석 살피라 말씀하셔서요."

"하인들이 탑 근처에 오는 건 금지되었다고 들었네만."

"그렇습니다만."

야스미나는 잠시 망설이다 말을 이었다.

"……저는 아미나 님을 모시고 몇 번이나 이곳을 찾았습니다. 다른 사람은 여기를 조사하지 못할 테니 제가 해야 한다 생각했을 따름입니다."

팔크는 상처가 있는 턱을 쓸었다.

"그렇군. 그래서 방을 보고 포로가 사라졌다는 걸 알아챈 건가. 그 사실을 로스에어에게 전했나?"

"아니요."

야스미나는 힘없이 고개를 저었다.

"토르스텐 님에 대해서는 먼저 아미나 님께 보고를 올려야 한다는 생각에 말씀드리지 않았습니다. 집사님이 토르스텐 님에 대해 아시는지 모르시는지도 알지 못해서요."

나도 그에 대해서는 모른다. 지금까지 서쪽 탑의 저주받은 데인인에 대해 누군가와 이야기한 적은 없다. 얼마 전까지였다면 로스에어가 알 리 없다고 생각했겠지만, 어제 그가 에일윈 가문의 재산을 상세히 파악하고 있다는 사실을 알게 되었다. 어쩌면 그는 내 생각보다 훨씬 우리 가문의 속사정에 정통한지도 모른다.

"그렇군."

팔크는 다시 나를 보며 말했다.

"아미나 님, 어찌됐든 포로가 사라진 건 확실합니다. 에이브에게 명해 경비병을 움직여야 한다고 생각합니다만."

나도 그 생각은 하고 있었지만, 그렇게 되면 토르스텐의 이야기가 솔론 전역에 퍼지게 된다. 설령 그가 도주했더라도,

그를 뒤쫓고 싶지는 않다. 더구나 불안이 만재한 솔론에 새로운 공포를 확산하는 것도 원치 않았다.

"……생각해볼게요."

지금은 그렇게 대답하는 게 고작이었다.

팔크는 반드시 그래야 한다고는 말하지 않았다. 그리고 문득 야스미나를 보더니 무언가 생각난 듯 물었다.

"아, 그리고 하나 더. 탑 위에는 뭐가 있던가?"

"네?"

허를 찔린 야스미나가 되물었다.

"탑 위 말이네. 그 방은 탑 중간에 있지. 구석구석 살피려 탑에 들어갔다니, 꼭대기에 있는 파수대까지 올라갔을 거라 생각했는데."

"아, 그건……"

야스미나는 어물거리다가 이내 기어들어가는 목소리로 말했다.

"토르스텐 님이 없는 걸 보고 당황해서 탑 꼭대기까지 살펴볼 생각은 미처 하지 못했습니다. 죄송합니다, 제가 생각이 짧았습니다."

"아니, 별일 아니니 신경쓰지 말게."

팔크가 그렇게 상대를 달래듯 말하는 건 처음 들었다.

탑 아래에 도착했다.

영주관 주변에는 돌벽뿐 아니라 작지만 마른 해자도 있다.

하지만 거기서 딱히 눈에 띄는 것은 없었다. 바위투성이에 황량한 작은 솔론의 지면만 펼쳐져 있을 뿐이다. 팔크는 탑 바로 아래 서서 토르스텐이 갇혀 있던 방을 올려다봤다. 까마득한 위에 있어서 들창도 한층 작게 보였다.

니콜라는 아래를 살펴보고 있었다. 해자에 가랑눈이 조금 쌓여 있었다.

"발자국이 있느냐?"

여전히 위를 올려다보며 팔크가 물었다. 니콜라가 바로 대답했다.

"지면이 굳었습니다. 단언할 수가 없네요. '레 보의 가루'를 쓸까요?"

"바람에 노출된 곳에서는 별 효과를 볼 수 없다."

니콜라는 반박하지 않고 말없이 해자를 훑어보았다.

내가 곁에 있다는 걸 아는지 모르는지, 팔크는 불쑥 혼잣말처럼 중얼거렸다.

"딱 하나…… 그 방에서 빠져나올 방법이 존재하기는 한다만 믿을 수가 없군. 포로의 몸으로 가능했을 리가 없지. 그래도 만일, 만에 하나……"

저주받은 데인인이 사라진 검은 탑을 올려다보다 그는 곧 입을 다물었다.

토르스텐이 사라진 일은 그날 밤 아버지의 죽음과 분명 어떤 식으로든 관련되어 있으리라.

"시간이 얼마 없으니 지금은 다음으로 넘어가야겠군."

동방에서 온 기사는 한참 생각에 잠겼지만, 그 역시 수수께끼를 나중으로 미루는 것 외에 뾰족한 수는 없는 듯했다.

26. 너무 커다란 문

항구에는 많은 사람이 나와 있었다.

배를 기다리는 상인들과 어부들. 그들은 사이먼의 가게에서 무슨 일이 일어났는지는 모르는 눈치다. 이 기묘한 눈이 그치면 당장이라도 배를 출항시키려 기다리는 것이다. 그런 까닭에 사람은 많지만 활기가 없었다. 제각기 기대를 품고 하늘만 올려다볼 뿐이다. 한스 멘델도 그중 하나였다. 만일 당장 날이 개더라도, 이렇게 기다리는 이들이 많으니 출항 순서를 배치하기는 어려워 보인다.

짐수레가 자주 오가다보니, 항구와 항구에 접한 창고 거리 주변의 길은 포장되어 있다. 평소라면 짐을 싣고 내리느라 시끌벅적했을 잔교 부근에서 남쪽으로 내려가면 바다 쪽으로 튀어나온 곳이 보인다. 수백 야드 이어지는 이 곳을 솔론에서는 창고 거리로 만들었다.

수십 년 전 에일원 가문에서 지은 낡은 창고와 유력 상인들이 새로 지은 창고. 위풍당당하게 늘어선 창고들은 대부분 돌로 만들었지만, 나무로 지은 작은 창고도 상당수 존재한다. 한정된 공간에 가급적 많은 짐을 보관할 수 있도록 창고는 모두 천장이 높다. 상인들이 쓰는 창고만 있는 게 아니라, 그 창고들 사이로 어부들의 도구며 어선을 보관하는 작은 창고도 한자리를 차지하고 있다. 이런 작은 창고들은 모두 나무로 지었는데, 부서진 배의 폐자재를 가져다 쓴 듯 누추한 것도 제법 눈에 들어온다.

자칭 마술사인 사라센인 스와이드 나지르는 에일원 가문의 군용 창고에 머무른다고 했다.

말은 군용 창고지만, 솔론의 병사들은 대부분 언덕 위 요새에 주둔한다. 항구에는 별다른 자재가 없다. 튀어나온 곶의 끄트머리에 자리한 낡은 창고에 배가 출항할 때 필요한 탄산수와 비스킷, 예비용 돛과 노, 화살과 방패 등을 쌓아두었을 뿐이다. 평소에는 경비병도 배치하지 않는다.

창고는 거무스레한 회색이었다. 안에 사람이 있다는 걸 알려주듯이 항상 걸려 있던 빗장이 보이지 않았다. 팔크는 두드리기에는 너무 커다란 문에 손을 올렸다. 그러자 옆에 있던 니콜라가 손을 뻗어 문을 열었다.

작은 창문으로 희미한 빛이 들어온다.

볼록한 통과 낡은 나무상자가 어지럽게 바닥에 널려 있었다. 배를 수리할 때 쓰는 나무판자와 찢어진 돛도 보인다. 하지만 있어야 할 무기는 보이지 않았다. 전투에 대비해 요새로 옮겼겠지. 휑뎅그렁한 창고 안은 바깥에서 휘몰아치는 바람 소리도 들리지 않아 고요했다.

짚단으로 만든 침상이 창고 한가운데에 놓여 있었다. 어린애만한 스와이드의 체구에 맞추었는지 무척 자그마했다.

"스승님……"

니콜라가 중얼거리기 전까지 나는 정면에 무엇이 있는지 알아채지 못했다. 너무 당당히 놓여 있어 외려 인지하지 못한 것이다. 그것이 눈에 들어온 순간, 나는 터져나오는 비명을 막을 수가 없었다.

창고 중앙에 청동거인이 있었다. 누군가에게 충성을 맹세하듯 무릎을 꿇은 자세다. 깃털 장식이 달린 투구를 쓰고 흉갑을 둘렀다. 발에는 간소한 샌들을 신었을 뿐이다. 높이는 에이브의 말대로 10피트약 3미터는 될 것 같다. 이목구비는 뚜렷한데다, 불끈 솟은 팔과 복부 근육은 마치 살아 있는 생물 같다. 아니, 살아 있는 사람보다 훨씬 생동감이 넘쳤다. 대체 어떤 기술로 이런 정교한 인형을 만들었을까. 신의 노여움을 사지는 않을까.

니콜라도 숨을 삼켰다.

"이걸 움직여 싸운단 말인가요? 이런 게 정말로 날뛰기 시작한다면…… 어떻게 막죠?"

그래. 솔론의 편에 서서 싸울 용병이라는 사실은 알고 있지만, 막상 두 눈으로 보니 이 괴물이 마을을 습격할지도 모른다는 생각이 덜컥 들었다. 스와이드가 청동거인을 데리고 왔다는 이야기를 처음 들었을 때 나는 내심 어린애 장난 같은 눈속임이겠거니 짐작했다.

"팔크 경, 당신은 사라센인의 마술에 대해서도 잘 알죠? 이게 정말 움직이나요?"

떨리는 목소리로 물었지만, 팔크는 한참 동안 말없이 거인을 올려다보았다.

"아뇨, 이건……"

그가 말문을 연 순간, 그늘에서 쉰 목소리가 들렸다.

"기독교도 기사여, 오래 기다렸다. 그리고 그대는 영주의 딸이로군."

스와이드 나지르다. 아까부터 이곳에 있었으면서 그늘에서 우리를 관찰한 것이다.

영주관 작전실에서 보았을 때처럼 두건을 푹 눌러쓰고 있었다. 하지만 그 두건 밑에는 고수머리의 사랑스러운 소년의 모습이 있다는 걸 이제는 안다. 본인은 저주받은 모습이라 여기며 수치스러워하는 듯했지만.

그는 손에 든 편지를 흔들며 말했다.

"이 편지는 네가 보낸 것이지? 아라비아어를 아는 이가 있을 줄은 몰랐다. 볼일이 있다고 했는데, 나도 해야 할 일이 있다. 할말이 있으면 빨리 하도록."

스와이드는 잉글랜드어를 제대로 구사했지만, 역시 조금 더듬댔고 발음도 어색했다. 그것을 눈치챘는지, 팔크가 기묘한 언어로 스와이드에게 말을 걸었다. 그럼에도 스와이드는 놀라는 기색 없이 금세 유창한 어조로 그에 답했다.

나는 작은 소리로 니콜라에게 물었다.

"뭐라고 하는 거니?"

니콜라는 한껏 인상을 찌푸렸다.

"그걸 저한테 물어보십니까?"

"그러면 안 돼?"

"저는 잉글랜드어도 모르는걸요, 알 턱이 있겠습니까."

팔크는 우리 이야기를 들은 듯, 스와이드와 대화가 끝나자 뒤돌아 프랑스어로 설명해주었다.

"사라센인들이 쓰는 말입니다. 잉글랜드어로 말하기 불편하면 모국어로 말하자고 제안했는데 거절당했습니다. 무슨 질문을 하려는지 알지만, 그 물음에는 영주의 딸도 알아들을 수 있는 말로 대답해야 한다는군요."

나는 십자군 이야기 속에 등장하는 사라센인밖에 모른다. 그런 까닭에 그들에게 공정함을 기대할 수 있을지 미심쩍게 여기고 있었다. 스와이드는 내 속내를 알아채고 이런 제안을 한 것이다. 그 마음씀씀이에 감사해야 하리라.

"그래서, 묻고 싶은 건 그저께 밤의 일이지? 너희는 내가 영주를 해쳤을지도 모른다고 생각하는군."

완곡한 화법을 좋아하지 않는지 스와이드는 먼저 직설적으로 말을 꺼냈다. 나는 저도 모르게 물었다.

"왜 그렇게 생각하지?"

목 안쪽에서 울리는 듯한 웃음소리가 들렸다.

"사라센인의 도시에 기독교도가 들어온 날 밤, 태수가 살해됐다면 누구나 그 기독교도를 의심하겠지. 같은 이치다."

팔크는 평소보다 천천히 말을 꺼내는 듯했다.

"의심받아도 할말이 없는 상황이지만, 난 아니다. 그렇게 말하는 건가?"

"그렇다."

그가 살인자가 아님을 증명하려면 하룻밤 내내 그와 함께 있던 사람의 증언이 필요하다. 하지만 항구는 다른 곳에 비해 밤에 훨씬 인적이 드물다. 한밤중에 입항하는 배는 드물기 때문이다. 스와이드도 자신이 불리한 입장이라는 사실을 아는 모양이다.

“하나뿐인 신은 나의 무죄를 아시겠지만, 너희에게 그것을 증명할 방법은 없다. 유감스럽지만.”

그러나 어째서인지 그의 목소리는 심각하기는커녕 여유만만했다.

“기사여. 나를 감옥에 넣을 생각이냐?”

팔크는 잠시 말없이 스와이드를 쳐다보다가 코웃음을 쳤다.

“그렇다고 말하면 저 거인이 가만있지 않겠지.”

“얌전히 앉아 당할 맘은 없다. 그뿐이다.”

“너무 자만하지 마라. 이 섬에 네 편은 없다.”

“나의 거인이 있으면 족하다.”

따로 생각이 있는 모양인지, 팔크는 일부러 거만하게 구는 것 같았다. 그는 입가에 냉소를 띠며 말했다.

“‘나의 거인’이라니 말은 잘하는군. 이건 네 마술이 아닐 텐데. 사라센인의 피조물도 아닐 터.”

스와이드의 눈썹이 꿈틀거렸다.

“내가 모를 줄 알았나? 이건 그리스의 유산이지 않느냐! 일찍이 크레타섬을 지키던 청동거인 탈로스. 그와 한 핏줄인 거인이 지금도 종종 땅속에서 발견된다고 들었다. 그리스인들이 그것을 기독교도가 아닌 사라센인에게 판다는 소문도.”

그리스! 그랬구나.

저토록 정교하게 인간을 본뜬 동상을 만드는 건 신을 모독하는 행위다. 무의식중에 기독교도가 만든 것은 아니리라 생각했다. 하지만 사라센인의 작품이라 생각하지는 않았다. 그들은 기독교도보다 훨씬 더 우상을 증오한다고 들었기 때문이다.

스와이드의 표정은 두건에 가려 보이지 않았다. 하지만 이내 중얼거린 그의 목소리에는 분노가 짙게 배어 있었다.

"기독교도치고는 제법 식견을 갖췄구나. 더구나 아라비아어까지 하다니. 대체 정체가 무엇이냐?"

"나도 마술을 배운 몸이다."

"네가?"

스와이드가 웃었다. 휑한 창고 안에 나지막한 웃음소리가 울려퍼졌다.

"기독교도의 마술이라! 들은 적이 있다. 검으로 땅 위에 마법진을 그리고, 한껏 폼을 재고 팔을 휘두르면서 떠든다더군. '신 테트라그람마톤의 이름으로 시트라엘, 마란타, 타마올, 파라우아와 시트라미, 너희 지옥의 왕들을 불러내 명한다.' ……이렇게 말이다!"

그의 입에서 나온 말은 틀림없는 주문이었다.

올바른 라틴어가 아닌 잉글랜드어로 외운 주문은 효력을 가지지 못하지만, 그럼에도 등골이 오싹해졌다. 사위스러운 말은 항상 사위스러운 결과를 가져오는 법이니까.

내 굳은 표정을 보고 스와이드는 다시 웃음을 터뜨렸다.

"당치도 않은 소리! 악령을 램프에 가두네 어쩌네 하는 이야기와 비등한 헛소리지. 돼지기름으로 검을 닦는 자들이 마술은 무슨 마술. 진정한 마술은 그런 게 아니다. 훨씬 단순하면서도 복잡한 것이지."

하지만 팔크는 스와이드의 비웃음을 대수롭지 않게 흘려 넘겼다.

"잉글랜드와 프랑스 궁정에서는 그런 마술이 유행한다고 들었다. 너는 비웃을지 몰라도 효과는 있다더군. 하지만 내 마술은 그런 게 아니다."

"호오, 어떻게 다르다는 거냐?"

그 말을 기다렸다는 듯 팔크는 천천히 대답했다.

"나는 성 암브로시우스 병원형제단의 기사다."

어깨를 들썩이던 스와이드가 동작을 뚝 멈췄다.

"……오호라."

스와이드의 목소리에 빈정대는 기색이 섞였다.

"너도 고생이 많구나. 저멀리 트리폴리에서 배신자를 쫓아 이곳까지 오다니. 하지만 나는 알라무트 이단자들의 마술 따위에는 굴하지 않는다. 다른 자를 찾아보거라."

"우리의 이름은 알아도 방법까지는 모르는 모양이구나. 그 말만으로 순순히 물러설 거라 생각했나?"

"그럼 어쩌겠다는 거냐? 숨통을 끊어놓고 '리터의 어두운 빛'을 비춰볼 테냐?"

어두운 창고 안에 팽팽한 긴장이 가득차는 걸 느낄 수 있었다. 니콜라가 나와 스와이드 사이를 살며시 가로막았다.

눈조차 깜빡일 수 없는 긴장이 온몸을 지배한다. 숨이 턱 막혔다.

하지만 그 무거운 침묵은 이내 맥이 풀릴 만큼 쉽게 깨졌다. 팔크가 작게 한숨을 쉰 것이다.

"일을 복잡하게 만들고 싶지는 않다. 여기서 너를 처단하더라도 득을 보는 이는 없으니 말이다."

순식간에 분위기가 누그러졌다. 말을 알아듣지 못하는 니콜라도 본능적으로 알아챘는지 몸에서 긴장을 빼는 것 같았다. 스와이드가 이죽거리며 웃었다.

"그러는 게 좋을 것이다. 무리해봤자 좋을 건 없다."

"하지만."

팔크는 확실히 하겠다는 듯 내처 말했다.

"네가 진정 마술사가 맞는지 확인해야 한다. 지금 여기서 마술을 보여줄 수 있나?"

노골적인 도발이다. 스와이드는 기가 차다는 듯 고개를 저었다.

"당치도 않은 소리. 돌을 금으로 바꾸기라도 하라는 거냐?"

"그런 어려운 요구를 할 생각은 없다. 하지만 네가 마술사인지, 아니면 그리스의 유산을 믿고 방자하게 구는 사기꾼인지 확실히 짚고 넘어가지 않으면 우리 수색에 차질이 생긴다."

스와이드는 잠시 팔크를 빤히 바라보았다. 뒤이어 그의 입에서 흘러나온 건 마치 다루기 힘든 아이를 달래는 듯한 말이었다.

"네놈의 사정 따위 내 알 바 아니지만, 그걸로 만족할 테냐?"

그는 허리춤에 찬 단검을 뽑아들었다. 칼집과 칼날이 모두 완만한 곡선을 그리는 이국의 검이다. 사이먼의 가게에서 팔크를 독살하려 한 암살자의 단검과 비슷한 형태였다. 그 검으로 공격할 생각은 없다는 듯, 스와이드는 바닥에 검을 내려놓았다.

"마술의 진수와는 한참 동떨어진 잔재주지만, 보는 이를 놀라게 하기엔 충분하겠지."

천천히 오른손을 들어올린다.

팔크가 마술을 사용할 때도 그랬듯, 스와이드 역시 거창한 주문은 외우지 않았고 악마나 정령에게 기도를 올리지도 않았다. 딱히 뭔가 힘을 들인 것 같지도 않았는데, 애초부터 그렇게 되리라 예정된 것처럼 검이 허공에 떠올랐다.

작은 창으로 들어오는 희미한 빛 속에 부유하는 미세한 먼지가 보인다. 그 사이로 스와이드의 검이 천천히 부상했다.

말이 나오지 않는다. 단검에서 눈을 뗄 수가 없다.

공중에서 검이 홱 한 바퀴 돌았다. 그리고 보이지 않는 거대한 적을 공격하듯 수직으로 허공을 갈랐다. 바닥에 닿을락 말락 한 거리에서 딱 멈추더니, 충성스러운 개처럼 순식간에 스와이드의 손끝으로 돌아갔다.

스와이드는 공중에 뜬 검을 잡아 칼집에 도로 넣었다. 으스대는 기색은 조금도 찾아볼 수 없었다. 마치 어쩔 수 없이 시시한 연극에 어울려줬다는 태도다.

"자, 이제 만족했나?"

속내는 어떤지 모르지만 팔크도 놀란 기색을 내비치지는 않았다.

"그렇군."

혼잣말을 하는가 싶더니 팔크는 자신의 검에 손을 댔다.

"하지만 다시 한번 시험해보려 한다. 네 검이 허공에 떠올랐다는 것만으로는 알 수 없는 게 있어서 말이야……"

스와이드는 언짢은 듯 뭐라 내뱉더니, 잉글랜드어가 아니었다는 걸 알아챘는지 구태여 다시 말했다.

"어리석은 것."

팔크는 아랑곳하지 않고 칼집을 허리에서 풀었다. 팔크의 검도 곡선을 그리고 있다. 스와이드의 것과는 달리 자루까지 휘지는 않았지만.

그는 칼집을 들고 스와이드에게 내밀었다.

"이 검으로 다시 한번 마술을 보여줄 수 있나?"

하지만 스와이드는 노골적으로 혐오감을 나타내며 대답했다.

"거절한다."

"쩨쩨하게 구는군. 비술을 거듭 보여주었다가는 속임수가 들통날까 염려하는 건가."

이만큼 도발하는데도 흥분한 기색은 찾아볼 수 없었다. 과연 마술사를 자칭할 만했다. 스와이드는 조용히 말했다.

"원한다면 몇 번이든 보여줄 수 있다. 난 별것도 아닌 재주를 뽐내며 거드름 피우는 기독교도 마술사와는 다르다. 하지만 네 검을 쓸 수는 없다. 부정不淨이 옮는다. 다른 물건으로 보고 싶다면 곤봉이라도 가져와라."

그는 팔크의 대답을 듣지 않고 우리에게 등을 돌렸다.

"자, 이제 그만 나가라. 나도 할일이 있다고 하지 않았느냐."

스와이드는 청동거인을 올려다보았다. 덩치가 어린애만한

그의 세 곱절은 될 듯싶었다.

“전쟁이 얼마 남지 않았다. 탈로스를 움직이려면 준비할 게 많다. 귀한 시간을 낭비했군. 영주는 나에게 보수를 주겠노라 약속하지 않았지만, 먹을 빵은 주었다. 받은 만큼은 싸우지 않으면 빚을 지게 된다.”

27. 망자들의 배

⚜

스와이드와 이야기를 오래 나눈 것도 아닌데, 그 짧은 시간 사이에 눈발이 한층 거세졌다.

바람도 평소보다 거센데다 하늘에서 내리는 눈과 바람에 실려 땅에서 날아오르는 눈이 한데 뒤섞여 시야 전체가 하얗게 뒤덮였다. 이래서는 출항은 엄두도 내지 못한다. 사람이 거리를 다니는 것조차 쉽지 않을 정도다.

심한 눈보라 속에서 누군가가 터벅터벅 걸어왔다. 우리가 나오기를 기다린 모양이다. 얼굴을 알아본 팔크가 웬일로 “아” 하고 소리를 흘렸다.

누덕누덕 기운 홈스펀 옷을 입은 자그마한 남자다. 키는 작지만 몸집이 다부져서 왠지 굳건한 바위를 연상시켰다. 시위를 당기는 오른손에는 가죽장갑을 꼈다. 웨일스인 궁수 이텔 압 소마스다.

"그렇지 않아도 만나러 가려던 참인데, 무슨 일이 생겼나?"

팔크가 그렇게 묻는 것도 당연했다. 이텔은 제 키보다 긴 활을 어깨에 메고 화살이 가득찬 화살통을 들고 있었다. 웨일스의 활은 크다고 들었는데, 실제로 보니 상상한 것 이상이었다. 활시위가 솔론의 병사들이 쓰는 활의 세 곱절은 될 것 같다. 벨트에 단검도 찼다. 그는 금방이라도 전장에 나갈 수 있도록 무장한 상태였다.

"아무 일도 없습니다. ……아직은요."

언짢은 듯 말하더니, 이텔은 나를 향해 고개를 숙였다.

"아미나 님이십니까. 영주님 일로 얼마나 상심이 크십니까. 그저께 한 번 뵈었을 뿐이지만 한눈에 훌륭한 영주님이시라는 걸 알았습니다. 정말 안타깝습니다."

나는 살며시 고개를 끄덕였다.

"고마워요. 아버지는 당신이 실전에서 실력을 발휘하기를 바라셨어요. 아버지 대신 애덤이 똑똑히 지켜볼 거예요. 힘이 되어주시길."

"분부 받들겠습니다."

다시 고개를 숙이고 나서, 이텔은 팔크를 쳐다보았다.

"항구 초소에서 보자고 전언을 남기셨던데, 시간이 없어서 직접 왔습니다."

"시간이 없다고?"

"이 빌어먹을 눈과 함께 놈들이 오고 있다는군요."

저주받은 데인인을 말하는 것이다. 이 기묘한 눈은 설마 그들과 관련이 있는 것일까.

"누가 그런 소리를 하던가요?"

내 물음에 이텔이 자기 등뒤를 돌아보았다.

"저 여자입니다."

쏟아지는 눈 때문에 곁에 한 사람 더 있는데도 미처 알아보지 못한 모양이다.

훤칠한 그림자. 움직이자 희미하게 쇠붙이 소리가 난다. 사슬 갑옷을 입은 모양이다. 그리고 이텔과 마찬가지로 무기를 들었다. 긴 자루에 커다란 날을 박은 전투용 도끼다. 쇠로 된 투구조차 박살낼 것 같은 무시무시한 무기를 무거워하는 기색도 없이 오른손에 들고 있다. 마자르인 용병 하르 엠마다. 오늘도 창백한 얼굴에 어두운 빛깔의 입술연지를 발랐다. 이런 무거운 무기를 들고 갑옷을 입는 여자는 처음 봤다. 아니, 남자 기사들도 이런 도끼를 휘두르지는 않는다. 아까 사이먼 도드의 가게에서 엠마가 암살자의 도주를 저지하는 데 사용한 무기는 단검 하나였다. 그런데 과연 이런 도끼를 제대로 휘두를 수 있을까?

하지만 지금은 그보다 먼저 물어야 할 게 있다.

"엠마가 저주받은 데인인들이 몰려온다고 했어요? 그걸 어떻게 안 거죠? 그래서 병사들이 믿던가요?"

"아무도 믿지 않았습니다. 하지만 저는 바다에 대해서는 잘 모르니까요. 누군가가 위험이 닥쳤다고 말하면 그에 대비할 따름이죠."

대답하는 이텔의 뒤에서 엠마는 작은 솔론에서 보았을 때와 마찬가지로 먼 곳을 응시하는 눈빛으로 바다를 바라보았다. 흩날리는 눈 때문에 아무것도 보이지 않을 텐데.

팔크의 표정에서 망설이는 기색을 읽을 수 있었다. 이해가 된다. 이텔과 엠마, 두 사람 모두에게 이야기를 들어봐야 한다. 하지만 이텔은 팔크의 판단을 기다리지 않았다.

"기사님. 아무튼 일이 이렇게 됐으니 나한테 묻고 싶은 게 있으면 지금 물어보시지요. 전투가 벌어지면 더는 기회가 없을 테니. 어쩌면 신의 부름을 받을지도 모르잖습니까."

이텔은 내일 날씨가 흐릴지도 모른다고 말하는 것처럼 대수롭지 않게 말했다. 그 말을 듣고 팔크도 마음을 굳힌 듯했다.

"자네 말이 맞네. 나 역시 마찬가지고."

팔크는 목소리를 가다듬고 말을 이었다.

"이런 날씨에 서서 이야기해서 미안하네만, 단도직입적으로 묻겠네. ……힘에게 웨일스에서 자네 형제가 무고한 밀렵 혐의를 썼다는 얘기를 들었네. 내가 알고 싶은 건 그전의 일일세."

"그전요?"

이텔은 얼굴을 찌푸렸다.

"난 당연히 영주님을 해친 범인을 찾는 줄 알았는데요. 아닙니까? 글로스터셔의 그 썩을 노르만인 영주 얘기를 왜 묻는 겁니까?"

"자네 말대로 우리는 이곳 영주님의 죽음을 조사하고 있네."

팔크는 단호한 어조로 말했다.

"하지만 조사를 진행하려면 자네가 브리튼섬에 살던 무렵의 일을 꼭 알아야만 하네."

"무슨 말인지 통 모르겠군요."

"알아들도록 하나하나 설명해줄 수도 있네만."

잠시 불쾌한 듯 입을 삐죽였지만, 이텔은 금방 단념한 모양이다.

"난 어차피 살인자에 대해 아는 게 없습니다. 기사 나리가 내 과거를 알고 싶다면 뭐든 가르쳐드리죠. 어디, 무슨 이야기부터 하면 됩니까?"

"어려울 것 없네."

아이를 어르는 듯한 말투였다.

"자네 아우 힘은 양치기였다고 들었네. 자네는 글로스터셔에서 무슨 일을 했나?"

지금까지도 팔크가 난데없이 의미를 헤아릴 수 없는 질문을 한 적은 종종 있었다. 하지만 이번만은 도무지 영문을 알 수 없었다. 무엇이든 대답하겠다고 했던 이텔의 얼굴에도 당혹스러운 기색이 역력했다.

"일부러 사람을 불러내서는 그런 걸 물어보는 겁니까? ……주물공이었습니다."

"주물공이라. 그럼 땜장이였나?"

"그런 일도 하긴 했죠."

꾹 다문 이텔의 입가에 희미한 미소가 번졌다. 과거의 긍지가 되살아난 듯, 그는 살며시 가슴을 펴고 대답했다.

"장신구 전문이었습니다. 내가 만든 벨트 장식은 꽤 평판이 좋았죠."

"그럼 활은 어디서 배웠나?"

"무슨 일을 하든지 활을 제대로 못 다루면 진정한 사내라 할 수 없습니다."

그가 살던 지역에서 통용되던 상식인지, 아니면 웨일스인이라면 누구나 그렇게 생각하는지는 알 수 없었다. 그나저나 눈앞의 투박한 남자가 장신구를 전문으로 만들던 직공이었다니 뜻밖이다.

"그렇군."

그러나 팔크는 그 대답을 반쯤 예상한 듯, 한층 날카로워진 눈빛으로 질문을 계속했다.

"힘의 다리는 고문을 받아 부러졌다고 들었네."

"녀석이 그런 소리까지 했습니까?"

"자네한테 묻고 싶은 건, 장신구를 전문으로 만들던 자네가……"

하지만 팔크는 그다음 말을 잇지 못했다.

거센 돌풍이 불더니 이제까지 솔론을 뒤덮었던 눈이 거짓말처럼 그쳤다. 하얗게 막혀 아무것도 보이지 않았던 시야가 확 트이며 여느 때처럼 드넓은 북해의 풍경이 눈에 들어왔다.

겨울의 음울한 북해. 눈이 그쳐도 여전히 우중충한 하늘이 모습을 드러냈고, 그 아래로 익숙한 솔론의 만灣이 보였다.

순간 귓가에 둥, 둥 하는 둔중한 소리가 울려퍼졌다.

예전에 들은 적이 있다. 저건 가죽방패를 두드리는 소리다. 박자에 맞춰 노를 젓기 위한 소리.

"스승님."

니콜라가 짤막하게 경고했다. 그의 손가락이 만 한복판을 가리켰다.

이물과 고물이 해수면에 닿지 않을 만큼 가파른 곡선을 그리며 들려 올라간 배가 보였다. 한가운데에는 높이가 10야드쯤 되는 돛대가 서 있고, 비슷한 길이의 활대가 달려 있다. 돛은 붉은색과 노란색 세로줄무늬였는데, 색도 심하게 바랜 데다 제 역할을 다 못할 만큼 너덜너덜해서는 축 처져 있었다. 바람을 받지 못하는 돛 대신에 수십 개의 노가 방패 두들기는 소리에 맞춰 움직였다. 소름 끼치는 건 그중 몇 개는 반쯤 부러져 그저 허공을 젓고만 있다는 사실이었다.

높은 뱃전에는 검은색과 붉은색으로 칠해진 원형 방패가 빽빽하게 늘어섰는데, 하나같이 화살이 빼곡하게 박혀 있었다. 세월의 흐름에 깃털은 썩어 떨어졌는지 겉보기에는 잔가지를 박아넣은 것처럼 보인다. 그 배는 지금껏 본 적이 없는 빠른 속도로 미끄러지듯 해수면을 갈랐다.

그리고 뱃머리에는 용맹스러운 용이 조각되어 있다.

아버지가 그만큼 대비했고 아마도 그 탓에 목숨을 잃었는데도, 지금까지 나는 마음 한구석으로는 이 순간이 오리라는 걸 믿지 않았나보다.

눈보라를 헤치고 수평선 너머에서 나타난 건 옛 전설 그 자체였다.

데인인의 용선龍船이 그 모습을 드러냈다.

배는 한 척이 아니었다. 용선 양옆으로 선체가 날렵한 소형 바이킹선 두 척이 함께 다가오고 있었다.

나는 저도 모르게 성호를 그었다.

망자들의 배. 저주받은 데인인들이 정말 나타난 것이다. 눈보라를 몰고 묵직한 북소리를 울리며.

"……나타났어. 데인인들, 그들이 정말 온 거야."

내가 중얼거리기가 무섭게 귓가에서 바람을 가르는 소리가 들렸다.

웨일스의 이텔 압 소마스가 방금 막 시야가 열리면서 펼쳐진 바다를 향해 긴 화살을 서슴없이 쏜 것이다.

개전을 알리는 화살이었다.

28. 모두 합해 서른여덟 명

⚜

대략 80야드쯤 될까.

이텔은 똑바로 배를 향해서가 아니라 하늘을 향해 활을 쏘았다. 화살이 하늘로 올랐다가 떨어졌다. 화살이 워낙 가는데다 멀리까지 날아가서 내 눈으로는 볼 수 없었다. 하지만 선두에 있는 배에 서 있던 남자가 난데없이 나동그라지며 그대로 바다로 떨어지는 모습이 보였다.

"한 놈."

이텔이 중얼거렸다.

활시위를 당기는 그의 동작에서 아무런 망설임도 찾을 수 없어서 오히려 겁이 났다.

세 척의 배는 조금도 속도를 줄이지 않고 항구 제일 안쪽을 향해 돌진했다. 활을 들려고 노를 내려놓는 자는 아무도 없었다. 저 속도로 다가온다면 항구가 방어 태세를 갖출 시간은 없을 것이다.

이텔의 사격은 정확할뿐더러 빨랐다. 그는 화살통을 바닥에 내려놓은 채 두 다리로 단단히 땅을 디디고 서서 집게손가락과 가운뎃손가락, 약손가락으로 시위를 당겨 연달아 화살을 쏘았다. 네번째 화살을 시위에 메기는 순간, 앞서 날아간 화살을 맞았는지 또 한 명의 데인인이 배에서 떨어졌다. 이번에는 커다란 뿔이 달린 투구를 쓴 남자 같았다.

다섯번째 화살을 메기려던 이텔은 손을 멈추고 작게 혀를 찼다.

"위치가 좋지 않군."

세 척의 배는 우리가 있는 창고 거리에서 점점 멀어져갔다. 눈 깜짝할 사이에 100야드 넘게 벌어졌다. 이 거리라면 이텔이 화살을 쏜들 맞을 리가 없다.

"난 가보겠습니다."

그렇게 말하더니 이텔은 화살통을 들고 쏜살같이 사라졌다. 어디로 가느냐고 물을 겨를도 없었다.

"어? 엠마는 어디 있지?"

니콜라가 중얼거렸다. 아까까지만 해도 옆에 있었는데 어느샌가 모습이 보이지 않는다. 이텔이 자리를 뜨기 전에 먼저 가버린 모양이다. 사이먼의 가게에서 만났을 때처럼 정신을 차려보니 온데간데없이 사라졌다.

팔크는 전에 없이 매서운 표정을 짓고 있었다.

"스승님, 어떡할까요?"

니콜라의 물음에 답하지 않고, 팔크는 나에게 물었다.

"이 창고 거리 끝은 어디로 통합니까?"

"곶이 나와요."

"시내로 돌아가려면 어떡해야 합니까?"

"항구를 지나서 왔던 길을 되돌아가는 수밖에 없어요."

그 말을 듣더니 팔크는 망설이는 기색 없이 말했다.

"여기 있다간 갇혀서 내몰릴 겁니다. 녀석들이 항구를 제압하기 전에 작은 솔론으로 모시겠습니다."

"……아!"

듣고 보니 그랬다. 데인인들이 창고 거리를 습격하면 도망칠 곳이 없다. 내가 작은 솔론으로 도망칠 수 있을지 여부는 둘째치고라도 이곳에 있으면 위험하다.

팔크는 프랑스어로 니콜라에게 신속히 지시를 내렸다.

"항구를 빠져나가 광장으로 돌아가야겠다. 북쪽 방향으로 가서 작은 솔론으로 건너가자. 내가 앞장설 테니 너는 아미나 님을 지켜라."

"알겠습니다."

니콜라 역시 쓸데없는 소리는 한마디도 하지 않았다. 나는 스와이드가 있는 창고를 힐끗 보았다. 완전히 닫을 짬이 없었는지 문이 살짝 열려 있다. 그 문을 향해 외쳤다.

"스와이드, 데인인이 나타났어요!"

내 목소리가 그에게 닿았는지는 모르겠다. 하지만 창고에 들어가 경고할 시간은 없다. 둘러보니 적선이 벌써 항구의 잔교까지 다가갔다. 그곳에는 상인들과 어부들이 있다. 눈이 그치면 곧장 출항하려고 하늘을 살펴보던 사람들이다.

"가시죠. 잘 따라오셔야 합니다."

말을 마친 팔크는 고개를 들고 허리춤에 찬 검에 손을 올린 채 돌길을 달리기 시작했다. 내가 뒤따랐고, 니콜라가 내 뒤에 붙어 따라왔다.

그 순간, 종루의 종이 울리기 시작했다. 귀를 찌르는 새된 종소리가 울려퍼지는 가운데 우리는 달렸다.

항구에 종루가 있다는 사실을 나는 까맣게 잊고 있었다.

시각을 알리는 종은 수도원에서 친다. '폭풍의 종'이라 불리는 항구의 종은 긴급상황이 발생했음을 알릴 때만 친다. 하지만 솔론의 뱃사람이라면 폭풍의 전조쯤은 종소리를 듣지 않고도 알아챘다. 일부러 종을 쳐서 폭풍을 알린 적은 지금까지 한 번도 없었다.

그런 종이 지금 울리고 있다. 오랫동안 존재조차 잊고 있던 적의 습격을 알리기 위해.

앞서 자리를 뜬 이텔의 모습은 보이지 않았다. 적당한 장소를 찾아 데인인을 저격할 셈이겠지. 게다가 이텔에게는 힘이라는 아우가 있다. 이텔의 말이 사실이라면 힘도 전선에 가담했을 것이다. 엠마의 모습도 찾을 수 없었다. 마치 사라진 것처럼.

항구에는 수리중인 잔교까지 포함해 모두 여섯 개의 잔교가 있고, 주변에는 눈 때문에 출항하지 못한 상선 여러 척이 정박해 있었다. 우리가 간신히 항구에 다다랐을 즈음, 데인인은 이미 용선을 잔교에 대고 전투를 개시했다.

아니, 그것은 전투라 부를 수 없었다.

"안 되겠는데. 여긴 막혔다. 놈들이 한발 빨랐어."

걸음을 멈추고 팔크가 말했다.

"이 상황에서는 접근할 수 없겠군."

항구에서 펼쳐진 것은 일방적인 학살이었다.

상인들과 어부들은 용선을 보고도 적이라 생각하지 않은 모양이다. 눈치 빠른 몇몇은 도망쳤을지도 모른다. 하지만 수십 피트 앞에서는 미처 달아나지 못한 사람들을 비참한 운명이 유린하고 있었다.

나는 저주받은 데인인들의 모습을 살펴보았다. 대부분 갑옷을 입지 않고 누더기 같은 너덜너덜한 옷을 걸쳤을 뿐이지만, 투구를 쓴 자는 많았다. 아까 이텔이 명중시킨 남자처럼 뿔 달린 투구를 쓴 자들도 있었다. 하지만 평평한 철제 코보호대 말고는 아무런 장식 없이 밋밋한 모자 같은 투구가 압도적으로 많았다. 무기는 주로 검이었고, 도끼를 든 자들도 눈에 띄었다. 화살과 창은 찾아볼 수 없었다.

무엇보다 나를 놀라게 한 것은 그들의 섬뜩한 낯빛이었다. 턱수염을 기른 불굴의 전사들의 얼굴은 그들이 결코 안식을 얻을 수 없는 망자임을 말해주듯 핏기 없이 창백했고, 끔찍한 살육을 자행하면서도 격앙이나 분노 등 일체의 감정을 드러내지 않았다. 지금 항구는 세 척의 배에서 쏟아져나온 표정 없는 전사들로 가득찼다.

그들은 오로지 전진했다. 검을 들어올렸다 내리친다. 단순한 동작이었지만 그 일격은 도저히 사람의 것이라 할 수 없었다. 살려달라고 비명을 지르며 등을 돌리던 한 어부가 어깨에서 허리까지 반으로 갈라져 맥없이 바닥에 쓰러지는 광경이 눈에 들어왔다.

"어떻게 이런 일이."

나는 중얼거렸다.

"……이 솔론에서 어떻게 이런 일이!"

그제야 항구를 가득 채운 비명이 귀에 들어왔다. 남자들과 여자들의 비명소리. 난데없이 나타난 침략자에 당황해 도움을 요청하고 있다. 에일윈 가문이 지켜야 할 백성들이 도움을 기다리고 있어!

하지만 항구의 병사 주둔소에 있는 병사의 수는 턱없이 적었다. 데인인의 습격에 대비해 인원을 늘린 것이 겨우 셋이다. 세 척의 배를 타고 온 데인인들에게 대항할 수 있는 수가 아니었다.

본대는 어디 있지? 애덤과 기사들은 아직 도착하지 않았나? 그런 생각을 하며 항구를 둘러보다 겹겹이 쌓인 시체들 사이에서 갑옷을 입은 병사들의 모습을 발견했다. 몸이 둘로 동강난 병사. 정면에서 공격을 받았는지 머리가 박살난 병사. 갑옷을 입은 시체는 둘이었다. 내가 창고 거리에서 항구로 이동하는 그 짧은 시간 동안 벌써 둘이나 목숨을 잃은 것이다.

하지만 병사는 세 명일 텐데. 나머지 하나는 어디 있지? 어쩌면 바다로 떨어졌는지도 모른다. 그게 아니면 애덤에게 원군을 요청하러 갔을지도 모르고. 여하튼 애덤도 끊임없이 울려퍼지는 이 종소리를 들었을 테니 곧 병사를 움직이리라. 대체 누가 종을 치는 건가 싶어 종루를 올려다보니 웬 어린애가 울부짖으며 종을 치고 있었다. 다행히도 저주받은 데인인들의 머릿속에 종을 멈춰야 한다는 생각은 없는지 종루에 다가가는 자는 없었다.

"어떻게 할까요?"

니콜라가 물었다.

"이대로라면 항구는 순식간에 제압될 겁니다. 도망칠 길이 막혀버려요."

"나도 안다. 하지만 돌파할 수 있겠느냐?"

니콜라는 내 손을 잡아끌어 작은 창고 그늘에 몸을 숨기고 있었다. 나는 내가 그늘에 숨어 있다는 사실조차 알아채지 못했다. 팔크와 니콜라 둘 다 허리를 구부린 채 눈앞의 살육자들에게 들키지 않도록 숨죽이고 있다. 팔크는 기사다. 하지만 그에게 싸우라고 강요할 수 있을까. 혼자서, 혹은 니콜라가 가세하더라도 저 광란의 군단을 상대로 뭘 할 수 있단 말인가.

"……힘들겠습니다. 원군이 올 때까지 기다리는 수밖에 없겠네요."

니콜라는 어시장 광장으로 통하는 유일한 길인 짐수렛길을 쏘아보며 말했다. 우리가 몸을 숨긴 창고에서 짐수렛길 길

목까지는 대략 70야드약 64미터. 얼마 되지 않는 거리인데도 지금은 한없이 아득하게만 느껴졌다.

"곧 오겠죠?"

"글쎄."

팔크는 전장에서 눈을 떼지 않은 채 중얼거렸다.

"애덤 에일윈이 지휘관으로서 어떤 인물인지 모르니 말이다. 살아남은 자들을 버리고 방어하기 수월한 곳으로 이동할 가능성도 있지."

"아아."

니콜라는 한숨을 쉬었다.

"충분히 있을 법한 일이군요."

나는 속으로 고개를 저었다. 적이 들이닥쳤다는 걸 알면 애덤은 반드시 달려올 것이다. 백성을 구하기 위해서가 아니라, 자신의 용맹함을 과시하기 위해. 하지만 한편으로는 오지 않을 수도 있다고 의심하는 마음도 있다. 어릴 적에는 그야말로 겁쟁이였으니까. 이제 그런 모습은 다 사라졌다고 단언할 자신은 없었다.

"니콜라."

팔크의 목소리가 침착함을 되찾았다.

"적이 모두 몇이나 되느냐?"

이미 세어보았는지 니콜라는 말이 끝나자마자 대답했다.

"오십 명입니다. 조금 더 될지도 모르지만, 칠십 명보다는 적습니다."

설마. 그렇게 적을 리 없다. 검과 도끼를 든 전사가 저만큼이나 되는데. 백 명, 아니면 이백 명쯤 될까. 아무리 그래도 오십 명은 너무 적지 않은가!

하지만 팔크는 고개를 끄덕였다.

"그쯤 되는 것 같구나. 배에 남은 자가 없다고 가정했을 경우지만. 솔론의 군세는 분명 서른여섯이었지."

"스승님과 저까지 모두 합해 서른여덟 명입니다."

"연계만 잘된다면 해볼 만한 승부겠구나. 지리적으로는 우리가 유리하고."

니콜라가 고개를 저었다.

"연계가 잘되겠습니까? 만난 지 이틀밖에 되지 않은 용병들과 마을 장사 수준의 병력이 고작인데."

"부정적인 녀석 같으니라고. 희망을 가져라."

"스승님이야말로 왜 평소답지 않게 있지도 않은 희망 운운하시는 겁니까."

이 긴박한 상황에서 팔크가 불현듯 미소를 지었다.

"암살기사를 상대할 때는 근거 없는 희망은 버려야 한다. 하지만 전장에서는 아니지."

"신께서 도와주실 테니까요?"

"그러면 좋겠구나."

여유가 있는 것인지, 아니면 억지로 여유가 있는 듯 가장한 것인지는 알 수 없었다. 도망치지 못한 백성들과 상인들을 구할 방법은 없다. 눈앞에서 벌어지는 학살은 막을 수 없다. 게다가 이미 생존자는 다섯 명도 되지 않는 것 같다. 데인인들은 그들을 놓치지 않겠다는 듯 끝까지 쫓았다.

종을 치던 아이는 지쳤는지 아니면 희망을 잃었는지, 종루 위에 주저앉아버렸다. 데인인들은 무기를 들고 고요한 항구를 헤매며 사냥감을 찾아다녔다.

"이제 곧 놈들은 시내를 덮칠 겁니다. 그렇게 되면 후방에서 돌파하지 않는 한 작은 솔론으로 대피할 길은 없어요."

"저 골목만 지나면 시내다. 도망칠 구멍이 있겠지."

"그러니까 지금 그 골목을 빠져나갈 수 없다는 얘기인데요."

"안다. ……잠깐."

팔크가 니콜라를 제지했다.

살아남은 남자 하나가 이쪽으로 달려왔다. 아는 얼굴이다. 잭이라는 어부다. 어부면서도 손이 야무지지 못해서 동료들에게는 '얼간이 잭'이라 불리지만, 심성은 선한 사내다.

그는 피투성이가 된 어깨를 부여잡고 죽을힘을 다해 도망쳤다. 한 데인인이 무리에서 이탈해 잭을 쫓아왔다. 털북숭이에 거대하다. 새파란 입술은 갈라졌고, 움푹 들어간 눈구멍

안의 탁한 눈동자로 무표정하게 잭을 보고 있다. 바짝 뒤따라온 데인인은 잭을 향해 녹슨 검을 휘둘렀다.

"잭!"

무심결에 비명이 튀어나왔다.

내 목소리를 들은 잭은 뒤돌아보고는 재빨리 몸을 숙였다. 데인인이 휘두른 검은 그의 머리를 아슬아슬하게 스치고 지나갔다. 하지만 그의 목숨을 구한 대가는 컸다. 데인인이 우리의 존재를 알아챈 것이다.

그 탁한 눈이 이번에는 나를 쳐다본다. ……움직일 수 없었다. 죽음의 예감이 온몸을 꿰뚫었다.

얼어붙은 내 귀에 검을 뽑는 소리가 들렸다. 두 사람이 내 앞을 막아섰다. 팔크와 니콜라. 안식을 얻지 못하고 방황하는 끔찍한 망자가 눈앞에 있는데도 그들은 조금도 망설이지 않았다.

"준비해라."

"네."

팔크는 기묘하게 휜 곡도를 한 손으로 빼들었고, 니콜라도 단검을 들었다. 팔크가 데인인의 정면을 막아서자 니콜라는 검을 들어 공격 자세를 취하더니 순식간에 돌바닥을 차고 올라 적의 왼쪽을 파고들어갔다.

데인인은 니콜라의 기습에 현혹되지 않았다. 그는 흡사 성가신 날벌레를 쫓아버리듯 팔꿈치 아래만 움직여 대충 검을 휘둘렀다.

팔크의 검이 데인인의 공격을 막았다.

하지만 완전히 막지는 못했다. 겉보기에는 크게 힘을 들이지 않은 것처럼 보였건만, 팔크의 검이 요란한 소리를 내며 튕겨나갔고 강인한 체구의 팔크도 비틀거렸다. 팔크의 목덜미 쪽이 무방비한 것이 눈에 들어왔다. 이다음에 데인인이 손목을 살짝 비틀기만 해도 칼날이 그의 목을 사정없이 내리찍을 만한 상황이었다.

하지만 데인인의 옆구리가 비어 있었다.

계속 보고 있었는데 언제 저렇게 된 거지. 정신을 차려보니 니콜라가 데인인의 옆구리에 단검을 찔러넣고 있었다.

칼날이 반이나 들어갔으니 필시 내장이 온전치 못할 터다.

그런데도 데인인은 힐끗 고개를 돌려 니콜라를 보더니 팔다리는 움직이지도 않고 단검이 박힌 채로 몸을 홱 틀었다. 단지 그뿐이었는데 니콜라는 저만치 나가떨어져 돌바닥에 엉덩방아를 찧었다. 표정이 경악과 공포로 물든다. 어느샌가 나는 목이 터져라 소리치고 있었다.

"니콜라! 도망쳐!"

니콜라의 단검은 데인인의 옆구리에 박혀 있다. 한마디로 그는 지금 무기가 없는 맨손이다. 데인인의 눈이 니콜라를 내려다본 그 순간.

팔크가 두 손으로 검을 고쳐 잡더니 어깨에 걸쳤다. 그리고 오른발을 크게 내디디며 상반신의 체중을 실어 휘둘렀다. 난생처음 듣는 섬뜩한 소리가 났다. 그와 비슷한 소리조차 들어본 적이 없다.

데인인의 목이 허공으로 날아올랐다.

피는 나오지 않았다. 그 대신 붉은 먼지가 뿜어져나왔다. 차마 눈 뜨고 볼 수 없을 만큼 소름끼치는 그것은 순식간에 대기 속으로 사라졌다.

데인인은 목을 잃고도 잠시 그 자리에 우뚝 서 있었다. 검을 쥔 손도 여전히 힘이 들어간 것처럼 보인다. 혹시 이 상태로도 움직이는 게 아닐까. 온몸의 피가 바싹 마른 순간, 데인인이 무너지듯 쓰러졌다.

온몸에서 공기가 빠져나가는 듯 깊은 한숨이 터져나왔다…… 살았다.

사람을 베었는데도 팔크의 검에는 피가 묻지 않았다. 팔크는 검을 든 채 데인인의 시체를 내려다보았다. 주저앉은 채 일어나지 못한 니콜라가 겁에 질린 목소리로 중얼거렸다.

"이게 대체 뭐야…… 너무 불공평하잖아."

저주받은 데인인의 완력은 인간과는 비교도 되지 않는다. 제대로 맞붙어 이길 수 있는 상대가 아니다. 하지만 팔크와 니콜라는 힘겹게나마 승리를 거뒀다. 지금까지 이런 싸움을 여러 번 겪은 것일까? 그게 아니면 어제 들은 발라드의 노랫말을 참고한 건가?

팔크가 불쑥 고개를 들더니 말했다.

"아미나 님, 신께서 도우셨습니다."

방금 거둔 승리를 뜻하는 줄 알았다.

하지만 그 얘기가 아니었다. 그는 팔을 들어 검 끝으로 짐수렛길을 가리켰다.

번쩍이는 검과 창이 보인다. 다만 무기를 든 자들은 투구도 갑옷도 제각각이었다. 데인인들처럼 옷만 걸친 이도 있다. 모두 기사의 긍지와는 거리가 먼 꾀죄죄한 몰골이다.

그래도 적이 아니라 원군이다.

독일에서 온 편력기사 콘라트 노이도르프와 그 수하들이 짐수렛길 끝에 나타났다.

29. 떨어뜨린 은화

콘라트의 군세는 고작 열한 명밖에 되지 않는다. 하지만 그 순간에는 천군만마라도 되는 듯 어찌나 믿음직스러웠는지!

데인인들은 앞뒤 생각하지 않고 그저 눈에 띈 사람을 살육하는 짐승인 줄 알았는데, 꼭 그렇지도 않은 모양이다. 새롭게 나타난 원군을 향해 무작정 돌진하지 않고, 멀찍이 떨어져 상대가 어찌 나올지 상황을 살피고 있다. 냄새가 코를 찌르는 전장에 흥분한 기색이 역력한 용병들과 가면을 쓴 듯 무표정한 얼굴의 데인인 군단. 대조적인 두 집단이 대치하는 기묘한 광경을 바라보며 팔크는 작은 소리로 말했다.

"이 기회를 놓쳐서는 안 됩니다."

나는 고개를 끄덕인 다음 어깨를 감싸고 있는 잭에게 말을 걸었다.

"따라올 수 있지?"

그는 핏기 없는 얼굴로 연신 고개를 끄덕였다.

팔크가 말없이 팔을 휘두르자, 우리는 밖으로 뛰쳐나왔다. 데인인들도 알아챘을 테지만, 용병들을 경계하는지 아무도 움직이지 않았다. 그들이 활을 쓰지 않는 게 불행 중 다행이다. 70야드를 단숨에 달려가 콘라트 일행과 합류했다. 흉갑에 투구를 쓴 콘라트가 가쁜 숨을 몰아쉬는 나를 보고 눈을 휘둥그레 떴다.

"아미나 님 아니십니까. 설마 이곳에 계셨을 줄이야! 저희가 제일 먼저 도착한 줄 알았는데 아미나 님께 선수를 빼앗겼군요!"

그는 무참한 시체가 나뒹구는 항구를 둘러보며 이를 악물 듯 말했다.

"무사하셔서 다행입니다."

그는 도둑이다. 결코 믿을 만한 인간이 아님을 알고 있다. 하지만 그는 도망치지 않고 곧장 수하들을 이끌고 달려왔다. 그들이 주둔하는 병영에서 항구까지의 거리를 생각하면, 종소리를 듣자마자 뛰쳐나온 게 틀림없다.

"와줘서 고마워요."

감사의 말이 자연스레 입 밖으로 나왔다. 콘라트는 고개를 끄덕이더니 내게 물었다.

"새 영주님은 어디 계십니까?"

"아직 도착하지 않았어요. 항구의 병사들은 전멸했고요. 당신들이 선봉이에요."

콘라트가 얼굴을 찌푸렸다.

"도착하지 않으셨다고요? 그럼 저희는 어떻게 해야 합니까?"

어처구니가 없었다. 눈앞에서 솔론의 병사와 백성들이 살해되었고, 적은 바로 코앞에 있다. 이 마당에 콘라트는 대체 무슨 소리를 하는 것일까.

"영주님의 명령이 없으면……"

그는 그렇게 말하며 나를 힐끗 보았다.

마음속에서 불안이 슬그머니 고개를 쳐들었다.

콘라트는 역시 처음부터 싸울 생각이 없었던 것일까? 오빠가 이 자리에 없다는 구실로 적당히 발을 빼려는 속셈일까. 약속한 금액의 갑절을 내지 않으면 싸우지 않겠다고 협박하는 건가?

불안해하는 나에게 니콜라가 프랑스어로 슬쩍 속삭였다.

"나중에 제멋대로 싸웠다는 소리를 들을까 걱정하는 겁니다. 싸우라고 명하시면 싸울 거예요!"

아아. 그렇구나. 그런 거였어. 콘라트의 고용주는 솔론의 영주다. 그저께까지는 아버지였고, 지금은 애덤이다. 고용주의 명령 없이 싸웠다가는 기껏 승리해도 독단으로 행한 일이니 보수를 줄 수 없다고 나올 가능성도 없지는 않다. 아버지는 절대 그럴 사람이 아니고 애덤도 아마 그런 말은 하지 않을 테지만, 콘라트의 입장에서는 당연히 걱정할 수 있는 일이다. 그들을 의심한 나 자신이 부끄러웠다.

콘라트의 수하들은 대부분 작센인이다. 나는 이를 악물고 크게 숨을 들이마셨다. 죽음의 공포도, 후들거리는 다리도 지금 이 순간은 모두 잊었다. 지저분하게 수염을 기른 사람, 심한 흉터 자국이 있는 사람, 한쪽 눈이 없는 사람, 얼굴에 화상을 입은 사람, 이가 부러진 사람. 나는 용병들의 얼굴을 찬찬히 둘러보고 저지작센어로 외쳤다.

"용사들이여, 잘 와주었습니다. 이 솔론을 지키기 위해……
에일윈의 이름을 걸고 부탁하겠습니다. 그대들의 힘을 빌려주
세요!"

고작 열 명뿐이었지만, 솟아오른 함성은 땅을 뒤흔들 만큼
컸다. 하늘을 향해 치켜든 검과 창이 겨울 햇빛을 받아 번뜩
였다. 콘라트가 내 뒤를 이어 힘차게 외쳤다.

"아미나 에일윈 님의 명이시다. 자, 가자, 멍청이들아. 한탕
크게 벌어보는 거다! 잊지 마라, 녀석들을 죽이려면 반드시 목
을 베어 떨어뜨려야 한다!"

용병들은 제각기 무기를 휘두르며 다섯 배가 넘는 적들을
향해 돌격했다. 콘라트가 재빨리 말했다.

"머릿수로는 당해낼 수 없습니다. 어시장 광장에서 승부를
걸어봐야죠. 아미나 님은 물러나 계십시오."

"조심해요. 저들은 인간이 아니에요."

고개를 끄덕이더니 콘라트는 씩 웃었다.

"그보다도, 제가 할 말을 아미나 님께 빼앗겼군요."

말을 마친 그는 검을 뽑아들고 전장을 향해 달려갔다.

팔크가 내 팔을 잡아끌며 말했다.

"저들은 금세 후퇴할 겁니다. 먼저 가시죠."

"하지만!"

"여기 계속 있어봤자 방해만 됩니다. 아미나 님도 아시잖습니까!"

나는 이를 악물었다. 알량한 의무감으로 이 자리를 지킨들, 팔크의 말대로 거치적거릴 뿐이다. 고개를 끄덕인 다음 짐수렛길로 뛰어들었다. 칼과 칼이 맞부딪치는 날카로운 쇳소리가 등뒤에서 쫓아오는 것 같았다.

길에 사람의 모습은 보이지 않았다. 평소에는 항구에서 내린 짐을 옮기는 수레들로 북적거리는데, 종소리를 듣고 모두 달아난 모양이다. 남겨진 가죽주머니, 길에 나뒹구는 신발 한 짝, 통을 쌓다 말고 내버려둔 짐수레를 지나 우리는 정신없이 달렸다.

창고 거리에서 항구를 지나 짐수렛길 끝까지 꽤 오랫동안 달렸다. 바로 뒤에 적이 있다는 걸 아는데도 숨이 차고 다리가 후들거렸다. 심한 부상을 입은 잭은 따라오는 게 고작인 듯했다. 제일 뒤에서 달리던 니콜라가 "스승님" 하고 큰 소리로 외치자, 앞장서던 팔크가 걸음을 조금 늦추었다.

완만한 비탈인 짐수렛길을 지나 어시장 광장에 들어섰다. 어느샌가 주변이 사람들의 아우성으로 뒤덮여 있었다. 공포로 가득찬 비명. 성난 고함소리. 흐느끼는 울음소리. 불안이 묻어나는 중얼거림.

"저놈들은 대체 뭐지? 젠장! 대체 뭐냐고!"

"우리 집사람을 보지 못했소? 누구 우리 집사람을 본 사람 없냐고……"

"이럴 때 영주님이 계셨다면. 롤렌트 님이라면……"

그곳에는 미처 달아나지 못한 백성들이 아직 여럿 남아 있었다. 너 나 할 것 없이 불안에 찬 표정이다. 급히 도망치다 넘어졌는지 부상을 입은 사람도 눈에 띄었다. 젊고 건강한 자들은 먼저 도망쳤는지 대부분은 노인과 어린애다.

그리고 갑옷도 걸치지 않은 채 그들 앞에 서서 우렁차게 외치는 에이브 허버드의 모습이 보였다.

"시내에서 나가라. 언덕 너머 섬 반대편으로 도망쳐!"

큰 솔론의 서쪽으로 도망쳐 언덕을 오르면 사람의 손이 닿지 않은 드넓은 벌판이 나온다. 에이브는 백성들을 그쪽으로 보내려는 모양이다. 누군가가 외쳤다.

"요새로 가면 안 됩니까?"

에이브는 씁쓸한 표정으로 말했다.

"새 영주님이 출격 준비를 하고 계셔서 들어갈 수 없다."

벌판에는 몸을 숨길 곳이 없다. 백성들이 불안해할 만도 하다. 하지만 에이브는 다시 한번 외쳤다.

"어쨌든 여기가 가장 위험하다. 놈들은 항구를 빠져나와 바로 이곳을 습격할 거야!"

그 말을 들은 백성들은 하나둘 움직이기 시작했다.

어부 잭도 그 무리에 끼였다. “감사합니다. 부디 무사하십시오. 주님의 가호가 있기를.” 그는 나에게 고개를 숙이며 몇 번이고 감사 인사를 하며 떠났다. 급작스러운 첫 습격에서 살아남은 이들이 대체 몇이나 될까. 알 도리는 없지만, 어쨌든 그는 얼마 되지 않는 생존자 무리에 합류했다.

에이브가 나를 발견하고는 달려왔다.

“아미나 님!”

그는 아까까지 사이먼의 가게에서 두 구의 시신을 검사하고 있었다. 어쩌면 계속 그 자리에 있다 종소리를 듣고 뛰쳐나왔는지도 모른다.

“무사하셨군요. 항구 쪽은 전멸했다고 들었습니다.”

“동방의 기사들, 그리고 저 편력기사가 없었다면 나도 무사하지 못했을 거야. 콘라트 경은 지금도 싸우고 있지만 수적으로 불리해. 애덤과 기사들은 어디 있지?”

에이브는 고개를 저었다.

“요새에서 출격 준비를 하고 계십니다. 원군을 요청했지만 다섯 명밖에 오지 않았습니다.”

“준비? 애덤에게 무슨 작전이라도 있는 거야?”

“전령의 말로는 검을 손질하고 있다고 합니다. 식사를 하는 자도 있다고 들었습니다.”

맙소사!

지금 검을 손질하다가는 요새에서 나올 즈음 솔론은 이미 잿더미로 변해 있을 것이다. 만일 승리하더라도 백성의 시체가 산을 이룰 테고. 애덤은 평소에 검 손질조차 제대로 해두지 않았단 말인가?

하지만 그를 비난이나 할 때가 아니다. 나는 빠르게 말했다.

"콘라트 경은 이곳으로 적을 유인한다고 했어. 뭔가 들은 건 없어?"

"아니요."

에이브는 눈을 크게 떴다.

"아무 말도 듣지 못했습니다. ……하지만 그들만으로는 막아낼 수 없을 것 같아 병사를 배치해두었습니다."

그러나 둘러봐도 광장에 있는 건 답답할 만큼 걸음이 느린 백성들뿐이었다.

병사들이 어디 있느냐고 물으려던 순간, 광장 끄트머리에 있던 백성들 사이에서 비명이 터져나오며 광장이 순식간에 혼란에 휩싸였다. 바닥에 쓰러진 노인들은 짓밟혔고, 어린애들은 악을 쓰며 울어댔다. 백성들은 썰물처럼 정해진 방향 없이 무작정 광장에서 도망쳐 나갔다.

"무슨 일이냐!"

에이브가 아무도 없어 보이는 건물을 향해 소리쳤다. 그런데 목소리를 듣고 지붕 위에서 병사가 얼굴을 내밀었다.

"독일인 용병들이 도망칩니다. 젠장, 해적들이 쫓아옵니다!"

"알았다. 리프의 가게 앞을 지나면 다시 알려라."

그렇게 명령하고 에이브는 검을 빼들었다. 은빛으로 빛나는 장검이다. 그가 나에게 말했다.

"아미나 님은 어서 몸을 피하십시오."

나도 그러고 싶었다. 아까 창고 그늘에서 습격당했을 때를 생각하니 다리가 후들거렸다. 당장 도망치고 싶었다.

하지만 이번에는 그럴 수 없다.

나는 콘라트와 그 수하들에게 싸우라 명했다. 남아서 그들이 여기서 적들을 막아내는 모습을 똑똑히 지켜봐야 한다. 내가 그들에게 목숨을 걸라고 말했으니까. 나만 도망칠 수는 없다. 게다가.

"애덤이 아직 오지 않았는데 그럴 순 없어!"

전장을 지키는 건 본디 애덤의 소임이다. 그가 아니더라도 기사 중 한 명이라도 이 자리에 있었다면 나도 물러났을 것이다. 하지만 아직 아무도 오지 않았다. 아직 정식 서임도 받지 않은 종기사 에이브에게 모두 떠넘길 수는 없다. 전장에 에일윈가의 사람이 하나도 남지 않는다니, 영주 가문으로서 있을 수 없는 일이다. 지금 이곳에 에일윈 가문의 사람은 나밖에 없으니, 아무리 두려워도 이 자리를 지켜야 한다.

나는 팔크를 돌아보았다. 그들은 나를 도망치게 하려고 온 힘을 다해 싸웠다. 그들의 노력을 헛되게 하기는 싫었지만, 지금은 이곳을 떠날 수 없었다.

"훌륭한 마음가짐입니다."

팔크는 슬쩍 고개를 끄덕였다.

그러고는 자신의 곡도를 뽑아들며 말했다.

"그럼 저도 기사로서 의무를 다하겠습니다. 에이브, 나도 가세하겠네. 자네 지시에 따르도록 하지."

에이브는 조금 놀란 듯했지만, 곧 머리를 숙였다.

"알겠습니다. 그럼 저와 함께 이곳에서 적들을 막아내주십시오."

고개를 끄덕이더니 팔크는 니콜라를 향해 눈짓했다. 니콜라는 뭐라 말하지는 않았지만 내 앞을 슥 막아섰다.

"놈들이 왔습니다!"

지붕 위에서 병사가 소리쳤다.

"쏴라!"

에이브의 명령에 광장을 에워싼 건물의 지붕에서 병사들이 모습을 드러냈다. 손에는 활을 들었다.

화살 여러 개가 허공을 가르며 날아갔다.

퇴각하는 독일인 용병들의 어깨 너머로 화살이 쏟아졌다.

병사들은 모두 엄청난 기세로 화살을 쏘아댔다. 화살 하나를 꺼내 시위에 메겨 당기고 나서 순식간에 다음 화살을 집어들었다.

그중에서 특히 동작이 빠른 사람과 느린 사람이 있었다.

느린 병사는 활이 아니라 석궁을 들고 있었다. 소매가 해진 낡은 옷을 입고 머리에는 지저분한 천을 둘렀다. 차림새부터 솔론의 병사는 아니었다. 짐작이 가는 사람이 있다. 분명히 콘라트의 수하 중에 석궁을 잘 다루는 자가 있다고 했지. 움직임을 멈추고 목표를 겨냥한 뒤, 조심스레 시위를 놓는다. 번개처럼 날아간 화살은 다른 병사들이 쏘는 화살보다 훨씬 강력했다.

빠른 사람은 말할 것도 없이 웨일스의 이텔이다. 우리 머리 위, 사이먼네 가게의 지붕에 자리를 잡고는 직전에 쏜 화살 소리가 귓가를 떠나기도 전에 다음 화살을 당기고 있다. 그가 화살을 쏠 때마다 동생 힘이 화살을 건넸다. 가게에 사다리를 세워놓고 위급시에는 금방 내려올 수 있도록 준비해 놓았다.

솔론의 병사 다섯 명과 콘라트의 수하, 그리고 이텔. 고작 일곱 명이 퍼부은 화살로 데인인을 얼마나 막아냈을까. 전부 막아내지 못한 것은 분명했다. 광장 안으로 후퇴한 콘라트 일행을 바싹 뒤쫓으며 데인인들이 몰려왔으니까. 그 눈에는 여전히 아무것도 비치지 않았지만, 걸음은 믿을 수 없을 만큼 빨랐다.

에이브가 검을 높이 쳐들며 외쳤다.

"가자, 막아내야 한다!"

뒤이어 광장은 지옥을 방불케 하는 전장으로 변했다.

용병들 중에는 이미 부상을 입은 자가 적지 않았다. 부러졌는지 떨어뜨렸는지는 모르겠지만 무기도 없이 막대기를 휘두르며 싸우는 이도 있었다.

데인인이 전부 다 짐수렛길을 넘어온 건 아닌 모양이다. 항구에서 보았을 때보다 그 수가 적다. 머릿수로만 따지면 거의 호각이었다. 싸우는 모습을 지켜보니 발라드의 노랫말대로 데인인들은 활이나 석궁을 쓰지 않았다. 그리고 서로 도우려 하지도 않았다. 그저 눈앞의 적을 없애려 검과 도끼를 휘두를 뿐이다.

"이곳이 무너지면 끝이다. 정신 바짝 차려라!"

고함을 지르는 콘라트의 뺨에 피가 묻어 있었다. 자기 피일까, 아니면 수하의 피일까.

싸우는 전사들의 발밑에서 녹은 눈이 바닥을 진창으로 만들었다. 진흙이 튀고 피가 섞였다. 걷어차인 통에서 쏟아진 절인 청어가 순식간에 짓밟혀 무참한 모습으로 변했다. 화살이 바닥났는지, 아니면 같은 편에게 맞을까 걱정됐는지 지붕에 있던 병사들이 창을 들고 뛰어내렸다. 날붙이와 날붙이가 맞부딪치는 소리, 살을 꿰뚫는 소리. 그리고 병사들의 고함소리가 모든 것을 뒤덮었다.

니콜라가 내 소매를 잡아끌었다.

"아미나 님 마음은 압니다만, 여기는 너무 위험합니다. 저쪽으로 피하시죠."

나는 그 말대로 물러났다.

당연하다고 해야 할까, 눈에 띄는 활약을 보이는 이들은 역시 콘라트, 에이브, 팔크 세 사람이었다. 콘라트는 제 몸을 지키며 위급한 동료들도 살폈다. 에이브는 긴장한 표정이 역력했지만, 저주받은 데인인의 완력을 두려워하지 않고 용감하게 달려들었다. 그 용기가 도를 지나쳐 위험에 처할 때면 팔크가 곡도를 휘두르며 에이브의 뒤를 지켰다.

하지만 그들의 용맹스러운 활약도 싸움을 우세로 이끌지는 못했다.

도끼의 일격을 방패로 막아낸 용병이 외마디 소리를 질렀다. 방패가 박살나지는 않았지만 팔이 부러진 듯했다. 그의 왼손은 힘없이 축 늘어져 더는 움직이지 않았다.

"젠장, 콘라트!"

남자는 저지작센어로 도움을 요청했다. 누가 적이고 아군인지 구별조차 할 수 없는 혼란 속에서도 콘라트는 자신을 부르는 소리를 놓치지 않은 모양이다. 뒤돌아 달려갔지만 너무 멀어서 늦을 것 같다. 데인인이 마지막 일격을 가하려 도끼를 쳐들었다.

"형님, 저깁니다!"

하지만 그전에 힘의 목소리가 울려퍼지며 곧바로 화살이 데인인의 등을 꿰뚫었다. 이텔의 화살이다. 데인인은 순간 움직임을 멈췄다가 금세 다시 도끼를 휘둘렀지만, 그 틈을 타 콘라트가 검을 휘둘렀다. 수평으로 휘두른 검은 데인인의 팔꿈치에 명중했고 오른팔이 떨어졌다.

그런데도 적은 쓰러지지 않았다. 화살이 박히고 팔이 떨어져도 뿜어져나오는 건 피가 아니라 붉은 먼지다. 저주받은 데인인은 떨어뜨린 은화를 줍듯 제 팔을 주웠다. 그리고 잘려나간 자리에 붙이자 순식간에 팔이 원래대로 돌아왔다. ……전설로 듣기는 했지만 눈앞에서 직접 목격하니 섬뜩한 공포가 온몸을 휘감았다.

"젠장, 괴물 같은 놈들!"

콘라트가 욕설을 내뱉었다.

팔이 부러진 용병은 고통스레 신음했다. 더이상 검을 들 수 없는 상태다. 역시 이것은 인간 대 인간이 아닌 자들의 싸움이다.

과연 우리에게 승산이 있을까?

"이대로는 위험한데요."

내 옆에서 전장을 지켜보던 니콜라가 중얼거렸다.

"그래. 애덤이 오지 않으면 오래 버티지 못할 거야."

"네? 아, 그것도 그런데."

나는 그의 시선이 향하는 곳을 보았다. 그는 팔크를 보고 있었다.

"스승님 얘기예요. 스승님은 오늘 아침에 죽을 고비를 넘겼습니다. 그 이상한 약이 얼마나 효과가 있는지 모르겠지만 저렇게 싸우다간……"

니콜라가 말을 멈추더니 느닷없이 손을 움직였다. 품안에 손을 넣었다가 눈 깜짝할 새에 무언가를 던진다.

팔크의 등뒤로 접근하던 데인인의 뒤통수에 돌이 명중했다. 데인인은 꿈쩍도 하지 않았지만, 소리를 들은 팔크는 몸을 틀어 곡도로 그의 머리를 날렸다.

"……어디까지 얘기했죠?"

"아니, 무슨 말인지 알았어."

그랬다. 팔크는 독을 먹고 죽기 직전까지 갔다. 지금은 약의 힘으로 움직이고 있지만, 동방의 비약이 진정 그를 완전히 치유한 것일까?

"이텔!"

팔크가 날카롭게 외쳤다. 사이먼의 가게 지붕에 있는 이텔에게 보낸 경고였다.

이텔은 활을 쏘는 데 집중했고, 힘은 이텔에게 화살을 건네며 다음 표적을 가리키고 있었다. 그 때문에 두 사람 다 발밑에 주의를 기울이지 못했는지, 데인인이 사다리를 타고 올라가는데도 알아채지 못한 모양이다. 팔크의 목소리를 듣고 퍼뜩 고개를 돌렸지만, 데인인은 이미 지붕에 올라온 뒤였다.

옥상에 올라온 데인인이 도끼를 휘둘렀다. 이텔은 몸을 숙여 도끼를 피하더니, 왼손에 든 활을 던져버렸다. 그리고 그 손으로 허리춤에 찬 단검을 빼어들고 데인인과 대치했다. 이텔은 소리치며 달려들었지만 데인인은 단번에 그의 검을 쳐냈다. 이텔은 버티지 못하고 쨍그랑 소리와 함께 허공으로 튕겨나가 나동그라졌다. 이제 끝인가 생각한 찰나, 힘이 튀어나왔다. 그는 온몸으로 데인인에게 달려들었다. 발밑이 불안정한 지붕 위였기에 그 데인인조차 공격을 막아내지 못했다. 그들은 한데 뒤엉켜 지붕에서 떨어졌다.

알 수 없는 말로 이텔이 뭐라고 외쳤다. 아마 웨일스어겠지. 광장 바닥에 떨어진 두 사람은 금세 일어났다. 데인인이 밑에 깔린 덕에 힘은 별다른 부상을 입지 않은 모양이다. 데인인은 아무 일도 없었다는 듯 도끼를 다시 쥐었지만 그 모습은 더이상 놀랍지 않았다. 검을 뽑았을 때 내던진 이텔의 활은 바닥에 떨어져 있다. 그 역시 지붕에서 뛰어내리는 수밖에 없었다.

하지만 형제들 걱정을 하고 있을 때가 아니었다.

혼잡한 전장을 헤치고 데인인 전사 둘이 우리를 향해 달려온 것이다. 하나는 검을 쥐었고, 나머지 하나는 곤봉을 들었다. 니콜라가 낮게 욕설을 내뱉었다.

"젠장, 놈들이!"

그는 품안에 손을 넣었다가 데인인에게 돌팔매질을 했다. 날아간 돌은 데인인의 코에 정확하게 명중했지만, 그자는 끄떡도 하지 않았다.

니콜라는 뒤돌아보지도 않고 말했다.

"아미나 님, 도망치세요. 제 힘으로는 한 명밖에 못 막습니다."

"하지만……"

"아미나 님을 이런 데서 죽게 할 수는 없습니다. 어서!"

나는 조금씩 뒷걸음질쳤다. 허리에 찬 단검은 금과 은, 보석으로 장식된 장신구나 다름없는 물건이라 실제 싸움에서는 별 쓸모가 없다. 그래도 없는 것보다는 낫겠지. 나는 살며시 손을 뻗었다. 힐끗 뒤를 돌아보자 직공 거리가 아득하게 보였다. 그리 긴 길은 아니었지만, 지금부터 달려 도망친대도 데인인을 따돌릴 수 있을 것 같지는 않다.

니콜라는 날아오르듯 달려가 땅을 향해 낮게 단검을 휘둘렀다. 단검이 보호대가 없는 데인인의 발목을 베었다. 자세를 낮춘 니콜라의 머리 위로, 날카로운 소리를 내며 검이 날아왔다. 니콜라가 빠져나가려는 듯 몸을 움직였다.

하지만 동시에 둘을 상대하는 건 무리였다. 다른 데인인이 곤봉을 들고 니콜라를 막아섰다. 그는 아래에서 위로 올려치듯 곤봉을 휘둘렀고, 니콜라는 피해보려고 다시 몸을 비틀었다.

다음 순간, 마구간지기가 던진 건초 다발처럼 니콜라의 몸이 허공에 떠올랐다. 제 키만큼이나 날아올랐다가 광장에 놓인 가판대 위로 떨어진다. 나무가 부서지는 소리, 사방으로 튀는 나뭇조각. 누가 찬 손으로 심장을 움켜쥔 듯 온몸에 전율이 흘렀다.

"니콜라!"

하지만 그의 안위를 확인할 겨를도 없었다. 데인인 둘 중 하나는 니콜라에게 달려갔지만, 나머지 하나가 나를 향해 달려왔다. 빠르다. 피로 물든 곤봉이 보였다.

나는 눈을 크게 뜬 채 기도했다.

애덤이 원군을 이끌고 나타나기를.

신의 가호를.

기도는 생각지도 못한 형태로 이루어졌다.

데인인의 곤봉을 막아낸 건 창을 든 건장한 사내였다. 창대로 곤봉을 막아낸 그는 상대의 옆구리를 걷어차더니 거리가 벌어진 순간을 놓치지 않고 푹 찔렀다. 창에 등을 꿰뚫린 데인인이 바닥에 쓰러지자, 남자는 창을 뽑아서 목을 찔렀다.

데인인은 움직이지 않았다. 그리고 창을 든 남자가 뒤를 돌아보았다.

"아미나, 여기 이렇게 있으면 위험하잖아. 뒤로 더 물러나 있어."

창백한 얼굴, 핏기 없는 입술. 하지만 용맹하게 웃고 있다.

작은 솔론의 서쪽 탑에서 사라진 포로. 저주받은 데인인. 토르스텐 타르퀼레손.

그를 영원히 다시 볼 수 없으리라 생각했다. 밀폐된 공간에서 사라진 그는 혹시 먼지가 되어버린 게 아닐까. 그런 생각까지 했다.

만일 그게 아니라 뭔가 특별한 방법을 써서 그곳에서 빠져나갔다 해도, 결국 데인인 편에 서서 우리의 적이 될 것이라 각오했었다.

하지만 그는 돌아왔다. 그리고 나를 지켜주었다!

30. 도끼의 궤도

찌르는 힘을 버티지 못했는지, 토르스텐의 창은 반으로 부러져버렸다. 허리에 두른 가죽벨트에 단검을 차고 있었지만, 적들을 상대하기에는 힘겨워 보였다. 그는 방금 쓰러뜨린 적의 손에서 곤봉을 빼앗아 시험해보듯 가볍게 휘둘렀다.

묻고 싶은 게 산더미 같았다. 왜 도망쳤는지, 왜 돌아왔는지. 그리고 왜 애타게 기다리던 동료를 제 손으로 죽이고 나를 구했는지.

쉽게 입을 떼지 못하는데, 느닷없이 묵직한 울림이 전장을 가득 채웠다. 뿔피리 소리다. 드디어 애덤이 도착한 줄 알았으나, 자세히 들어보니 솔론의 병사들이 쓰는 뿔피리와는 소리가 달랐다. 훨씬 낮고 구슬프게 메아리치는 소리다.

그 뿔피리 소리를 듣자마자 데인인들이 움직임을 멈췄다. 용병과 검을 부딪치던 데인인조차 소리가 들려온 방향으로 무방비하게 고개를 돌렸다. 그리고 휙 등을 돌리더니 저마다 짐수렛길로 향했다. 그 길 끝에는 항구밖에 없다.

그들은 온 길을 되돌아가고 있다.

퇴각하는 것이다.

무슨 영문인지 알 수가 없었다. 그러나 콘라트는 서슴없이 명령했다.

"적들이 도망친다. 우리의 승리다. ……뒤쫓아 끝장을 내버려!"

그 말은 놀라운 효과를 발휘했다. 방금 전까지 저주받은 데인인의 완력을 당해내지 못하고 제 한 몸을 지키는 게 고작이던 용병들이 함성을 지르며 적에게 달려들었다. 실제로는 아직 승리했다 말할 수 없는 상황이었으나, 이겼다는 그 한마디가 용병들의 저력을 끌어냈다. 목숨이 위태로워 보이는 부상을 입은 자조차 무기를 치켜들고 고함을 질렀다.

광장 안쪽까지 들어왔던 데인인 둘이 동료들과 떨어져 고립되었다. 용병들의 무기가 눈 깜짝할 새에 그 둘을 꿰뚫었다. 움직임이 멈추자 목을 쳐 떨어뜨렸다.

"전진하라!"

콘라트가 선두에 서서 짐수렛길로 후퇴하는 데인인들을 쫓았다. 그에 질세라 에이브도 병사들에게 명령했다.

"추격한다. 용병들에게 뒤처지지 마. 나를 따르라!"

팔크는 곧바로 움직이지 않았다. 그는 신중하게 주변을 둘러보다가 광장 구석에서 종사의 모습을 발견하고 외쳤다.

"니콜라! 다친 데 없느냐!"

니콜라는 진흙투성이가 되기는 했지만 두 다리로 서 있었다. 조금 휘청거렸으나 이내 잰걸음으로 달려왔다.

"괜찮니?"

그렇게나 심하게 튕겨나갔는데 살아 있다니, 기적이란 생각밖에 들지 않았다. 니콜라는 살짝 얼굴을 찌푸리며 여느 때처럼 퉁명스러운 목소리로 말했다.

"이번에는 꼼짝없이 죽는 줄 알았습니다. 아미나 님도 무사하셔서 다행입니다."

"무사했구나…… 난 네가 죽은 줄만 알았어."

그는 나를 향해 손바닥을 내밀었다. 부러진 단검 자루가 보였다.

"이걸로 막았습니다. 우연이었지만요. 비싼 단검이었는데 아깝게 됐네요."

"그런 소리가 어디 있어! 네 목숨이 더 중요하지!"

내 목소리가 아닌 줄 알았다. 터져나온 그 외침은 거의 비명에 가까웠다. 니콜라의 눈빛에 당혹스러운 빛이 어렸다.

"따지자면 걱정하는 건 제 일인데요. 소임을 다하지 못해 죄송합니다."

"그런 말……"

하지만 그는 내 말을 끝까지 듣지 않고 팔크에게 말했다.

"전 괜찮습니다. 스승님이야말로 너무 무리하시는 거 아닙니까?"

팔크는 진흙투성이 종사를 머리끝에서 발끝까지 훑어보더니 다친 곳이 없는 걸 확인하고 고개를 끄덕였다. 그리고 저주받은 데인인들이 후퇴한 짐수렛길을 바라보며 중얼거렸다.

"왜 후퇴했지? 함정인가?"

"아뇨. 족장이 위험에 처했기 때문입니다."

대답한 사람은 토르스텐이었다.

뒤돌아선 팔크는 핏기 없는 입술의 저주받은 데인인을 보더니 놀란 듯 눈을 부릅뜨며 검을 들었다. 하지만 토르스텐은 웃으며 곤봉을 든 손을 내려 적의가 없다는 뜻을 보였다.

"항구에서 청동거인이 싸우고 있습니다. 그래서 병사들을 도로 불러들였겠죠."

팔크도 천천히 검을 내렸다. 그 짧은 순간에 상황을 모두 파악한 듯했다.

"자네가 도망친 포로, 토르스텐 타르퀼레손인가?"

"맞습니다."

두 사람은 잠시 서로의 얼굴을 가만히 바라보았다. 팔크의 얼굴은 먼지로 더러웠고, 옷에 묻은 피는 아마 용병이 흘린 것이리라. 토르스텐의 얼굴은 여느 때처럼 창백해서 생기가 느껴지지 않았지만, 입가에는 부드러운 미소가 번져 있다.

이내 팔크는 망토를 펄럭이며 몸을 돌렸다.

"상황은 알았네. 그럼 우리에게 더할 나위 없는 기회로군."

내달리려는 팔크를 향해 니콜라가 소리쳤다. 느낌 탓인지 모르겠지만 울려퍼지는 그 목소리는 비통했다.

"스승님!"

"왜 그러느냐. 질문은 나중에 해라."

"무슨 말씀입니까. 스승님을 말리려는 겁니다. 이만하면 됐어요. 이미 충분히 싸우셨다고요."

니콜라는 나를 가리키며 말을 이었다.

"보시다시피 아미나 님도 무사하십니다. 저 혼자만의 힘으로 지켜낸 건 아니지만, 더 싸운다고 스승님에게 좋을 건 없잖아요. 확실히 말해두지만, 스승님은 지금 산송장이나 다름없어요. 검이 얼마나 무뎌졌는지 알고는 계신 겁니까?"

팔크를 살리고 싶은 것이다. 독에 당해 약해진 팔크를 다시 전장으로 보내고 싶지 않은 마음.

하지만 팔크는 그런 니콜라를 힐끗 쳐다볼 뿐이었다.

"니콜라, 나는 너에게 성 암브로시우스 병원형제단의 일원으로서 기술과 마음가짐을 가르쳤지."

"네."

"하지만 기사로서의 마음가짐은 가르치지 않았구나. 기억해두거라. 기사는 한번 시작한 싸움을 도중에 끝내지 않는다. 이걸 써라."

팔크는 벨트에 찬 단검을 뽑아 니콜라에게 던졌다. 니콜라가 그것을 받기도 전에 팔크는 발길을 돌려 항구를 향해 달려갔다.

스승이 건넨 단검을 받아들고 그 뒤를 따르려던 니콜라가 불현듯 걸음을 멈췄다. 그는 뒤돌아 나를 보았다.

그가 망설이는 이유는 하나뿐이다.

"내가 함께 가면 넌 또 위험에 처할지 몰라. 하지만 미안해. 나도 내 본분을 도중에 내던질 수는 없어."

나는 병사들에게 싸움을 명령한 책임을 져야 한다. 새 영주는 아직 오지 않았으므로.

고개를 돌려 프랑스어를 모르는 토르스텐에게도 내 뜻을 전했다.

"토르스텐, 당신은 누구와 싸우러 왔어?"

그의 마음은 벌써 전장에 있는 것 같았다. 토르스텐은 항구 쪽을 바라보며 대답했다.

"내 주군의 적과. 그리고 할 수 있다면 너도 지키고 싶어."

"니콜라가 날 지켜줄 거야. 당신은 당신의 싸움을 끝내."

전장은 이미 다른 곳으로 옮겨졌다.

곳곳에 널브러진 시신과 부상자들을 뒤로하고 우리는 항구를 향해 달렸다.

집수렛길에는 추격당한 데인인들의 목 없는 시체가 나뒹굴고 있었다.

그리고 길 끝에서 이미 시작된 전투는 지금까지와는 판이하게 달랐다. 콘라트와 용병들. 에이브와 병사들. 그들의 전의는 꺾이지 않았다. 하지만 그들은 더이상 싸움의 주역이 아니었다.

잔교에 정박한 세 척의 적선. 그중에서도 제일 커다란 용선 앞에서 움직이는 청동거인의 모습이 보였다. 어두운 군용창고에서 보았을 때는 그저 금속덩어리로만 보였고, 사람을 본뜬 데 대한 두려움만 느껴졌다. 하지만 지금 그 금속덩어리에는 생명이 깃들어 있다.

청동으로 만들어진 거인은 흡사 뼈와 살을 지닌 것처럼 유연하게 움직였다. 쿵쿵 땅을 울리며 민첩하게 팔을 움직여 저주받은 데인인들을 후려갈긴다. 괴력을 자랑하던 데인인들도 거인의 청동주먹을 당해내지 못하고 거짓말처럼 멀리 나가떨어졌다.

데인인들은 아무리 거세게 맞아도 다시 느릿느릿 일어났다. 하지만 공격이 전혀 통하지 않는 건 아니었다. 개중에는 부러진 뼈가 살갗을 뚫고 나오거나, 한 팔이 떨어져나간 자들도 있다. 고통은 느끼지 못하더라도 몸이 망가진 만큼 움직임은 둔해진다. 상처가 낫는다 해도 얼마쯤 시간은 걸리기 마련이라, 병사들이 그 틈을 놓치지 않고 달려들었다. 데인인이 저만치 나가떨어지면 멀찍이서 청동거인을 에워싸고 있던 용병들과 병사들이 달려와 일어나기 전에 칼로 목을 내리쳤다.

저주받은 데인인들은 청동거인에게 달려들어 무기를 휘둘렀다. 하지만 인간의 몸을 두 동강 내는 그들의 일격도 거인에게는 통하지 않았다. 그리스인의 모습을 본뜬 얼굴에서는 고통이나 아픔을 찾아볼 수 없었다. 거인은 묵묵히 팔을 휘둘러 적을 공격할 뿐이다.

"……저게 뭐야."

니콜라는 입을 떡 벌리고 중얼거렸다. 아마 내 표정도 다르지 않으리라.

이건 우리가 아는 전쟁이 아니다. 완전히 다른 무언가다.

그때, 새로운 함성이 짐수렛길에 울려퍼졌다. 드디어 애덤이 달려온 것일까. 기뻐하며 돌아본 내 눈에 비친 건 기사들의 모습이 아니었다. 소박한 창과 작은 활, 곤봉, 그리고 횃불을 든 무리. 이삼십 명쯤인데 갑옷을 걸친 이는 아무도 없다. 초로의 남자가 선두에서 사람들을 이끌고 있다. 재봉사인 마틴 보네스 시장이다. 그는 나를 보자마자 큰 소리로 외쳤다.

"늦었습니다! 특허장에 명시된 의무에 따라 서약공동체의 민병 스물여섯 명 참전했습니다!"

나는 주먹을 꼭 쥐었다. 이제 수적으로도 유리해졌다.

"와줘서 고마워요. 적은 강력합니다. 절대 방심하지 말고 하나씩 에워싸 공격하세요!"

"알겠습니다. 전진하라!"

청동거인과 저주받은 데인인은 역전의 용사조차 두려움에 떨게 하는 이질적인 존재다. 하지만 민병들은 항구에 나뒹구는 동포의 주검을 보고 공포보다도 분노가 더 차오른 모양이다. 보네스의 명령이 떨어지자마자 기다렸다는 듯 돌격한다. 물론 저주받은 데인인들은 목이 떨어져나가지 않는 한 몇 번이고 다시 일어나지만, 훈련받지 않은 민병들이 거기까지 해내는 건 무리다. 경비병들과 용병들을 돕는 것으로도 충분하다.

전투의 중핵을 담당하는 건 여전히 청동거인이다. 그렇지만 거인이 한 번에 상대할 수 있는 건 최대 다섯 명 정도다. 거인을 둘러싸고 저주받은 데인인과 인간의 싸움도 계속되고 있었다. 청동거인이라는 강력한 아군과 이미 한 번 적을 물러나게 만들었다는 자신감, 그리고 원군의 출현이 힘을 불어넣었는지 병사들에게서는 지친 기색을 찾아볼 수 없었다. 에이브도 콘라트도, 그리고 팔크도 제각기 검을 번뜩이며 싸움을 이어갔다. 날붙이가 부딪치는 소리와 고함소리가 쉼없이 울려퍼졌다.

나와 니콜라는 짐수렛길 끝에 서서 전황을 지켜보고 있었다. 토르스텐 역시 가세하지 않고 그 자리에 서 있었다. 눈이 마주치자 그는 살며시 웃으며 말했다.

"지금 뛰어들면 솔론의 병사들과 싸우게 될지도 모르니까."

아닌 게 아니라 토르스텐의 외양은 저주받은 데인인의 모습이다. 전장에 뛰어들면 필시 누군가는 달려들 것이다.

"조금 있으면 족장이 나올 거야. 그때는 반드시 싸워야지."

그렇게 말하며 그는 어디서 주워 왔는지 도끼를 꼭 쥐었다.

"아미나 님, 저걸 보세요."

니콜라가 말을 걸었다. 그가 가리키는 방향을 돌아보니 이 역전극의 최대 공헌자인 스와이드 나지르가 다가오는 모습이 보였다. 비로 앞에서 용병과 데인인이 검을 겨루고 있는데도 전혀 서두르는 기색이 없다. 아까 만났을 때처럼 두건을 깊숙이 눌러써서 어디를 바라보고 있는지 알 수 없었다.

반쯤 기막혀하며 그에게 인사를 건넸다. 스와이드는 고개를 숙여 인사한 다음 말했다.

"영주가 아니라 당신이 왔군. 영주는 어디 있나?"

"여기 없어."

아직 오지 않았다는 말이 나오지 않아서, 나는 대충 얼버무렸다. 스와이드의 목소리에 당혹스러운 빛이 섞였다.

"없다고? 그러면 곤란한데. 영주에게 할말이 있다."

"대신 내가 들을 테니 말해봐."

그는 입을 다물었다. 내 말을 믿어도 되는지, 두건 아래의 두 눈으로 나를 관찰하는 것일까?

하지만 전장에서 시간은 귀중하다. 스와이드는 곧 하는 수 없다는 듯 한숨을 쉬었다.

"그럼 말하지. 보다시피 나는 용병으로 내 몫을 다했다."

"인정해."

"하지만 전 영주는 나에게 보수를 약속하지 않았다. 그러니 지금 새 영주의 약속을 받아야겠다."

나는 고개를 끄덕였다. 애덤은 마뜩잖게 여길지도 모르지만 솔론은 스와이드에게 보수를 지급해야 한다. 눈앞에서 벌어지는 광경이 그것을 증명하고 있었다.

"그렇네. 아버지가 내건 조건으로 지불하도록 애덤에게 전하겠어."

스와이드는 고개를 저었다.

"아니, 그것으로는 부족하다."

"그럼 싸움이 끝난 뒤에 당신의 활약에 합당한 금화를 내리도록 하지."

그는 그 조건에도 수긍하지 않았다. 나는 이맛살을 찌푸렸다.

"당신이 원하는 게 뭐지?"

"말한 대로 내가 원하는 건 오직 보수다. 마술에는 비용이 든다. 그저 전장에 때맞춰 오지도 않는 남자의 약속 따위 믿을 수 없을 뿐이다. 영주의 딸이여, 우리는 여자를 전장에 세우지 않는다. 기독교도들의 머릿속에 무엇이 들었는지 도무지 알 수 없구나.

하지만 이곳에 당신밖에 없으니 지휘관은 당신이다. 보수를 지불하는 건 새 영주라 해도, 당신에게 계약의 증표를 받아야겠다."

"그렇지만 지금은 아무것도 가진 게 없는데. 당신의 활약에 걸맞은 물건은……"

"무엇이든 좋다."

스와이드의 말에도 일리가 있다. 콘라트가 부하들에게 참전을 명령하기 위해 내 말을 필요로 한 것처럼 스와이드도 착수금을 요구하는 것이다.

실전에서는 쓸모가 없지만 보석으로 장식된 단검을 가지고 있다. 나는 허리춤에서 단검을 풀어 그에게 건넸다.

"그럼 이 단검을."

그러나 스와이드는 얼굴을 찌푸렸다.

"아까도 말하지 않았나, 그 검은 안 된다. 한 번도 기름칠을 하지 않았다면 모르지만. 은화 한 닢이라도 좋다. 그것도 없는가?"

"……아아, 그 정도는 있어."

나는 주머니에 넣어둔 은화를 모두 꺼내 내밀었다. 이번에는 스와이드가 군말없이 그것을 받아들었다.

그는 눈앞에 펼쳐진 전장을 두건 아래로 바라보았다.

"탈로스는 당분간은 싸울 테지만, 영원히 움직이지는 못한다. 저것이 멈추기 전에 승부를 내야 한다. 나는 지쳤다. 조금 쉬어야겠어."

말을 마친 그는 발을 돌려 떠났다.

전황에 변화가 일어난 건 스와이드가 떠난 직후였다.

보네스 시장이 이끄는 민병 중 한 무리가 적들을 헤치고 잔교에 접근했다. 저주받은 데인인들이 타고 온 세 척의 배 가운데 두 척은 롱십이라 불리는, 갑판이 없는 긴 배다. 민병들은 저마다 횃불을 들고 있다.

"불태워버려라!"

보네스의 명령이 떨어지자 그들은 일제히 배를 향해 횃불을 던졌다.

순식간에 치솟은 불길이 찢어진 돛에 옮겨붙었다. 하얀 연기가 사납게 피어오르더니 데인인들의 배가 불길에 휩싸였다.

"꼴좋다!"

"한 놈도 살려 보내지 마라!"

불길을 본 민병들의 사기가 고양됐다.

배는 저주받은 데인인들과 함께 바다 밑에서 잠들어 있었을까. 아니면 텅 빈 채로 북해를 떠돌았을까. 어쨌든 오랜 세월을 거치며 조금씩 썩어들어간 배는 거침없는 불길을 견디지 못했다. 삐거덕거리는 소리가 들리더니, 배가 돛대 양쪽으로 쪼개져 둘로 갈라졌다. 솟아오른 이물과 고물이 불타오르며 바닷속으로 가라앉았다. 그 광경은 내 눈동자에 또렷하게 각인되었다.

교전중이던 병사들은 알아채지 못했을지도 모른다. 불타오르는 배를 보고 격앙된 민병들도 마찬가지다. 제일 먼저 그것을 발견한 건 조금 떨어진 곳에서 전황을 지켜보던 우리였다.

세 척 중 용선이라 불리는 대형선은 한 척뿐이다.

그 갑판에 새로운 데인인이 나타났다. 머리에 잿빛 관을 쓰고 허리에는 뿔피리를 찼다. 필시 저자가 뿔피리를 불어 광장에서 데인인들을 불러들인 장본인이리라.

그 모습을 발견한 토르스텐이 중얼거렸다.

"찾았다…… 역시 저기로군."

그런 다음 고개를 돌려 내게 말했다.

"그럼 아미나, 나는 나의 싸움을 시작할게. 잘 있어."

그 말에는 범상치 않은 결의가 담겨 있었다. 나는 저도 모르게 외쳤다.

"토르스텐, 꼭 살아서 돌아와."

그는 서쪽 탑의 감옥에 있을 때 가끔 보여주던 난처한 듯한 미소를 지으며 대답했다.

"잊었어? 난 이미 죽은 몸이야."

말을 마친 토르스텐은 도끼를 들고 청동거인과 저주받은 데인인, 용병, 병사 들이 뒤섞인 잔교로 돌진했다.

그는 처음부터 저 남자를 노렸던 것이다. 저자가 바로 저주받은 데인인들의 족장이리라. 족장의 목을 치면 이 싸움은 끝나는 것일까. 하지만 그 답을 아는 토르스텐은 이미 전장 속으로 사라졌다. 맞부딪치는 검과 도끼, 창을 뚫고 그는 잔교를 향해 달렸다.

하지만 족장이 나타나기를 기다렸던 이는 비단 토르스텐만이 아니었다.

멀리서 검은 그림자가 달려왔다. 투구 아래로 출렁이는 기다란 금발. 얼굴도 보였다. 까만 검댕을 눈 밑에 발랐고 입술도 검다. 지금까지는 얼룩인 줄 알았는데, 전장에 뛰어든 모습을 본 순간 그것이 전사의 화장임을 깨달았다.

지금까지 전장에 모습을 드러내지 않은 유일한 용병. 하르엠마가 자기 도끼를 어깨에 걸친 채 달려가고 있었다.

토르스텐과 마찬가지로 엠마 역시 용선에 탄 데인인들의 족장을 노렸다. 주변에는 눈길조차 주지 않고 잔교를 향해 돌진했다. 갑옷을 입은데다 거대한 무기까지 들었는데도 번개처럼 빠르다. 다가오는 엠마를 발견한 데인인들이 검을 휘둘렀지만, 눈 깜짝할 사이에 그 옆으로 빠져나간다. 달리던 그녀는 적이 자기 앞을 막아서자 비로소 도끼를 휘둘렀다.

"으엑."

니콜라가 이상한 소리를 냈다. 무리는 아니다. 엠마가 휘두른 도끼를 맞은 데인인이 저만치 나가떨어진 것이다.

바닥에 쓰러진 데인인의 가슴에는 가로로 깊게 상처가 나 있었다. 만일 엠마가 걸음을 멈추고 힘주어 도끼를 휘둘렀다면 몸이 두 동강 났으리라.

방금 공격으로 엠마의 속도가 떨어지자, 한 데인인이 정면에서 달려들어 검을 내리쳤다. 엠마는 도끼로 검을 막아냈다. 둔탁한 소리가 내 귀에까지 들렸다. 하지만 그녀는 힘을 겨룰 생각은 없는 듯했다. 살며시 한쪽 다리를 뒤로 빼며 몸을 틀자 데인인은 균형을 잃고 고꾸라졌다. 그 뒤통수를 팔꿈치로 찍어 바닥에 처박은 뒤, 그녀는 다시 달렸다.

토르스텐 역시 전장을 헤치고 나아갔다. 하지만 그가 우려하던 대로 솔론의 병사들과 용병들이 그에게 무기를 들이댔다. 저주받은 데인인들 또한 그가 아군이 아니라는 걸 아는지 그에게 달려들었다. 토르스텐은 방어하기 위해 걸음을 멈출 수밖에 없었고, 목적지인 잔교까지 거리를 좀처럼 좁히지 못했다.

엠마는 시위를 떠난 화살처럼 달렸다. 데인인들이 달려들면 검을 휘두르기도 하고 슬쩍 피하기도 하면서 계속 달렸다. 어느샌가 청동거인 옆을 빠져나와 마침내 잔교에 도달했다.

용선에 탄 족장 옆에는 호위병이 둘 있었다. 그들은 엠마를 발견하자 잔교로 내려와 막아낼 태세를 취했다. 좁은 잔교에서 전사 둘을 상대하려면 지금까지처럼 전진할 수는 없을 것 같았다.

그런데 그 순간 둘 중 하나가 바다에 빠졌다. 너무나 급작스러워서 발이 미끄러진 줄 알았지만, 물론 그건 아니었다. 뒤돌아보자 이텔 압 소마스가 서 있었다. 이곳에서 잔교까지 100야드 남짓. 놀랍게도 그는 이 먼 거리에서 적을 쏘아 맞춘 것이다.

족장의 위기를 알아챘는지 몇몇 데인인이 몸을 돌렸다. 하지만 토르스텐이 때맞춰 도착했다. 그는 잔교 끄트머리에 멈춰 버티고 서서 배로 돌아가려는 데인인들을 저지했다. 그 모습은 마치 엠마를 위한 무대를 준비하는 것처럼 보였다.

잔교 위에는 엠마와 데인인 호위병 한 명만 남았다. 둘의 싸움은 눈 깜짝할 새에 끝났다. 엠마는 멈추지 않고 적을 향해 온몸으로 돌진했다. 호위병은 그런 엠마를 막지 못했다. 무기로 겨뤘다면 어땠을지 모르지만, 아무튼 엠마의 돌격에 데인인은 순식간에 바다로 떨어졌다.

그녀가 드디어 용선 위에 뛰어올랐다. 족장도 허리에 찬 장검을 천천히 빼들었다. 데인인들이 즐겨 쓰는 널찍한 검이 아니라 어디서 약탈했는지 우아한 검이었다.

두 쪽으로 갈라진 배에서 타오르는 불꽃을 배경으로, 두 전사가 이제는 전설로만 전해내려오는 용선 위에서 서로 마주했다.

이 끔찍한 싸움이 일대일 승부라는 형태로 끝맺음하게 될 줄 누가 알았을까?

잠시 서로를 노려보던 마자르인 전사와 저주받은 데인인 족장은 서로 이름을 대지도 않고, 불쑥 무기를 들더니 힘껏 휘둘렀다. 도끼와 장검이 부딪치며 생긴 불꽃이 싸움의 시작을 알렸다.

한 합, 두 합. 사정없이 공격하는 엠마의 도끼를 족장의 검이 튕겨낸다. 흔들리는 배 위에서 싸우기가 쉽지 않을 텐데, 그들은 마치 평지에서 싸우듯 공격을 이어나갔다.

작전실에서 에이브는 엠마에게 속수무책으로 당했다고 말했다. 누가 그 이야기를 듣고 웃었던 것도 기억이 난다. 그러나 에이브의 말은 거짓이 아니었다. 엠마의 맹공은 보기만 해도 오한이 들 정도였다. 무시무시한 괴력을 자랑하는 데인인 상대로도 공격할 틈을 내주지 않는다.

"저거 괜찮으려나."

함께 지켜보던 니콜라가 중얼거렸다.

"왜? 엠마가 우세해 보이는데."

"저 도끼는 너무 커요. 일대일 승부에는 적합하지 않죠. 보세요, 너무 크게 휘두르다 빈틈이 생기지 않도록 팔꿈치를 옆구리에 붙였잖아요."

그런 건가. 나는 잘 모르겠는데.

"저런 불편한 자세로 싸우다가는……"

그 말이 채 끝나기도 전이었다. 비스듬히 휘두른 도끼가 제자리로 돌아오기 전에 족장이 검을 찔러넣었다. 검은 갑옷을 입은 엠마의 왼쪽 어깨를 꿰뚫었다.

"아아!"

저도 모르게 비명이 터져나왔다.

엠마는 펄쩍 뛰어 뒤로 물러나 다음 일격을 피했다. 왼손에는 아직 도끼가 들려 있다. 하지만 제대로 힘이 들어가기는 할까. 왼손을 쓸 수 없다면 오른손만으로 싸워야 하는데. 나는 이텔을 돌아보았다.

"이텔, 당신 실력이라면 맞출 수 있잖아!"

이텔의 눈썹이 꿈틀거렸다.

"……멈춰 있으면 몰라도 저래서는 위험합니다. 저 여자한테 맞아도 상관없다면 해보겠습니다만."

엠마에게 맞을지도 모른다. 하지만 그 길밖에는 승산이 없을 듯했다.

그렇게 생각했다.

그러나 엠마는 어처구니없는 방법을 썼다. 오른손만으로 도끼 끝이 갑판에 닿을 만큼 몸을 젖힌 것이다.

그리고 우렁찬 기합과 함께 도끼를 내리쳤다.

비좁은 선상에서 좌우로 도망칠 곳은 없다. 족장은 뒤로 물러서지도 않았다. 대신 검을 들었다. 장님이 아닌 이상 수직으로 내리치는 도끼의 궤도는 누구나 예측할 수 있다. 족장은 어렵지 않게 도끼를 받아쳤다.

날붙이가 맞부딪치는 날카로운 쇳소리가 들렸다.

믿을 수 없는 광경이 눈앞에 펼쳐졌다. 쇠가 쇠를 갈랐다. 엠마의 도끼가 족장의 검을 두 동강 낸 것이다. 검을 부러뜨리고도 기세가 다하지 않은 도끼는 그대로 족장의 어깨를 가르고 허리로 빠져나왔다. 엠마의 도끼는 저주받은 데인인의 족장을 비스듬히 갈랐다. 바다 위를 지나는 바람을 타고 붉은 먼지가 흩날렸다.

전장에 있던 모든 이가 놀라 소리쳤다. 그때까지 줄곧 침묵을 지키던 데인인들조차 술렁댄 것 같았다. 병사들의 목소리는 이내 환성으로, 곧이어 승리의 외침으로 바뀌었다.

어느샌가 나도 목청껏 외치고 있었다.

이 승부는 엠마의 승리로 끝났다.

솔론이 승리한 것이다!

상대의 검과 몸을 두 동강 내고도 힘이 남아 있었을까. 엠마의 도끼는 힘차게 갑판에 박혔다. 도끼를 뽑아내려는 찰나 한 데인인 전사가 달려와 엠마에게 발길질을 했다. 방금 전까지의 투지 넘치는 모습은 온데간데없이 그녀는 힘없이 튕겨나가 바다에 떨어졌다. 물기둥이 채 사라지기도 전에 데인인 전사는 왼손으로 뿔피리를 들고 힘껏 불었다.

그 소리를 들은 저주받은 데인인들은 싸움을 멈췄다. 광장에서도 그랬듯, 눈앞의 적은 보이지도 않는다는 듯 썰물처럼 후퇴하기 시작한다. 잔교에 버티고 섰던 토르스텐은 그들을 저지하지 않았다. 옆으로 비키며 퇴로를 열어주었다.

데인인들은 쳐들어왔을 때처럼 눈 깜짝할 사이에 후퇴했다. 뿔피리 소리가 귓가에 아직 남아 있는 것 같은데 이미 그들은 두 척의 배에 차례차례 올라탔다. 한 척이 불타 가라앉았지만, 수차례에 걸친 에일윈 가문 세력과의 전투로 그 수가 줄었는지 배에 모두 탈 수 있었다.

그 순간 내 뒤에서 함성이 들렸다. 뒤를 돌아보자 견고한 투구를 쓰고 검게 반짝이는 갑옷에 붉은 쉬르코를 걸친 기사들이 짐수렛길을 따라 달려오는 모습이 보였다. 양옆에는 에일윈 가문의 문장이 수놓인 깃발을 든 병사가 있다. 선두에 선 기사가 외쳤다.

"적들이 도망친다. 놓치지 마라!"

투구를 쓰고 있어서 얼굴은 보이지 않았지만 아무래도 애덤 같다.

하지만 긍지 높은 솔론의 기사들이 항구에 도달했을 즈음에는 용선과 롱십 모두 잔교를 떠나 화살도 닿지 않을 만큼 멀어져 있었다.

31. 한줄기 피

싸움은 끝났다. 솔론은 무사히 고비를 넘겼다.

"흥, 겁쟁이 녀석들. 뒤도 안 돌아보고 도망치는군. 우리 승리다!"

영주 애덤의 선언으로 이 싸움은 '저주받은 데인인이 기사들의 용맹한 모습에 겁을 먹고 달아난' 형태로 끝을 맺게 되었다. 기사들은 승리의 함성을 내질렀고, 먼지와 피로 얼룩진 용병들과 병사들이 뒤따라 환호했다.

물론 완전히 틀린 말이다. 저주받은 데인인들은 그냥 도망친 게 아니라 후퇴한 것이다. 그리고 그 대가는 전사들의 피였다. 하지만 목숨을 걸고 싸운 에이브와 이텔, 그리고 콘라트는 아무 말도 하지 않았다.

싸움이 끝난 걸 확인하자 이텔은 내게 다가와 동생이 다쳤으니 가봐야겠다 얘기하고는 자리를 떴다.

스와이드의 청동거인은 더이상 움직이지 않았다. 처음부터 솔론의 항구에 있던 동상처럼 우두커니 그 자리에 서 있다. 주인인 스와이드는 어디 갔는지 보이지 않았다.

토르스텐은 기사들의 눈을 피해 짐수렛길 입구의 오두막에 몸을 숨겼다. 나는 그 모습을 말없이 지켜보았다.

콘라트는 용병들을 이끌고 애덤에게 자신들의 활약을 보고했다. 정도는 달랐지만, 용병들은 하나같이 부상을 입었다. 콘라트도 살짝 다리를 절고 있다.

에이브의 부상은 조금 더 심했다. 오른팔을 누르고 있었는데, 한 경비병이 급한 대로 부목을 대고 있었다.

애덤의 기사들 사이에 음유시인 이볼드 새뮤스의 얼굴도 보였는데, 무척 착잡한 표정을 짓고 있었다. 애덤을 바라보는 눈길에서는 원망조차 느껴졌다. 데인인과의 전투를 노래로 만들어야 하는 사명이 있는데도 늦게 도착하는 바람에 그 기회를 놓쳤으니 그럴 만도 하다.

한편, 엠마는 아직도 수면 위로 떠오르지 않았다.

저 마자르인은 싸움을 판가름 지은 일대일 승부의 대가로 바다에 가라앉은 것일까? 나는 승리의 고양감이 지배하는 항구를 가로질러 잔교를 향해 달렸다.

다리 중간에 멈춰서 바다를 들여다본다. 방금 전까지 끔찍한 싸움이 이 솔론을 지배했던 일이 거짓말인 것처럼, 지금 북해는 너무나도 고요했다. 잔교의 기둥에 파도가 부딪쳐 흩어졌다. 나는 뒤따라온 니콜라에게 물었다.

"저 부근에 떨어졌지?"

"그런 것 같습니다. 하지만 아미나 님……"

니콜라가 무슨 말을 하려는지 안다. 엠마는 갑옷을 입고 있었다. 직접 입어본 적은 없지만 아버지의 갑옷을 들어본 적은 있다. 굉장히 묵직했다. 그런 갑옷을 입은 채 바다에 빠졌으니 떠오를 리 없겠지. 하지만 그녀는 이 싸움의 영웅이다. 쉽게 포기할 수는 없었다.

"……안타깝지만."

니콜라가 말을 이은 순간이었다. 어두운 바닷속에서 허연 무언가가 움직였다.

손이다. 인간의 손. 손은 잔교의 기둥을 붙잡고 조금씩 수면 위로 올라왔다.

"살아 있어, 니콜라. 엠마가 살아 있어."

"네?"

"저길 봐!"

놀랍게도 엠마가 바닷속에서 기둥을 붙잡고 올라왔다. 자신을 다시 물속으로 잡아끌려고 하는 무게를 이겨내고 조금씩 올라오고 있다. 저도 모르게 그녀를 향해 손을 내밀려던 순간이었다.

누가 내 어깨를 붙잡았다.

"아미나 님, 제가 하겠습니다."

돌아보니 팔크가 서 있었다.

"스승님."

니콜라가 외쳤다.

"다친 데 없으세요? ……아, 피가!"

자세히 보니 오른손등을 따라 한줄기 피가 흘러내리고 있다. 팔크는 니콜라의 말을 듣고서야 알아챈 듯, 주먹을 쥐었다 다시 폈다.

"별거 아니다."

"……그런 것 같네요."

니콜라의 시선은 팔크의 옷소매에 머물러 있었다. 찢어진 소매 사이로 가느다란 상처가 보였다. 검이 스친 모양이다. 그렇게나 쉴새없이 싸웠는데도 저 정도 부상으로 그치다니. 운이 좋은 것일까, 아니면 기량이 뛰어난 것일까. 아마 둘 다이리라.

별로 아프지도 않은 모양이다. 팔크는 잔교에 무릎을 꿇고 바다를 향해 피가 흐르는 오른손을 내밀었다. 엠마는 벌써 표정을 알아볼 수 있을 만큼 올라왔다. 파도 사이로 올라온 팔을 팔크가 잡아당기자, 곧이어 엠마의 얼굴이 수면 위로 올라왔다. 어느샌가 니콜라가 뒤에서 팔크를 붙들고 있었다. 스승이 바다에 떨어질까 걱정한 모양이다.

하르 엠마는 잔교 위로 올라왔다. 투구는 벗겨지고 도끼도 온데간데없었지만 어쨌든 살아 있었다. 그녀는 딱히 힘든 내색을 하지 않았지만 놀랄 만큼 많은 바닷물을 토해냈다. 11월의 바다는 몸을 에는 듯 느껴질 만큼 시리다. 어서 불을 쬐어 몸을 녹이게 하지 않으면, 운좋게 살아남은 영웅이 얼어죽을지도 모른다.

하지만 물을 토해내는 그녀와 눈이 마주친 순간, 그런 걱정이 잠시 날아가며 온몸에 전율이 흘렀다. 그녀는 항상, 작전실에서 아버지를 만날 때조차 제대로 얼굴을 닦지 않았다. 하지만 지금은 달랐다. 얼룩과 검댕이 바닷물에 씻겨 내려간 지금, 그녀의 맨얼굴이 드러난 것이다. 투구에 가려 보이지 않던 금빛 머리채와 한 번도 제대로 본 적이 없는 푸른 눈동자. 뺨에서는 핏기를 찾아볼 수 없었지만, 그 얼굴에는 보는 이의 숨을 멎게 하는 기품이 어려 있었다. 검붉은 입술연지는 물에도 지워지지 않은 모양이지만, 지우고 대신 내 입술연지를 바르면 눈이 번쩍 뜨일 만큼 아름다우리라.

이것이 단신으로 저주받은 데인인 군단에 뛰어든 용맹한 전사의 맨얼굴이라니.

엠마는 곧바로 고개를 돌렸다. 잠시 넋을 잃었던 나도 정신을 차렸다. 나는 망토를 벗어 그녀의 어깨에 걸쳐주었다. 그녀는 눈을 동그랗게 뜨며 놀란 표정을 지었다. 엠마에게 할 말이 너무 많은데, 어떻게 전해야 할지 몰라 답답했다.

망설이는 사이, 옆에서 팔크가 말했다.

"훌륭한 싸움이었소. 동방에서 수많은 전사를 보아왔지만 그대만한 사람은 없었소. 그것도 여자의 몸으로."

나는 평범하게 말을 거는 팔크를 보고 놀랐다.

"팔크 경. 엠마는 잉글랜드어를 못 알아들어요."

그러나 팔크는 고개를 모로 저었다.

"아닙니다. 실력이 어느 정도인지는 모르지만 말은 통합니다."

"엠마와 이야기할 기회도 없었는데 어떻게 아나요?"

"아까 일을 떠올려보십시오. 웨일스의 이텔과 주둔소의 병사들에게 그 기묘한 눈이 데인인의 습격을 알리는 전조라고 경고한 이가 누구였는지."

아, 그랬구나.

엠마는 천천히 일어났다. 옷자락에서 물이 뚝뚝 떨어졌다.

그녀가 입을 열었다.

"잉글랜드 말, 조금 할 줄 압니다. 기사여, 그대도 용감했습니다."

조금이라도 말이 통하면 긴 말은 필요 없다. 나는 엠마의 손을 잡았다. 얼음처럼 차가웠지만 힘주어 꼭 잡았다.

"하르 엠마. 솔론은 위기를 넘겼습니다. 진심으로 감사의 뜻을 전합니다."

그녀는 의아한 표정으로 고개를 갸웃하더니 뒤이어 말했다.

"고마워요."

"네?"

"망토 고마워요."

그 말만 남기고 그녀는 걸음을 옮겼다. 잔교 건너에는 애덤을 중심으로 여전히 승리의 함성이 메아리치고 있다.

팔크가 그녀의 뒷모습을 향해 말을 걸었다.

"엠마. 미안하지만 꼭 물어야 할 것이 있소."

엠마가 뒤를 돌아보았다.

"묻고 싶은 건 두 가지요. 그대는 그저께 밤에 영주님이 계신 곳을 다른 사람에게 이야기했소?"

"아니요."

금세 대답이 돌아왔다. 쓸데없는 말은 일절 없이 간결했다.

"그럼 또하나. 그대는 그저께 밤에 어디 있었소?"

그 물음에 엠마는 잠시 아무 말도 없었다.

그날 밤, 그녀가 숙소에 없었다는 건 사이먼 도드가 증언했다. 그는 이미 죽었지만, 가게에 사이먼 혼자 있었을 리는 없으니 같은 대답을 해줄 사람도 많을 것이다.

대답하기 싫은 것일까. 아니면 대답할 때 쓸 말을 알지 못하는 것일까. 엠마는 이내 짤막하게 말했다.

"황야에."

"네? 뭐라고요?"

"황야. 마을 밖에."

솔론에는 사람의 손이 닿지 않은 토지가 아직 많다. 그녀가 말한 장소는 바로 그곳이리라. 솔론에서 제일가는 사이먼의 가게에 여장을 풀었으면서 어째서 그런 곳에서 밤을 보낸 것일까.

하지만 팔크는 고개를 끄덕이더니, 더는 캐묻지 않았다.

"알겠소. 붙잡아서 미안하오."

그 말을 들은 엠마는 다시 걸음을 옮겼다.

저편에 있는 사람들이 그녀를 환영해줬으면 좋겠다. 끔찍한 싸움에 종지부를 찍은 그녀의 활약을 다른 용병들이, 누구보다 애덤이 인정해줬으면 좋겠다.

하지만 나는 그건 어려운 일이라는 사실을 잘 알고 있었다. 엠마를 영웅이라 인정했다면 왜 아무도 바다에 빠진 그녀를 구하려 하지 않았겠는가. 엠마는 큰 공을 세웠다. 하지만 아마 인정받지 못하겠지.

그녀는 마자르인이니까.

한마디로 아무도 그녀에 대해 모르기 때문에.

32. 과연 맨손으로

항구에는 시체가 나뒹굴고 있다.

처음 습격에서 희생된 병사와 어부, 상인들의 시신. 마지막 싸움에서 목숨을 잃은 용병의 시신. 에이브가 지휘한 병사들 중에는 중상을 입은 사람이 많았지만 다행히도 사망자는 없었다. 보네스 시장이 데려온 민병들의 부상은 미미했다.

목이 날아간 저주받은 데인인의 시체도 보였다.

승전을 기뻐하는 기색 없이, 팔크는 한 구의 시체를 향해 다가갔다. 붉은 피가 돌바닥에 묻어 있었다.

"스승님?"

니콜라가 팔크를 불렀다.

그는 데인인의 시체를 살펴보고 있었다. 한창 전투가 벌어지는 와중에는 신경쓸 겨를이 없었지만, 한번 긴장이 풀리니 시체를 똑바로 쳐다볼 수가 없어서 눈을 돌렸다.

"내가 죽인 자다. 이자를 본 기억이 없느냐?"

그 말을 듣고 니콜라도 시체를 들여다보았다. 나도 쭈뼛거리며 조심스레 보았다.

데인인은 머리와 몸이 분리되어 나뒹굴고 있었다. 머리에는 두 개의 뿔이 달린 투구를 썼다. 목덜미에는 화살이 깊숙이 박혔고 가슴 한가운데에 꿰뚫린 큰 상처가 있다. 화살은 반쯤 부러졌고 깃털도 떨어져나갔다. 그리고 기묘하게도 시체는 흠뻑 젖어 있었다.

"누군지 알겠습니다. 싸움이 시작되자마자 이텔이 쏘아 맞힌 자 아닙니까."

팔크는 고개를 끄덕이더니 발치의 시체를 물끄러미 바라보았다.

"저주받은 데인인은 상상을 초월하는 괴물이다. 보거라. 이 항구에 놈들의 피는 한 방울도 뿌려지지 않았다. 모두 인간의 피다. 저주받은 데인인의 몸에는 피가 흐르지 않아."

"네. 베어도 피 대신 붉은 먼지 같은 게 뿜어져나오더군요. 불경스러운 일입니다."

"제대로 생각해보거라."

"생각하라니요, 뭘……"

말하다 말고, 허를 찔린 듯 니콜라의 얼굴이 일그러졌다.

"……아, 그렇구나."

팔크는 그대로 시체를 내려다보다가, 잠시 후 퍼뜩 고개를 들고 주위를 둘러보았다.

"토르스텐은 어디 있지?"

그들은 아무 말도 하지 않았지만, 토르스텐은 매우 곤란한 입장이다. 이십 년 동안 감옥에 갇혀 있다 아버지가 살해된 날 밤에 도망친 포로니까. 게다가 과거 암살기사는 에드워슈어를 죽이려 작은 솔론에 잠입했고, 토르스텐은 그때 작은 솔론에 있었다. 그에게 마술을 걸 기회가 있었다는 뜻이다.

하지만 그가 미니언이라 하기에는 납득이 가지 않는 점이 있다. 우선 그는 아버지가 작전실에 있다는 사실을 몰랐을 것이다. 아니면 그날 밤 대화를 나누었을 때 내가 무심코 흘렸을까? 아니, 절대로 그럴 리 없다. 하지만 어찌됐든 정황상 토르스텐이 의심을 사는 건 어쩔 수 없다. 그도 그럴 것이 탈옥한 일 자체가 너무 수상한 행위니까.

만일 팔크가 저주받은 데인인은 미니언이 될 수 없다는 사실을 밝혀내면, 분명 토르스텐을 돕는 일이 될 것이다.

"팔크 경, 니콜라, 따라와요. ……사람들이 알아채지 못하도록 조심하세요."

나는 두 사람을 안내했다.

짐수렛길의 오두막은 수레를 넣어두기 위해 만든 곳이다.

나는 토르스텐을 줄곧 눈으로 좇았기에 그가 거기 숨어들었다는 걸 알고 있었다. 다른 사람들에게 알리지 않은 건 토르스텐을 어떻게 해야 할지 아직 판단이 서지 않은 까닭이다.

아침부터 배가 드나들지 못했기에 오두막에는 차례를 기다리는 수레 여러 대가 늘어서 있었다. 토르스텐 타르퀼레손은 그 구석에서 빛을 피하듯 웅크리고 있었다. 그는 나를 보자 기쁜지 슬픈지 알 수 없는 표정으로 일어섰다. 포로 신분으로 감옥에 갇혀 있던 동안 입었던 리넨 옷을 그대로 걸쳤는데 옷자락에 살짝 피가 묻어 있었다. 가죽벨트에는 낡은 단검을 찼는데, 칼자루에 그의 이니셜인 'T. T.'가 새겨져 있다.

"용케 찾았네. 동료를 데리고 나를 다시 잡으러 온 거야?"

"그건 아직 모르겠어."

"너에게 하고 싶은 말이 많아. 하지만 이렇게 이야기할 시간을 얻게 될 줄은 몰랐어."

기분 탓인지도 모르지만, 토르스텐은 긴장을 푼 것 같았다. 나는 한 발짝 그에게 다가갔다.

"그전에 할말이 있어. 아까 광장에서 날 구해줘서 고마워. 당신이 구해주지 않았다면 난 죽었을 거야."

"아."

토르스텐은 그 일을 잊고 있던 모양이다.

"그랬지. 별말을. 그쯤이야 얼마든지 해줄 수 있어."

"당신이 그렇게 강한 줄 몰랐어. 어릴 적부터 알고 지냈는데 그런 것도 몰랐네."

"감옥에 갇힌 몸으로 무용을 자랑한들 무슨 소용이겠어."

그는 쓴웃음을 지었다.

"그래도 솔직히 이십 년이나 지났는데 예전처럼 싸울 수 있더라. 인간이라면 나이를 먹고 쇠약해졌겠지만."

"그래도 걱정했어."

나는 꿀꺽 침을 삼키고 말을 이었다.

"그 높은 탑에서 감쪽같이 사라졌잖아. 아버지가 살해되고, 기사님은 독을 마신데다 그 자리에 있던 여관 주인은 말려들어 목숨을 잃었어. ……난 당신도 살해당한 줄만 알았어. 동방의 끔찍한 마술이 당신의 목숨을 빼앗고 흔적조차 지워버렸을지도 모른다고 말이야."

그 말에 토르스텐이 눈을 휘둥그레 뜨며 말했다.

"미안해. 걱정을 끼치려던 건 아니었는데."

"대체 어떻게 탑에서 빠져나왔어? 저주받은 데인인은 아직 내가 모르는 신비한 힘을 가지고 있는 거야?"

"그건……"

내 물음에 토르스텐은 말을 흐렸다.

"솔직히 얘기하자면 말하고 싶지 않아. 이제 만날 일도 없을 줄 알았는데, 이렇게 널 눈앞에서 보니 괴로워."

그는 고개를 숙이고 입을 다물었다.

토르스텐 대신 말을 꺼낸 건 팔크였다.

"아미나 님, 시간이 얼마 없습니다. 그가 말하기를 꺼리니 그 점은 제가 대신 설명해드리죠."

"그가 어떻게 사라졌는지 안단 말인가요?"

"네."

팔크는 고개를 끄덕이며 대답했다.

"작은 솔론에서 탑을 보았을 때부터 혹시나 하는 생각이 들었습니다. 이볼드가 부른 발라드의 노랫말이 진실을 말하고 있다면, 그 밀폐된 탑에서 빠져나올 방법이 아예 없는 건 아니라고요. 그리고 데인인과 싸우면서 저는 그 대담한 추측이 적중했음을 확신했습니다."

팔크는 의미심장한 눈으로 힐끗 토르스텐을 보았다. 말해도 되는지 그의 의향을 묻는 것이리라. 그의 눈빛에 토르스텐은 서글피 웃으며 고개를 끄덕였다. 팔크는 잠시 토르스텐을 바라보았다. 그 얼굴에 잠깐 나타났다 사라진 감정, 그것은 어쩌면 동정이 아니었을까.

하지만 팔크는 금세 감정을 떨쳐버리고 의연한 기사의 얼굴로 돌아왔다.

"그럼 말씀드리겠습니다. 그는 문이 잠긴 방에서 사라졌습니다. 출입문은 두 개. 하나는 지난 이십 년 동안 한 번도 열린 적이 없는 철문입니다. 또다른 출입문인 들창은 무척 작아서 니콜라가 겨우 지날 수 있을 정도였고요."

"맞아요."

"그렇긴 하지만 그는 역시 창문으로 탈출했습니다."

나는 입을 다물었다. 팔크는 불가능한 이야기를 하고 있다.

그는 말을 이었다.

"분명히 그 창으로 빠져나갈 수는 없습니다. 평범한 인간, 성인의 몸으로는요."

"토르스텐은 성인이에요. 하지만……"

인간은 아니다.

그는 저주받은 데인인이다. 원래는 인간이었을지도 모르지만, 지금 그 육신은 인간의 법칙대로 움직이지 않는다. 방금 전의 싸움을 통해 우리는 그 사실을 똑똑히 확인했다.

그러나 그들이 저주받은 육신을 가졌더라도 자유자재로 몸의 형태를 바꿀 수는 없지 않은가.

"그들은 불사신이지만 연기나 물로 모습을 바꿀 수는 없어요. 방에서 빠져나갈 수 있는 방법은 없다고요."

팔크는 고개를 저었다.

"그럴 필요는 없습니다. 연기로 모습을 바꾸지 않아도 그 창문을 지날 수 있는 방법이 있으니까요."

"니콜라처럼 덩치가 작으면 가능하겠죠."

"그렇습니다."

토르스텐은 니콜라만큼 작지 않다.

엄밀히 말하면 문제는 크기가 아니라 폭이다. 니콜라에 비해 토르스텐은 훨씬 어깨가 넓다. 저 몸으로는 창문을 빠져나갈 수 없다. 몸이 줄어들지 않는 한.

……줄어든다고?

"아."

순간 피가 마르는 기분이었다.

어깨가 줄어든 데인인을 본 적이 있다는 사실을 떠올렸기 때문이다.

용선에서 펼쳐진 일대일 승부. 치열한 싸움 끝에 엠마는 족장에게 마지막 일격을 날렸다. 어깨를 내리찍은 도끼는 몸을 비스듬히 가르고 반대쪽 허리로 빠져나왔다. 족장의 몸은 둘로 갈라졌다.

그때 족장의 어깨 폭은 줄어들었다.

나는 저도 모르게 토르스텐을 돌아보며 외쳤다.

"토르스텐…… 당신 설마 자기 몸을!"

그는 대답하지 않았지만, 그것이야말로 대답이었다.

토르스텐이 입을 열지 않는 모습을 지켜보다가, 팔크가 입을 열었다.

"그는 먼저 자기 몸을 작게 잘랐습니다. 창을 빠져나갈 수 있도록."

"하지만 창밖에는 아무것도 없어요. 게다가 높이가 50피트나……"

나는 말하다 말고 숨을 삼켰다. 50피트 높이에서 떨어져도 멀쩡한 사람은 없다. 하지만 그 역시 인간일 경우라는 조건이 붙는다.

"네, 그는 창문 너머로 떨어졌습니다. 먼저 몸의 일부를 잘라 떨어뜨렸고, 그다음에 머리가 붙은 부분도 떨어졌죠. 병사들이 바깥 상황을 파악할 수 있도록 창문을 낮은 곳에 만들어놓았는데 토르스텐에겐 더할 나위 없는 행운이었을 겁니다. 바닥에 붉은 먼지가 묻어 있었을지도 모르지만, 저주받은 데인인에 대해 몰랐던 니콜라가 알아채지 못한 것도 무리는 아닙니다."

저주받은 데인인은 목을 베이지 않는 한 죽지 않는다. 아픔도 느끼지 않는다.

또한 사지가 절단되더라도 잘려나간 자리에 붙이면 그 즉시 감쪽같이 붙는다.

인간의 몸으로는 절대 빠져나올 수 없는 감옥. 하지만 저주받은 데인인이라면 가능하다. 그날 밤, 암흑 속에서 토르스텐의 몸은 한 번 분리되었다 밖에서…… 짐작건대 빈 해자

안에서 다시 붙었으리라.

"토르스텐, 정말이야?"

그렇게 묻자 지금까지 입을 꾹 다물고 있던 그가 단념한 듯 고개를 저으며 말했다.

"그래. 나는 그 방법으로 도망쳤어. 친절하게 대해줬는데, 너에게 한마디도 없이 사라져서 미안하게 생각해."

"당신은 포로 선서를 거부했으니 신의를 어긴 건 아니지. 그리고 난 언젠가 당신이 그곳에서 나오기를 바랐어. 미안해 할 필요 없어."

"나도 그렇게 생각하긴 했지만, 네가 그렇게 말해주니 한결 마음이 편하네."

"하지만 왜 하필 그저께였어?"

그는 아버지가 살해된 날 저주를 받은 것이 아니다. 이십 년 전부터 줄곧 저주받은 데인인이었다. 그런데 왜 굳이 그날을 택해 탈옥했을까.

어둠 속에서 그가 조금 서글픈 표정으로 말했다.

"그 이유는, 예전에 너한테도 얘기한 적이 있어."

그랬던가. 그와 너무 많은 이야기를 나눠왔기에 무엇을 가리키는지 모르겠다. 험준한 피오르를 향한 그리움, 바다를 동경하는 마음. 그리고……

"……맞아, 항상 말했지. 주군의 곁으로 돌아가고 싶다고."

"그래. 언젠가 주군이 솔론에 오실 것을 알고 있었어. 그때까지는 도망칠 필요가 없었지."

나는 방금 전의 싸움을 떠올렸다. 솔론의 병사와 저주받은 데인인 모두에게 쫓기면서도 족장이 탄 용선을 향해 돌진하던 토르스텐의 모습을.

"그럼 당신이 족장을 기다렸던 건 그를 죽이기 위해서였구나. 다시 모시려는 게 아니라. 그 때문에 이십 년이나 기다린 거야?"

"그 질문에는 대답할 수 없어. 미안해."

토르스텐은 천천히 고개를 젓더니 다시 말을 이었다.

"네게 제일 하고 싶었던 말을 아직 못했네. 아미나, 아버지 일은 정말 유감이야. 나는 네가 태어나기도 전부터 그분께 큰 빚을 졌는데. 그 빚을 갚기도 전에 영면에 드시다니, 너무 안타까워."

토르스텐의 말은 사실이다.

아버지가 직접 그를 찾은 적은 거의 없었지만, 서약을 거부한 포로에게 해줄 수 있는 모든 일을 했다. 토르스텐의 목을 쳐서 간단히 다 끝내버릴 수도 있었고, 악마의 힘을 나타내는 존재로 교회에 넘길 수도 있었다. 희귀한 생물로 웨스트민스터에 팔아넘길 수도 있었고. 그러나 아버지는 그 어느 것도 선택하지 않았다. 이따금 그에게 자유와 맞바꾸는 서약을 권했을 따름이다.

나는 그에게 미소를 지었다.

"고마워. 당신이 아버지를 애도해줘서 기뻐. 아까도 말했지만, 당신이 도망쳤다고 질책할 생각은 없어. 하지만."

나는 팔크를 보았다. 암살기사와 그 마술에 대해 토르스텐에게 말해도 되는 걸까. "말씀하십시오." 눈이 마주치자 팔크는 나지막하게 말했다.

이 이야기를 하는 건 나에게도 용기가 필요한 일이었다. 하지만 항구에서, 짐수렛길에서, 어시장 광장에서 많은 이의 용감한 모습을 본 직후였기에 두렵지는 않았다.

"당신은 아버지를 해친 범인으로 의심받고 있어."

"내 행동을 생각하면 그런 의심을 받아도 할말은 없지. 하지만 아미나, 너도 그렇게 생각하는 거야?"

"당신이 그런 짓을 했다고 생각하지는 않아. 그렇지만 당신이 자신도 모르는 새에 그런 일을 하도록 사주한 사람이 있을지도 몰라."

내 말뜻을 파악하려는 듯 토르스텐은 의아하다는 표정으로 잠시 입을 다물었다. 나는 말을 이었다.

"지금 솔론 어딘가에 무서운 마술사가 숨어 있어. 그자는 사람을 마술로 조종해 자신의 적을 죽이도록 한대. 그 마술사에게 조종당한 사람이 있어. 그게 당신일지도 모르고."

토르스텐은 어깨를 으쓱했다.

"과거의 나였다면 그런 이야기는 믿지 않았겠지. 하지만 이 세상에 불사의 저주가 존재한다는 사실을 아는 지금은 달라. 그런 마술이 있을 수도 있어. 하지만 난 모르는 일이야."

나는 팔크에게 눈짓했다. 그는 고개를 끄덕이고는 이어서 설명했다.

"소개가 늦었네. 나는 트리폴리 백국의 성 암브로시우스 병원형제단의 기사 팔크 피츠존으로, 영주님 시해사건을 조사하고 있네."

"토르스텐 타르퀼레손입니다. 당신 활약은 잘 보았습니다. 대단한 무용이었습니다."

팔크는 고개를 끄덕일 뿐, 그의 찬사에는 대꾸하지 않았다. 위엄 있는 태도로 서서는, 토르스텐을 상대로 조금도 물러설 생각이 없음을 온몸으로 드러내고 있다.

"그 이야기는 나중에 하지. 지금은 살인사건을 조사하고 있네. ……다만 아미나 님의 말에는 약간 어폐가 있어. 나는 모든 사람을 의심하고 있지만, 자네만은 예외거든."

"고맙군요."

토르스텐은 살며시 웃으며 말했다.

"하지만 왜 나를 의심하지 않죠?"

"그 마술을 실행에 옮기려면 재료가 필요하네. 포도주와 은제 단검이지. 그러나 무엇보다 중요한 재료는 바로 마술을 걸 상대의 신선한 피야."

팔크는 분명히 그렇게 말했다. '강제된 신조'를 시전하려면 상대의 피를 훔쳐 은제 단검에 발라야 한다고.

"하지만 나는 전장에서 싸우면서, 저주받은 데인인의 몸에는 피가 흐르지 않는다는 사실을 알았네. 검으로 베어도 나오는 건 먼지뿐."

아, 그랬다.

나도 두 눈으로 보았다. 전장에서 많은 저주받은 데인인들이 부상을 입었다. 하지만 다리를 베어도 목을 베어도 심지어 몸이 두 동강 나도 그들은 피를 흘리지 않았다.

"적들의 마술에는 밝혀지지 않은 점도 많아. 하지만 피가 흐르지 않는 자에게서 피를 얻을 수는 없지. 행여 그 붉은 먼지가 과거에는 붉은 피였다 한들, 지금은 분명 마술이 필요로 하는 신선한 피가 아니니…… 한마디로 저주받은 데인인은 미니언이 될 수 없네."

긴 한숨이 흘러나왔다. 애초에 토르스텐은 여덟 명의 미니언 후보에 포함되지 않았다. 혐의는 거의 없다고 봐도 무방했지만, 팔크가 탈주자인 그를 편견 없이 공정하게 대했다는 사실이 나를 안도하게 만들었다.

토르스텐은 고개를 끄덕였다.

"다행이네요. 그럼 내 이야기를 들어주시겠습니까. 아미나를 만나면 하려던 이야기가 세 가지 있었죠. 그 가운데 두 가지는 이미 했지만, 마지막 하나가 남아 있습니다."

"그건 내가 아니라 아미나 님께 직접 하게."

"아니, 당신도 꼭 들어야 합니다."

그는 보랏빛 입술로 신중하게 말을 이었다.

"나는 살인자를 봤습니다."

그저께 밤, 토르스텐은 작은 솔론의 감옥에서 탈출했다. 아버지가 죽은 날 밤이다.

하지만 그게 정확히 언제였는지는 모른다. 토르스텐의 탈옥이 발각된 건 이튿날 아침, 작은 솔론에 숨어든 자가 있는지 수색이 벌어졌을 때였으니까.

토르스텐이 아버지가 살해되고 나서 도망쳤을 경우. 그래, 그는 살인자를 보았을 수도 있다. 무엇보다 저주받은 데인인은 잠들지 않으니까.

"살인자를 보았는가?"

신문이 끝났다고 생각한 팔크의 표정에 순간적으로 긴장이 감돌았다.

"아마도요. 그 야심한 밤에 서쪽 문으로 들어간 사람이 더 있었다면 또 모르겠지만."

그럴 리 없다. 팔크와 니콜라는 조사를 시작하자마자 발자국부터 조사했으니까. 그렇게 찾아낸 발자국은 그날 밤, 서쪽 문으로 숨어들어온 자는 오직 살인자뿐이었음을 알려주었다.

"토르스텐, 말해줘. 어떤 자였어? 키는? 옷차림은? 혹시 그자가 누군지 이름을 알아?"

"진정해, 아미나."

그는 살짝 몸을 일으키더니, 추궁하듯 묻는 나를 달랬다.

"그걸 알면 지금까지 가만히 있었겠어? 그 높은 탑에서 한밤중에 사람의 얼굴을 알아볼 수 있을 것 같아? 키도 마찬가지야. 위에서 보면 키가 작은지 큰지 알아볼 수 없어."

"하지만 뭐라도……"

물고 늘어지는 나를 말리지 않고 팔크가 물었다.

"어떤 사소한 일이든 상관없으니 순서대로 말해보게."

토르스텐은 고개를 끄덕이더니 그날 밤 일을 이야기했다.

"그날 밤, 나는 도망치기로 결심했어. 그 이유는 이 이야기와는 상관없고, 나도 말할 생각은 없어. 작은 솔론과 큰 솔론을 가로막은 해협도 별문제는 아니었어. 저 기사님은 알아챘을지도 모르지만, 우리는 바닷속에서도 숨을 쉴 수 있거든.

하지만 밤중에 해협의 조류가 빨라진다는 사실은 알고 있었어. 익사할 위험은 없더라도, 조류에 휩쓸려 북해로 흘러가기라도 하면 큰일이잖아. 그리고 문제가 또 있었어. 불사의 저주는 우리에게 갖가지 무시무시한 능력을 주었지만, 그중에 시력은 포함되지 않았거든. 한마디로 캄캄한 곳에서는 방향을 찾지 못한다는 뜻이야. 그날은 보름이었지만, 언제 구름에 가려 어두워질지 모르니 안심할 수는 없었지. 그런 점을 고려해 탈옥은 새벽녘, 동틀 무렵이지만 아직 모두가 잠들어 있을 시간대로 정했어.

좀 있으니까 만과의 종소리가 들리더라. 벌써 수천 번이나 들었지만 이곳 수도원 종소리는 참으로 청아해. 종이 울리고 얼마 지나지 않았을 때야. 도망칠 길을 살펴보려 창밖을 내다보는데 영주관으로 누가 다가가는 모습이 보이더라고. 정확히는 모습이 아니라 다가오는 불빛을 본 거지만."

"횃불이었나?"

팔크의 물음에 토르스텐은 고개를 저었다.

"램프나 랜턴이었던 것 같습니다. 횃불은 아니었어요. 불빛이 작았거든요.

이런 밤중에 누군가 했어. 에드위 슈어 그 사람은 용감하고 성실해서 한밤중에도 영주관 주변을 순찰했지. 하지만 그가 죽고 나서는 밤중에 순찰하는 사람은 찾아볼 수 없었으니까. 혹시 새로 온 병사가 마음을 고쳐먹고 그날 밤부터 다시 순찰을 돌기 시작했나 싶어서 그 빛을 열심히 살펴보았지. 기껏 탈옥하기로 계획했는데 들켜서는 안 되잖아.

음, 다시 생각해봐도 역시 모르겠어. 남자인지 여자인지조차 분간할 수 없었거든. 걸치고 있던 옷가지가 펄럭였던 것 같기도 해. 어쩌면 망토 자락이었는지도 모르지만…… 11월의 북해에서 망토도 걸치지 않고 나다니는 사람은 없잖아."

그도 그렇다. 그날 작전실에 모였던 사람들은 에이브를 제외하고는 모두 망토를 걸치고 있었다. 다른 점이라면 두건이 달렸느냐 안 달렸느냐 정도일까.

"그자는 서슴없이 영주관으로 다가갔어. 정면 현관으로 가지 않는 걸 보고 이상하다 생각했지. 지켜보니 서쪽 쪽문으로 들어가더라고. ……그리고 얼마 지나지 않아 다시 나왔고."

그 짧은 시간에 아버지는 목숨을 잃었다. 정면에서 검에 가슴을 꿰뚫려서.

"들어갈 때나 나올 때나 걷는 속도는 비슷했던 것 같아. 빠르지도 느리지도 않은 속도로 멀어지더라고. 창의 위치 때문에 작은 솔론을 떠나는 모습까지 보지는 못했지만.

그게 살인자였다는 걸 알아챈 건 새벽녘 작은 솔론을 빠져나갔을 때였지. 공시인이 영주의 죽음을 알렸고, 사람들은 살해된 게 아니냐고 수군댔거든. 아마나, 이제 와서 이런 말을 한들 부질없는 건 알지만, 난 너무 후회했어. 조금만 일찍 나갔다면 그자와 마주쳤을 수도 있던 거잖아."

솔론의 영주는 데인인과의 결전 직전에 암살되었다. 누군가는 그 일에 책임을 져야 할 것이다. 그러나 그게 토르스텐은 아니다. 나는 아무 말 없이 고개를 저었다.

팔크는 이야기를 마치고 입을 다물어버린 토르스텐을 빤히 쳐다보았다. 아니, 모든 것을 꿰뚫어보는 듯한 날카로운 눈빛으로 노려보았다고 표현해야 할까.

이내 그는 낮은 목소리로 말했다.

"거짓말은 아닌 듯하지만, 모든 진실을 말하지는 않은 것 같군."

토르스텐은 성난 기색도 없이 냉정하게 대꾸했다.

"왜 그렇게 생각하죠?"

"필요 없다고 생각해 말하지 않은 부분이 있었지. 하지만 지금 말해야 할 이유가 생겼네."

팔크는 팔을 들어 토르스텐이 허리춤에 차고 있는 단검을 가리켰다.

"그 단검은 자네 것이지. 설마 방금 전 싸움에서 동족에게 빼앗았다는 말은 하지 말게."

그 말에 토르스텐의 얼굴이 일그러졌다. 허를 찔린 듯 후회하는 표정이었다.

"자네는 지난 이십 년간 포로 신분으로 갇혀 있었네. 게다가 포로 서약을 거부했고. 아무리 롤렌트 님이 관대한 영주였더라도 포로가 무기를 지니고 있게 놔두지는 않으셨을 텐데. 그 단검을 압수해 어딘가에 보관해두셨을 거야."

날카로운 화살에 가슴을 꿰뚫린 기분이었다. 그래, 당연히 토르스텐은 무기를 가지고 있지 않았다. 그의 단검은 아버지가 보관하고 있었고.

"탑을 수색했을 때 자네가 어떻게 빠져나갔을지 대충 짐작이 갔네. 그러나 저주받은 데인인을 직접 본 적이 없는데다, 과연 맨손으로 제 몸을 분리할 수 있었을지 의문이 남더군. 하지만 자네의 단검을 보고 알았네. 그걸 입수한 밤에 감옥을 빠져나갈 조건이 갖춰졌다는 사실을. 그리고 영주님이 살해되신 이튿날, 집사 로스에어의 지휘로 작은 솔론을 샅샅이 뒤졌을 때 그는 없어진 물건은 아무것도 없다고 말했지."

나는 귀를 틀어막고 싶었다. 팔크의 말이 어떤 결론에 도달할지 알고 있었기 때문이다.

"한마디로 내부인 중에 협력자가 있었던 거야.

그 누군가는 영주관에서 단검을 찾아내 자네한테 건넸어. 게다가 로스에어의 수색 명령을 받고 단검이 없어졌다는 사실을 알면서도 없어진 물건이 없다고 보고했지."

토르스텐이 서쪽 탑에 갇혀 있다는 사실을 아는 이는 얼마 없다. 게다가 그를 돕기까지 할 수 있는 사람은 단 한 사람뿐이다.

"야스미나……"

토르스텐은 보랏빛 입술을 깨물었을 뿐, 아무 말도 하지 않았다.

야스미나 보몬트. 조금 맹한 구석이 있는 내 시녀. 나는 토르스텐의 탈옥은 배신이 아니라고 말했다. 하지만 야스미나가 토르스텐에게 단검을 건넸다면 그것은 명백한 배신 행위다. 대체 왜 그런 걸까.

당혹감을 감추지 못하는 나를 내버려두고, 팔크는 다시 말을 이었다.

"나는 자네의 탈옥을 문제삼을 생각은 없고, 협력자가 누구인지에도 별 관심 없네. 그래서 감옥에서 탈출하는 데 날붙이가 필요하다는 말도 구태여 하지 않았어. 하지만 미니언을 밝혀내기 위해서는 물어야만 하네. 하나만 대답해준다면 더는 묻지 않도록 하지. 협력자 역시 자네가 본 사람 모습을 보았나?"

토르스텐은 이제 협력자의 존재를 부정하지 않았다. 그는 작게 고개를 끄덕였다.

"누가 다가오고 있다고 했더니, 탑 중간의 들창을 통해 내다보고는 대체 누굴까 하고 고개를 갸웃거렸습니다."

"……그렇군."

단 하나의 질문. 팔크는 약속대로 더이상 아무것도 묻지 않았다. 그저 입을 다물고 가만히 그 자리에 서 있을 뿐이었다.

"스승님."

이내 니콜라가 걱정스레 부를 때까지 그는 얼어붙은 듯 꿈쩍도 하지 않았다. 니콜라의 목소리를 듣고 꿈에서 깬 듯 고개를 들고, 팔크는 혼잣말처럼 중얼거렸다.

"역시 그랬어."

33. 이성과 논리

"스승님, 다음은 뭔가요?"

창고에서 나온 니콜라가 물었다.

팔크는 겨울의 태양을 올려다보며 대답했다.

"다음은 없다."

"그럼 역시……?"

"그래."

팔크는 처음 만난 날부터 지금까지 변함없이 어떠한 때에도 흔들리지 않았던 냉철한 눈으로 말했다.

"암살기사 에드릭에게 조종당해 영주님을 해친 자는 누구인가. 그 답은 지금까지 알아낸 사실을 가지고 추론할 수 있다."

그는 니콜라를 향해 타이르듯 설명했다.

"그리고 그건 너도 알 수 있을 게다. 아니, 네가 꼭 알아야만 하지. 니콜라, 조그만 사실도 놓쳐서는 안 된다. 그리고 생각하거라. 네게는 소질이 있어. 진실에서 눈을 돌리지 않을 용기가 있어. 우리는 이성과 논리로 마술을 격파할 수 있다. 그것을 증명해 보여라. 그리고 때가 되면 주저하지 말고 의무를 다하거라."

니콜라는 팔크의 말이 프랑스어에서 느닷없이 라틴어로 바뀌기라도 한 양, 허를 찔린 듯한 표정을 지었다.

진실을 알아냈다면 나에게도 가르쳐달라. 적어도 나에게는 그걸 요구할 권리가 있다.

나는 그렇게 주장했지만 팔크는 완고한 태도로 고개를 저었다.

"저희는 때로 타인의 비밀을 폭로합니다. 그럴 목적으로 마술을 쓰는 일도 적잖게 있고요. 그런 행위는 경우에 따라서는 사람의 목숨을 빼앗는 암살기사보다 더욱 해롭기도 하지요. 저희의 사명을 완수하고 스스로를 제어하기 위해, 저희는 진실을 밝힐 때마다 어떤 의식을 거행합니다."

"의식……"

"사건 관계자들을 모두 불러모아 저희가 무엇을 알아냈고 알아내지 못했는지, 무엇을 알아냈기에 여러 사람 앞에서 말하려는 것인지를 밝히는 일입니다. 그러고 나서 이번 사건에서 미니언이 누구인지 지목하지요. 부디 그때까지 기다려주십시오. 오늘 안에 모두 밝혀질 겁니다."

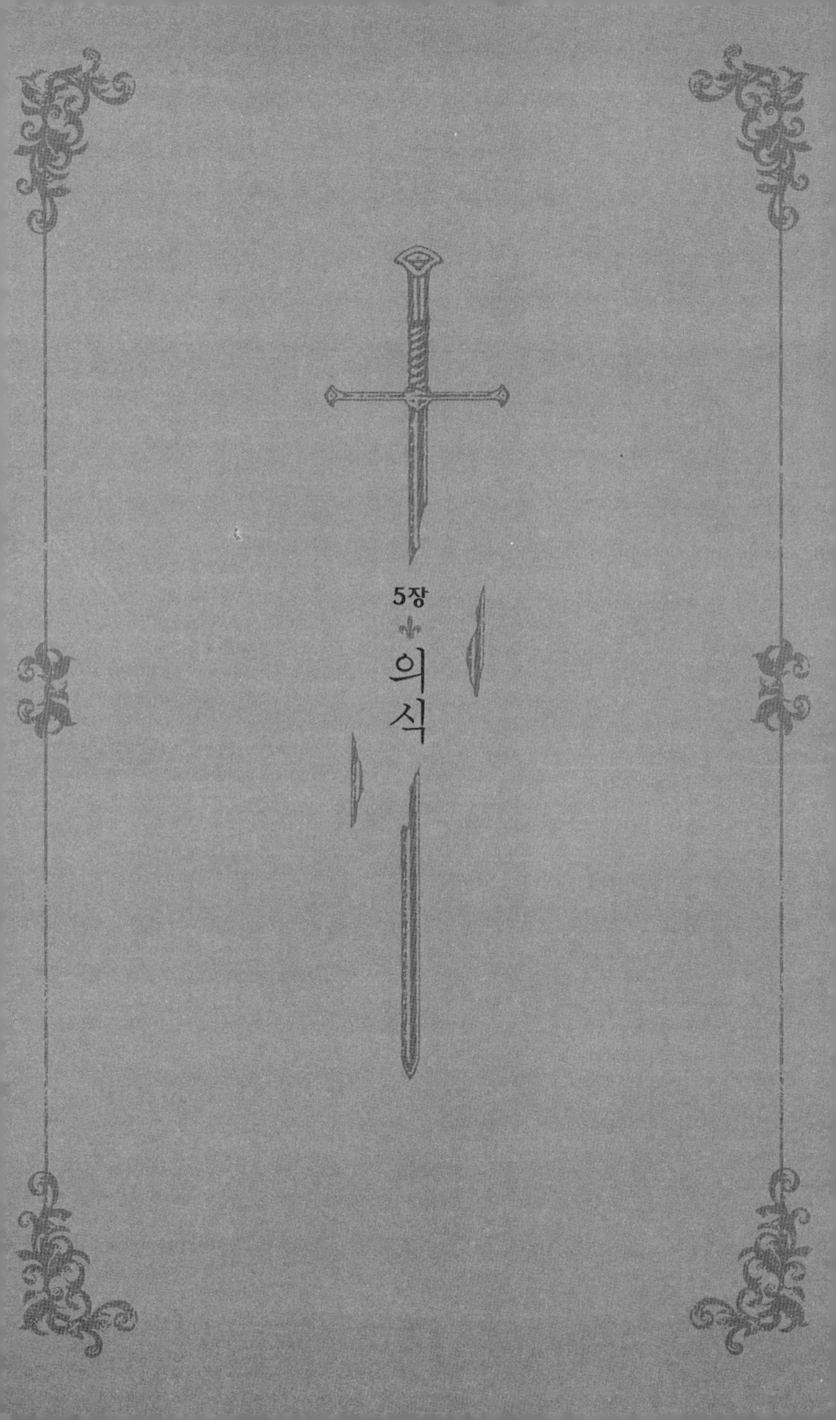

5장

의식

34. 누가 미니언인가

바닥에는 검은색과 하얀색 타일이 번갈아 깔려 있었고, 난로에는 붉은 불꽃이 타올랐다. 벽에 걸린 횃불은 물론이고 수많은 촛불까지 빼곡하게 늘어선 홀 안은 한낮과 다름없을 만큼 환했다.

테이블보가 깔린 긴 테이블 위에는 청동 물주전자와 도기잔, 소뿔로 만든 컵이 놓여 있었다. 백랍 그릇에는 배와 사과가 가득 담겨 있다. 딱딱하게 구운 빵은 향신료를 뿌린 소고기와 양고기를 담은 접시로 썼는데, 고기 기름을 빨아들여 조금 흐물흐물해졌다. 아몬드를 넣은 푸딩이며 배 파이 같은 후식도 이미 손님들의 뱃속으로 들어갔다.

저주받은 데인인을 격퇴한 그날, 아버지의 장례는 다음날로 연기되었고 작은 솔론의 영주관에서는 승전 축하 연회가 열렸다. 한 단 높게 만든 테이블 상석에 애덤이 벽을 등지고 앉았고, 에일윈 가문의 기사들도 긴 의자에 앉아 웃음꽃을 피웠다. 신성로마제국의 기사 콘라트와 트리폴리 백국의 기사 팔크도 그쪽으로 자리가 마련되었다.

낮은 곳에 놓인 테이블에도 촛대가 늘어서 있었다. 종기사 에이브는 이 테이블에 앉았고, 그 맞은편에는 민병대 대표 보네스 시장의 모습이 보인다. 싸움에서 공을 세운 병사들도 초대를 받았다. 이텔은 꽤 끝쪽에 있는 자리에 앉았고, 사라센인 스와이드와 마자르인 엠마에게는 테이블 제일 끝 말석이 주어졌다.

야스미나를 비롯해 하인들이 분주히 부엌과 홀을 오가고 있다. 만과의 종은 이미 울린 지 오래다. 작은 솔론은 큰 솔론과 격리되었다. 연회에 초대받은 자들은 오늘 밤 영주관에 묵을 예정이다. 지금쯤 하인들은 손님들의 잠자리를 준비하느라 여념이 없으리라.

식사가 거의 끝나자 포도주와 맥주, 벌꿀주가 연회의 주역으로 등장했다. 한껏 들뜬 애덤은 이볼드 새뮤스를 불러 명했다.

"오늘의 승리를 노래로 불러보거라."

이볼드는 공손하게 그 명을 따라 긍지 높은 솔론 영주 애덤과 그 기사들이 저주받은 데인인들을 향해 용맹스레 돌격하는 광경을 노래했다. 노래 속에서 그들은 아름다운 영웅으로 그려졌다. 하지만 이볼드는 승리의 장면을 "주름 하나 없는 쉬르코를 걸치고 거울처럼 깨끗한 검을 높이 들었다"라고 노래했다. 기사들이 싸움에 전혀 참가하지 않았음을 비아냥댄 것이다. 그러나 홀에 모인 기사들은 음유시인에게 박수갈채를 보냈다. 자신들의 영예를 칭송하는 노래에 취해 세세한 부분까지 제대로 듣지도 않은 모양이다.

거나하게 취해 얼굴이 벌게진 애덤이 술잔을 들고 자리에서 일어났다. 요란하게 헛기침을 해서 좌중의 입을 다물게 하고 큰 소리로 말문을 열었다.

"좋아! 나의 용맹스러운 전사들이여, 연회는 지금부터 시작이다. 오늘 밤은 곳간이 빌 때까지 마시고 취하라!"

팔크가 이때를 기다렸다는 건 한눈에 알 수 있었다. 그는 자리에서 일어나 애덤을 향해 고개를 숙이며 공손하게 말했다.

"영주님, 외람되지만 한 말씀 올리겠습니다. 이 경사스러운 연회를 방해하게 되어 안타깝기 그지없습니다만, 지금 이 자리에서 꼭 영주님께 드려야 할 이야기가 있습니다."

애덤의 얼굴이 순식간에 검붉게 변했다. 나는 애덤의 마음을 손바닥 보듯 알 수 있었다. 아무리 허세를 부려도 목숨을 걸고 싸운 건 팔크와 용병들이고, 애덤과 기사들이 뒤늦게 달려온 건 바꿀 수 없는 사실이다. 그 사실을 지적당할까 봐 내심 두려움에 떨고 있다. 그것을 감추듯 애덤은 한층 더 목소리를 높였다.

"피츠존 경, 무슨 이야기인지 궁금하구려. 동방에서 보고 들은 신기한 이야기라도 들려준다면 연회가 한층 더 흥겨워지겠군."

"영주님의 기대에 부응하지 못해 유감입니다. 저는 선대 영주님인 롤렌트 님이 맞으신 죽음의 진상에 대해 말씀드려야만 합니다."

애덤은 미간을 찌푸리며 심란한 표정을 지었다. 전장에서의 실책을 탓하려는 게 아님을 알고 마음이 놓인 한편, 불길한 이야기로 연회 분위기에 찬물을 끼얹는 걸 원치 않는 것이다. 하지만 아버지의 죽음에 관한 이야기라면 마냥 무시할 수도 없는 노릇이다. 애덤은 억지웃음을 지으며 말했다.

"꼭 지금 해야 하나?"

팔크는 기다렸다는 듯 고개를 끄덕였다.

"네. 이 연회에는 제가 드릴 이야기와 관련된 사람들이 모두 모였기 때문입니다. 저는 아미나 님의 청으로 살인자를 쫓았습니다만, 한편으로 성 암브로시우스 병원형제단의 기사로서 제 의무를 다해야만 합니다. 그러려면 혐의를 쓴 모든 사람 앞에서 진상을 밝히는 것이 중요하지요."

애덤은 천천히 의자에 앉았다. 축하연 자리에는 어울리지 않는 화제였지만, 남들 눈에 아버지의 죽음을 소홀히 다루는 아들로 비치고 싶지는 않을 터다. 그는 탐탁지 않은 표정으로 고개를 끄덕였다.

"……알겠네. 말해보게."

"감사합니다."

정적이 감도는 홀 안에 팔크의 목소리가 쩌렁쩌렁 울려퍼졌다.

"그럼 시작하겠습니다."

넓은 홀 한구석. 불빛도 닿지 않는 문 앞에 니콜라가 홀로 서 있었다. 그 모습을 본 나는 곁으로 가 물었다.

"니콜라, 왜 이런 데 있니? 팔크를 도와야지."

그는 팔크에게서 시선을 떼지 않은 채 대답했다.

"일단 의식이 시작되면 원칙적으로 출입문을 봉쇄해야 하거든요. 경비병이 있었다면 그쪽에 맡겼을 텐데요."

설명을 마친 니콜라는 의아한 표정으로 물었다.

"아미나 님이야말로 왜 여기 계십니까? 자리에 계셔야 하는 거 아니에요?"

"이건 애덤의 연회야. 전 영주의 죽음에 대해 보고를 받는 사람도 애덤이고. 사실 난 이곳에 있을 자격이 없는 사람이거든."

"……그럼 저와 함께 여기 계시죠."

"그럴까."

니콜라는 잠시 팔크를 쳐다봤지만, 곧 고개를 갸웃거리며 답답한 듯 부르르 떨었다.

"왜 그래?"

"저기, 스승님이 지금 뭐라고 말씀하시는 건가요? 잉글랜드어로 의식을 거행하는 건 처음이라 좀……"

아, 그렇구나. 니콜라는 무슨 말을 하는지 알아듣지 못한다.

아버지의 죽음의 진상이 밝혀지려는 이 자리에서, 어째서인지 나는 미소 짓고 있었다.

"너는 누가 미니언인지 모르니?"

니콜라는 살짝 부루퉁한 표정을 지었다.

"저도 네 명, 아니, 세 명까지는 좁혔습니다. 스승님이 너무 대담한 거예요. 말을 알아듣지 못한다는 게 이렇게 답답하기는 처음이네요."

"그렇겠다. 그럼 내가 통역해줄게."

니콜라는 눈을 휘둥그레 뜨며 손사래를 쳤다.

"아닙니다. 아무리 그래도 아미나 님한테 그런 일을 시킬 수는 없어요."

"괜찮아."

어차피 이곳에서 내가 할 수 있는 일은 더이상 없기 때문이다.

"롤렌트 님을 해칠 계획을 꾸민 자의 이름은 처음부터 알고 있었습니다. 그자의 이름은 에드릭, 저와 같은 트리폴리 백국 출신입니다. 에드릭은 돈을 받고 살인을 저지르는 암살기사이고, 저는 그를 쫓아 이곳 솔론까지 왔습니다."

"그럼 왜 그자를 쫓지 않는 건가?"

애덤의 말을 팔크는 가볍게 흘려 넘겼다.

"영주님, 궁금하겠지만 잠시 제 이야기를 들어주십시오. ……에드릭은 사라센인의 끔찍한 마술을 익혔습니다. 그 가운데서도 제일 비열한 마술은 바로 타인을 조종하는 것입니다. 에드릭은 자신이 점찍은 인간에게 등에를 보내 그 피를 훔칩니다. 그리고 마술로 피의 주인을 조종해 누군가를 죽이라는 명령을 내리지요. 마술에 걸린 자는 스스로도 의식하지 못하는 사이 표적을 해치게 됩니다.

지금 제가 밝히려는 건 롤렌트 님을 해친 살인자이자 에드릭이 쓴 마술의 피해자, 이른바 '미니언'이라 불리는 자의 정체입니다."

홀 안이 웅성거림으로 가득찼다.

그런 마술의 존재를 당장 믿지 못하는 것도 무리는 아니다. 나도 처음에는 그랬으니까. 욕설을 섞어가며 팔크를 비난하는 기사도 있었다. 하지만 팔크는 모두 무시하고 자신이 해야 할 일에 집중했다.

"롤렌트 님은 그저께 밤, 작전실에서 살해되셨습니다. 저는 에드릭을 쫓기 위해 그에 필요한 마술을 익혔습니다. 그 마술을 통해 몇몇 사실을 밝혀냈고요.

하나. 미니언은 영주관 서쪽, 계단 그늘에 있는 쪽문으로 출입했다.

둘. 미니언은 혼자였다.

셋. 미니언은 서슴없이 작전실로 향했다.

넷. 미니언은 작전실에 걸려 있던 검을 사용했다.

다섯. 미니언은 그 검을 오른손으로 꼭 쥐었다.

여섯. 미니언은 작전실 입구로부터 여섯 걸음을 걸어 방 안쪽에 있던 롤렌트 님을 찔렀다.

일곱. 미니언은 잉글랜드어 또는 아라비아어를 알며, 그 언어를 통해 마술에 걸렸다.

이 가운데 몇몇 사실은 미니언이 그저께 저녁, 만과의 종이 울리기 전에 작전실에서 있었던 회견에 동석했다고 말하고 있습니다. 당일 밤에 롤렌트 님이 작전실에 계실 거란 것은 그 자리에 있던 사람들만 아는 사실이었으니까요. 한마디로 그걸 아는 사람은 기사 콘라트 노이도르퍼 경, 용병 이텔압 소마스, 하르 엠마, 스와이드 나지르. 음유시인 이볼드 새뮤스. 종기사 에이브 허버드 공. 그리고 영주님의 누이동생 아미나 에일윈 님뿐이었지요.

작전실에는 당초 마틴 보네스 시장도 동석했습니다만, 그는 롤렌트 님이 작전실에서 밤을 지새우겠다는 이야기를 하시기 전에 자리를 떴습니다. 그리고 그 자리에 없었지만 후보에 넣어야 할 인물은 집사 로스에어 풀러입니다. 롤렌트 님이 그를 불러 심부름을 시키셨으니 그날 밤 작전실에 계신다는 사실을 알고 있었죠."

술렁거림은 점차 잦아들었다. 암살기사의 마술을 믿는지는 제쳐두고라도 애덤과 기사들, 그리고 병사들은 혐의를 벗은 것이다. 그 사실을 알아챈 그들은 침착함을 되찾았다.

팔크가 말을 이었다.

"작전실 문을 닫으면 말소리가 밖으로 새어나오지 않는다는 건 이미 확인했습니다. 또한 방금 말씀드린 사람들이 다른 자에게 영주님의 소재를 발설하지 않았다는 것도 확인했습니다.

어쩌면 기억하지 못할 뿐, 누군가는 무심코 입 밖에 냈을지도 모르지요. 하지만 에드릭은 롤렌트 님과 확실히 접촉할 수 있는 자를 미니언으로 택했을 겁니다. 방금 말씀드린 여덟 명이 무심코 말실수를 하지 않는 한 영주님의 소재를 알 재간이 없는 자를 미니언으로 삼았다 보기는 어렵습니다.

따라서 저는 이 여덟 명 중 누가 미니언인가 생각해보았습니다."

"누군지 뻔하군."

애덤은 의기양양하게 말하며 팔을 들었다.

"그런 짓을 저지를 수 있는 건 저 음유시인밖에 없어!"

범인으로 지목당한 이볼드의 얼굴에서 순식간에 핏기가 사라졌다. 음유시인을 비롯한 유랑예술가는 항상 약자일 수밖에 없다. 무슨 일만 생기면 혐의를 사기 십상이니까. 하지만 애덤이 단지 편견만으로 그를 지적한 건 아니었다.

"아버지는 한밤중에 살해되셨네. 밤새 이 작은 솔론과 큰 솔론 사이의 해협에는 거센 조류가 흘러서 아무도 건널 수 없지. 이 섬의 주민이라면 누구나 아는 사실이야. 그리고 그대가 거론한 여덟 명 중에 그저께 밤에 작은 솔론에 있던 사람은 이볼드와 아미나, 로스에어밖에 없네. 설마 그대는 내 누이나 집사를 고발하려는 건 아니겠지?"

그러나 팔크는 애덤의 주장을 단호하게 일축했다.

"아닙니다. 실은 이볼드야말로 범인 후보에서 맨 처음 제외되었습니다."

"뭐라고?"

"이곳 작은 솔론의 외곽, 큰 솔론이 보이는 해협과 접한 곳에 미니언의 발자국이 남아 있었기 때문입니다. 미니언은 오트밀 비스킷을 밟아 부스러뜨렸지요. 그 비스킷은 그저께 저녁 작전실에 들어오기 직전에 떨어진 것으로, 그후부터 이튿날 집사 로스에어 씨가 지휘한 수색에서 발견될 때까지 그 자리에 다가간 사람은 없었습니다. 이 비스킷의 존재, 그리고 미니언이 이걸 밟은 일은 그야말로 신의 은총이라고밖에 말할 수 없는 요행이었습니다. 이 흔적이 없었다면 저의 조사 과정은 훨씬 더 복잡해졌을 겁니다.

하지만 로스에어 씨는 신중한 사람이더군요. 그는 비스킷을 밟을 수 있던 사람이 오직 살인자뿐이라고는 단언할 수 없다고 완곡히 경고했습니다. 한마디로 그날 밤 아무도 행동을 파악하지 못한 사람이 있었음을 암시한 겁니다. 다름 아닌 롤렌트 님이 어떤 이유로 영주관을 빠져나가 해협이 한눈에 들어오는 그곳으로 발길을 옮기셨을지도 모른다는 뜻이었죠.

날카로운 지적입니다만, 조금만 더 관찰해보면 그럴 가능성은 없다는 결론이 나옵니다. 비스킷이 바닷물에 젖어 있었기 때문입니다. 제가 직접 만지고 맛을 봐서 알아낸 사실입니다. 그러나 처음 떨어뜨렸을 때 비스킷에는 물기가 없었습니다. 떨어진 장소도 파도가 닿을 만큼 바다 근처는 아니었죠."

비스킷 하나가 그렇게 중요한 의미를 가진다는 걸 받아들이기 어려운지, 애덤은 미심쩍은 표정으로 물었다.

"어찌 비스킷이 저녁에 떨어졌다는 것까지 아는가?"

"그걸 먼저 말씀드릴 걸 그랬군요. 왜냐면 제 조수인 니콜라 바고가 그 비스킷을 떨어뜨렸기 때문입니다."

애덤은 "흐음" 하고 중얼거린 다음 뒷말을 재촉했다.

"애당초 롤렌트 님이 밤중에 혼자 그런 곳에 가셨을 리가 없습니다. 왜냐면 롤렌트 님이 그날 밤 작전실에서 밤을 지새우겠다고 구태여 공언하신 까닭은 그 자리에 있던 누군가에게 밤중에 자신을 찾아오라는 뜻을 전하기 위해서였기 때문입니다. 그게 누구인지는 모르지만, 아마 이볼드에게 비밀리에 하실 이야기가 있던 게 아닐까요."

아니, 그건 아니다. 그 말이 입 밖으로 튀어나올 뻔했다. 아버지가 그날 밤 누군가를 기다리고 있었을 가능성은 크다. 하지만 이볼드는 아니다. 그는 식사를 마친 뒤에 이미 아버지에게 불려가 이야기를 나눴으니까.

하지만 팔크가 그 사실을 잊었을 리가 없다. 그렇다면 무언가 생각이 있는 것이리라. 나는 잠자코 입을 다물었다.

"어찌됐든 만날 사람이 있었는데 작전실을 나와 섬 끝까지 가셨을 리가 없습니다. 더불어 비스킷이 젖어 있었다는 사실을 통해 롤렌트 님이 밖으로 나오셨다는 가능성을 배제할 수 있습니다. 왜냐면 비스킷이 젖은 것은 밟은 사람의 발이나 옷이 젖어 있었기 때문이라고 해석할 수밖에 없으니까요. 롤렌트 님이 한밤중에 바다에 들어가 바닷물에 발을 적시고 다시 돌아와 비스킷을 밟았다. ……논리적으로는 가능하지만 너무 억지라고 봐야겠죠.

마찬가지로 이 추론은 이 작은 솔론에 있던 모든 사람에게도 적용됩니다. 누구도 젖은 발로 비스킷을 밟을 수 없었습니다. 영주님은 아까 설마 아미나 님이나 집사 로스에어 씨를 고발할 생각이냐고 물으셨지요. 네, 저희는 그것이 진실이라면 그게 누구든 주저하지 않고 고발합니다. 하지만 다행히도 이볼드와 같은 논리로 아미나 님과 로스에어 씨도 살인자 후보에서 제외할 수 있습니다."

지금까지 팔크와 함께 행동하며 나 또한 미니언일 가능성이 있다는 건 알았다. 하지만 한편으로 이볼드가 아니라면 나 역시 아니라는 사실도 알고 있었다. 그렇기에 이 대화를 들으며 불안에 휩싸이지는 않았다.

팔크가 한마디 덧붙였다.

"또한 그날 밤 누군가가 몰래 작은 솔론을 빠져나갔더라도, 그 사람이 비스킷을 밟지 않은 건 확실합니다."

이름을 밝히지는 않았지만 팔크가 가리키는 이는 바로 토르스텐 타르퀼레손이다. 니콜라의 비스킷을 밟은 사람은 아버지도 아니고, 그날 밤 작은 솔론에서 도망친 토르스텐도 아니다.

"요컨대 그곳에 발자국을 남긴 사람은 밤중에 젖은 발로 작은 솔론에 침입한 자라는 결론이 나옵니다. 그것은 즉 큰 솔론에 있던 다섯 명 중 누군가가 롤렌트 님을 살해한 미니언이라는 뜻입니다."

"그럴 리 없소!"

한 기사가 버럭 외치며 자리에서 일어났다.

"솔론은 철벽수비를 자랑하오. 동이 트기 전에는 큰 솔론에서 작은 솔론으로 건너갈 수 없지. 그게 불가능한 일이 아님을 증명하지 않는 한, 당신 이야기는 전혀 믿을 수 없소."

당연한 지적이다. 하지만 팔크는 꿈쩍도 하지 않았다.

"그런 생각은 위험하오. 함정이라 표현해도 되겠군."

"무슨 말인가. 엄연한 사실이오!"

팔크는 기사 쪽을 돌아보며 말했다.

"그럼 설명하겠소. 솔론의 철벽수비란 이를테면 자물쇠가 걸린 문이나 마찬가지지요. 그 문안에서 누군가가 살해당했고, 게다가 그 방에는 피해자 말고는 아무도 없었다고 가정하지. 이럴 경우 살인자를 밝혀내기 위해 해야 할 일은 무엇이오?

과거 우리 성 암브로시우스 병원형제단의 기사들은 문에 자물쇠를 채우는 방법과 자물쇠가 채워진 방에서 탈출하는 방법을 찾아내야 한다고 생각했소. 그리고 대다수의 경우, 많은 시간을 들여 교묘하게 감춰둔 맹점과 놀라운 장치들을 발견했지.

하지만 그것은 살인자를 밝혀내는 데는 거의 도움이 되지 않았소! 누구 한 사람만 잠글 수 있는 자물쇠보다는 방법만 알면 누구나 잠글 수 있는 자물쇠가 훨씬 많았기 때문이오. 내가 여기서 한 달이란 시간을 들여 솔론의 방어벽을 뚫을 방법을 찾아낸다고 가정해보시오. 하지만 그게 다른 다섯 명에게도 가능한 방법이라면? 그저 시간 낭비일 뿐이란 거요.

이처럼 현장이 '닫힌 공간'일 경우는 대부분 시간을 벌려는 암살기사의 잔꾀일 공산이 컸소. 우리는 귀중한 교훈을 얻었지. 상식적으로 이해할 수 없는 상황에서 문이 닫혀 있을 경우, '어떠한 방법'을 써서 닫힌 거라고 생각하라는 교훈이었소.

솔론의 경우, 몇 가지 방법을 생각해볼 수 있소. 미니언은 지금까지 해협을 건너려 했던 그 누구보다 뛰어난 헤엄 솜씨를 가진 자로, 험한 물살에도 끄떡하지 않았을 수 있소. 같은 맥락에서 배 모는 솜씨가 뛰어난 자일 수도 있겠지. 어쩌면 큰 솔론과 작은 솔론 사이에는 비밀 땅굴이 있고, 미니언은 어떤 이유로 그 존재를 알고 있었을지도 모르오. 우리가 모르는, 물속에서도 숨을 쉬는 방법이나 하늘을 나는 비술을 익혔을지도 모르고. 이 가운데 어떤 방법을 썼다고 생각하면 되는 거요. 어떤 방법인지 꼭 알아야 할 필요는 없지. 방법은 나중에 생각해도 되오. ……그대의 말은 일견 옳은 것처럼 들리지만, 너무 방법에 집착하면 전체를 보지 못하게 되는 법이오."

사실 팔크는 한밤에 해협을 건널 수 있는 방법을 알고 있으며, 몸소 증명했다. 하지만 그는 말하지 않았다. 솔론의 비밀을 공개하지 말아달라는 내 부탁을 들어준 것이다.

기사는 입을 다물고는 가만히 자리에 앉았다.

그 모습을 확인하고 팔크는 느릿느릿 말을 이었다.

"그럼 나머지 다섯 사람 중 누가 미니언이었는지 검토하겠습니다."

35. 남은 건 오직 한 사람

⚜

지목된 다섯 사람은 제각기 다른 표정을 짓고 있었다.

에이브는 언짢은 기색을 숨기려 하지 않았다. 그는 아버지에게 은혜를 입었고, 이번 싸움으로 자신의 충성심을 명백히 증명했다. 다친 팔에는 부목을 대고 여러 겹으로 붕대를 감아놓았다. 명예로운 부상을 입은 날에 영주 살해 혐의 얘기가 나왔으니 마음이 편치 않을 법도 하다.

콘라트는 여유로운 표정으로 뿔잔을 들고 있었다. 할말이 있으면 얼마든지 해보라는 투였다. 허세인지 아닌지는 알 수 없었다. 수도원에서 도둑질을 했으니 마냥 마음이 편치만은 않을 텐데. 아니면 그 일을 저지른 만큼 본인은 살인과는 관계가 없다보니 심각하게 여기지 않는 것일까?

이텔은 입을 꾹 다문 채 상황을 살피고 있었지만 눈빛에 불안한 기색이 역력했다. 어쩌면 근본적으로 기사나 영주를 믿지 않기 때문일지도 모른다. 팔크는 음유시인에게 죄를 뒤집어씌우지 않았다. 하지만 웨일스인에게는 누명을 씌울 수도 있다고 의심하는 게 아닐까.

엠마는 표정 없는 얼굴로 잠자코 있었다. 살인자라고 의심받을 수도 있는 상황이건만 복잡한 잉글랜드어를 알아듣지 못하는 모양이다. 아까 바다에서 올라온 후 때가 씻겨나가 아름다웠던 얼굴도 지금은 도로 꾀죄죄해졌다. 어젯밤에 짚을 깔지 않은 침상에서 자기라도 했나.

스와이드는 두건을 푹 눌러쓰고 있어서 표정을 알 수 없었다. 하지만 나는 그의 입가에 빈정거리는 미소가 번진 걸 보았다. 스와이드는 암살기사에 대해 안다. 팔크의 솜씨를 구경할 생각인지도 모른다. 하지만 자신이 살인자일지도 모른다고는 추호도 생각하지 않으리라.

"먼저 쉽게 증명할 수 있는 사람부터 시작하겠습니다."

팔크는 그렇게 말하고는 홀에 모인 용병과 병사들을 둘러보았다.

그의 시선이 에이브의 머리 위에서 멈췄다.

"에이브 허버드. 그에게 의심할 구석은 거의 없습니다. 그는 미니언이 아닙니다."

그 말을 들은 에이브는 흡족해하기는커녕 더 화가 난 듯 얼굴을 찌푸렸다. 이런 상황이 아니고 상대가 기사만 아니었다면 당연하다고 외쳤을 것이다.

팔크는 애덤을 향해 설명했다.

"왜냐면 그는 요새에 있었기 때문입니다. 돌아가신 롤렌트 님의 명령으로 탑의 병사들은 밤새 돌아가며 보초를 섰습니다. 그리고 영주님도 아시다시피 요새에는 문이 하나밖에 없는데다, 그날 밤에는 평소보다 경계가 삼엄했습니다. 아무에게도 들키지 않고 요새를 드나드는 건 불가능합니다. 애당초 영주님이 살해되셨을 무렵 에이브는 부하와 함께 요새에 있었습니다. 경비병들이 밖에서 보초를 서고 있었으니 안에 있던 에이브의 혐의는 풀렸다고 봐야겠죠."

나도 이중에서 에이브만은 범인이 아니라는 사실을 알고 있었다.

프랑스어로 이야기해주자, 니콜라도 고개를 까딱였다.

"다음은 저쪽입니다."

팔크가 가리킨 건 아래쪽 테이블의 말석에 앉은 스와이드였다.

"스와이드에 관해서는 몇 가지를 검토해야 합니다. 왜냐면 그는 마술사라서, 평범한 인간에게는 불가능한 일도 마법으로 가능하게 만들 수 있을지 모른다는 의심을 떨칠 수 없기 때문입니다. 이를테면 방금 말씀드린 작은 솔론에 잠입하는 방법을 들 수 있겠지요. 스와이드는 자신이 부리는 청동거인을 타고 해협을 건너갈 수 있을지도 모릅니다. 그 거인이 바닷속에서도 움직일 수 있다면 손을 높이 올리게 하고 그 위에 올라타면 되니까요.

하지만 마법을 제외하고 생각하면 그만큼 미니언에 적합하지 않은 인물도 없습니다. 겉모습이 어린애니까요. 과연 암살기사가 어린애를 미니언으로 선택할까요? 그것도 자신의 마술을 생각지도 못한 방법으로 풀 가능성이 있는 마술사를?"

외양에 대한 이야기가 나오자 스와이드는 살짝 고개를 숙였다. 두건으로 얼굴을 숨겼으면서도, 고개를 숙여 사람들의 시선을 피하려는 것이다. 전장에서 그만큼 강력한 마술을 선보인 그가 제 모습은 이토록 부끄러워하다니.

"물론 그 이유만으로 그를 제외할 수는 없습니다. 그럼 실제로 검토해보면 어떤 결과가 나올까요? 그의 외양이 살인에 적합하지 않다는 점은 변함없습니다. 롤렌트 님을 해치는 데 쓰인 검은 작전실 벽에 걸려 있었습니다. 제 조수 니콜라의 손이 간신히 닿을 높이에 걸려 있었죠.

스와이드가 미니언이라면, 어떠한 수단을 써서 그 검을 입수해야만 합니다. 하지만 그는 니콜라보다 작습니다. 물론 마술을 사용하면 간단하겠죠. 그러나 그전에 작전실 내부를 떠올려보시기를 바랍니다. 그곳에는 검 외에도 갖가지 무기가 있었습니다. 실제로 범행에 사용된 검 밑으로 훨씬 쉽게 손이 닿는 곳에 손도끼가 걸려 있었지요. 그런데 어째서 손도끼가 아니라 장검이었나? 미니언이 가장 잘 다루고 손에 익은 무기였기 때문입니다. 스와이드는 그 둘 중 어느 쪽에도 해당되지 않죠. 손이 닿지 않는 곳에 걸린 검을 구태여 흉기로 선택할 이유는 없습니다. 그래도 검을 집었다고 가정해보죠. 하지만 여전히 보폭의 문제가 남습니다……"

팔크는 거기서 말을 끊더니, 홀 안을 둘러보며 사람들의 표정을 확인하고 나서 다시 입을 열었다.

"제가 이런 이야기를 해도 사람들은 이렇게 말하겠죠. 스와이드는 마술사다. 그 무시무시한 청동거인을 조종할 수 있는 능력을 가졌다. 마술로 팔다리를 늘리면 키와 보폭 문제가 모두 해결된다. 저는 그런 편리한 마술이 없다는 걸 압니다. 하지만 그런 마술이 없다고 주장하는 것보다 훨씬 중대한 증거가 있습니다. ……영주님. 영주님은 사라센인들의 금기를 아십니까?"

질문을 받은 애덤은 짜증스레 대꾸했다.

"아니, 관심도 없네."

"그럼 기억해주십시오. 그들은 술을 마시지 않습니다. 하지만 모든 사라센인이 술을 한 방울도 입에 대지 않을 정도로 엄격히 지키진 않습니다. 그들이 술보다 더 기피하는 건 돼지고기입니다. 우리 기독교도도 금요일에 고기를 먹지 않지만, 그보다 훨씬 더 엄격하게 금기를 지킵니다. 아니, 그들은 돼지에 손을 대지도 않습니다. 그들에게 돼지는 부정한 짐승이기 때문입니다."

나도 애덤처럼 사라센인의 계율에 대해서는 알지 못한다. 하지만 그 이야기를 듣고 떠오르는 일이 있었다. 아버지는 스와이드에게 일인분의 식사를 제공하겠다고 약속했다. 그때 아버지는 "자네의 율법을 존중해 돼지고기나 술을 내지 않도록 하라고 일러두겠네"라고 했다.

"사라센인이 무슨 생각을 하는지 알 게 뭔가. 그들의 계율이 이 일과 무슨 상관이란 말인가?"

"저희는 녹슬지 않도록 검에 돼지기름을 바릅니다."

그 순간, 기묘한 분위기가 홀 안을 지배했다. 나도 고개를 갸웃거렸다. 그랬던가?

이내 누군가가 잠시 머뭇거리다 이의를 제기했다. 에이브였다.

"피츠존 경, 돼지기름 같은 건 쓰지 않습니다."

누가 그렇게 말하기를 기다렸다는 듯 팔크는 살며시 미소 지었다.

"그렇습니다. 검을 손질하는 데 돼지기름을 쓰지는 않죠. 저의 경우 올리브유와 동방에서 나는 클로브유를 섞은 기름을 씁니다. 솔론에서는 무엇을 쓰는지 모르지만, 빛도 금세 탁해지고 냄새도 역한 돼지기름을 쓰지 않는 건 분명합니다.

하지만 그 사실을 모르는 사람이 있었습니다. 태어나서 한 번도 돼지와 접촉한 적 없는 사람이죠. 사라센인 스와이드 나지르는 우리가 검이 녹슬지 않도록 돼지기름을 바른다는 잘못된 소문을 들었고 그 말을 믿었습니다."

고개를 숙이고 있던 스와이드가 어느샌가 팔크 쪽을 바라보고 있었다. 두건 때문에 얼굴은 보이지 않지만, 아마 눈이 휘둥그레졌으리라. 팔크는 그를 향해 말했다.

"정확한 지식을 필요로 하는 마술사가 소문에 현혹되다니."

"거들먹거리지 마라. 너희가 검에 무엇을 바르든 내 알 바 아니다!"

"하지만 그 오해가 너의 무죄를 입증했다."

군용 창고에서 스와이드는 기독교도를 멸시하며 "돼지기름으로 검을 닦는 자들"이라고 말했다. 나는 그런 마술이 있는 줄 알았는데, 그게 아니라 모든 기독교도가 검을 손질하는 데 돼지기름을 쓴다고 믿은 것이었다니.

이제야 이해할 수 있었다. 전장에서 보수를 요구한 스와이드가 내가 내민 보석 장식 단검을 거부하고 은화 한 닢이라도 달라고 했던 까닭을. 그는 내 단검에도 돼지기름이 묻었다고 생각한 것이다.

팔크는 다시 사람들을 둘러보며 말했다.

"미니언은 다른 방법을 택할 수 있었습니다. 여러 방법 중에서 작전실의 검을 사용하는 방법이 문제가 없었으므로 그렇게 한 것입니다. 하지만 만일 스와이드가 미니언이라면 그 방법만은 쓰지 않았겠죠. 설령 작전실에 있는 무기를 써야만 했더라도, 그곳에는 망치와 곤봉 등 다른 무기도 얼마든지 있었으니까요."

"하지만 그대는 중요한 사실을 잊고 있는 것 같군."

애덤이 말했다.

"그 사라센인은 청동거인을 조종할 수 있다. 그런 거인이라면 작전실에서 쉽게 검을 집어서 휘두를 수 있었을 터."

팔크는 희미한 미소를 지으며 대답했다.

"지당한 말씀입니다. 청동거인이라면 가능할 수도 있겠죠. 그러나 떠올려보십시오. 서쪽 문이 어떤 것인지를."

그래, 그 문은 쪽문이다.

니콜라조차 몸을 굽히지 않으면 지날 수 없다. 청동거인이 그곳을 지나려면 지금보다 세 배는 입구가 넓어야 한다.

"그리고 무엇보다 거인의 발자국은 찾을 수 없었습니다. 스와이드도 미니언이 아닙니다."

"다음은 이텔입니다."

팔크는 잠시 뭔가를 생각하는 듯 눈을 감았다.

"……그 역시 몸집이 작습니다. 하지만 검에 손이 닿지 않을 정도는 아니죠. 이텔의 주무기는 활이지만 그렇다고 검을 쓰지 말라는 법도 없고요. 그저께 밤, 그의 행동을 줄곧 감시한 병사가 있는 것도 아닙니다. 그를 미니언 후보에서 제외하기는 결코 쉽지 않습니다."

거기까지 말한 팔크는 불현듯 애덤을 바라보았다.

"그전에 영주님, 하나 여쭙고 싶은 일이 있습니다."

애덤은 안절부절못했다. 미간을 찌푸리고 퉁명스러운 목소리로 대꾸한다.

"뭔가?"

"돌아가신 선대 영주 롤렌트 님은 이텔과 그의 아우 힘에게 동등한 보수를 내리겠노라 약속하셨습니다. 그들 형제가 전장에서 충분한 공을 세운 건 누구나 인정할 것입니다. 영주님도 롤렌트 님의 약속을 이어받아 그들에게 처음 조건대로 보수를 지불해주시겠습니까?"

애덤은 결코 셈이 밝은 사람은 아니지만, 적어도 인색하지는 않다. 팔크의 말에 뭘 그런 걸 묻느냐는 양 고개를 끄덕였다.

"물론이네. 듣자 하니 힘은 부상을 입었다던데. 명예로운 부상을 치하하는 은화도 내리지."

"그 말씀을 들으니 마음이 놓입니다."

"하지만 그게 무슨 상관인가?"

"상관이 있습니다. 영주님이 보수에 대해 확답해주시지 않았다면 저는 이텔에게 빚을 지게 되기 때문입니다."

이텔의 표정이 얼어붙었다. 팔크가 무슨 이야기를 하려는지 알아챈 것일까. 하지만 말리려고 하지는 않았다. 그는 자리에 앉은 채 바짝 굳은 온몸에서 긴장감을 내뿜고 있었다.

"영주님, 사실 힘 압 소마스는 오래전에 다리를 다쳤습니다. 그 때문에 힘껏 달릴 수도 없죠. 과거 그들 형제가 글로스터셔에 살았을 때, 억울한 누명을 쓰고 노르만인 영주에게 고문을 받았기 때문입니다."

"뭐?"

애덤이 에이브를 날카롭게 쏘아보며 물었다.

"에이브, 자네는 이 일을 알고 있었나?"

용병을 심사한 건 에이브다. 그는 새 주군의 물음에 당당하게 대답했다. 자리에서 일어나 가슴에 손을 올리고 고개를 숙인다.

"네, 영주님. 알고 있었습니다."

"알면서 아버지께 용병으로 추천했다고?"

"네."

에이브는 고개를 들었다.

"이텔의 활솜씨가 그만큼 뛰어났기 때문입니다. 그가 쏜 화살은 저희와는 비교도 되지 않을 만큼 멀리까지 날아갔고, 정확하게 목표에 명중했습니다. 그런데 전장에서 재빨리 적을 찾아내 연달아 활을 쏘기 위해서는 도와줄 사람이 하나 필요하다고 하더군요. 사수의 보조라면 다리가 불편해도 별 문제는 없을 것 같았고요. 그리고 실제로 힘은 용감하게 싸웠습니다. 영주님, 저는 힘을 용병으로 추천한 제 판단이 옳았다고 자부합니다."

"흠…… 듣고 보니 그렇군."

이텔과 힘이 전장에서 어떻게 싸웠는지 직접 보지 못한 오빠는 그 화제를 노골적으로 피했다.

"알았네. 더는 문제삼지 않겠네. 하지만 그게 어쨌단 말인가?"

"네."

팔크는 고개를 끄덕이며 말을 이었다.

"이 노르만인 영주는 힘뿐 아니라 이텔도 고문했습니다. 그들 형제는 간신히 영주에게서 도망쳐 지금 이렇게 용병으로 살아가고 있습니다. 힘은 과거에 양치기였으나 다리를 다쳐 더는 일을 계속할 수 없었기 때문이죠. 이건 힘이 직접 한 말입니다만."

그는 기억을 떠올리듯 허공을 바라보았다.

"'저는 제법 실력 있는 축에 속하는 양치기였습니다. 형님도 뛰어난 직공이었죠. 이제는 두 형제 모두 먹고살 길이 막힌데다 고향에도 돌아갈 수 없는 몸이지만요.' 고향에 돌아갈 수 없다는 말은 이해가 갑니다. 도망쳐 나올 때 영주를 때려눕혔으니까요. 돌아가면 가혹한 벌이 기다리고 있겠죠. 힘이 더이상 양치기로 일할 수 없게 된 까닭은 방금 말씀드린 대로고요. 그럼 이텔은 어떨까요?"

이텔이 뭐라고 중얼거리는 모습이 보였다. 정확히 뭐라고 했는지는 모르겠지만, 아마도 '그래서 글로스터셔에서 무슨 일을 했는지 물었군' 같은 말이겠지.

"이텔은 주물공이었고, 장신구를 잘 만든다고 했습니다. 하지만 그 또한 먹고살 길이 막막해졌다고 했지요. 그가 받은 고문이 무엇이었는지 물어보려 했지만, 하필이면 그때 저주받은 데인인들의 공격이 시작되는 바람에 대화는 거기서 끊겼습니다. 물어봤어도 어차피 대답해주지 않았을 테지만요.

영주님. 전장에서 자신을 속이기란 어려운 법입니다. 때로는 행동이 말보다 유창하게 그 사람을 나타내주죠. 그는 광장에서 지붕 위에 올라가 저주받은 데인인들을 공격했습니다. 하지만 아래쪽에는 주의를 기울이지 못했죠. 한 데인인이 사다리를 타고 올라온 걸 뒤늦게 알아차린 겁니다. 적이 눈앞에 나타나자 그는 어떻게 했을까요?"

그 장면은 나도 보았다. 하지만 이상한 점이 있었던가?

팔크는 힘주어 또박또박 말했다.

"이텔은 왼손에 든 활을 집어던지고, 그 왼손으로 단검을 뽑았습니다. 활이 지붕 아래로 떨어져서 이텔은 유리한 장소인 지붕에서 내려갈 수밖에 없었지요. 왜 그는 오른손으로 검을 뽑지 않았을까요. 저는 그가 오른손잡이인지 왼손잡이인지 모릅니다. 하지만 설령 왼손잡이라도 해도 제 목숨줄이나 다름없는 활을 버리고 왼손으로 검을 뽑은 데는 그럴 만한 이유가 있었다고 봐야겠죠.

그 순간적인 결단과, 그가 직공 일로 돌아가지 못했다는 사실을 조합해보면 답은 명백합니다. ……영주님도 아시다시피 시위를 당길 때 오른손은 집게손가락과 가운뎃손가락, 그리고 약손가락만 있으면 되지요."

팔크는 이텔을 향해 조용히 말했다.

"이텔, 영주님이 보수를 내리겠노라 약속하셨네. 이 자리에 자네의 활솜씨를 인정하지 않는 사람은 없어. 그러니 그 장갑을 벗어도 상관없겠지."

팔크가 이야기하는 동안 이텔은 줄곧 고민했으리라.

용병에게 지불할 돈을 조금이라도 줄이고 싶지 않은 사람은 없는 법이다. 용병이 약점을 내보이면 고용주는 기회를 놓치지 않고 보수를 깎으려 들 것이다. 그 때문에 이텔은 입을 다물고 있었고.

하지만 그는 마음을 정한 듯했다. 왼손으로 장갑을 잡더니 천천히 손을 뺀다.

나지막한 술렁거림이 홀을 가득 채웠다.

이텔의 오른손에는 엄지가 없었다. 관절부터 송두리째 잘려나갔다.

"롤렌트 님을 해친 검에는 오른손 다섯 손가락의 흔적이 또렷하게 남아 있었습니다. 이텔은 제외하겠습니다."

아직도 가라앉지 않은 술렁거림 속에서 팔크는 그렇게 선언했다.

"그리고 기사 콘라트 노이도르퍼."

이텔이 장갑을 다시 낄 때까지 기다렸다가 팔크는 다시 말을 이었다.

"그저께, 그는 배정받은 병영에서 밤을 보냈습니다. 에이브와 비슷하긴 하지만 똑같은 상황은 아닙니다. 용병들은 보초를 섰지만 병사 출입구는 하나가 아니었죠. 콘라트는 자신의 방에서 다른 용병들의 눈에 띄지 않게 밖으로 나갈 수 있었습니다."

앞서 거론한 세 사람과 달리 콘라트는 기사다. 주군이 없는 편력기사라지만, 같은 신분인 기사를 지명하자 윗자리에 앉은 기사들의 눈빛이 날카로워졌다. 하지만 언성을 높여 팔크에게 이의를 제기하는 이는 없었다. 오랫동안 기사들을 보아온 나는 그들의 의중을 대충 짐작할 수 있었다. 콘라트 개인은 그들과 같은 기사 계급이지만, 구태여 나서서 비호하기에는 그 수하들이 너무 수상쩍다고 생각하는 것이겠지.

그 분위기를 알아챘는지 콘라트는 한층 태연자약한 태도로 잔을 내려놓고는 옅은 웃음까지 지으며 입을 열었다.

"기사 피츠존. 귀공이 에일윈 가문을 위해 애쓰는 건 잘 알겠지만, 고발은 신중하게 행해야 할 거요."

"명심하겠소."

무뚝뚝하게 대꾸한 다음 팔크는 헛기침을 한 번 했다. 그리고 다소 가벼운 어조로 말했다.

"그전에 영주님. 영주님은 솔론 수도원에서 일어난 도난 사건에 대해 들으셨습니까?"

아버지의 죽음과 상관없는 이야기가 나오자 애덤은 당황했다.

"아아, 들었네. 깨어 있던 수사들도 많았는데 누구 하나 알아채지 못했고 보물을 여럿 도둑맞았다던데."

"아신다면 굳이 설명할 필요 없겠군요."

그리고 팔크는 콘라트를 똑바로 쳐다보았다.

수도원의 이름이 나오자마자 콘라트의 표정에서 여유가 사라졌다. 대신 사납고 위험한 빛이 번뜩였다. 전장에서 보았던 얼굴이다.

팔크가 손가락질을 했다.

"저는 기사 콘라트 노이도르퍼를 수도원의 재산을 훔친 죄로 고발합니다. 그저께 밤, 수도원에 침입해 칠보 장식이 달린 반지를 비롯한 보물을 훔친 건 바로 저자입니다."

"무, 무슨 소린가!"

소리를 지른 건 콘라트가 아니라 옆에 있던 기사들이었다. 애덤은 갑작스러운 상황에 무슨 일이 일어났는지조차 파악하지 못한 모양이다.

"기사 피츠존, 귀공은 기사 노이도르퍼가 도적이라고 말하는 건가!"

마치 자신이 고발당한 듯 서슬이 퍼래져서 반박하는 기사에게 팔크는 태연한 얼굴로 대답했다.

"맞습니다."

다른 기사도 침을 튀기며 역정을 냈다.

"이런 굴욕은 좌시할 수 없네. 결투를 신청해도 할말이 없어."

"콘라트가 원한다면 기꺼이 받아들이겠습니다."

애덤은 그제야 당면한 사태를 이해했는지 손을 들어 기사들을 진정시켰다.

"그만, 모두 그만들 하게! 이렇게까지 말하는 걸 보면 꽤나 자신이 있나보군."

"자신이 있어서 드리는 말씀이 아닙니다."

팔크는 꿈쩍도 하지 않았고, 오히려 가슴을 편 듯도 했다.

"제가 직접 그의 방에서 그 반지를 목격했습니다."

그 말을 듣고 처음으로 콘라트가 입을 열었다.

"귀공의 말만 듣고 믿으라는 건가. 다른 증인들처럼 아미나 님도 보셨다면 이야기는 달라지겠지만."

유감이지만 나는 여기서는 증인이 될 수 없었다. 병영을 찾아갔을 때 그가 테이블 위를 황급히 치우는 모습은 보았지만 무언가를 감추는 것은 보지 못했기 때문이다.

가만히 있는 나를 보고 콘라트의 입가에 미소가 되돌아왔다.

"귀공의 종사를 증인으로 세우려는 거라면 그건 통하지 않네. 자, 어떻게 할 텐가? 여기서 결투 날짜라도 잡겠나?"

오오. 나지막한 감탄사에 이어 격앙된 목소리가 터져나왔다. 저주받은 데인인들을 물리친 바로 그날, 함께 전장에 섰던 전우와 결투를 제안하다니, 대체 피를 얼마나 더 봐야 만족하려는 건지!

팔크는 콘라트의 도발에 넘어가지 않았다. 애덤을 향해 한층 더 공손하게 말했다.

"영주님. 지금 콘라트를 붙잡아 소지품을 조사해달라고 청하면 들어주시겠습니까?"

그 질문에 애덤은 곧바로 대답했다.

"아니, 그럴 순 없네. 목격자는 그대밖에 없어. 기사 노이도르퍼의 말대로 그것만 가지고 단정지을 수는 없지."

"방금 영주님은 수도원에 숨어든 도적이 아무에게도 들키지 않고 보물을 훔쳤다 말씀하셨습니다."

"분명 그렇게 말했네."

팔크는 잠시 뜸을 들였다.

"그럼 콘라트가 모습을 감추는 마술을 익혔다면 어찌하시겠습니까? 그런 마술을 부리는 자가 솔론에 온 직후, 아무에게도 들키지 않고 수도원에 침입한 도둑이 나타났습니다. 이렇게 말씀드리면 콘라트를 조사하도록 명을 내리시겠습니까?"

애덤은 벌어진 입을 다물지 못했다.

나는 순간 두려움이 콘라트의 얼굴을 스치고 지나간 것을 똑똑히 보았다. 그는 자신의 적이 만만치 않음을 알고 있다. 하지만 패배를 인정할 수는 없다. 기사라는 자가 승리의 대가로 주어진 약탈권이 아니라 모습이 사라지는 마술을 써서 도둑질을 했다는 사실이 밝혀지면 명예는 땅에 떨어진다.

그는 무훈을 세우기 위해 솔론에 왔다고 했다. 하지만 사실이 밝혀지면 초라하게 도망치게 될 것이다.

애덤이 목소리를 쥐어짜듯 말했다.

"진정 그러한 일이 있었다면 조사해야겠지."

"감사한 말씀입니다."

공손히 머리를 숙이고 나서, 팔크는 다시 콘라트를 향했다.

"이제 알았겠지. 도망칠 길은 없다."

"무슨 소린지 통 모르겠군."

팔크는 한층 더 서슬 퍼런 목소리로 말했다.

"무엇 때문에 밤까지 기다렸다고 생각하나. 그대가 병영에서 나오기만을 기다렸지. 자, 빌린 걸 돌려주겠네."

말을 마친 팔크가 테이블 아래서 무언가를 꺼냈다.

"아." 나는 나지막하게 외쳤다. 그때 콘라트의 방에서 본 오그라든 손, '도둑의 납촉'이다!

저주받은 데인인들과의 싸움이 끝나고 팔크는 곧장 작은

솔론에 왔다. 그런 다음 줄곧 이곳에 있었다. 그러고 보니 니콜라의 모습이 잠시 보이지 않았지……

나는 옆에 있는 니콜라를 보았다. 그는 내 시선을 알아채고도, 물고기를 잡는 걸 칭찬받은 어부처럼 태연한 표정을 짓고 있었다.

"영주님. 이건 '도둑의 납촉'이라 불리는 게르만의 마술입니다. 상관없는 자가 여기 초를 꽂으면 아무 일도 일어나지 않습니다. 하지만 정당한 소유자가 불을 붙이면 이 마술은 그자의 모습을 감춰준다고 합니다. ……제 조수가 콘라트의 방에서 가져왔습니다."

"모르는 일입니다! 팔크, 어찌 이런 짓을!"

그 순간이었다.

아주 짧은 시간 팔크의 시선과 콘라트의 시선이 정면으로 맞부딪쳤다. 팔크의 얼굴에 나타난 건 규탄도 고양감도 아니다. 그는 뭐라 형언할 수 없는 진지한 표정으로 콘라트를 바라보았다.

콘라트는 말을 삼켰다.

팔크는 초를 꺼내 테이블의 촛대에서 불을 붙이고 '도둑의 납촉'에 세웠다. 촛대의 불은 미세한 공기의 흐름을 따라 힘없이 일렁였다.

"보시다시피 단순한 촛불입니다. 하지만 만일 콘라트가 이

촛대의 진정한 주인이라면 사라지겠지요. 자, 들어보게."

팔크는 팔을 쓱 뻗어 콘라트에게 '도둑의 납촉'을 내밀었다. 홀에 있는 모든 사람이 마른침을 삼키며 두 사람을 바라보았다.

콘라트는 거부하지 않았다. 그는 손을 뻗어 불꽃이 일렁이는 촛대를 받아들었다.

그의 모습이 순식간에 눈앞에서 사라졌다.

"오오!"

"설마!"

홀은 단번에 흥분으로 가득찼다. 기사들은 모두 자리에서 일어났고, 애덤은 놀란 나머지 잔을 떨어뜨렸다. 포도주가 테이블보에 붉은 얼룩을 만들었다.

모두가 지금까지 콘라트가 있던 자리를 바라보았다. 방금 전 저주받은 데인인과 싸운 사람들이건만 '소유자의 모습을 사라지게 하는 촛대'의 존재를 믿지 않은 것이다.

다소 싸늘한 시선으로 그 혼란스러운 광경을 바라보던 나는 한줄기 바람이 부는 걸 알아채고 시선을 돌렸다. 출입구를 지키고 있던 니콜라가 어느샌가 문을 살짝 열고 있었다. 무엇을 하느냐고 물으려던 순간 초가 타는 냄새가 났다.

니콜라가 아무도 없는 허공을 향해 말했다.

"나쁘게 생각하지 말아주십시오. 스승님도 다른 수가 없었을 겁니다."

아무도 없는 곳에서 프랑스어가 들렸다.

"승부에서 패했을 뿐인데 누구를 원망하겠느냐. 트리폴리의 팔크에게 안부 전해다오."

납촉 냄새가 사라지자, 니콜라는 아무도 알아채지 못하도록 슬그머니 문을 닫았다.

"자, 그럼 본론으로 돌아가겠습니다."

아무 일도 없었다는 양 팔크가 말했다.

"잠깐, 콘라트는 어떻게 된 건가!"

애덤이 소리쳤다. 팔크는 태연한 표정으로 대답했다.

"이 섬 어딘가에 있겠죠. 영주님, 제 소임은 누가 롤렌트 님을 해쳤는지 검토하는 것입니다."

"무슨 소린가. 콘라트가 도둑이라는 말을 꺼낸 건 바로 그대이다!"

"네, 그는 도둑이었습니다. 하지만 그렇다고 그저께 밤에 롤렌트 님을 해치지 않았다는 증거는 되지 않습니다. 수도원의 재산을 훔치고 나서, 그길로 작은 솔론에 가 롤렌트 님을 살해한 다음 동이 트기 전까지 병영으로 돌아올 수도 있으니까요. 영주님, 콘라트에 대한 이야기는 아직 끝나지 않았습니다."

"그렇지만……"

무엇을 우선해야 할지 혼란스러워하는 애덤을 향해 팔크는 추가타를 날렸다.

"그나저나 지금까지 말씀드리지 않았습니다만, 그저께 밤에 미니언을 본 자가 있습니다."

"뭐!"

역시나 얼굴까지 붉혀가며 애덤은 버럭 성을 냈다.

"이제 와서 무슨 소린가. 그럼 지금까지 했던 이야기들은 다 뭐란 말이야?"

"영주님. 진정하십시오. 보긴 보았지만 워낙 멀리 떨어져서 누구인지는 알아보지 못했다고 합니다. 남자인지 여자인지조차 알 수 없었고, 그저 램프나 랜턴을 든 사람을 보았을 뿐이라 들었습니다."

"보았다는 사람이 대체 누군가! 그 야밤에!"

팔크는 미간을 찌푸렸다.

"송구합니다만 말씀드릴 수 없습니다."

"대체 무슨 꿍꿍이야!"

"영주님, 다시 말씀드리겠습니다. 저희 성 암브로시우스 병원형제단의 사명은 오로지 암살기사를 처단하는 것뿐입니다. 이번 사건에서는 미니언이 누구인지 밝혀내는 일이고요. 아미나 님도 롤렌트 님을 해친 자를 밝혀내라고만 명하셨지요.

범인의 그림자를 본 사람이 누구인지는 여기서 말씀드릴 계제가 못 됩니다."

손바닥에 땀이 흥건히 배었다. 과연 애덤이 납득할까? 하지만 여기서 팔크가 사실대로 말하면 토르스텐의 탈옥과 야스미나의 배신이 밝혀지게 된다. 짐작건대 애덤은 아직 토르스텐이 도망쳤다는 걸 알아채지 못했으리라. 그 사실을 알면 당장 그를 뒤쫓을 테고, 야스미나는 붙잡혀 목숨을 잃게 될 것이다. 야스미나가 무슨 생각으로 그런 짓을 저질렀는지는 모르지만 엄벌에 처해지기를 바라지는 않았다.

애덤이 뭐라 말하려 한 순간이었다.

"그러나!"

팔크가 목소리를 높였다.

"영주님은 일의 전모를 아셔야 할 권리와 의무가 있습니다. 모든 것이 끝났을 때 영주님께만 은밀히 진실을 말씀드리겠습니다. 그때까지 기다려주시겠습니까?"

애덤은 입을 꾹 다물었다.

"……하지만 증언할 사람이 없으면 그 증언이 진실인지 거짓인지 알 수 없지 않나."

"그 점은 걱정하지 않으셔도 됩니다. 실은 아미나 님도 그 증언을 들으셨습니다."

"아미나가?"

애덤이 그제야 나를 보았다.

시야 한구석에 슬그머니 부엌으로 사라지는 야스미나가 보였다. 그 모습을 본 나는 팔크의 속셈을 알아챘다.

토르스텐의 탈옥을 계속 비밀에 부칠 수는 없다. 영주가 되었으니, 애덤은 머지않아 이십 년 동안 가두어둔 저주받은 데인인에게 어떤 처분을 내릴 것이다. 그때가 되면 반드시 발각되겠지.

또한 야스미나의 죄를 감추기도 어렵다. 토르스텐이 도망친 일이 알려지면 단검이 사라졌다는 사실도 금세 알려질 것이다. 누군가가 협력했다는 사실이 알려지면 의심을 받는 건 야스미나와 나밖에 없다.

한마디로 팔크는 시간을 벌고 있는 것이다. 야스미나에게 도망칠 시간을 주기 위해서.

그는 진정 암살기사가 아닌 다른 이를 벌하는 데는 관심이 없는 모양이다. 콘라트에게 일부러 '도둑의 납촉'을 건넨 것도 그에게 도망칠 길을 열어주기 위해서였다.

그러니 내가 여기서 야스미나의 이름을 꺼낼 수는 없다.

"네, 들었어요."

조심해서 말해야 한다.

"저도 분명히 들었어요. 하지만 아버지 죽음의 진상을 알아내는 일은 팔크 경에게 일임했어요. 그러니 그가 여기서 말하지 않기로 한 일을 제가 말해버리면 제 말을 배반하는 셈이 되지요. 오빠, 죄송하지만 나중에 말씀드릴게요. 듣고 나서 그 내용을 다른 기사와 백성들에게 알릴지 결정해주세요."

나에게 아버지의 죽음을 조사할 권한을 준 이는 다름 아닌 애덤 본인이다. 아직도 석연치 않은 표정이었지만, 나중에 본인에게만 모든 것을 알려주겠다는 말을 듣고 수긍하기로 한 모양이다.

"……좋다. 그런 증인이 있었다고 치자. 하지만 그게 콘라트였다고 말하지는 않겠지?"

"네."

팔크는 고개를 끄덕였다.

"콘라트는 아닙니다."

애덤은 그 말의 미묘한 차이를 간신히 알아챈 눈치였다.

"잠깐. 콘라트라고 단언할 수 없는 것뿐이지, 콘라트가 아니라고 단언할 수는 없잖나."

"송구합니다만, 그것은 영주님이 '도둑의 납촉'의 성질을 모르시기 때문입니다."

나는 그 성질이 무엇인지 안다. 아, 그래서 팔크는 콘라트를 보내준 거구나.

팔크가 말을 이었다.

"'도둑의 납촉'에 한번 불을 붙이면 아무리 바람이 세게 불어도 물을 끼얹어도 꺼지지 않습니다. 그리고 심지가 타들어가는 동안 소유자는 그것을 내려놓을 수가 없습니다. 초가 다 탈 때까지 기다리는 수밖에 없죠. 오로지 신선한 모유만이 그 불을 끌 수 있다고 하지만, 조사한 결과 콘라트의 주변에는 그런 여자가 없었습니다.

하나 더 말씀드리겠습니다. 콘라트가 사용한 초는 한스 멘델이라는 상인이 여섯 개 묶음으로 판 초들 중 하나입니다. 한스는 그 초에 불을 붙이면 하룻밤은 거뜬하다고 하더군요. 그리고 어제 제가 보았을 때, '도둑의 납촉'에 있던 초는 끝까지 다 타들어가 흔적만 남아 있었습니다."

어느샌가 홀은 정적에 휩싸여 있었다. 팔크의 목소리만 울려퍼졌다.

"제 말뜻을 이해하셨으리라 생각합니다. 사건이 있던 날, 콘라트는 밤새 모습이 보이지 않는 상태였습니다. 아무도 그를 보지 못하는 상태였다면, 쉽게 롤렌트 님을 시해할 수 있었을 겁니다. 하지만 미니언을 목격한 사람이 있습니다. 다른 사람은 몰라도, 모습이 보이지 않았던 콘라트만은 목격될 수가 없죠. 콘라트는 미니언이 아닙니다."

그제야 나는 팔크가 어째서 집요할 정도로 토르스텐을 추궁했는지 깨달았다.

만일 미니언을 목격한 사람이 토르스텐 혼자였다면, 팔크는 이렇게 생각했을 것이다. 피가 흐르지 않는 저주받은 데인인에게 암살기사의 마술이 통하지 않듯이, '도둑의 납촉' 역시 효과가 없을지도 모른다.

하지만 팔크의 집요한 추궁으로 협력자인 야스미나 보몬트도 같은 광경을 목격했다는 사실이 밝혀졌다. 그 순간 팔크는 이 결론에 도달한 것이리라.

팔크는 성서를 낭독하는 사제처럼 묵직한 목소리로 엄숙하게 말했다.

"남은 건 오직 한 사람. 하르 엠마는 그저께 밤 숙소로 돌아오지 않았습니다. 다른 모든 가능성이 부정된 이상, 암살기사 에드릭의 마술에 조종당해 롤렌트 님을 살해한 자는 바로 그 여자라는 결론이 나옵니다."

36. 아버지의 품에

홀의 벽 쪽에서는 하인들이 제각기 주전자를 든 채 분위기를 살피고 있었다. 차례로 술을 대령해야 하는데 눈치를 보느라 쉽사리 다가가지 못하는 것이다.

팔크의 말이 끝나자 이상야릇한 분위기가 홀을 지배했다.

엠마는 말석의 제일 구석진 자리에 앉아 있었다. 그 주변에서 술을 마시던 병사들이 주춤하며 뒤로 물러났다. 살기어린 술렁거림과 따가운 시선이 엠마에게 쏠렸다. 당사자인 엠마는 잉글랜드어를 거의 알아듣지 못하는 듯, 아무것도 없는 벽을 그저 멀거니 바라보고 있다.

한 기사가 느닷없이 소리쳤다.

"있음직한 일이오! 마자르인은 이교도 아닌가! 멍청하게 속아서 롤렌트 님을 해쳤음이 분명하오!"

모든 마자르인을 이교도라 간주할 수는 없고, 암살기사가 사용하는 건 마술이지 속임수가 아니다. 하지만 사람들은 그 모든 사실에서 눈을 돌렸고, 그의 말은 무시무시한 힘을 발휘했다.

"맞아, 그 여자다!"

"여자가 무슨 용병이야! 처음부터 수상했어."

기사들 사이에서 그런 목소리가 터져나오자 병사들도 술렁이기 시작했다. 누군가가 자리에서 일어나 엠마에게 손가락질했다.

"마녀다! 네년이 롤렌트 님을!"

다른 자는 애덤을 향해 탄원했다.

"영주님, 부디 처벌을 내려주십시오. 이 여자는 악마입니다."

기사들은 둘째치고라도, 병사 중에는 엠마와 함께 싸운 자들도 있을 터다. 그러나 그녀의 편을 드는 사람은 아무도 없었다. 오늘 싸움에서 그들이 살아남은 건 엠마 덕이라 해도 과언이 아닌데 말이다.

하지만 그들의 마음을 이해 못할 것도 아니다. 하르 엠마는 너무 강하다. 제 키보다 커다란 도끼를 휘두르며 단독으로 적선에 뛰어들어 일대일 승부로 적장을 베어버렸다. 병사들의 마음속에는 그녀의 활약에 대한 질투와 정체를 알 수 없는 강력한 힘에 대한 공포가 뒤섞여 있으리라.

이 상황에서 나는 어떻게 해야 하는 것일까.

팔크의 지적은 모두 내가 지금까지 보아온 것과 일치한다. 미니언일 가능성이 있는 여덟 명 중에서 하나씩 제한 결과, 남은 건 엠마뿐이다. 그럼 엠마가 미니언일까?

그날 밤, 조과의 종이 울렸을 무렵 작전실을 찾아와 의자에까지 박힐 정도로 아버지의 가슴에 검을 찔러넣은 자가 엠마라니. 조종당했을지언정 그녀는 아버지를 죽인 것이다.

머리로는 이해했는데도 어째서인지 나는 그녀를 미워할 수 없었다. 사건의 전말이 밝혀졌을 때, 살인자 또한 희생자임을 안다 한들 평정을 유지할 수 있을지 자신이 없었다. 복수심에 사로잡힐지도 모른다고 생각했다. 그러나 지금 나는 엠마가 원수로 여겨지지 않는다.

증오에 찬 목소리는 한층 거세져 홀 안을 가득 채웠다. 지금 이 자리에서 태연한 사람은 오직 당사자인 엠마뿐이다. 그녀는 어딘가 먼 곳을 바라보고 있었다. 병사들은 거침없이 엠마를 비난하거나 말없이 고개를 숙이고만 있었다. 누가 감히 마자르인의 역성을 들려고 할까. 그렇게 생각한 순간이었다.

"피츠존 경, 외람됩니다만."

떨리는 목소리로 이의를 제기한 이가 있었다.

에이브다. 그는 부목을 댄 한쪽 팔을 감싸면서 자리에서 일어났다.

"그 말씀은 좀 이상합니다. 좀전에도 말씀하시지 않았습니까. 미니언은 잉글랜드어를 알아듣는 자라고요. 엠마는 잉글랜드어를 알아듣지 못합니다."

팔크는 천천히 고개를 저었다.

"나는 '잉글랜드어나 아라비아어'라고 말했네. 엠마가 아라비아어를 알 수도 있는 일이지. 혹은 잉글랜드어를 모르는 척하는 것일 수도 있고. 어찌됐든 다른 가능성이 모두 부정된 이상, 그녀가 둘 중 하나를 알아들을 수 있다고 봐야 하네."

말을 알아듣는 척하기는 어렵지만 알아듣지 못하는 척하기란 쉽다. 엠마는 실제로 단어 몇 개로 더듬거리면서 나와 대화를 나누었다. 사실은 더 잘한다 해도 이상할 건 없다.

용기를 내서 이의를 제기한 에이브의 마음도 이해할 수 있었다. 그녀는 영웅으로서 합당한 대접을 받아야 한다. 칭송 대신 던져진 것이 살인자라는 오명이라니, 그건 너무 비참하지 않은가. 하지만 에이브의 말에 동의하는 이는 아무도 없었다.

마지막으로 팔크는 애덤에게 고개를 숙이며 말했다.

"그녀는 암살기사 에드릭에게 조종당한 가엾은 희생자입니다. 그 마술을 풀어야 하니 잠시 시간을 주시기를 부탁드립니다. 그후는 영주님의 결정에 따르겠습니다."

한마디로 재판에 회부하라는 말이다. 애덤은 무릎을 탁 치며 승락했다.

"좋군! 기사 피츠존, 수고 많았네. 그대가 없었다면 아버지의 원수를 갚지 못했을 것이야. ……저 여자를 붙잡아라!"

병사들이 일어나 검을 뽑았다. 기사들도 침착하게 테이블에서 물러났다. 엠마는 그제야 꾀죄죄한 얼굴을 살짝 갸웃거렸다. 그녀는 영주를 시해했다. 조종당했다 할지라도 애덤은 극형을 내릴 것이다. 나는 마음속으로 빌었다. 최소한 애덤이 내리는 형벌이 조금이라도 고통이 덜한 것이기를.

그렇게 빌며 눈을 감은 내 귀에 니콜라의 다급한 목소리가 들렸다.

"아미나 님, 죄송하지만 스승님이 뭐라고 하셨는지 가르쳐 주십시오."

지금까지 오간 모든 대화를 통역했지만, 팔크의 고발은 아직 전하지 않았다. 니콜라는 어찌된 영문인지 눈앞에서 벌어진 일을 두려움에 찬 눈빛으로 바라보고 있었다. 병사들에게 에워싸인 엠마와 자신의 소임을 다한 팔크를.

나는 니콜라에게 전했다. 팔크의 고발을. 그가 모시는 기사가 승리했다는 사실을.

어둡던 니콜라의 얼굴에서 별안간 표정이 사라졌다.

"엠마가 미니언이라고요? 스승님이 정말 그렇게 말씀하셨습니까?"

"그래. 다른 사람은 아무도 미니언일 수 없으니 남은 긴 엠마밖에 없다고 했어."

그래서 엠마는 병사들에게 포위됐다. 지금 엠마에게는 무기가 없다. 만일 저항한다면, 그녀는 이 자리에서 목숨을 잃게 되리라.

니콜라는 혼잣말을 중얼거렸다.

"설마, 그럴 리가. 그럴 리가 없어. 하지만 스승님은 그래도 괜찮다고 생각하시는 건가?"

뭐지? 이제 와서 무슨 소리를 하는 걸까? 신경이 쓰인 나는 귀를 기울였다. 니콜라는 같은 말을 연신 되뇌었다.

"주저하지 말고 의무를 다해라…… 주저하지 말고 의무를 다해라. 주저하지 말고 의무를 다해라! 스승님, 당신은 저에게 그러라고 말씀하시는 겁니까?"

때가 되면 주저하지 말고 의무를 다하거라.

그것은 저주받은 데인인과의 결전이 끝난 뒤, 팔크가 니콜라에게 했던 말이다.

나는 그가 평소에 자주 이르던 덕목을 언급한 줄로만 알았다. 신께 감사하라, 왕에게 경의를 표하라. 그런 말처럼 제 의무를 다하라는 뜻이라고 생각했다.

그러나 지금 니콜라는 뭔가 비밀이 감춰져 있기라도 한 듯 거듭 그 말을 되뇌었다. 고개를 숙이고 있던 니콜라가 이내 살며시 고개를 들더니 팔크를 보았다.

저편에 있던 팔크 역시 니콜라를 바라보고 있었다.

두 사람의 눈이 마주쳤다.

니콜라의 목에서 갈라진 목소리가 새어나왔다.

"스승님, 대체 저한테 귀찮은 일을 얼마나 더 떠넘기실 생각입니까……"

그는 깊이 숨을 들이마셨다. 그리고 발음이 어눌하지만 잉글랜드어로 외쳤다.

"모두 멈춰요!"

병사들, 기사들, 용병과 시민, 그리고 하인들. 그때까지 동방의 기사를 따라온 종사를 신경쓴 사람은 그중 아무도 없었으리라. 하지만 그 순간 이 자리에 있는 모든 이의 시선이 니콜라에게 모였다.

"아미나 님, 부탁드립니다. 제 말을 잉글랜드어로 통역해주십시오."

니콜라는 더없이 진지한 표정으로 매섭게 단상의 오빠를 쳐다보고 있었다. 그가 무슨 말을 하려는지는 모르지만, 통역하는 건 어렵지 않다. 다소 당혹스러웠지만 나는 고개를 끄덕였다.

그러나 이어서 그가 프랑스어로 한 말은 내 귀를 의심하게 했다.

"니콜라, 설마 진심으로 그런 말을 하는 건 아니겠지!"

"지체할 시간이 없습니다. 그래야 한다면 협박이라도 하겠습니다."

그는 허리춤에 찬 단검으로 손을 뻗었다.

농담처럼 들리지는 않았다. 게다가 검을 빼들어 나를 위협하는 일은 그 자체로 큰 죄다. 그는 죽음을 각오한 것이다.

마른침을 삼켰다. 그 말을 전하면 어떤 상황이 펼쳐질지 헤아리지 못한 채, 나는 홀 안에 다 들리도록 니콜라의 말을 외쳤다.

"다들 물러나요! 하르 엠마는 미니언이 아니에요. 아버지를 해친 자는 따로 있어요!"

애덤이 자리를 박차고 일어났다.

"아미나, 느닷없이 무슨 소리냐. 네가 믿고 맡긴 기사 피츠존이 내린 결론이다."

"제가 아니라 여기 있는 니콜라가 한 말이에요. 그는 잉글랜드어를 못해서 제가 대신 전달했어요."

"니콜라? 그게 누구냐?"

이 대화를 니콜라에게 전할 여유는 없었다. 나는 그가 속삭이는 말을 거르지 않고 고스란히 잉글랜드어로 옮겼다.

"엠마는 아니에요. 왜냐하면 아미나, 그러니까 저도 제 두 눈으로 보았는데, 그녀에게는 암살기사의 마술이 통하지 않거든요. 엠마는 절대로 '강제된 신조'에 조종당할 수 없습니다."

니콜라는 그렇게 말했지만 나는 엠마에게 마술이 통하지 않는 광경을 본 적이 없다. 나에게 거짓말을 하라는 것이냐고 따지고 싶었지만, 그는 나는 안중에도 없는 듯했다.

"아미나, 왜 그러느냐. 그 종사가 뭐라고 했지?"

"음, 그러니까."

니콜라는 프랑스어로 무척이나 빠르게 말했고, 나는 그 말을 정확하게 전달하는 것만으로도 벅찼다.

"지난 이십 년 동안, 이 섬에는 저주받은 데인인이 갇혀 있었습니다. 그는 언젠가 돌아올 자신의 주군을 기다리기 위해 포로 서약조차 하지 않았죠.

그리고 그는 그저께 이 섬에서 탈출했습니다. 왜 하필 그날이었을까? 대답은 자명합니다. 그제 작은 솔론을 찾아온 손님 중에서 자신의 주군을 발견했기 때문입니다. 그는 갇혀 있던 탑의 작은 창문 너머로 주군을 보았습니다."

내 목소리가 내 것이 아닌 듯했다. 아무리 어쩔 수 없는 상황이라지만, 팔크가 덮어둔 토르스텐의 탈옥을 내 입으로 털어놓게 되다니.

"뭐라고? 그 데인인이 도망쳤다고?"

예상대로 애덤은 눈을 부릅뜨며 외쳤다. 하지만 니콜라는 여전히 허리에 찬 검에 손을 올린 채 나의 침묵을 허락하지 않았다. 그의 목소리가 조금씩 커져갔다.

"그제 스승님과 저는 선대 영주님을 뵈었습니다. 영주님은 앉은 채 우리를 맞이했죠. 다음으로 시장이 들어왔을 때에도 앉아 계셨고요. 그리고 마지막으로 용병들이 들어왔을 때, 영주님은 자리에서 일어나셨어요. 이런 말도 안 되는 일이 있을 수 있을까요? 기사와 시장이 들어와도 앉아서 맞이했던 영주님이 용병들을 서서 맞이하다니요. 그 이유는 하나뿐입니다. ……용병들 가운데 영주님이 경의를 표해야만 하는 인물이 있었기 때문이죠."

분명히 아버지는 그렇게 행동했다. 이상하다고 여기지 않은 건 아니지만, 깊게 생각하지는 않았다. 하지만 듣고 보니 그렇다. 기사나 시장도 아닌 용병에게 예의를 갖추다니, 무슨 이유가 있었다는 걸 알아챘어야 했는데.

“그리고 무엇보다 오늘 있던 전투.”

니콜라의 목소리는 이제 속삭임이 아니라 홀 구석구석에 울려퍼질 만큼 또랑또랑했다. 대부분의 사람들이 알아듣지 못할 그 말을 내가 잉글랜드어로 옮겼다.

“그 저주받은 데인인들과 호각으로 싸운 자는 누구였습니까? 기사도 용병도 데인인과 정면으로 맞붙지 못했습니다. 제 몸을 지키는 게 고작이었고, 그조차 힘에 부쳐 죽어간 자들도 한둘이 아닙니다. 왜냐면 저주받은 데인인은 두려움이라는 감정을 느끼지 못하는데다 무시무시한 괴력을 가졌기 때문이죠. 그런 데인인과 제대로 맞붙어 싸우려면 스와이드의 청동거인이 움직이기를 기다릴 수밖에 없었습니다.

그러나 엠마는 달랐어요! 그녀는 저주받은 데인인들에게 돌진해 그들의 검과 도끼를 튕겨냈습니다. 솔론에서 싸운 모든 이가 하지 못했던 일을 그녀는 해낸 겁니다. 어떻게 그럴 수 있었을까요?

용선이 들이닥쳤을 때, 이텔은 저주받은 데인인을 쏘아 바다로 떨어뜨렸습니다. 그런데 그 데인인은 항구에서 벌어진 최후의 결전에도 나타났지요. 한마디로 그들은 바다에 떨어져도 죽지 않는다는 뜻입니다. 적어도 인간과 비교도 되지 않을 만큼 오랫동안 움직일 수 있다는 건 확실하죠. 엠마 또한 사슬 갑옷을 입은 채 바다로 떨어졌으니 살아 돌아올 수 있을 리 없었습니다. 그런데도 숨을 참는 걸로는 버틸 수 없을 만큼 오랜 시간이 지난 다음 멀쩡히 살아 돌아왔죠. 어떻게 그럴 수 있었을까요?"

니콜라의 말을 그대로 옮기며 스스로도 그 물음에 대해 생각했다. 왜 엠마만이 저주받은 데인인과 호각으로 싸울 수 있던 것일까?

나는 그 답을 말하기 위해 숨을 가다듬어야만 했다.

"답은 오직 하나. ……그녀 자신도 저주받은 데인인이기 때문입니다!"

놀란 목소리, 겁에 질린 목소리, 불신에 찬 목소리가 터져 나오며 홀을 뒤흔들었다.

병사들의 표정이 순식간에 두려움에 휩싸였다. 기사들조차 움직임을 멈췄다. 그 가운데 니콜라의 목소리가, 이어서 내 목소리가 울려퍼졌다.

"엠마, 이제 모두 밝혀졌어. 그 입술연지를 지워요!"

나는 어려운 단어를 쓰지 않았다. 그래서 엠마도 알아들은 것일까. 아니면 엠마가 잉글랜드어를 알아듣는다는 팔크의 말이 사실이었을까. 지금까지 벌어진 모든 일에 아무 반응도 보이지 않던 엠마가 나와 니콜라를 돌아보며 어두운 자줏

빛 입술연지를 바른 입술로 미소 지었다.

"눈이 밝구나."

"어서!"

"……좋아."

그녀는 테이블에 남아 있던 양고기 그릇에 손을 뻗더니, 가장자리에 고인 기름을 찍어 입술에 발랐다. 그리고 테이블보 끝으로 입술을 닦았다. 모두 잠자코 그녀를 지켜보았다.

손을 내리고 고개를 든다. 연지가 지워진 엠마의 입술은.

"푸른 입술!"

"저주받은 데인인이다!"

비명 같은 목소리가 터져나왔다.

조금 진정되었는지, 니콜라의 목소리가 다시 작아졌다.

"이 섬에 갇혀 있던 포로가 주군으로 모시고, 전 영주님이 경의를 표했던 저주받은 데인인. ……당신이 이볼드의 노래에 등장하는 '왕의 후계자'죠?"

그때까지 덤덤하던 엠마의 얼굴이 확 달라지며, 유쾌한 듯한 표정이 떠올랐다.

"조금 더 숨길 수 있으리라 생각했는데, 거기까지 꿰뚫어볼 줄이야."

그녀는 애덤을 향해 우아하게 고개를 숙였다.

"지금까지 본명을 숨겨서 죄송합니다. 제 이름은 프레이야

라우뤼스도티르. 과거 당신의 아버지께 큰 빚을 졌습니다."

애덤은 당황한 기색이 역력했다. 누구에게 뭐라고 말해야 할지 그 답을 찾듯 좌우를 둘러보다가, 팔크를 발견하고는 큰 소리로 외쳤다.

"팔크 경, 이게 대체 어떻게 된 일인가!"

그때까지 팔크는 니콜라의 반론에 한마디도 답하지 않았다. 그저 잠자코 니콜라의 말에 귀를 기울이며 엠마의 거동을 지켜볼 뿐이었다. 애덤의 목소리가 과연 그의 귀에 들렸는지조차 알 수 없었다. 그는 지긋이 니콜라를 바라보다 말했다.

"저주받은 데인인의 몸에는 피가 흐르지 않는다. 따라서 암살기사의 마술이 통할 리 만무하고, 미니언이 될 수도 없다…… 그래, 아귀는 맞는구나. 니콜라, 그럼 넌 누가 미니언이라고 지목할 생각이냐?"

그 말을 프랑스어로 바꿔 전하자 니콜라는 소리가 날 정도로 꽉 어금니를 깨물었다. 그리고 팔을 들어 그를 지목하며 외쳤다.

"팔크 피츠존. 바로 당신입니다!"

프랑스어를 몰라도, 니콜라가 입에 올린 그 이름과 손가락이 가리키는 방향을 보고 모두 팔크가 고발당했다는 사실을 알 수 있었다. 동방에서 온 기사와 그 종사. 홀에 있던 사람들은 모두 둘 중 한쪽을 쳐다보고 있었다.

그리고 나는 니콜라를 대신해 말했다.

"팔크 경의 검토 내용은 모두 옳아요. 미니언은 그저께 작전실에 있던 자여야만 하죠. 그리고 모두 아니란 것이 증명됐고요. 남은 건 니콜라와 팔크뿐이에요."

"그럼 니콜라 네가 미니언이구나."

"아니에요. 니콜라는 작전실 입구에서 아버지가 살해당한 위치까지 여섯 걸음으로 갈 수 없어요. 무엇보다 그저께 아버지가 살해당한 시각인 조과의 종이 울릴 무렵, 니콜라는 사이먼의 가게 점원과 이야기하고 있었죠."

"하지만 난 미니언이 아니다. 왜냐면 성 암브로시우스 병원형제단은 결코 암살기사에게 굴하지 않기 때문이지."

그 말을 듣더니, 니콜라가 잉글랜드어도 프랑스어도 아닌 순수한 외침을 내질렀다. 허리에 찬 단검을 뽑아든다. 주변 사람들이 술렁거리며 뒤로 물러났다. 검을 든 그는 소년의 목소리라 믿기지 않을 만큼 굵고 엄중한 목소리로 외쳤다.

"그렇다! 병원형제단에게 패배란 없다. 그러니 당신은 형제단의 기사가 아니야. 당신의 이름은 팔크가 아니야. 당신은 내 스승이 아니야! 당신이야말로 팔크의 동생, 전 영주님을 시해한 진짜 살인자, 팔크와 머리색과 눈동자 색이 같은 자. 바로 암살기사 에드릭 피츠존이다!"

나는 보았다.

그 찰나와도 같은 순간, 팔크는 웃고 있었다. 자애와 준엄함이 공존하는 눈으로 어린 제자를 지그시 바라보고 있다. 나는 저 눈을 알고 있다. 그래, 그날 밤이다. 아버지가 나를 작전실로 불렀던 밤.

총명한 아이, 그렇게 나를 부르던 아버지의 눈이다.

나는 잉글랜드어로 니콜라의 고발을 전했다. 그 순간 팔크의 얼굴이 추하게 일그러졌다. 살의와 증오에 찬 얼굴을 보고 홀에 있는 모든 사람이 니콜라의 고발을 진실로 여겼으리라. 그리고 팔크 자신도 그 말을 뒷받침하듯 이렇게 말했다.

"아직 미숙한 애송이인 줄 알고 얕봤는데, 이리 될 줄 알았으면 진작 없애버릴 걸 그랬군. 니콜라 바고, 성 암브로시우스 병원형제단의 뜻을 잇는 아이야. 나를 어찌할 작정이냐?"

그러자 니콜라는 팔크를 향해 단검을 겨누더니, 여전히 발음은 어눌하지만 잉글랜드어로 똑똑히 직접 대답했다.

"내가 당신을 죽이겠습니다."

팔크도 검을 뽑았다. 기묘하게 휘어진 곡도를.

"종사 주제에 암살기사를 죽이겠다고? 가소롭구나!"

그는 비스듬히 검을 겨누며 말했다.

"마지막으로 가르침을 주마!"

니콜라는 더는 아무 말도 하지 않았다.

바닥을 차고 올라 좌우로 갈라진 사람들 사이를 일직선으로 지나 팔크에게 달려갔다.

자리를 가득 채운 기사들과 병사들이 나설 틈조차 없었다.

방금 전까지 승리의 기쁨에 젖어 있던 홀은 정적에 휩싸였다.

팔크의 검은 니콜라의 망토를 갈랐다.

그리고 니콜라는 검을 든 팔크의 팔 안쪽에 있었다. 그는 검을 든 채로 담대하게 속도를 늦추지 않고 팔크의 품으로 파고든 것이다. 그 모습은 흡사 아버지의 품에 뛰어든 아이 같았지만, 니콜라의 단검은 팔크의 왼쪽 가슴에 깊숙이 박혀 있었다.

팔크의 무릎이 꺾였다. 그를 부축하듯 니콜라도 타일 바닥에 주저앉았다.

떨어뜨린 무언가를 찾듯 팔크의 손이 바닥을 헤맨다. 그러나 피는 점점 번져갔고, 그의 손은 차츰 힘을 잃었다.

얼마 뒤 그의 두 손이 완전히 멈추었을 때, 그는 마치 니콜라를 껴안고 있는 것처럼 보였다.

팔크의 손에서 미끄러진 검이 바닥에 떨어지며 쨍하고 공허한 소리를 냈다.

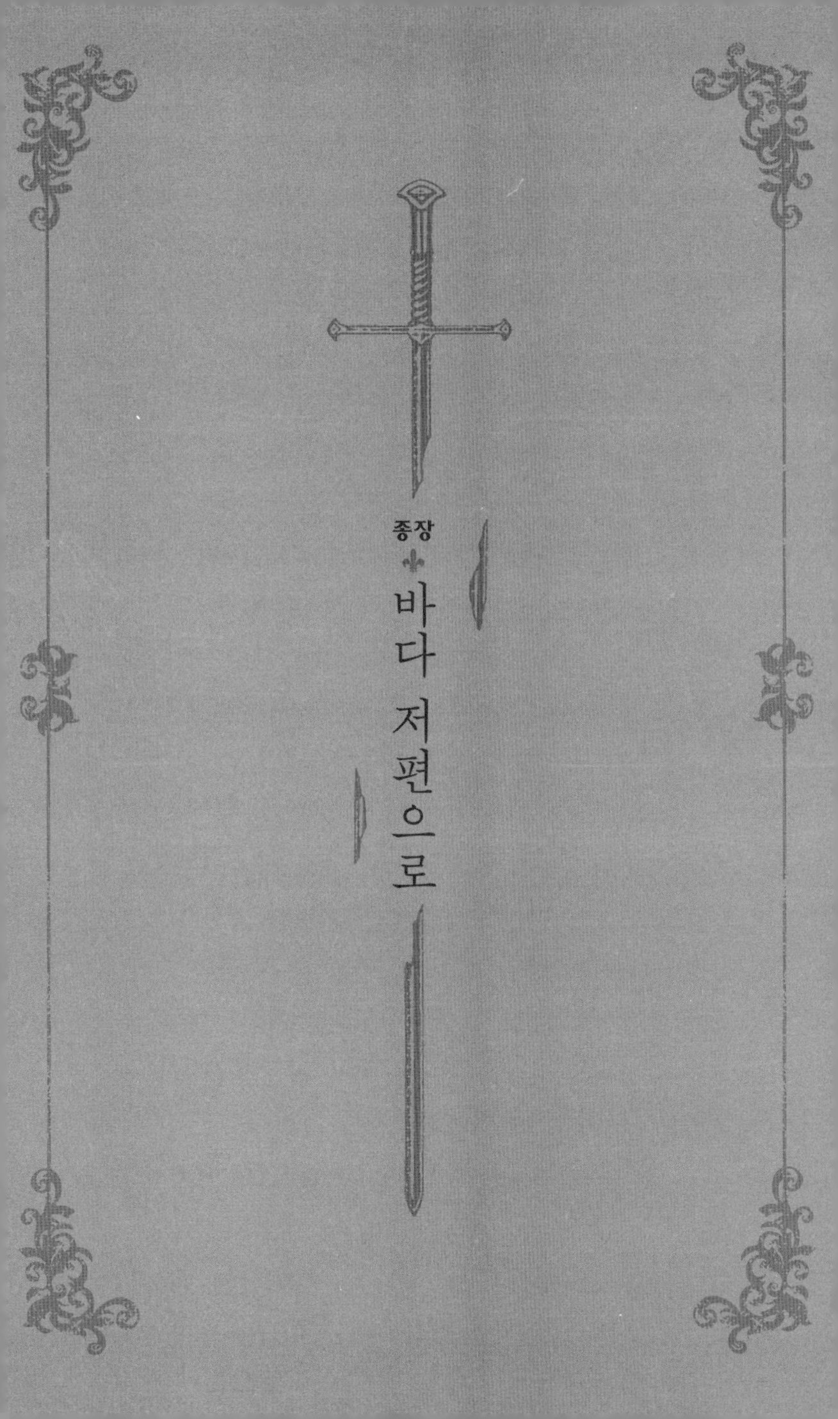

종장

바다 저편으로

37. 부러진 용골

이튿날, 솔론의 아침은 11월답지 않은 화창한 하늘과 함께 시작됐다.

성가와 꽃에 파묻혀, 솔론제도의 선대 영주 롤렌트 에일윈은 수도원 묘지에 매장되었다.

선대 영주를 시해한 범인은 암살기사 에드릭 피츠존이었다.

성 암브로시우스 병원형제단의 기사 니콜라 바고는 형 팔크의 이름을 사칭한 암살기사 에드릭의 정체를 간파하고, 새 영주 애덤 에일윈의 눈앞에서 훌륭히 에드릭을 처단했다. 애덤은 니콜라의 활약을 치하하며 상으로 은화를 내렸다.

사건은 그렇게 마무리되었다.

큰 솔론의 남동쪽 만은 천혜의 항구지만, 서쪽 해안선은 깎아지른 절벽이라 웬만한 배는 가까이 오지도 못한다. 그런데 그런 험준한 해안에 한 척의 배가 떠 있었다. 보는 이를 불안하게 만들 만큼 늘씬한 롱십. 데인인의 배다.

배에서 내린 밧줄은 부근에 있는 바위에 묶어놓았다. 그리고 그 옆에 서 있는 이는 하르 엠마, 아니 프레이야 라우뤼스도티르다. 전투용 도끼와 쇠사슬 갑옷은 이미 배에 실었고 이제 사람만 타면 된다. 그 푸른 입술에 살짝 두려움을 느끼며 나는 그녀에게 물었다.

"토르스텐은 같이 가지 않나요?"

어제 소란이 진정된 뒤 주변을 둘러보니 어느샌가 프레이야의 모습은 보이지 않았다. 작별 인사를 나누고 싶으니 서쪽 해안으로 와달라는 편지가 내 방에 남겨져 있었다.

프레이야가 대답했다.

"토르스텐은 기독교도에게 죄를 짓게 했으니까. 그녀가 죄를 짓게 한 일에 책임을 다하기 전까지 나한테 돌아올 생각은 말라고 했어."

야스미나 얘기다. 그녀도 자취를 감췄다. 그렇다면 역시 토르스텐을 따라간 것일까. 그 말을 들으니 조금이나마 마음이 편해졌다.

두 사람 모두 사라졌으니, 야스미나가 죄를 저지르면서까지 토르스텐을 도운 까닭은 영영 알지 못하리라. 하지만 어렴풋이 짐작은 간다. 아마 주체할 수 없는 정열 때문이었겠지. 야스미나가 부럽지는 않지만, 그래도 그녀가 행복하기를 바란다.

프레이야는 저주받은 데인인이라는 사실을 숨기기 위해 항상 얼굴에 얼룩을 묻히고, 말이 통하지 않는 척 먼 곳을 바라보곤 했다. 그러나 지금은 얼룩을 깨끗이 닦아내고 하얀 얼굴로 나를 보고 있다. 생기가 느껴지지 않는 창백한 얼굴이지만 그럼에도, 아니 오히려 그래서라고 해야 할까. 태양 아래의 그녀는 이 세상 사람이 아닌 듯 정말로 아름다웠다.

토르스텐의 일 말고도 묻고 싶은 게 더 있었다.

"그날 아버지가 작전실에 있겠다고 한 건 당신에게 하신 말씀이었군요. 당신은 왜 가지 않았죠?"

"나는 할말이 없었거든."

"아버지께 황금 단검을 보내 데인인의 습격을 경고한 이도 바로 당신이었고요."

"……일찍이 나누었던 약속이었지. 롤렌트는 나를 구원해 주었어. 내가 걸쳤던 망자의 옷을 벗기고 산 자의 옷을 걸쳐 줘서 제정신을 찾게 도와주었지. 알고 그런 건 아니었지만 말이야. 그 은혜에 보답하고 싶었는데 롤렌트의 아들은 나를 붙잡고 싶은 모양이네."

애덤은 병사들에게 프레이야와 토르스텐을 붙잡으라고 명령했다. 만일 붙잡으면 아버지처럼 관대한 처분은 내리지 않으리라. 필시 목을 벨 것이다. 아버지는 프레이야를 솔론의 수호신이라고 불렀건만. 그녀가 떠나는 것도 어쩔 수 없는 일이다.

"당신은 솔론을 위기에서 구해주었어요. 그걸로 충분해요."

하지만 그 말에 프레이야는 금빛 머리채를 흔들며 고개를 저었다.

"쫓아보냈을 뿐이야. 그들은 반드시 다시 올 거야."

"알아요. 아버지도 불사의 몸을 가진 그들은 영원히 솔론섬을 포기하지 않을 거라고 말씀하셨어요."

애덤도 그 사실을 알고 있을 터다. 저주받은 데인인이 또다시 쳐들어올 거라는 사실을. 그런데도 프레이야를 적이라고 본 것이다. 애덤은 역시 내가 알던 애덤일 뿐이다. 영민한 군주라 할 수 없다.

나는 바다 저편을 보았다. 저주받은 데인인들이 떠나간 곳이자, 지금 프레이야가 나아가려는 저 바다를.

"어디로 가나요? 당신도 영원히 죽지 않는 몸이잖아요. 앞으로 어떻게 할 생각이죠?"

프레이야 역시 바다를 보고 있었다.

"일족의 저주를 풀고 그들에게 안식을 주려고 해. 앞으로 몇백 년이 걸리더라도 반드시 해내고 말겠어. 그것이 족장의 딸인 내 의무야."

"……프레이야. 저주란 대체 뭐죠? 아버지는 내 증조부이신 로버트 에일윈이 이 섬을 공격해서 저주받은 데인인들을 몰아냈다고 말씀하셨어요. 당신들은 왜 저주받은 건가요?"

그러자 프레이야는 고개를 돌려 나를 물끄러미 바라보았다. 나라는 인간의 가치를 확인하는 듯한 눈빛이었다. 맑고 투명한 눈은 아니었다. 하지만 그 안에는 깊은 지혜가 담겨 있는 것처럼 보였다. 그녀는 백 년도 넘게 살아왔다. 그 눈에 고작 열여섯 살의 나는 얼마나 아둔하게 비칠까.

곧 그녀가 입을 열었다.

"그 이유는 롤렌트도 알지 못했어. 진실을 알 각오가 되어 있니?"

프레이야에게 일족을 책임질 의무가 있다면, 나에게도 조금이나마 에일윈 가문을 책임질 의무가 있다. 나는 힘주어 고개를 끄덕였다.

"네."

바람이 분다. 북해의 파도가 큰 솔론에 부딪쳐 산산이 흩어진다. 백 년 전부터 그래왔듯이.

프레이야는 진실을 알려주었다.

"일찍이 우리는 이 섬에 살았어. 어느 날 일족의 배신자가 병사들을 이끌고 섬을 침략한 거야. 많은 동포가 목숨을 잃었고, 우리는 삶의 터전을 빼앗겼어. 살아남은 이들은 복수를 맹세하며 룬 마술의 힘을 빌렸지. 지금 생각해보면 잘못된 선택이었지만."

"복수를 위해 스스로 저주받는 길을 택했단 말인가요?"

"그래."

"배신자는 세월의 흐름을 거스르지 못하고 죽었을 테니, 복수는 끝난 것이나 다름없잖아요."

말을 이어가면서도 나는 어렴풋이 깨달았다.

솔론제도를 가로챈 데인인의 배신자. 제 동족들을 몰아내고 그는 이 섬에서 무엇을 했을까?

분명 노예를 동원해 도시를 세웠으리라. 항구를 만들었겠지. 도시는 북해 무역의 중계지로 크게 번영했고, 배신자는 영주로서 그곳에 군림했다.

그러나 그는 도시에 살지 않았다. 견고한 작은 솔론에 영주관을 세웠다. 꽁꽁 숨듯이. 데인인이라는 과거를 감추기 위해 이름을 바꾸고 잉글랜드 왕가에 충성을 맹세했으리라.

"아니면 배신자의 후예를 남김없이 처단하기 전까지는 끝났다고 할 수 없나요?"

"그전에 내 손으로 끝낼 거야. 후손들에게는 아무 죄도 없으니까. 그렇지, 아미나 롤렌트도티르◆?"

들판 너머에서 자그마한 그림자가 다가왔다.

그가 처음 솔론에 왔을 때는 둘이었다. 그리고 지금은 홀로 걸어온다.

"마음 같아서는 멋지게 보내주고 싶은데."

그렇게 말을 걸자, 영주를 시해한 죄인을 밝혀낸 공로자 니콜라 바고는 작게 고개를 저었다.

"조용히 떠나는 게 좋아요."

니콜라는 두건이 달린 망토를 걸치고 지게를 짊어졌다. 예전과 같은 차림새였지만, 하나 다른 점은 벨트에 달린 가죽 주머니가 하나 늘어났다는 것이다.

애덤이 혼란 끝에 내린 결정은 더이상 생각하지 않는 것이었다. 누가 옳고 누가 그른지 이해하기를 단념하고, 암살기사와 그에 관련된 모든 존재를 성가신 것으로 간주한 다음 내쫓았다. 니콜라는 상으로 은화를 받았다. 하지만 그것은 한시라도 빨리 그를 내쫓기 위한 방편일 따름이었다.

"그리고 뱃삯도 안 받겠다고 하더라고요."

프레이야가 니콜라를 태워주겠다고 제안했다. 무고한 누

◆ '도티르'는 고대 노르드어로 '딸'이라는 뜻이다. 즉 '아미나 롤렌트도티르'는 '롤렌트의 딸 아미나'라는 뜻이다.

명을 벗겨준 감사의 표시라면서. 다행히 오늘은 화창하지만 이 계절에 북해를 항해하기란 쉽지 않다. 그러나 데인인의 배라면 걱정하지 않아도 될 것이다.

니콜라가 문득 마을 방향을 바라보았다.

"관을 준비해주셔서 감사합니다. 묘비가 마음에 걸리지만…… 언젠가 방법을 강구해봐야죠."

"천만에. 나야말로 아무것도 해주지 못했네."

팔크는 시내 외곽에 있는 외국인 묘지에 묻혔다. 니콜라의 마음이 불편할 만도 하다. 그 묘비에 새겨진 이름은 '에드릭 피츠존'이니까.

생각보다 꿋꿋한 니콜라의 모습을 보고 나는 물었다.

"니콜라, 언제부터 팔크 경이 수상하다고 생각했니? 전혀 의심하지 않다가 그 자리에서 느닷없이 고발하지는 않았을 거 아냐."

니콜라는 고개를 숙였다.

"언제부터냐고 하시면, 사실 처음부터 석연치 않았어요. 흉기가 작전실에 있던 검이라는 사실을 알았을 때부터 이상하다고 생각했죠."

"……정말로 처음부터 눈치챘구나."

"만일 콘라트나 이텔이 미니언이었다면 역시 손에 익은 무기를 사용했을 거라 생각했습니다. 스승님은 자기 검을 사용하면 증거가 남으니 다른 무기를 썼다고 하셨지만, 손에 익지 않은 검을 쓰는 게 훨씬 위험해 보였죠. 손가락 하나만큼만 길이가 달라져도 여러 가지로 문제가 생기거든요.

그런 위험을 감수하면서까지 작전실에 걸린 검을 사용한 건 미니언이 흔히 볼 수 없는 희귀한 무기를 즐겨 썼기 때문이라는 생각이 들더군요."

그리고 그는 허리에 찬 검을 어루만졌다. 솔론에서는 찾아볼 수 없는, 기묘하게 휘어진 곡도를.

"스승님의 검은 사라센인의 기술로 만들었는데, 찌르기에는 적합지 않지만 베는 힘은 뛰어납니다. 유럽의 어설픈 검과는 차원이 달라요. 상처를 보기만 해도 다르다는 것을 알아챌 수 있을 정도죠."

그 검의 위력은 나도 어제 직접 보았다. 항구에서 나를 지켜준 것은 바로 그 검과 팔크였다.

"그리고 미니언이 다짜고짜 영주님을 급습한 게 아니라, 처음에는 조용히 이야기를 나누었다는 사실이 밝혀졌을 때 의심이 더욱 깊어졌습니다. 영주님은 분명히 누군가를 기다리고 있었어요. 하지만 영주님이 기다린 인물과 미니언이 다른 인물이었다면, 어째서 미니언을 작전실에 들였을까요? 이델이나 스와이드였다면 절대로 들였을 리 없습니다. 콘라트도 마찬가지였을 거고요. 야심한 시각에 무슨 일이냐며 경계했을 겁니다. 만일 찾아온 이가 그들 중 하나였다면 칼도 뽑지 못한 채 속수무책으로 목숨을 잃지는 않았겠죠.

한밤중에 불쑥 찾아와도 영주님이 뭔가 사정이 있구나 짐작하고 안으로 들여보냈을 만한 인물은 얼마 없습니다. 영주님의 손님인 이볼드나 종기사인 에이브 정도죠. 그리고 암살자가 나타날 거라 경고한 장본인인 팔크 피츠존도 어쩌면 그중에 포함될지도 모른다는 생각이 들더군요."

아버지는 '강제된 신조'라는 마술의 존재는 알지 못했다. 팔크가 암살자에 대해 급히 전할 말이 있어 찾아왔다고 생각해서 방심했던 게 아닐까.

"그다음은 뭐, 스승님은 여러모로 알기 쉬운 사람이었거든요."

니콜라는 그렇게 말하며 삐딱하게 웃었지만, 눈동자는 금방이라도 울음을 터뜨릴 것 같았다.

"미니언이 누구든 간에 밤바다를 건널 방법은 있었다고 여겨야 한다. 스승님은 그렇게 말씀하셨죠. 그러면 제외해서는 안 될 인물을 제외하는 일이 없을 거라고요. 그건 맞는 말입니다.

하지만 실제로 용병들이 그 바닷길을 알아챌 수 있었다고 생각하세요? 그건 눈과 귀가 밝은 사람이 직감적으로 알아채지 않고는 도저히 알아낼 수 없는 숨겨진 길입니다. 저는 알아채지 못했어요. 스승님 말고 어느 누가 그런 길을 알아차리겠습니까? 그리고 알아낸 범위 내에서 바다를 건너는 방법은 그것 하나뿐이었고요."

그렇다면 니콜라는 줄곧 팔크가 미니언일 수도 있다고 생각했던 것이다. 팔크의 명으로 사람들의 이야기를 들으러 갔을 때도. 사이먼의 가게에서 팔크가 독에 당했을 때도. 저주받은 데인인을 상대로 팔크가 용감히 싸웠을 때조차.

"왜 그 이야기를 팔크에게 하지 않았니? 만일 미니언이라면 마법을 풀지 않는 한 언젠가 목숨을 잃게 되잖아."

"그건……"

니콜라는 말을 흐렸다.

"설마 그렇겠느냐고 생각했거든요. 아니, 그보다는…… 믿고 싶지 않았던 걸지도 모르겠네요."

그럼 팔크 자신도 그 사실을 알아채지 못했던 것일까?

"……팔크 경은 대체 어쩔 작정이었을까? 정말 엠마가 저주받은 데인인이라는 사실을 알아채지 못했던 걸까?"

내 말이 끝나자마자 니콜라는 즉시 대답했다.

"알고 있었어요. 제가 알아낸 것을 스승님이 알지 못했을 리 없습니다."

하지만 어젯밤 팔크는 엠마에게 죄를 뒤집어씌울 뻔했는데.

"그럼 네가 반론하지 않았다면."

"제가 그러리라는 걸 알고 있었던 거예요. 아니, 그 사람은 제가 반론하게 만들려고 그런 소리를 한 겁니다."

팔크가 엠마를 고발한 뒤, 찰나에 일어난 일이었지만 나는 똑똑히 기억한다. 제각기 홀의 양 끝단에 있었는데도 불구하고, 팔크와 니콜라의 시선은 분명히 마주쳤다. 니콜라는 그때 목소리를 쥐어짜 말했다. "스승님, 대체 저한테 귀찮은 일을 얼마나 더 떠넘기실 생각입니까"라고.

니콜라가 반론을 시작한 건 바로 그 직후다.

"자신이 미니언임을 알아챈 시점에서 스승님은 죽음을 결심했을 겁니다. 하지만 기독교도에게 자살은 대죄예요. 패배를 인정하고 처분에 몸을 맡길 수도 없고요."

"어째서?"

"싸움은 앞으로도 계속될 테니까요."

니콜라는 넌더리가 난다는 듯 말했다.

"암살기사들은 앞으로도 유럽에 흘러들어올 겁니다. 성 암브로시우스 병원형제단도 그들을 쫓아올 테고요. 그런데 이 사건에서 형제단이 패배해버리면, 그 뒤를 잇는 기사들의 신용도 바닥에 떨어집니다. 그런 사태만은 막아야 했죠. '암살기사는 성 암브로시우스 병원형제단에게 이길 수 없다'는 원칙을 목숨 걸고 지키지 않으면 동료들까지 위험에 처하니까요.

명예를 잃은 자신의 목숨을 끊고, 솔론에서 일어난 사건을 병원형제단의 승리로 끝맺음한다. 그걸 위해서는 스승님 본인이 암살기사인 척하는 수밖에 없었습니다. ……정말이지 마지막까지 귀찮은 일은 죄다 떠넘기고 갔어요."

성 암브로시우스 병원형제단과 암살기사. 그 싸움은 언제까지 계속될까. 그들이 짊어진 무거운 사명을 생각하면, 그저 가슴이 먹먹했다.

"대체 언제 그렇게 하기로 합의한 거야? 너는 순순히 그걸 받아들인 거니?"

그러자 니콜라는 한없이 지친 얼굴로 힘없이 웃었다.

"합의한 적 없어요."

"뭐?"

"전부 그 자리에서, 스승님이라면 그렇게 생각했을 거라고 짐작하고 한 말입니다. 지금 생각해도 밤중에 점원과 이야기하고 있었다는 거짓말을 어떻게 꾸며냈는지 모르겠네요."

아직도 감촉이 남아 있는 듯, 그는 자신의 손을 내려다보았다.

"마지막에 스승님이 칭찬해주셨습니다. 잘했다고, 이제 어엿한 어른이라고요. 정말 지독한 사람이에요. 받아들이고 뭐고, 그럴 수밖에 없는 상황을 만들어서 저를 계략에 빠뜨린 거라고요. ……그렇게 지독한 사람을 앞으로 또 만날 일은 없겠죠."

바람의 방향이 바뀌고 한줄기 바람이 불었다. 동쪽에서

불어오는 바람이다.

나는 살짝 고개를 숙이고 물었다.

"진짜 에드릭은 어디 있으려나."

즉시 대답이 돌아왔다.

"아마 죽었을 겁니다."

대수롭지 않다는 말투다. 에드릭은 아버지의 원수다. 나도 모르게 언성이 높아졌다.

"어째서!"

"어제 아침에 있었던 일을 생각해보세요."

사이먼의 가게에서 있었던 일 얘기다. 암살기사의 제자가 팔크의 식사에 독을 넣고 사이먼을 죽였지.

"암살기사의 제자가 그런 무모한 짓을 벌이다니 이상합니다. 그 소녀가 살아서 돌아갈 가능성은 없었으니까요. 에드릭이 살아 있었다면 막대한 돈과 시간을 투자한 제자에게 그런 짓을 시키지 않았을 거예요. 스승이 죽었기 때문에 제자가 죽음을 각오하고 그런 짓을 벌인 겁니다. ……아마 원수를 갚으려던 거겠죠."

분명히 그 습격은 승산 없는 무모한 시도였다. 팔크 역시 그 점이 석연치 않다고 말했다. 해독제가 있는 줄 알면서도 독을 넣는 건 암살기사답지 않은 짓이라고.

암살기사와 제자는 강한 유대로 맺어져 있다고 한다. 그 소녀는 어떻게든 팔크를 죽여야만 했으리라.

“만일 그렇다면, 대체 에드릭은 언제 죽은 건데?”

다시 묻자 니콜라는 난처한 듯 얼굴을 찡그렸다.

“글쎄요…… 아마 프로뱅에 장이 섰을 때 죽었을 거예요.”

“그게 말이 돼? 너와 팔크 경이 솔론에 오기 전이잖아.”

이해하지 못하는 나를 위해 니콜라는 차근차근 설명해주었다.

“설명해드릴게요, 스승님은 ‘강제된 신조’에 걸렸습니다. 하지만 암살기사가 그 마술을 쓰려면 스승님의 피를 훔쳐야만 하죠. 보통은 등에를 이용하지만, 스승님은 성 암브로시우스 병원형제단의 기사라 암살기사의 등에나 뱀을 물리치는 마법 도구를 항상 지니고 있었습니다.”

그래. 팔크는 분명히 그렇게 말했다. 그래서 자신의 피를 훔치는 건 불가능하며, 따라서 미니언이 될 수 없다고.

“그럼에도 불구하고 에드릭은 스승님에게 마술을 걸었으니, 방법은 하나밖에 없습니다.”

“……직접 맞붙었구나.”

니콜라는 고개를 끄덕이더니, 바람이 부는 쪽으로 고개를 돌렸다.

“계기가 뭔지는 모르겠습니다. 병원형제단의 명예를 실추시키기 위해 에드릭이 위험을 무릅쓰고 스승님에게 도전했을지도 모릅니다. 스승님이 에드릭을 찾아내고 뒤쫓았을 수도 있고요. 어찌됐든 스승님은 피를 빼겼습니다. 에드릭의 검이 스승님을 살짝 스치기만 하면 되니까요.

하지만 스승님은 항상 말씀하셨어요. 병원형제단의 기사와 암살기사가 대결해 둘 다 살아남은 적은 없다고. 스승님은 강한 분이시니 속수무책으로 당했을 리 없습니다. 스승님은 마술에 걸렸지만, 에드릭 역시 오래 살지는 못했겠죠."

그렇다면 동방에서 온 형제는 서로의 목숨을 앗아간 것이다.

그리고 아버지는 망자의 마술로 살해당했다.

하지만 그래도 이해가 가지 않는다. 무심결에 말이 타박하듯 튀어나오려 했다.

"그 두 사람이 싸웠다면 팔크 경이 기억하고 있었을 거 아냐. 에드릭에게 피를 빼앗겼다는 걸."

니콜라는 작게 한숨을 쉬었다.

"제 아버지가 어떻게 죽었는지 말씀드리지 않았던가요?"

"아……"

니콜라의 아버지는 결투의 맹세를 잊어버렸고, 그 대가로 팔을 잃었다가 죽었다. 그가 맹세를 잊어버린 까닭은.

"레테의 물방울."

"스승님의 턱에 있던 덜 아문 상처를 기억하세요? 그건 프로뱅에 있을 때 생긴 상처인데, 스승님한테 물어봐도 언제 어떻게 다쳤는지 기억하지 못하시더군요."

그리고 니콜라는 고개를 돌리며 전에 없이 분한 목소리로 내뱉었다.

"하하, 제 눈도 귀도 어둡기 짝이 없네요. 아버지를 죽인 마술을 알면서도 같은 수법에 또 당하다니…… 스승님한테 뭐라고 말해야 할지!"

6시과의 종이 울렸다.

절벽에 서 있던 프레이야가 말을 걸었다.

"슬슬 떠날 채비를 해. 이 섬에는 더이상 볼일이 없어."

니콜라는 프레이야를 향해 고개를 끄덕이고 나서, 나에게 미소를 지었다.

"그럼 아미나 님, 저는 이만 가보겠습니다."

"앞으로 어쩔 생각이야?"

"일단은 텍설섬에 가볼 생각입니다. 아미나 님에게 들은 이야기로는 텍설섬의 수도원을 습격하도록 사주한 사람과 에드릭의 의뢰인은 같은 자라 보아도 무방하니까요."

이렇게 한낮의 태양 아래서 보면 아직 앳된 티가 남은 소년이다.

하지만 니콜라는 성 암브로시우스 병원형제단의 기사가

아니다. 단원이라고도 할 수 없다. 머나먼 동방의 성지에서 유럽으로 도망쳐 온 마술을 뿌리 뽑는 일은 그가 본래 짊어진 사명이 아니다. 팔크 피츠존이 세상을 떠난 지금, 전부 다 모르는 일로 치고 살아갈 수도 있을 텐데. 그러나 니콜라에게 그럴 생각은 추호도 없는 듯했다.

어제 많은 사람이 죽었다. 나는 니콜라가 죽기를 바라지 않는다.

"팔크의 유지를 이을 생각이구나."

하지만 니콜라는 살짝 입을 삐죽이며 짤막하게 대답했다.

"그것도 이유죠."

"그럼 아버지의 원수를 갚으려고?"

"물론 그것도 이유 중 하나고요."

그러더니 니콜라는 말없이 나를 보았다. 물끄러미 바라보는 옅은 회색 눈동자에 나는 저도 모르게 눈을 돌렸다.

이윽고 니콜라가 조금 목소리를 낮춰 물었다.

"아미나 님, 설마 잊어버리신 건 아니겠죠?"

그 말을 듣고 이해했다. 니콜라는 잊어버리지 않은 것이다. 그날 밤 나누었던 맹세. 미니언이 밝혀지고 에드릭의 죽음이 거의 확실해진 지금, 그 맹세는 이미 지켜졌다고 여겨도 좋을 텐데.

나는 천천히 고개를 저었다.

"아니. 잊지 않았어. ……나를 위해 싸우겠다고 맹세했잖아."

그는 힘주어 고개를 끄덕였다.

"네. 저와 제 아버지의 검에 걸고."

"그럼 니콜라."

나는 끼고 있던 반지를 뺐다. 자수정이 박힌 금반지다. 어제까지는 끼지 않았다. 이 순간을 위해 가져온 물건이다.

"이 반지를 줄게. 아버지가 살해된 일의 진상을 밝혀내준 감사의 뜻이자, 나를 지켜주고 에일윈 가문을 위해 싸워준 너에게 주는 보수의 일부야. ……그리고 재회의 약속을 담은 증표고."

살며시 손을 뻗자 니콜라는 그제야 반지를 받아들었다.

"감사히 받겠습니다. 그런데 재회라니요? 아미나 님은 수녀원에 들어간다고 하셨잖아요."

"그럴 생각이었어. 하지만."

눈을 내리깔고 어제 일을 떠올린다. 용병들에게 싸우라 명했다. 니콜라의 말을 내 목소리에 담아 사람들에게 말했다. 그리고 오빠 애덤 에일윈이 못미더운 영주라는 사실을 다시금 확인했다.

나는 고개를 들고 미소 지었다.

"속세에서 할일이 많아서 신의 집으로 들어가기는 어려울 것 같아. 애덤이 성장할 때까지는."

설령 그 때문에 평생 솔론에 묶여 살아야 할지라도. 언제 죽을지 모르는 위험천만한 싸움에 몸을 던지는 니콜라에 비하면, 이 정도 각오는 아무것도 아니다.

"잘 생각하셨어요."

니콜라는 내 결의를 지지해주었다.

"솔론을 노리는 자는 암살기사와 저주받은 데인인을 이용했어요. 이번 일로 끝이란 보장은 없습니다. 만일 다시 암살기사의 기척을 느끼면 저를 부르세요. 곧장 달려오겠습니다."

그는 나의 첫번째 기사다. 물론 그 마음이 고맙긴 하다.

"하지만 넌 암살기사와 싸워야 하잖아. 상인들에게 부탁할 수도 있지만, 네 이름을 직접 말하면 적들에게 기습을 당할 수도 있어."

그러자 니콜라가 고개를 갸웃거렸다.

"맞는 말씀이네요. ……그럼 암호를 정하죠. 유럽 어딘가에서 그 말을 보거나 들으면 저는 어디에 있든 바로 솔론으로 돌아오겠습니다."

"그게 좋겠어."

"하지만 형제단이나 암살기사와 관련이 있는 말을 쓸 수는 없죠. 뭔가 생각해둔 말이라도 있으세요?"

그 물음에 나는 지난 사흘간 일어났던 일들을 떠올렸다. 팔크와 니콜라와 처음 만난 일. 아버지의 죽음. 복수심에 불타오른 마음. 모닥불 옆에서 이야기를 나눴던 수도원의 밤. 저주받은 데인인과의 싸움. 전승 축하연에서 일어났던 일.

그 모든 기억은 동방에서 온 사람들의 모습을 빼놓고는 이야기할 수 없다. 그 외에 그들과는 무관한 말을 찾으라면……

"배가 불타고 있었어."

"배요? 아, 저주받은 데인인의 배 말이군요."

불길에 휩싸여 두 동강 난 채로 타오르며 가라앉은 배. 나는 무심결에 이렇게 말했다.

"부러진 용골. 니콜라, 유럽 어딘가에서 이 말을 듣거든 돌아와."

11월의 북해에서는 아주 드문 상쾌한 바람이 불어왔다. 오늘은 정말 출항하기에 제격인 날이다.

니콜라 바고와 프레이야 라우뤼스도티르.

위기에 처했던 솔론을 구한 두 사람을 태우고 배는 북해로 나아갔다.

겨울이 성큼 다가온 솔론의 언덕에 서서 나는 그 모습을 지켜보았다. 떠나가는 배는 순풍을 받아, 내가 영원히 가지 못할 바다 저편으로 순식간에 멀어져갔다.

『의례와 상징의 중세』, 이케가미 슌이치 지음, 이와나미쇼텐 펴냄.
『마녀사냥』, 모리시마 쓰네오 지음, 이와나미신쇼 펴냄.
『롤랑의 노래』, 아리나가 히로토 옮김, 이와나미분코 펴냄.
『유럽의 혀는 어떻게 변화했는가: 19세기 식탁 혁명』, 미나미 나오토 옮김, 고단샤센쇼메치에 펴냄.
『용병의 이천 년 역사』, 기쿠치 요시오 지음, 고단샤겐다이신쇼 펴냄.
『결투재판: 유럽 법 정신의 원형』, 야마우치 스스무 지음, 고단샤겐다이신쇼 펴냄.
『마녀와 성녀: 유럽 중근세의 여성들』, 이케가미 슌이치 지음, 고단샤겐다이신쇼 펴냄.◆
『중세인과 권력: '국가 없는 시대'의 규칙과 거래』, 게르트 알트호프 지음, 야나이 쇼코 옮김, 야사카쇼보 펴냄.

◆ 『여성에게 문화는 있었는가』(강응천 옮김, 사계절 펴냄, 1999)로 국내 출간된 바 있다.

『중세의 성과 속: 신앙과 일상이 교차하는 공간』, 한스 베르너 괴츠 지음, 쓰야마 다쿠야 옮김, 야사카쇼보 펴냄.
『이름 없는 중세인의 일상: 오락과 형벌의 틈새에서』, 에른스트 슈베르트 지음, 후지시로 고이치 옮김, 야사카쇼보 펴냄.
『바이킹』, 수전 M. 마지슨 지음, 가와나리 요 일본어판 감수, 도호샤 출판 펴냄.
『중세 유럽』, 앤드류 랑그리 지음, 이케가미 슌이치 일본어판 감수, 도호샤 펴냄.
『중세 유럽의 도시 세계』, 가와하라 아쓰시 지음, 야마카와출판사 펴냄.
『수도원으로 보는 유럽의 정신』, 아사쿠라 분이치 지음, 야마카와출판사 펴냄.
『중세 유럽의 농촌 세계』, 호리코시 고이치 지음, 야마카와출판사 펴냄.
『유럽의 용병』, 스즈키 다다시 지음, 야마카와출판사 펴냄.
『마녀 재판: 마술과 민중의 독일사』, 무타 가즈오 지음, 요시카와코분칸 펴냄.
『마녀 환상: 주술을 통해 읽는 유럽』, 와타라이 요시이치 지음, 추코신쇼 펴냄.
『범선: 그 의장과 항해』, 스기우라 아키노리 지음, 가지샤 펴냄.
『바다의 세계사』, 미야자키 마사카쓰 지음, 가도카와센쇼 펴냄.
『바이킹과 앵글로색슨』, 조반니 카셀리 감수, 도이 마스미 옮김, 뉴턴프레스 펴냄.

『도설 해적』, 마스다 오시로 지음, 가와테쇼보신샤 펴냄.
『그림으로 보는 중세 유럽』, 프랑수아 이셰 지음, 구라모치 후미야 옮김, 하라쇼보 펴냄.
『중세 유럽 기사 사전』, 크리스토퍼 그래빗 지음, 모리오카 게이치로 일본어판 감수, 아스나로쇼보 펴냄.
『트롤 숲 이야기 북구 민화집』, 윌리엄 크레이기 엮음, 히가시우라 요시오 옮김, 도요쇼린 펴냄.
『항구의 세계사』, 다카미 겐이치로 지음, 아사히신문사 펴냄.
『중세의 식생활 단식과 연회』, 브리짓 앤 헤니슈 지음, 후지와라 야스아키 옮김, 호세이대학 출판국 펴냄.
『롤랑의 노래·여우 이야기』, 사토 데루오 외 옮김, 지쿠마분코 펴냄.

작가 후기

미스터리의 다양성은 나를 매료시켰다. 다양한 스타일 중에서 나를 가장 놀라게 한 것은 특수설정물이라 일컬어지는 놀라운 변화구들이었다.

니시자와 야스히코의 『일곱 번 죽은 남자』이하윤 옮김, 북로드 펴냄는 같은 시간을 반복하고, 야마구치 마사야의 『살아 있는 시체의 죽음』김선영 옮김, 시공사 펴냄에서는 죽은 자들이 활보한다. 쓰지 마사키辻真先의 『천사의 살인天使の殺人』에서는 천사가 등장하고, 『데드 디텍티브デッド·ディテクティブ』는 명부冥府가 무대다. 랜들 개릿이 쓴 『마술사가 너무 많다』김상훈 옮김, 행복한책읽기 펴냄의 세계에서는 마법이 횡행한다. 이러한 작품들은 일반적인 세상과는 다른 논리를 도입해, 그 특수한 논리에 따라 미스

터리를 구성했다. 그게 가능하다면 뭐든 할 수 있지 않을까. 의욕에 찬 나는 지난 2001년 장편 집필에 착수했다.

그렇게 특수설정 미스터리를 쓰겠다고 시작하기는 했지만, 어떻게 구성하면 좋을까. 당시 나는 다소 지식이 있던 검과 마법의 세계에 미스터리를 도입하기로 했다. 그 글을 인터넷상에 공개했고, 긴 '문제편'을 조금씩 써서 독자에게 제공했다. 그런 식으로 그 당시 얼마 되지 않지만 소중한 독자들과 미스터리를 매개로 교류했다.

이윽고 완성된 소설은 어설펐지만, 그 작품으로 얻은 것도 많았다. 이를테면 특수설정 미스터리는 '독자와의 지적 유희'라는 미스터리 본연의 매력을 끌어내기 쉽다는 사실을 깨달았다. 풀어야 할 수수께끼에 고려해야 할 규칙이 더해짐으로써 쟁점이 보다 명확해지기 때문이다.

하지만 당시 독자들에게 '해결편'을 보여주지는 못했다. 엄밀히 말하자면 공개했다가 며칠 만에 전부 내릴 수밖에 없었다.

등단이 결정되었기 때문이다.

그리고 세월이 흘러 몇몇 출판사와 함께 일하게 되었다. 어느 날, 한 편집자와 대화를 나누다가 아마추어 시절에 썼던 습작 이야기가 나왔다. 나는 아련한 그리움을 담아 검과 마법의 세계를 무대로 한 특수설정 미스터리 이야기를 꺼냈다. 만일 기회가 있다면 그 작품의 해결편을 공개하고 싶네요, 수정하고 싶은 부분도 있지만 현실적으로 어렵겠죠, 그런 이야기를 했다.

기회는 예상치 못한 곳에서 찾아왔다. 미스터리 프런티어 칠 주년 기념 기획으로 작품 청탁이 들어온 것이다. 나는 그 특수설정 미스터리를 떠올렸다. 처음에는 반쯤 농담으로 꺼낸 이야기였지만, 상의를 거듭하는 동안 그걸로 가자고 결정이 났다.

하지만 막상 개작을 시작하려 하니 생각만큼 쉽지 않았다. 과거 내가 썼던 작품은 완전히 이세계를 무대로 한 판타지, 한마디로 '하이판타지 미스터리'였다. 내 작품을 읽는 독자들이 지금 이런 설정을 받아들여줄까. 하이판타지를 선택한 것은 그렇게 하는 편이 보다 미스터리에 부합하는 규칙을 만들 수 있었기 때문이다. 분명히 지적 유희로는 충실할지 모른다. 하지만 너무 웰메이드였다고 할까, 소설을 읽는 재미를 감소시켰음은 부정할 수 없다.

고민 끝에 나는 무대를 이세계에서 12세기 말 유럽으로 옮기기로 했다. 왜 이 시대를 택했느냐. 이 시대는 사자심왕獅子心王 리처드의 시대이자 살라딘의 시대다. 이후 잉글랜드는 실지왕失地王 존이 다스리게 된다. 그 말인즉슨 전설을 믿는다면 셔우드숲에서 로빈 후드가 활약하던 시대가 펼쳐지는 것이다.

하지만 내가 이 시대를 택한 것은 그들의 시대라서가 아니다. 미스터리의 관점에서 보면 훨씬 위대한 인물, 슈루즈베리의 수도사 캐드펠의 흔적이 남아 있는 시대였기 때문이다.

2010년 10월
요네자와 호노부

역자 후기

(결말에 대한 언급이 있으니 주의하시기 바랍니다.)

『부러진 용골』은 요네자와 호노부가 2010년에 발표한 장편소설로, 작가의 본격 미스터리 작품의 계보를 잇는 작품이자, '검과 마법'이 존재하는 12세기 중세 유럽을 무대로 펼쳐지는 특수설정 미스터리다. 더 구체적으로는 잉글랜드의 사자심왕 리처드1세가 제3차 십자군원정에 참가하고, 신성로마제국의 프리드리히1세가 아나톨리아의 살레프강을 건너다 사망한 시기라, 역사소설로도 읽을 수 있을 것이다.

현재는 일본 미스터리계에서 특수설정 미스터리가 하나의 독립된 장르로 자리잡아 젊은 작가들이 왕성한 창작활동을 펼치고 있지만, 2010년 당시만 해도 특수설정 미스터리 작품이 그리 많지 않았다. 물론 1980년대에서 1990년대에 야마구치 마사야의 『살아 있는 시체의 죽음』이나 니시자와 야스히코의 『일곱 번 죽은 남자』 등 걸출한 작품이 발표되기는 했지만 중세 유럽이나 마법이 등장하는 특수설정 미스터리는 찾아보기 힘들었으며, 작가 본인도 후기에서 밝혔듯이 이 장르의 원류는 영미권의 기존 작품들에서 찾아야 할 것이다. 중세 유럽을 무대로 하는 작품으로는 엘리스 피터스의 '캐드펠 수사' 시리즈 최인석 외 옮김, 북하우스 펴냄가, 마법이 등장하는 평행 세계의 유럽을 무대로 삼은 작품으로는 랜들 개릿의 '다아시 경' 시리즈가 대표적이다.

『부러진 용골』에는 이러한 무대 설정에 더해 타인을 조종해 살인을 저지르게 하는 암살기사와 그를 쫓는 마법기사, 불로불사의 육체를 가진 저주받은 데인인 등 정통 판타지적 요소가 등장한다. 현실에는 존재하지 않는, 이러한 비현실적인 요소와 미스터리의 기본 원리인 '논리'는 일견 물과 기름처럼 어우러질 수 없는 것처럼 보이기에, 과연 논리적인 본격 미스터리를 구현해낼 수 있을지 의문이 들기도 할 것이다. 결론부터 말하자면, 가능하다. 환상과 신비라는 판타지의 옷을 걸치고 있지만, 그 아래에 자리한 것은 본격 미스터리의 골격, 즉 논리에 입각한 수수께끼 풀이다.

암살기사가 조종하는 '미니언'은 자신의 역량을 총동원해 살인을 저지른다.

암살기사가 명령했을 경우, '미니언'은 살인을 은폐하기 위해 모든 노력을 기울인다.

작중에서 등장하는 마술은 언뜻 보기에는 고개를 갸웃거리게 만들지만, 이 역시 마술이라는 이름을 가진 하나의 공정한 '규칙'임은 틀림없다. 작가의 말을 빌리자면 "특수한 설정을 사용한 미스터리라도 독자와 작가 사이에 합의된 명확한 약속이 있다면, 그 약속이 설령 이 세상의 법칙이 아닐지라도 미스터리는 성립한다. 거기에 미스터리라는 지적 유희의 심오함이 있다." 작가는 전작 『인사이트 밀』최고은 옮김, 엘릭시르 펴냄에서와 마찬가지로 이색적이고 독특한 게임적 규칙들을 적용하는 한편, 역사소설이기 때문에 가능한 방법, 예를 들면 작중에서 제시된 미니언의 행동 양식(가령, 수사는 날붙이를 사용하지 못한다는 점)처럼, 시대적 상황이나 사상이 트릭이나 논리에 영향을 주는 설정을 영리하게 활용하고 있다. 이 모든 것은 '논리 게임'이라는 미스터리의 대전제 아래서 작동한다. 그리고 '기사'—탐정이 추구하는 것은 바로 '범인은 누구인가?'라는 명쾌한 목적이다.

이처럼 『부러진 용골』은 탄탄하고 정교한 논리의 뼈대 위에 판타지적 마술과 신비를 도입하는 과감한 시도를 보여주는 작품이다. 그리고 이 작품의 가장 큰 미덕은 단지 시도로 그치지 않고, 두 요소를 유기적으로 융합해 하나의 새로운 지평을 열었다는 점이다.

12세기 중세 유럽의 제한된 신분제 사회 속에서 각자의 신념을 굳건히 지키며 살아가는 다양한 인물들의 드라마는, 이성과 논리를 무기로 삼아 마술과 저주로 상징되는 인간을 구속하고 제한하는 모든 억압적 힘에 맞서는 작품의 주제와 깊이 공명하며 강렬한 울림을 선사한다. 또한 충격적이고 대담한 마지막 반전 역시 감탄을 자아내는데, 미스터리에서 항상 의문시되어왔으며, 현대를 배경으로 삼은 작품에서는 쉽게 찾아볼 수 없는 탐정이란 존재에 대한 모순, 그 의의에 대한 대답을 제시했다고 평가할 수 있으리라.

롤렌트 에일윈이라는 한 영웅의 죽음으로 시작된 이야기는 또다른 영웅, 팔크 피츠존의 죽음으로 끝을 맺는다. 탐정은 죽음을 맞이했고, 사건의 흑막은 여전히 안개 속에 있지만 그럼에도 불구하고 이 작품은 빼어난 본격 미스터리이자 역사소설이다. 한 편의 교향곡처럼 아름답고 웅장한 세계를 선사해준 작가에게 경의를 표한다. 언젠가는 아미나와 니콜라의 새로운 이야기를 볼 수 있기를.

재출간을 맞이해 십여 년 만에 다시 작업하게 되었는데, 작가가 한 문장 한 문장 얼마나 열과 성을 다해 써내려갔는지 다시금 실감했다. 개인적으로 요네자와의 작품 중 가장 사랑하는 작품이라 다시 읽는 독자들도, 새롭게 접하는 독자들도 부디 재미있게 읽어주셨으면 한다.

마지막으로 성무일도(시간 전례)에 대해 보충 설명을 해야 할 것 같다. 성무일도란 가톨릭교회에서 성직자, 수도자, 신도들이 매일 정해진 시간에 하느님을 찬미하는 일련의 기도를 말한다. 작중에서 시간은 이 성무일도 시간대로 표기되고, 독자의 이해를 돕기 위해 24시간제에 해당하는 시간대를 주석으로 달아놓았다.

다만 성무일도는 지역이나 계절에 따라 구체적인 시간이 조금씩 달라진다. 작가가 적은 참고자료 목록을 보아, 작중의 시간대는 아사쿠라 분이치의 『수도원으로 보는 유럽의 정신』에 실린 12세기에서 14세기 시토회 수도원의 일과표를 기반으로 한 것으로 보인다. 현재의 시간대와 다소 차이가 있지만, 작가의 의도를 고려하여 원주 그대로 두었다.

2025년 3월

최고은

옮긴이 최고은

도쿄대학교 대학원 총합문화연구과에서 일본 전후 문학을 중심으로 공부하면서 전문 번역가로도 활동하고 있다. 옮긴 책으로 요네자와 호노부의 『인사이트 밀』, 『추상오단장』, 『덧없는 양들의 축연』, 무라타 사야카의 『소멸세계』, 기리노 나쓰오의 『천사에게 버림받은 밤』, 히가시노 게이고의 『블랙 쇼맨과 이름 없는 마을의 살인』, 미카미 엔의 『비블리아 고서당 사건수첩』, 요코야마 히데오의 『64』, 이사카 고타로의 『서브머린』 등 다수가 있다.

부러진 용골

초판 발행 2025년 3월 28일

지은이 요네자와 호노부
옮긴이 최고은

책임편집 김유진 | **편집** 박을진 김혜정 | **외주교정** 박신양
디자인 이현정 | **저작권** 박지영 형소진 오서영 조경은
마케팅 정민호 서지화 한민아 이민경 왕지경 정유진 정경주
김수인 김혜원 김예진 나현후 이서진
브랜딩 함유지 박민재 이송이 김희숙 박다솔 조다현 김하연 이준희
제작 강신은 김동욱 이순호 | **제작처** 한영문화사

펴낸곳 (주)문학동네 | **펴낸이** 김소영
출판등록 1993년 10월 22일 제2003-000045호

주소 10881 경기도 파주시 회동길 210
대표전화 031-955-8888 | **팩스** 031-955-8855 | **전자우편** elixir@munhak.com
인스타그램 @elixir_mystery | **X(트위터)** @elixir_mystery

ISBN 979-11-416-0671-8 03830

엘릭시르는 출판그룹 문학동네의 장르문학 브랜드입니다.

잘못된 책은 구입하신 서점에서 교환해드립니다.
기타 교환 문의 031) 955-2661, 3580

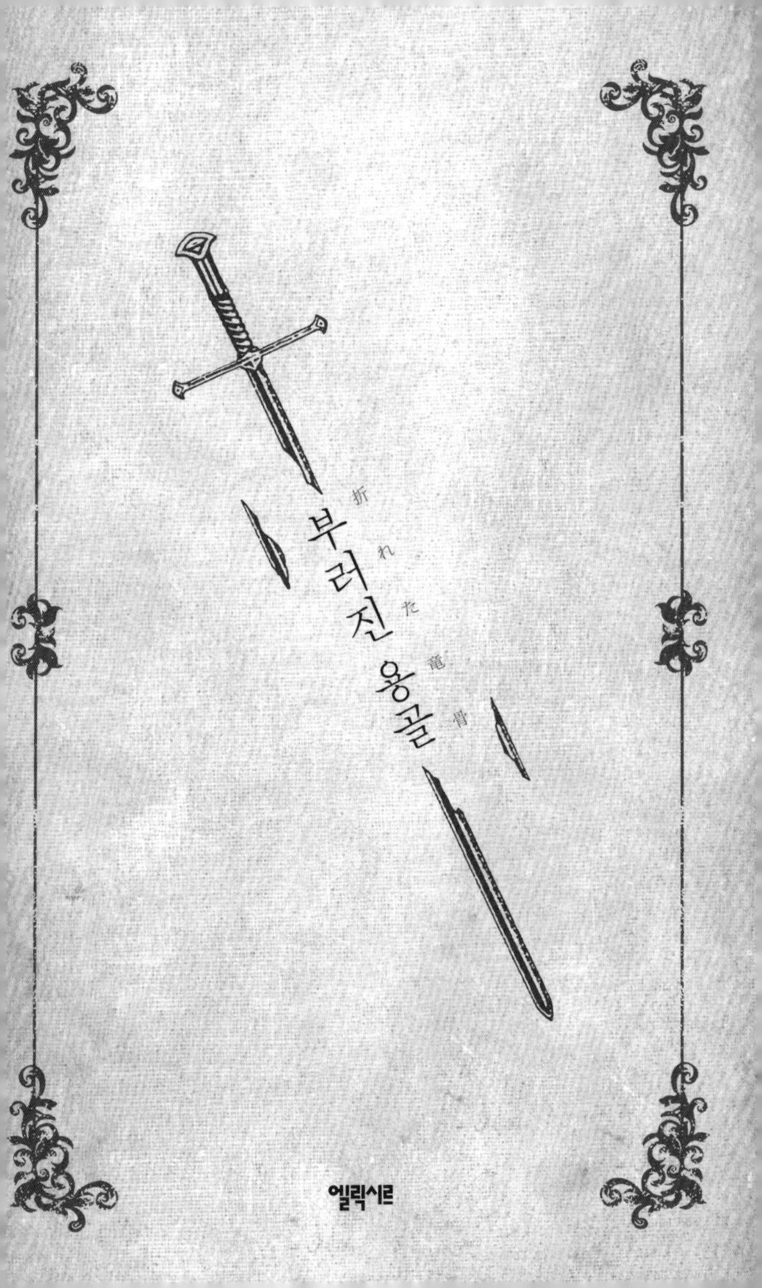
부러진 용골
折れた竜骨
엘릭시르

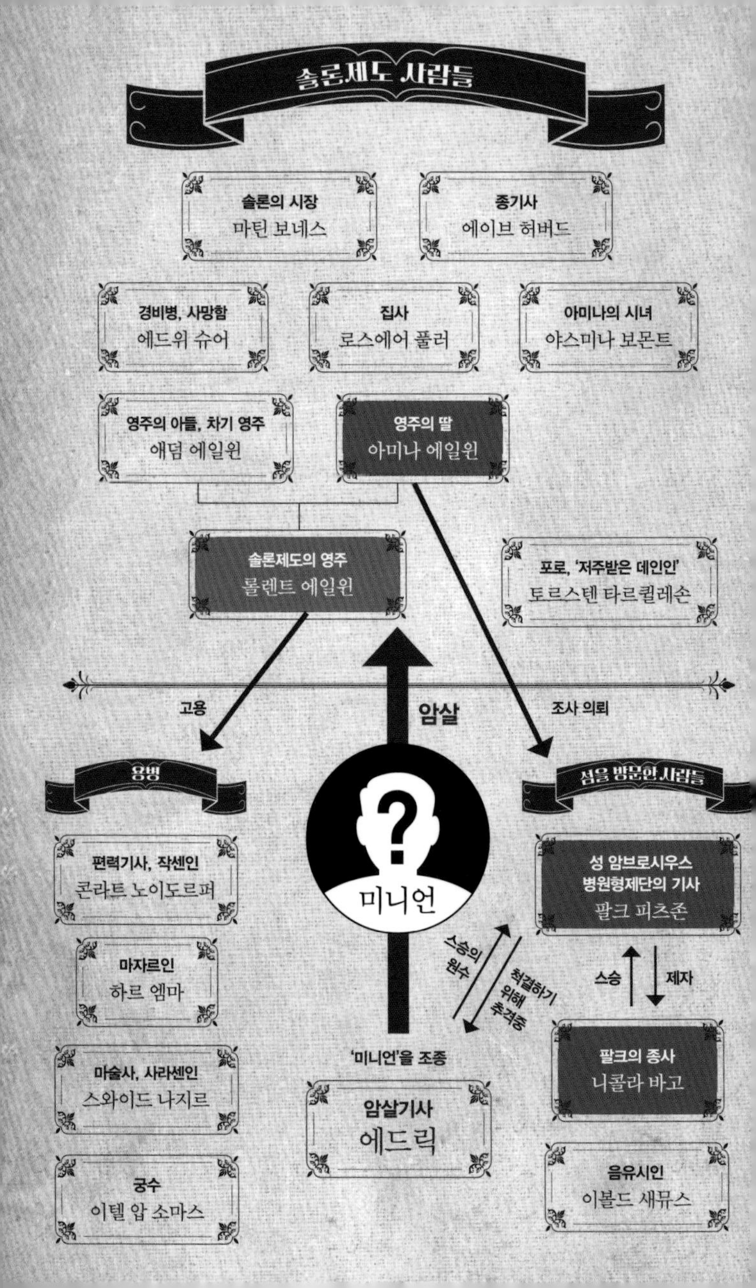

솔론제도 사람들
솔론의 시장
마틴 보네스
종기사
에이브 허버드
경비병, 사망함
에드위 슈어
집사
로스에어 풀러
아미나의 시녀
야스미나 보몬트
영주의 아들, 차기 영주
애덤 에일윈
영주의 딸
아미나 에일윈
솔론제도의 영주
롤렌트 에일윈
포로, '저주받은 데인인'
토르스텐 타르퀼레손
고용
암살
조사 의뢰
용병
섬을 방문한 사람들
미니언
편력기사, 작센인
콘라트 노이도르퍼
마자르인
하르 엠마
마술사, 사라센인
스와이드 나지르
궁수
이텔 압 소마스
성 암브로시우스
병원형제단의 기사
팔크 피츠존
스승의
원수
척결하기
위해
추격중
스승
제자
'미니언'을 조종
암살기사
에드릭
팔크의 종사
니콜라 바고
음유시인
이볼드 새뮤스